1847

WUTHERING HEIGHTS

咆哮山莊

Emily Brontë 艾蜜莉・勃朗特

丹鼎、廖素珊——譯

導讀

反叛的遊魂：咆哮的女性力量

蔡秀枝

深夜的夢裡，躺在陌生的木櫃床中被窗外吵雜聲響驚醒的洛克伍德先生，正伸手想將窗戶拉上，卻被窗外細小的手指拉住，耳裡只聽見這鬼魅不斷地向他哀求著：「放我進去——放我進去！」驚駭的洛克伍德拉扯著要掙脫這夜半的騷擾，只是緊扣不放的手與破落窗外悽厲的哭喊，讓整個暴風雪的暗夜宛如鬼魅般籠罩著駭人的氣勢，震慄著因風雪而滯留咆哮山莊的不速訪客洛克伍德，也開啟了《咆哮山莊》這牽連兩家、兩代情愛恩怨的故事。艾蜜莉・勃朗特（Emily Brontë）筆下這個飄蕩在窗外徘徊不去，向深夜裡暫時棲居咆哮山莊的洛克伍德悽厲哭喊的女遊魂，背負著沉重不為人知的辛酸，以枯瘦的手指不斷扣動著窗門，也同樣驚撼著歷來《咆哮山莊》閱讀者的心靈。面對這樣令人驚駭的吶喊：「放我進去！」我們不禁要問，她是誰？有何辛酸？為何不得其門而入？是誰把她關在門外，不讓她進去？

《咆哮山莊》這部被現代評論者與讀者公認為是十九世紀英國小說中頂尖的，也是勃朗特三姊妹（Charlotte Brontë, Emily Brontë, Anne Brontë）作品中最優秀的著作，是英國北方約克夏郡哈沃斯（Haworth）的偏僻荒涼小鎮裡助理牧師的女兒艾蜜莉．勃朗特（一八一八～一八四八）的唯一一本小說。艾蜜莉的父親派屈克．勃朗特牧師原籍愛爾蘭，曾於北愛爾蘭家鄉擔任過鐵匠、織工、家庭教師等工作，後來利用所有的積蓄來到英國劍橋大學讀書。學成之後留在英國擔任牧師，婚後育有六名子女。艾蜜莉三歲時即失去母親（一八二一），兩個長姊因在住宿學校感染傷寒而病逝（一八二五）。艾蜜莉未婚的姨母隨後便負起照料他們的責任。艾蜜莉曾隨姊姊夏綠蒂短暫赴布魯塞爾學習法語（姨母出資），後來也在哈沃斯的學校教書，當過家庭教師，但是都僅維持短暫的時間。艾蜜莉大部分的時間都是在儉樸的家中度過。

在小說《咆哮山莊》出版將屆滿一年時，艾蜜莉因為肺結核在一八四八年十二月十九日去世，享年三十歲。其兄布倫威爾於該年九月因流行性感冒併發結核病逝世，而其妹安妮也在艾蜜莉死後不到六個月去世。布倫威爾於去世前，因酗酒與鴉片問題而無法工作，賦閒在家，除了鎮日因醉酒而大鬧，也往往夜半才回家敲門，夏綠蒂與安妮對他這樣的行徑感到恐懼與不安，可是三姊妹中卻只有艾蜜莉肯在這夜半時分，替這個因醉酒而於三更半夜在門外狂哮怒吼的兄長開門。在平常時日裡，也都是艾蜜莉細心溫柔地照料這個沉溺鴉片、無法工作的兄長的起居生活。後來這些照料酗酒兄長的經驗也輾轉變成了《咆哮山莊》中憤怒狂暴的人物希斯克里夫的某些側寫。

《咆哮山莊》的出版經過

《咆哮山莊》的出版過程其實充滿著崎嶇。一八四六年七月勃朗特三姊妹首次將各自的小說以男性化名（柯瑞爾・貝爾、艾利斯・貝爾、艾克敦・貝爾）郵寄給倫敦的出版商尋求出版。在此之前，三姊妹在姊姊夏綠蒂的促恿下，曾以匿名共同出版過一本詩集（一八四六），但是只賣出兩本。當時的文評曾指出艾蜜莉的詩作很靈巧、有力，批評家也認為「艾利斯・貝爾（Ellis Bell）」（艾蜜莉的化名）是三個作家中最有原創性的，不過整體而言，這本詩集根本沒有引起大眾的注意。就在她們將小說稿件寄出一年多之後，終於有一家出版商紐比（Thomas Cautley Newby）出版社願意考慮出版艾蜜莉的《咆哮山莊》與其妹安妮所寫的《愛格妮絲・葛雷》，條件是她們必須要先支付五十英鎊出版費用，如果日後能賣出二百五十本，五十英磅則予以歸還。然而這個但書後來卻被出版商悄然遺忘。一八四七年十二月中旬，《咆哮山莊》（上、下冊）與《愛格妮絲・葛雷》以當時頗為流行的三本式套書出版。雖然當時夏綠蒂所寫的《教授》一書被紐比出版社拒絕，但是另外有一家出版商則鼓勵夏綠蒂，希望她能寫出更長一點的作品。夏綠蒂在鼓勵下於一年內迅速完成了《簡愛》，並且比艾蜜莉與安妮的小說更早兩個月出版。《簡愛》一出版便立即得到讀者的喜愛。也因此當《咆哮山莊》與《愛格妮絲・葛雷》出版時，人們一度以為這兩本書也是《簡愛》作者的創作，但是這兩本書卻並未因此而得到好評。

紐比出版社當時出版的《咆哮山莊》其實相當粗糙，內容出現很多錯誤。直到艾蜜莉逝世近兩年後（一八五〇年九月），夏綠蒂才發表公開信，向大眾說明《咆哮山莊》真正作者的身分，並且重新校對出版《咆哮山莊》。但是一八五〇年出版的這本《咆哮山莊》，不僅更正原先一八四七年初版時的拼字與標點錯誤，甚至還改寫小說中的對話並重新編輯內容段落，成了「夏綠蒂版」的《咆哮山莊》。從版本學的觀點來看，這樣重新編輯與加以改寫的版本早已非原著，因為對原著進行改寫與重編的作法，已經破壞原著作者敘事的樣貌與她藝術創作的風格與小說本初的精神，所以只能視為是原著的一個改編本。夏綠蒂改寫與重編的這個版本雖然訂正了拼字與標點錯誤，卻損傷了艾蜜莉原著小說《咆哮山莊》的完整性、故事情節與內容架構的編排、敘事的技巧、人物的塑造與小說的藝術風格。這也是為什麼後來許多著名的出版社，例如：Clarendon（1976）、Bantam（1981）、Penguin（1984）、Oxford（1985）、St. Martin（1992）等，都選擇還原並出版忠於艾蜜莉原著的版本。這些大出版社都根據艾蜜莉當年自己在初版的《咆哮山莊》上所做的校改註記，重新編輯出版《咆哮山莊》，以維持艾蜜莉《咆哮山莊》原著的風格與完整性，同時也表達出後世出版者對這位閉居鄉野、但是創作力度與情感深度驚人的閨秀作家的才華與作品的敬重。

《咆哮山莊》裡的再現與象徵

除開這個命運多舛的出版故事，《咆哮山莊》的內容與寫作風格，在當年出版後也有著許多爭議。許多英美評論人士認為此書的道德標準低落，對話的用字遣詞低俗，人物個性可鄙，小說中人物的感情粗糙不含蓄，完全不適合具有文化修養的讀者閱讀，但是也有許多評論人驚訝於小說創作者的天才，並且認為小說內容相當有力而真實。面臨文評家褒貶不一、南轅北轍的看法，艾蜜莉選擇保持沉默，即使後來夏綠蒂與安妮選擇公開她們的真正姓名，艾蜜莉也依舊不願意暴露身分。但是《咆哮山莊》複雜奇特的故事與描述手法，卻使當時許多讀者在閱讀過後感到困惑，這也促使夏綠蒂在一八五〇年的公開信中，不斷地向讀者解釋，其妹艾蜜莉生活在荒野偏僻的鄉鎮，而非高雅的倫敦，日常生活接觸的也盡是田野間工作或生活的人們，所以她創作裡的語言、故事情節與人物感情刻畫都是來自於這鄉野間的心靈感想，自然不可與倫敦人的教養和文化水準相提並論。

夏綠蒂的表白與解釋其實也正暴露出了艾蜜莉的《咆哮山莊》，做為一個時代的小說所真實反映出的種種屬於十九世紀三、四〇年代的生活空間面向，與其所明白揭露的，屬於人們工作領域、階級、性別、以及城鄉文化間的差異面。從這個文學再現社會文化的面向來觀察，艾蜜莉的《咆哮山莊》裡運用的未經修飾的文字與語言，所欲濃縮再現的種種怪誕矛盾事蹟，如：主角人物們自私厚顏的想法、粗鄙狂妄的作為、強烈拒斥卻又至死不渝的愛戀與仇恨等等，都是艾蜜莉所處的時代與所居的鄉野空間裡的可能社會情節。英國當時以父權為中心的法制規約、社會集體意識、文化箝制，以及階級間的傾軋與性別間的暴力壓抑等，不僅扭曲人們的人格，也同時造成個人、家庭與社會的暴戾與不幸。艾蜜莉讓《咆哮山莊》小說裡的凱瑟琳與希斯克里夫之間激烈的愛戀與情感，成為這些外在文化制約、社會積習、與經濟力量等因素所交織引發的不幸結果。因此這樣的不幸故事不僅是屬於個人的創傷，也是社會與文化的不幸與損傷。

《咆哮山莊》的故事敘述著鄉野間人物的階級身分侷限與愛戀悲劇，同時也更深一層地，讓荒野中傲然自立的堅固屋宇——咆哮山莊——成為這樣一個以父權為中心的粗暴階級、政治、經濟力量與性別文化的象徵。凱瑟琳的父親與兄長這兩代，尤其是其兄辛德利．恩蕭，無疑地是父權、階級與性別藩籬的保衛者，但是處心積慮用盡心機來承繼咆哮山莊的希斯克里夫，竟然也接續固守著這個堅固的文化與意識堡壘，不僅延續著舊日父權中心的壓制力，更以憤恨日夜澆灌他的遺憾，以對凱瑟琳之女的憤恨與壓迫做為對林頓與恩蕭兩家族償債的追討。

艾蜜莉的《咆哮山莊》藉由敘事描寫一時昧於良知而屈服於階級與經濟力的誘惑，選擇嫁給林頓，但馬上感到後悔的凱瑟琳死後魂魄的無家可歸，意欲揭露種種人性、政治、經濟、性別、文化、社會、法制規約等的藩籬，而這些橫跨在小說愛戀主人翁們之間的橫逆障礙，則是以被凱瑟琳遊魂所不斷迴繞的、位居荒野中的咆哮山莊來象徵與承載。原本即對故有的藩籬堅決痛恨，又對希斯克里夫內心無盡的憤恨感到痛心無助的凱瑟琳，只能在死後藉由這個備受壓抑又無處申冤的女性遊魂，在充滿衝突與暴戾的咆哮山莊外面，悲苦癡心地吶喊，寄望能在不斷續地悽厲聲中，堅決尋找那扇可以進入的門窗。

在文學象徵層面的意義解讀下，我們也許可以推論，在《咆哮山莊》裡哀嚎的、或找不到出路的，除了徘徊苦痛、不得其門而入的第一代的凱瑟琳之外，是否應該還包含著對愛情痛不欲生、反叛世俗無情的階級輕視與傾軋、轉而處心積慮謀奪財產、盡情折磨林頓與恩蕭家後代的希斯克里夫，以及無知於上一代的恩怨，卻受到無理無情地矇蔽與虐待的恩蕭與林敦家族的第二代，以及做為這一切社會規範空間中尋找真正愛情，與追求正確自我認知的鄉野人們的代言人——隱藏在小說背後，終生生活在僻靜荒野、沉靜但堅強的艾蜜莉．勃朗特？

《咆哮山莊》的敘事手法

《咆哮山莊》的故事本身觸及兩個家族、兩個世代間的感情與怨恨糾葛，在時間與情節的處理上手法複雜，而故事中兩代女主角的姓名就顯示著這樣的糾纏重複。第一代的凱瑟琳．恩蕭，出嫁後成為凱瑟琳．林頓，而她的女兒，第二代的凱瑟琳．林頓，則將會在嫁給哈里頓．恩蕭之後，再度得到她的母親的閨名「凱瑟琳．恩蕭」。凱瑟琳母女兩人名字的變更與回返的故事正暗示著《咆哮山莊》故事與人們生活、命運的曲折回繞。《咆哮山莊》的敘事方式是依賴兩個敘事者（畫眉田莊的租戶洛克伍德先生，以及跟隨前後兩代凱瑟琳，進出林頓與恩蕭兩家莊園，負責管家的奈莉），用重疊圈套（大圈圈裡套小圈圈）的接力方式來進行敘事。所以自始至終，這兩代家族間的故事都是透過這兩位並未真正經歷且未能完全認同故事主人翁心事的故事敘述者，以模糊並帶有些許階級與性別偏見的個人觀點來呈現。

故事是由洛克伍德先生敘述他拜訪咆哮山莊主人希斯克里夫開始，然後提到他因為雪夜困頓而留宿咆哮山莊，卻被夜半的魅影驚醒，因心中狐疑而求教於女管家奈莉，因此得以聽取整個故事的來龍去脈。但是奈莉的故事講到當下咆哮山莊被希斯克里夫接管的情形後也就結束了，接著整個《咆哮山莊》的故事也隨著洛克伍德先生離開租賃的畫眉田莊而中斷。故事接下來就是洛克伍德先生在離開將近七個月之後，突然有機會再次造訪山莊，然後故事才又接下去——由奈莉向洛克伍德交代並補足山莊在這幾個月之間發生的事件，並預告來年元旦凱瑟琳與哈里頓將結婚，並回到畫眉田莊生活，做為小說最後的交代。《咆哮山莊》這樣間接、斷續的敘事手法不僅為當時所罕見，於當今亦屬少數。利用兩個故事的旁觀者來敘述故事的作法，適度地將故事人物的心情與觀點隱匿起來，卻也同時提供了兩種旁觀者的觀點做為對照，並且為讀者保留私下評斷的空間。

首先，洛克伍德做為十九世紀不需從事勞力工作的、有閒暇四處賞玩的閒適階級的代表人物，向讀者透露出一種都市單身貴族來到鄉間租屋度假的一種閒散心情與盼望，或可因此假期而得以欣賞、發掘到鄉野奇珍與聽聞軼事趣談的期盼。這是一開始時，洛克伍德對咆哮山莊的印象與對他所遇見的人們的觀察與判斷的基調。但是當天深夜的撞鬼經驗與第二天希斯克里夫聽到他的經驗後，竟來到他借宿的房間，爬上木床對窗外大喊：「進來吧！進來吧！凱西，來吧。啊，拜託——請妳務必進來！啊！心愛的人！這麼久了，就這一次，聽我的話吧，凱瑟琳！」這個在面對家人時充滿粗鄙與憎恨，脾氣冷漠又陰沉的希斯克里夫竟然表現出這樣詭異的行徑，讓他因此墮入了這個鄉野間粗糙、熾熱又無解的愛恨糾葛之中，洛克伍德因此好奇地探問著，可以一探究竟的門路。

然而抱持著都市貴族保守情感與精緻細膩文化禮俗視野的洛克伍德，對屬於鄉野生活與此間人們的粗獷不加修飾的言語、行為與情感的觀察與認知，其實是有著某些文化與城鄉差距，也由於觀察與打探到的敘事裡，不可避免地存在著某些無法透澈理解的脈絡與片斷，因此洛克伍德的觀察與敘事是有其侷限性與片面性的。藉由洛克伍德不甚理解這鄉野間人們的生活方式，以及他們在言語、態度、與情感處理上的激烈衝突，《咆哮山莊》由此暗示著由都市來的洛克伍德與這鄉間人們在文化、階級、工作、與生活空間等等方面的差異。

而第二位敘事者奈莉的敘述則相對地是以一種家族內女管家的姿態、抱持著維多利亞時期中產階級所自恃的沉穩與霸道、以及對家庭、婚姻、資產，與男女性別分工觀念的頑固認同，來闡示她對凱瑟琳母女兩代情愛與反叛故事的看法與詮釋。縱使奈莉對凱瑟琳與希斯克里夫間的情愛看法，確實帶有著對浪漫愛情故事的憧憬與支持，但是做為女管家的身分依舊讓奈莉在同情之外，固守著身分壁壘與差異認同，這也使得她的敘事觀點迥異於故事中的主人翁們。然而由洛克伍德與奈莉所帶出來的這兩種敘事心態與看法，其實又何嘗不是點出了第一代的凱瑟琳與希斯克里夫，兩人間的愛戀情愫之所以橫遭阻隔的社會與文化促因。

愛的超越力量與社會文化藩籬的拉拒

凱瑟琳從小就是一個任性、暴躁、反叛性強、充滿自我意識、強烈渴求自由、拒絕接受任何禮教或社會文化規約拘束的女孩。孤兒希斯克里夫的到來並與她結為夥伴，讓她得以在友伴的助威之下，勇敢地拒絕兄長的種種無理管束，盡情揮灑她的自由與叛逆行徑。由於凱瑟琳與希斯克里夫彼此之間，共同擁有的成長經歷與夥伴間的情誼、對社會規範的反叛、對野性的渴望、與對彼此情愛的堅持，使得兩人間的關係有著多方面緊密的聯繫。但是凱瑟琳後來卻背棄希斯克里夫，選擇擁有文化、教養、社會地位與財產的林頓做為結婚對象。雖然這樣的作法符合了社會的價值判斷，與當時婦女們擇偶結婚的慣例（以經濟條件與社會地位為優先考量），但是也使她的婚姻蒙上陰影，更迫使她與希斯克里夫兩人（甚至恩蕭與林頓家族的下一代）都必須為此付出慘痛的代價。

然而凱瑟琳對她的婚姻的看法，卻是相當天真的真摯與超越的。她絕不相信她的婚姻會把她和希斯克里夫分開：「他被拋棄！我們分開！請問，誰把我們分開？……只要我活著就不可能。艾倫，沒有人能拆散我們……對我而言，希斯克里夫一輩子都會像一直以來那樣，同等地重要。艾德加必須化解敵意，不然至少也要能容忍希斯克里夫。艾德加若知道我對希斯克里夫真正的感情，就會這麼做了。」

雖然凱瑟琳告訴奈莉，她答應艾德加．林頓求婚的許多理由，但是她心中最終的打算（也是她自認為是與艾德加結婚最好的理由），就是結婚後，她將運用影響力讓林頓拿錢支助希斯克里夫：「奈莉，我看得出來，妳覺得我自私又卑鄙，可是妳有沒有想過，假使我跟希斯克里夫結婚，我們就會淪落成乞丐？但要是我嫁給林頓，我就可以幫助希斯克里夫往上爬，脫離我哥哥的控制。」奈莉對她這樣的盤算非常反感，因為那是最差勁的結婚動機。但是凱瑟琳卻給奈莉一個非常特殊的回答，因為她並不以為她的婚姻會拆散她與希斯克里夫之間的情感；相反地，只有當她和林頓結婚，她才能有力量幫助希斯克里夫往上爬，讓希斯克里夫利用林頓的金錢，換取經濟力量，來掙脫不可跨越的階級界線，與父權社會裡賦予家庭男性尊長的權力與權勢。

凱瑟琳的愛情觀是全然地精神性與超越性的，因為她相信愛人之間忠貞愛情的精神力量正是結合他們彼此不被拆解分開的終極力量。我認為這樣強烈地具有超越性的愛情觀與因此而滋生的，願意付出一切來幫助所愛者，跨越階級社會文化藩籬的力量，正是《咆哮山莊》裡最令人動容的、超越俗世的、堅貞不滅的、那道原初的美與善的靈光。在凱瑟琳的心裡，超越的、精神性的愛戀是如此的神聖與強大，以至於彷彿在愛的力量之下，她已與所愛者合而為一，所以她能讓自己成為那個幫助希斯克里夫奮力爬上社會階級，與父權階梯的最佳幫手。雖然她想與林頓結婚的動機充滿了世俗的算計與機巧，凱瑟琳在所愛之人希斯克里夫的身上，所灌注的超越性的精神與靈性之愛，既是靈性結合之愛，也是挑戰社會階級不義的力量之光。雖然希斯克里夫對凱瑟琳有著原始激情與狂熱的愛欲情感，但是他做為凱瑟琳精神面向的相對面，是根本無法想像這樣的超越性愛戀，也無緣聽到並感受到，凱瑟琳在廚房裡向奈莉吐露的這段真實話語裡，無私、純厚、與真切的力量：

> 人除了自己的肉體之外，精神也存在於別的地方，或應該會存在於別的地方。如果我只侷限在這副肉體當中，那創造出『我』這樣一個人來有什麼意義呢？我在這世上最大的痛苦，就是希斯克里夫受到的苦，從一開始，他每承受一次，我都看到了，也感受到了；我活在這世界上最在意的，就是他。假如一切都毀滅了，只要他活著，我也會繼續存在：假如一切都還在，他卻消失了，整個宇宙就會變得陌生無比，我也會覺得格格不入——我對林頓的愛，像是森林中的葉子；我很清楚，這份愛會隨時間改變，就如同樹木到了冬天會有變化一樣。我對希斯克里夫的愛，則有如樹下的岩石，永久不變；雖然看起來不怎麼美觀，卻是不可或缺的。奈莉，我就是希斯克里夫！他永遠、永遠在我的心中……他已經是我生命中的一部分。

愛情的力量崇高而偉大，讓凱瑟琳可以為了所愛戀者而奉獻自身。然而埋藏在凱瑟琳超越性的合體之愛與希斯克里夫猛烈狂炙的肉體情愛之下的《咆哮山莊》，其實還蘊含著另一個架構複雜的反叛故事與自我追尋。而這樣的反叛與自我追尋故事，則是與小說的第二部分，恩蕭與林頓兩家族的第二代，與父權家長希斯克里夫間的情感恩怨與財產糾葛有關。雖然表面上這個部分的敘事，與第一部分轟轟烈烈的情愛表達相比起來，要蒼白微弱許多，但是唯有這部分的蒼白與貧弱，才因此更能對照出希斯克里夫狂飆的愛情與叛逆、憤恨、以牙還牙的囂張行徑，和凱瑟琳超越性愛戀、藉由與所愛戀者精神合一後，對社會文化藩籬規約的奮力搏鬥、以及這一切愛、犧牲與奉獻背後，凱瑟琳對自我身分追尋的猛烈與不可侵犯。

對照於第二代的女兒凱瑟琳·林頓，種種擅於服從的女性思維舉止，如孝順父親、照顧並不親愛的堂弟／丈夫、順從女管家奈莉的教導、看不起階級、地位與教養都不如她的哈里頓·恩蕭等等，象徵服從父權、階級與性別文化所劃分的思想行為來看，第一代的凱瑟琳對於傳統的文化、階級與性別箝制，就表現出極大的反叛意志。她痛恨兄長辛德利·恩蕭剝奪希斯克里夫的受教機會，以及他對希斯克里夫表現出來的階級優越；她也反叛兄長的命令，不肯遵守社會對女性所做的規範。即使當她在腳傷後於林頓家養病，因而受到了文化與財產的誘惑，而答應嫁與林頓，驕傲的凱瑟琳其實始終都非常清楚她自己的心意。她瞭解希斯克里夫對她的意義，不僅僅是在於彼此間肉體的情愛，也同樣地，甚至更重要地，是在於他們彼此共患難的情誼裡，所展現出的對社會規範的抵制，與對人性原始精神的追求——這些都不是文化優越或豐厚財產所能取代的。而且事實上這樣清楚的認知，與對自己真實自我的追求，根本就與當時的社會對女性的規範與期待相左。

所以凱瑟琳的愛情語言，從自我認知這個面向來檢視，也可以被解讀為是她自我認同與身分追尋的宣言。當她心碎地宣稱：「我就是希斯克里夫！（I am Heathcliff!）」時，她所真心追求的，既是一個與她在各方面都十分相像的、充滿野性與反叛的希斯克里夫，也同時透露出，只有藉由推舉希斯克里夫做為反叛文化藩籬的代表、擔當原始心靈與自由情感的印記、甚至是她本人的標誌符碼時，凱瑟琳才能表達出她本性中，被各種社會文化羈絆與壓制的女性自我的掙扎，與她堅決意欲掙脫束縛的渴望。她雖屈服於當時的社會成規，選擇擁有產業、富裕而有教養的年輕士紳艾德加・林頓做為婚姻的對象，但是她卻完全清楚她自己所犯下的錯誤抉擇。她用夢見天堂的事，來向奈莉解釋她對此事的認知與後悔，而就在她解釋自己的心志時，她內心的祕密終於在奈莉面前開展出來，雖然奈莉並不能真正並全然地體會凱瑟琳所和盤托出的祕密話語：

我只是想說，天堂感覺不是我的家，我想回到人間，哭得心都要碎了。天使們氣得把我扔了下來，丟到咆哮山莊最頂端的荒原中間，我就在這裡醒了，喜極而泣。跟其他說法比起來，這算是最適合解釋我的祕密了。我嫁給艾德加・林頓，就跟我待在天堂一樣，不是我想要的歸宿；要不是裡面那個壞蛋（辛德利・恩蕭）把希斯克里夫的地位貶得這麼低，我也不會想到要嫁給林頓。現在這個樣子，我如果嫁給希斯克里夫，就會自貶身分，所以他永遠不會知道我有多麼愛他。我愛他，不是因為他長得帥，奈莉，而是因為他比我更接近真正的我。我不知道靈魂是什麼做成的，但他和我的靈魂肯定是同樣的元素做成；林頓跟我們兩個完全不同，差別之大，有如月光對閃電、冰霜對烈火。

凱瑟琳清楚地知道她的性情，是如同希斯克里夫般的原始、粗糙、暴烈，充滿不屈服的反叛，而不是禮教之下的女性溫柔與馴服，所以林頓所代表的文化禮教與階級、經濟社會，與她和希斯克里夫所嚮往的原始與野性是完全不同的，猶如霜相對於火，月光相對於閃電一般；而她之所以不喜歡天堂，也就是因為她將天堂想像成是一個處處需要服從充滿階級、權力與性別歧視的命令、並且規矩森嚴到沒有任何脫軌可能的地方——這樣界線分明的社會，是維多利亞社會所描繪出的天堂，但卻不是她的夢想之所在。

希斯克里夫之所以比她更像她自己，是因為他可以更自在的表現出他的不滿與反叛，這樣的不滿與反叛，是她被性別與父權階級社會文化教養，所圈限隱藏在內心深處的自我吶喊，也是她內心尋求的自由意識的呼喚。更真切地說，隱藏在她對希斯克里夫的愛戀之下的，是渴望擁有希斯克里夫所代表的，對社會傳統藩籬的厭惡、反叛與猛烈抵抗的野蠻原始力量——所以凱瑟琳確切認真地向奈莉表白：「我就是希斯克里夫！」

可是既然她在個人的能力範圍內，無法破除這層父權社會的枷鎖、性別的壓抑與階級的藩籬，也只有如當時的英國少女們一樣，選擇門當戶對（而非愛情的對象）的婚姻做為逃避的方式。在此同時，她也自我暗示並向奈莉預告，未來她死後將拒絕進入天堂，寧可成為哭泣飄蕩於咆哮山莊之上的鬼魂。

情感的突破與自我追尋

婚後的凱瑟琳因為希斯克里夫與小姑伊莎貝拉・林頓之間的情事憂愁，自忖這是希斯克里夫對她進行的報復，再加上艾德加・林頓對她的指責，使她身心受創，一病不起。病中當她攬鏡自照，竟認不出鏡中人。奈莉告訴她那鏡中的人正是她自己，使凱瑟琳為之深切恐懼，因為這鏡中人竟然已經失去了她的模樣——那個被禁錮在鏡中的消瘦人兒，象徵著她已經在進入林頓家所代表的社會文化氛圍中，失去了她在恩蕭家中所引以自豪的叛逆精神與強烈的自我意識：

妳想想，假如我十二歲時硬生生被迫脫離咆哮山莊，每一段早年的記憶、整個身心都被連根拔起，跟當時的希斯克里夫一樣，然後一下子就突然變成了林頓太太，畫眉田莊的女主人，一個陌生人的妻子，從此被放逐、被排斥在我原先的世界之外；如此妳就可以稍微想像一下，我是處在什麼樣的深淵中掙扎了！隨便妳怎麼搖頭，奈莉……我真想出去外面！真希望我變回小女生，野蠻卻很堅強，自由自在，受了傷害只會哈哈一笑，而不是像現在一樣發瘋！我怎麼變了這麼多？……我相信，只要能夠回到山丘上的石南叢裡，我就能夠做回原本的自己了。再開窗一次，開大一點，鎖著讓它不要關起來！

凱瑟琳在臨死的病榻之前，是多麼的理解希斯克里夫與她自身的處境與狀況。她最終所掙扎要擁有的，不是肉體的愛欲，而是那代表原始自然的石南叢與自由自在、沒有拘束的荒原上的風。她最終病榻前的心願，正是做回那個即使受了傷害也哈哈一笑的、野蠻又堅強的小女孩——一個不接受外界的區隔與壓制、也不會因為被干擾或受傷害而從此一蹶不振的小女孩。這也是為何那飄蕩荒野的女遊魂，總是不肯接受希斯克里夫痛心的呼喊進入山莊，而是向洛克伍德哭喊，因為洛克伍德才是她所痛恨的那個，對一切社會文化領域內的差異進行強烈堅固的壓抑與區隔的族群與力量的代表啊！所以凱瑟琳的鬼魂才轉而向他沉痛地呼喊道：「放我進去！」

在父權觀念與法律制度之下，十九世紀維多利亞時期的英國女性在結婚之後是沒有財產擁有權的（一八七〇年已婚婦女財產法案〔The Married Women's Property Act〕出現之前）。婦女的一切財產（不論是繼承、贈與、或工作所得）都將因為婚姻而失去，成為丈夫的所有物。所以對愛情絕望、對社會充滿反動與恨意的希斯克里夫才會動腦筋，設計經由逼迫第二代凱瑟琳．林頓與自己病弱的兒子成婚，來進行奪取林頓家產業的行動。

相較於凱瑟琳的絕望——以自絕與厭棄社會／食物來拒絕自己的生命，希斯克里夫選擇堅強地活下去，以行動進行反叛，以達成逆轉文化、階級、財產與權力的社會關係。他嚴酷粗暴地控制兩個家族的第二代，並且完全阻斷他們接觸文化／書本的機會，以逼迫他們回到人類的原始粗暴行為狀態為樂。這樣暴戾的家庭與生活方式，看在都市來的洛克伍德的眼裡，當然是充滿疑惑與不解的。

但是故事的末了，這個滿懷恨意的粗暴男子也終於離場，所以當奈莉滿心喜悅的告訴洛克伍德，小凱瑟琳將要與哈里頓結為夫妻，並宣告著那一天她將會是全英國最快樂的人時，故事的敘事終於達到了尾聲，也同時傳達了這樣的浪漫訊息：最後愛情的力量終將戰勝一切人為的階級壓制與性別箝制，多災多難的第二代終於能經由愛情的結合而重新拾回十九世紀英國家庭中階級與性別的秩序，同時窮兇惡極、性情冷酷的希斯克里夫也終於能在死亡之中與凱瑟琳頑強反叛的鬼魅身影相依相隨，讓兩股分別各自困頓在山林與莊園間的鬼魅與邪惡力量終於「情有所鍾」。於是被關在門外二十年的鬼魂，雖然沒有辦法真正進入充滿維多利亞時期中產家庭的生活空間，也拒絕臣服於社會階級與性別文化的箝制，最終也總算能等到有情人的到來，共同在野性的荒野中，擺脫社會文化的約束，伸展抑鬱太久的無盡情愫。

仔細追究起來，第一代凱瑟琳．恩蕭串連希斯克里夫起來，對兄長的階級壓制與性別箝制所進行的反叛行徑，與第二代凱瑟琳．林頓與哈里頓．恩蕭對希斯克里夫的聽從，與他們對傳統社會關係、階級與性別區分的認同，其實是有著天壤的區別。第二代的凱瑟琳與哈里頓，對希斯克里夫對他們所造成的自我意識、身分認同與人際關係的扭曲，甚至他們兩人對於真實與自我身分的認知，其實泰半都是處於自棄的狀態。一直要到故事的最後，因為愛與書本的關係，這兩個年輕人的關係與對於自我身分的摸索與認定才真正得到開展的機會。

《咆哮山莊》雖然在後半部有關第二代的結合裡，並沒有能出現或描寫任何鬆動父權社會或法律機制的機會，但是故事終結所透露出來的卻是另一種可能：即使整體外在社會空間中的父權與法律機制，對女性的壓抑與對階級的壓制並沒有真正得到改善，但是艾蜜莉．勃朗特卻讓第二代愛情故事中的凱瑟琳，可以因為她所擁有的識字／知識力量而成為粗魯的文盲哈里頓表兄的引領者，而且她做為女性的自尊、意識與自我認同也將因為象徵父權壓制力量的消失（她的父親的亡故與希斯克里夫的亡故），以及哈里頓對她的依賴與愛情，而得到成長與確認。這也許是艾蜜莉·勃朗特在面對當時英國龐大的社會文化體系，與法制規範等等對女性所採取的壓制時，唯一能為書中主角們與閱讀這個故事的讀者們製造的，一個足茲慰藉，充滿溫情、浪漫、童話式烏托邦的脫困機會吧。

（本文作者為國立台灣大學外文系教授）

主要人物表

恩蕭先生：咆哮山莊的老主人，在一次商旅途中收養了希斯克利夫。

辛德利・恩蕭：恩蕭先生的長子，繼承咆哮山莊之後，為報復被奪去的父愛，將希斯克利夫貶為僕人。

凱瑟琳・恩蕭：辛德利的妹妹，與希斯克利夫為青梅竹馬；後來選擇嫁給門當户對的艾德加，使希斯克利夫大受打擊，展開一連串的報復。

法蘭西絲・恩蕭：辛德利在外地求學時娶的妻子。

希斯克利夫：身世不明的孤兒，被恩蕭先生帶回咆哮山莊並收養。他深愛著凱瑟琳，卻又恨她嫁給艾德加，矛盾的情感使他的行為越來越偏激，最終還是掙脫不了命運的枷鎖。

林頓先生：畫眉田莊的老主人。

艾德加・林頓：林頓先生的長子，後來繼承了畫眉田莊；這樣的身分地位使得凱瑟琳背棄希斯克利夫而嫁給他。

依莎貝拉・林頓：林頓先生的女兒，艾德加的妹妹。後來嫁給希斯克利夫。

哈里頓・恩蕭：辛德利・恩蕭和法蘭西絲的獨生子。

凱瑟琳・林頓：艾德加・林頓和凱瑟琳・恩蕭的獨生女。

林頓・希斯克利夫：希斯克利夫和依莎貝拉的獨生子。

艾倫（奈莉）・迪恩：恩蕭家的女僕，從小在咆哮山莊和辛德利、凱瑟琳一起長大。之後轉到「畫眉田莊」擔任女管家。本書故事的敘述者。

約瑟夫：咆哮山莊的老僕人。

洛克伍德：倫敦來的青年，本書的敘事者。

1

一八〇一年。——我剛剛去拜訪房東回來——日後我得浪費精神應酬的鄰居就只有這一個了。這地區的風景確實很美。即使找遍整個英國，我想我也無法找到比此處更遠離浮世喧囂的地方。這裡是孤僻之人最完美的天堂，而希斯克里夫先生與我更是天生絕配，最適合分享這一片寂寥了。這人真不錯。我騎馬來到他面前時，只見他眉毛下一雙猜忌的黑眼睛露出了拒人於千里之外的神色；等我自我介紹時，他的手指則更往背心口袋深處縮，一副死也不肯伸出來跟我握手的樣子。當時他大概怎麼也想不到，我看他這副態度，心裡卻是倍感親切呢。

「希斯克里夫先生？」我說。

對方只點頭回應。

「我是洛克伍德，您的新房客，先生。我一抵達這裡就貿然來訪，是想跟您表達：希望我如此鍥而不捨地請求入住畫眉田莊，沒有造成您的不便；因為昨天聽說您曾經考慮——」

「畫眉田莊乃是我自己的私產，先生。」他身體抽縮了一下，打斷我的話說，「只要是能力所及，本人絕不會允許任何人造成不便。進來吧。」

「進來吧」這句話他是從牙縫中擠出來的，那態度簡直像在說「去死吧」。他倚靠的柵門甚至也沒有隨著他的話產生相應的動作。我想，就是這個態勢讓我決心接受他的邀請：這個比我更冷淡的人，勾起我興趣來了。

當他見到我騎乘的馬兒的胸口幾乎要碰上柵欄了，他倒是肯伸出手來卸下鏈子，然後悻悻不樂地領著我騎過步道。我們進入前院時，他喊道：「約瑟夫，來牽洛克伍德先生的馬；並且送酒來。」

「我猜，這戶人家的傭僕就只有一個吧。」他這句連做兩件事的命令，不禁讓我如此想道。「怪不得石磚縫裡都長滿草，樹籬也只靠牛羊來修剪吧。」

約瑟夫有點年紀了，不，該說是個老頭才對；他也許很老，但精神矍鑠，體格也很硬朗。「老天爺，拜託！」他怨氣沖沖，喃喃自語地著牽走我的馬，同時又忿忿地直盯著我。

我看他那一肚子氣的模樣，基於善心推想他八成是晚餐消化不良需要上天幫忙，而這句虔誠的呼求應該與我這個不速之客沒有關係。

咆哮山莊是希斯克里夫先生的宅邸名稱。「咆哮」是當地特有的形容詞，描述該地碰上風暴時大氣狂亂呼嘯的局面。的確，這兒上面空氣的流動情形，想必隨時都是清新純淨，令人精神抖擻吧。從屋子另一頭幾株發育不良的樅樹傾斜成那樣誇張的角度，還有一排枝幹全朝同一個方向伸出的枯瘦荊棘，彷彿渴求太陽施捨的樣子，便可以猜想北風吹過屋角時的威力了。幸好當初建造屋子的人很有遠見，把它蓋得很堅固——狹窄的窗戶深深嵌進牆壁，牆角也有凸出的大塊石材防護著。

跨過門檻前，我駐足欣賞了一下門口眾多奇形怪狀的雕刻，尤其是大門附近的；在正門上方，剝落的鷹頭獅身獸和不知羞恥的露體小男孩之間，我發現了「一五〇〇」的年份以及

「哈里頓・恩蕭」的姓名。我原想評論個幾句，並請神色乖戾的主人說明一下房子的歷史，但他在門口擺出的態度，顯然是要我速速入內，不然就即刻離去，而我可不想在巡視屋子的奧祕之前惹得他更加不耐煩。

我們一進入屋子就進入起居間了，沒有先經過前廳或走廊，當地人多半將此處稱為「正屋」，它通常包括廚房和客廳。不過我想咆哮山莊的廚房被擠到另外一區去了——至少我聽到了屋子深處有人喋喋說話和廚具哐啷作響的聲音，而且我也觀察到巨大的壁爐附近沒有烤肉、煮食、烘焙等活動的跡象，牆上亦無任何閃閃發光的銅湯鍋和錫濾篋。事實上，房間其中一邊因為有座巨型橡木櫥櫃，上面擺了一排排的大型白鑞盤子，中間穿插著銀製水壺和啤酒杯，一路層層排到屋頂，而反射出強烈的光與熱。橡木櫥櫃整個結構讓人一覽無遺，只有一處因為木樑掛了一疊疊燕麥餅和一叢叢牛肉、羊肉和火腿，被遮住了。煙囪壁上掛著殺氣騰騰的各式舊長槍和一雙大型手槍，壁爐台上則擱著三只圖案俗艷的罐子當裝飾。地板鋪砌的是平滑的白石，椅子是結構簡陋的高背椅，漆成綠色，陰影中還藏了一、兩張厚重的黑椅子。櫥櫃的拱型腳下躺了一隻豬肝色的大型母獵犬，旁邊圍著一群嘰嘰叫的幼犬，另外還有好幾隻狗在其他的隱蔽處出沒。

如此的空間和家具，若是屬於表情頑固、個性質樸，穿著及膝短褲和綁腿，彰顯出其強健肢體的北地農夫，倒是一點也不奇怪。假如你在晚餐後，挑對了時間拜訪，方圓五、六哩內的山區隨處可見這樣的人安坐在扶手椅上，面前的圓桌擺放著冒泡沫的麥酒。然而希斯克里夫先生與他的居所和生活型態卻很不搭調。他是一副黝黑的吉普賽人樣，衣著舉止卻屬士紳階級——不過僅是鄉下士紳所能及的程度就是了——也許算是有點邋遢，卻未因為不修邊幅而顯得不稱頭，因為他身材相當英偉挺拔；此外還有些陰鬱。可能有人會覺得他是因為教養不夠而帶著些許傲氣，但我對他頗能感同身受，知道完全不是這麼一回事。我直覺就明白他會如此冷淡，是由於不喜歡放縱表現自己的感情，不喜歡表現出彼此友善交誼的模樣。他的愛與恨同樣隱藏不顯，且認為對方以愛或恨回應他，是很無禮的事。不對，我想得太快了——我把自身的個性套太多在他身上了。希斯克里夫先生碰見要結識他的人時縮著手的理由，也許與我的動機完全不同。希望我這樣的個性是少見的；我母親曾說我將來絕不可能過著安適的家庭生活，而去年夏天我便證明了自己根本配不上擁有和樂的家。

先前在海濱享受宜人氣候的一個月間，我因緣際會認識了一位無比動人的女子。在我眼中，她就是真正的女神，但前提是，她沒有注意到我。我從不曾以言語「表白心跡」；然而，如果表情會說話，即使是最無知的白癡也猜得出我已經全盤淪陷了。後來她終於明白我的心意，也回應了我一眼——那真是世上最甜蜜的一眼啊。而當時我怎麼做呢？我很慚愧地承認，我冷冰冰地像蝸牛一樣縮回自己的殼裡。她每看我一次，我就愈冷淡愈退縮，直到那無辜的可憐人兒懷疑起自己的判斷，誤以為她自作多情而羞慚惶恐，於是說服她母親撤離該地。就因為這樣古怪的性格，我贏得了薄情寡義的名聲；這有多冤枉，只有我自己知道。

我看房東往壁爐的一側走，便在另一頭的椅子上坐下來。為了填補沉默的氣氛，我伸手想撫摸那隻母狗。牠這時離開了育雛的窩，像隻狼似地潛行到我腿的後面，張開嘴唇露出淌著口水的白牙，想趁機咬一口。我撫摸的動作只引來牠喉嚨深處一聲長長的低吼。

「你最好別動那隻狗。」希斯克里夫先生也同聲低吼道，一邊猛然頓足阻止牠更兇狠的行動。「牠不習慣有人疼愛，我養的狗不是當寵物的。」接著，他大步走到旁邊的一扇門，再次大喊：「約瑟夫！」

約瑟夫在地窖深處不知咕噥了什麼，但沒有打算上來的跡象；於是他家主人便下去找他，留我跟那隻兇巴巴的母狗和一對神色猙獰的長毛牧羊犬大眼瞪小眼。牧羊犬跟母狗一樣，戒備森嚴地監視著我的一舉一動。我可不想跟牠們的尖牙打交道，便文風不動地坐著；但我認為牠們應該不會理解無聲的侮辱，所以做了一件傻事：大剌剌地對著這三隻狗擠眉弄眼、扮鬼臉。結果不知是我做出的哪個表情冒犯了大母狗，惹得牠突然兇性大發，撲向我的膝蓋。我一把將牠甩開，匆忙拉過桌子擋在我們之間。這下子可把整窩狗都打攪起來了，六隻大小年齡各異的四腳惡魔從隱蔽的巢穴湧入中間的集合地。我發現我的腳踝和衣領似乎是牠們進攻的主要目標；我拿著火鉗盡力抵擋大隻的攻擊犬，被迫出聲疾呼屋裡的人前來相助，以恢復和平的局面。

只見希斯克里夫先生和僕人悠閒地爬上樓梯，真是急煞人了；儘管壁爐旁已經是一片狂風暴雨般的啃咬和吠叫，我想他們的動作比平時也快不了一秒。幸好廚房有個人速度比他們快，一名健壯的婦人，她兜起裙擺，裸著雙臂，雙頰被火烤得紅通通的；她衝進我們中間，揮舞著煎鍋當武器，再配合她的嗓門，兩者神乎奇技地並用之下，風暴竟像變魔術般煙消雲散。等她家主人再次出現時，就只剩她還在場，身體起伏著喘氣，好似疾風過後的海面。

「發生什麼見鬼的事情了？」他瞄著我問。受到這樣不客氣的對待後，他還用那種眼神看我，我實在吞不下這口氣。

「是見鬼了，沒錯！」我嘟噥道。「《聖經》中那群豬身上的污鬼[1]，跟貴府那些野獸身上的比起來還真勢均力敵呢。先生。您這樣子跟把一個陌生人拋在虎群裡有什麼兩樣呢。」

「你只要不亂動東西，牠們就不會惹事。」他說著把酒瓶擺在我面前，又把歪掉的桌子重新擺好。「狗兒本來就該保持警覺。喝杯酒嗎？」

「不了，謝謝。」

「沒被咬吧？」

「要是被咬，動口的那隻身上就會留下我戒指的印痕了。」

希斯克里夫表情一鬆，笑了起來。

「好啦，好啦。」他說，「您有點激動呢。洛克伍德先生，來，喝點酒吧。我這屋子實在很少有客人來，我得承認，我跟我的狗不太知道如何待客。敬您的健康，先生。」

我鞠躬接受，也回敬了他。這時我開始覺得，為了一群野狗的舉止不當而坐在那兒生悶氣，未免也太可笑；再說，眼看他的態度轉成要尋我開心，我也不願讓對方繼續拿我做笑柄。他——大概是審慎考量後，認為得罪一個好房客是愚蠢之舉——態度放輕鬆了些許，沒有像先前那麼惜字如金，並且開始談起他認為我會有興趣的話題——我現今隱居之所的各項優缺點。我發覺他對於我們論及的題材頗有見地，這勾起了我的興趣，告辭回家前，我甚至提出明天還要來訪。他顯然不希望我再度打擾。然而我依舊會去；跟他相比，我覺得自己還真是善於交際哩，這實在太不可思議了。

1. 出自〈馬可福音〉第五章：有一個人被污鬼附身，連鐵鍊都鎖不住，看到耶穌前來，便請耶穌救他。要被驅出的污鬼哀求耶穌讓他們附身到豬群身上，於是被附身的兩千隻豬便奔下山崖，投湖淹死了。

2

昨日午後陰冷又起霧，我原本很想在書房的爐火邊度過整個下午，不打算跋涉過泥濘的石南荒原去咆哮山莊。不過用過主餐後（註[2]：我是在十二點到一點之間用餐的；女管家是個穩重的婦人，我吩咐她要在五點鐘用餐，但不知她是不能還是不願理解這一點），我懷著這個懶散的主意爬上樓梯，走進房間，卻見到一個女僕跪在地上，各式刷子和煤簍在她身邊擺了一圈；她正用一堆堆煤灰把火焰弄熄，搞得整個房間烏煙瘴氣。這幅景象讓我立刻改變心意；我拿了帽子，走了四哩路，抵達希斯克里夫的花園門口，正好來得及避開才開始飄落的鵝毛大雪。

在那荒涼的山丘上，土壤結了黑色的霜，凍得硬邦邦的，空氣也冷得讓我四肢顫抖。我無法移除柵門上的鏈子，便一躍而過，再跑過兩側蔓生著鵝莓樹叢的石板步道。我敲門敲到關節刺痛、狗兒狂嚎，但沒人理會。

「一屋子無禮的人！」我罵道，在心裡痛斥。「你們如此待客無禮，拒人千里，活該永世孤立於人群之外。至少我在白天可不會把門窗緊閉。我不管，我就是要進去！」如此下定決心的我抓住門栓，猛力搖晃。這時面目不善的約瑟夫從穀倉的一扇圓形窗戶探出頭來。

「你要做什麼？」他叫道。「老爺在後面的羊圈裡頭，你要找他說事情，從穀倉那邊繞過去。」[3]

「屋裡沒人可開門嗎？」我大聲問。

「只有太太在。你這樣乒乒乓乓地吵鬧，就算吵到晚上，她也不會開門。」

「為什麼？難道你不能去告訴她，我是誰嗎？約瑟夫。」

「別找我！我才不想管這些事呢。」約瑟夫嘟噥著消失了。

雪開始下大了。我揪住門把，正想再試一次，卻看見一個沒穿大衣、扛著草叉的年輕人在後院出現。他招呼我過去，要我跟在他後面。我們像行軍似地穿過洗衣房和一個鋪了地磚的區域（那裡有堆放煤的棚屋、水泵和鴿子棚），最後終於來到之前房東希斯克里夫先生接待我的那間溫暖又舒適的大房間。壁爐裡，煤塊、泥炭和柴薪一同燃燒出熊熊的爐火，在房間裡放射出美妙的光輝。我很高興在擺著豐富晚餐的桌旁看見了「太太」，先前我完全想不到有這號人物存在。我向她鞠了躬並等著，心想她會請我入座。她看了我一眼，往椅背一靠，依舊是安坐不動，默然無聲。

「天氣好糟糕啊！」我說道。「不好意思，希斯克里夫太太，恐怕大門得承擔府上傭人行事從容的後果：在下費了好大一番功夫才讓他們聽見敲門聲。」

2. 原文用的是dinner這個字，原意是指一天中最豐盛的一餐，農業時代的人作息配合日落時間，多半在中午或下午用正餐；十九世紀進入工業時代後，照明日漸發達，工時也拉長，正餐的時間漸漸延後，dinner就變成指「晚餐」；但鄉間的習慣較慢改變。洛克伍德是城市人，因此吃正餐的時間跟女管家習慣的便有差異。當時租屋是附管家的。

3. 約瑟夫說一口濃重的約克郡腔，原文用拼音表示（如：The master寫成Th' maister），中文若依照原文用讀音表示，會造成閱讀不便，改以不合一般文法的用字表示。

她始終沒有開口。我睜大眼睛望著她，她也睜大眼睛望著我。總之，她的視線一直在我身上，眼神冷冷的，一副視而不見的態度，令人尷尬極了，而且很不舒服。

「坐吧。」年輕人粗聲粗氣地說：「他很快就回來了。」

我照辦了，又清清喉嚨，呼喚那惡犬朱諾[4]；此次二度會面，牠總算給面子，動了一下尾巴尖端，表示認識我。

「好漂亮的狗。」我又開口道，「您是否打算留下這些小狗呢？夫人。」

「那不是我的狗。」這位和藹可親的女主人說，態度比希斯克里夫更冷冰冰。

「哦，那您心愛的寵物在那邊囉？」我轉向一個像是擠滿了貓而被蓋住的坐墊繼續說道。

「挑那個做寵物，也太奇怪了吧！」她不屑地說道。

我很倒楣，原來那是一堆死兔子。我又清清喉嚨，靠近火爐，重複說了今晚氣候有多麼狂暴的話。

「那你就不該出來。」她邊說著邊起身，伸手去拿爐台上的兩個彩色茶葉罐。

先前她坐在光線被擋住的位置，現在我則能看清楚她的身形和長相了。她身材苗條，看樣子才剛進入少女時期不久；一副優美的體態，一張小小的臉蛋，是我生平所欣賞過最精緻的面孔；小巧的五官，雪白的皮膚；一縷縷淡黃色的鬈髮（或者該說是金黃色的才對），垂散在纖細的脖頸上；那雙眼睛假如換成和善的神色，必定會散發出無人能抵擋的魅力。幸好，她眼中流露出的是，介於輕蔑和類似絕望之間的神情，顯得非常突兀而不自然。我敏感的心靈方得以逃過一劫。她幾乎搆不著罐子，我作勢要出手幫忙，結果她猛然轉向我，一副守財奴見到有人想幫忙清點財寶時的模樣。

「不必你幫忙。」她斥道，「我自己拿得到。」

「對不起，冒犯了。」我急忙答道。

「有人請你來喝茶[5]嗎？」她質問。她在整潔的黑洋裝外繫上圍裙，手拿一匙茶葉站著，準備放進茶壺。

「如果能喝一杯熱茶的話，我很樂意。」我回答。

「有人請你嗎？」她重複道。

「沒有。」我說著露出一絲微笑，「照理說，邀請我的人就是您呀。」

她一把將茶葉連同湯匙一起甩回罐子，氣鼓鼓地坐回原來的椅子了。她皺起額頭，紅色的下唇往外嘟起，像個快要哭出來的小孩子。

同時，那年輕人在身上隨便披了件破舊至極的上衣，站到爐火前，眼角往下斜睨著我，好似我和他之間有什麼未了結的深仇大恨。我開始懷疑他到底是不是僕人；他的衣著和言語都十分粗鄙，完全沒有希斯克里夫夫妻身上表現出來的氣勢。他厚厚的褐色鬈髮又粗又亂，鬍鬚像熊似的滿臉橫生，雙手跟粗工一樣曬成了棕色；但他的姿態卻十分自在，幾乎可說是帶著傲氣，也毫無僕人伺候家中主人的殷勤樣。既沒有明確的證據說明他的地位，我決定最

4. 朱諾（Juno）：羅馬神話中的眾神之后，掌管婦女、婚姻、生育，也是戰神之母。
5. 英國某些地區習慣將傍晚的那一餐稱作「tea」而不是「dinner」。

好對他奇怪的行為置之不理。五分鐘後，希斯克里夫走進來，稍微把我從尷尬的局面解救出來。

「您看，先生，我遵照諾言，又來了。」我裝作開心的樣子喊道，「不過由於天候惡劣，恐怕得在此地困個半小時，如果您方便的話，請讓我暫避這麼一段時間吧。」

「半小時？」希斯克里夫說著抖掉衣服上的雪片，「你竟然選在暴風雪正厲害的時候出門亂晃，真是奇怪。你知道這樣可能會在沼澤裡迷路，很危險嗎？對這一帶荒原熟悉的人，這樣的晚上也常找不到路的；而且我可以告訴你，目前看來，天氣不可能會變好。」

「也許我可以請您的下人當嚮導，讓他在畫眉莊園住一晚，您能派出一個人幫我嗎？」

「不，不行。」

「啊，這樣啊。嗯，那麼我就得憑藉自己的智慧了。」

「嗯。」

「要喝茶了嗎？」穿著破舊外衣的年輕人質問道，把兇狠的眼光從我移到年輕夫人的身上。

「要給他嗎？」年輕夫人問希斯克里夫的意見。

「去準備就是了，問什麼？」是他的答案，口氣之凶悍讓我吃了一驚。這句話的語調，顯示他骨子裡其實性格惡劣。我再也不覺得希斯克里夫這個人不錯了。準備工作完成後，他是這麼邀請我的——「好了，先生，把椅子拉過來吧。」於是所有在場的人，連那粗野的年輕人也一起，圍著桌子就坐。我們解決晚餐時，只有一片嚴肅的沉默。

我心想，假如是我帶來了這朵烏雲，那將之驅散也是我的責任。他們不可能每天都這樣沉悶無言地坐著；而且不管他們脾氣有多麼差，也不可能成天都像這樣繃著臉吧。

「說來奇怪，」我在喝完一杯茶，接續下一杯的空檔開口說：「習俗竟能夠塑造改變我們的品味和思想；希斯克里夫先生，一定有很多人無法想像，您的生活如此遺世獨立，怎麼可能會有幸福可言；然而，我敢大膽說，您身邊環繞著家人，又有您這位親切的夫人掌管著您的家和心靈——」

「我這位親切的夫人！」他打斷我的話，臉上掛著恍如惡魔的獰笑。「在哪裡？我這位親切的夫人？」

「我是說希斯克里夫太太啊，您的夫人。」

「哦，是了。哼，你的意思是，雖然她的肉身已經不在，靈魂卻接下了守護天使的職責，照看著咆哮山莊的運勢。是這樣嗎？」

我發覺自己不小心闖禍了，便試圖補救。我早該看出兩人的年齡差異太大，不太可能是夫妻。一個已經四十多歲；這個年紀是男人頭腦正清楚的時候，不可能會癡心認為小女生是為了愛情而嫁給他；那個夢是保留給老年時安慰自己用的。另一個則看起來還不到十七歲。然後我忽然靈光一閃，「我旁邊這個用盆子喝茶、沒洗手就吃麵包的鄉巴佬，說不定是她丈夫：希斯克里夫少爺，一定是的。這正是活生生葬送一輩子的後果呀：她只不過是不知道還有更好的人選，便放棄自己的未來，下嫁了那個土包子。真是可悲又可惜。我一定要小心，不要無意間讓對自己的選擇感到後悔。」最後這個想法好像是我自命不凡；事實並非如此。

在我看來，我隔壁這位簡直就讓人厭惡；而根據過去的經驗，我知道自己算是有魅力的。

「希斯克里夫太太是我兒媳婦。」希斯克里夫的話，證實了我的猜想。他邊說邊轉向她那邊，眼神很奇怪，一種懷恨的目光；除非他的臉部肌肉特別異常，不像普通人那樣會將喜悅或憤怒的情緒流露在臉上。

「喔，當然了，現在我明白了，您才是有幸擁有這位善良仙子的人。」我轉向鄰座的人說。

結果比剛才更糟糕：年輕人漲紅了臉，握緊拳頭，一副就要動粗的樣子。不過他後來似乎控制住自己，硬是把風暴壓制成惡狠狠的一句咒罵，那是針對我嘟囔出來的；但我故意不予理會。

「很不幸你猜錯了，先生。」我的房東評論著，「我們兩人可都沒有榮幸擁有你說的好心仙子；她的伴侶已經死了。我說過她是我兒媳婦，所以她一定是嫁給我的兒子。」

「那這位年輕人是——」

「不是我兒子，絕對不是。」

希斯克里夫又笑了，彷彿把那隻野熊說成他的種，這個玩笑開得太過分了。

「我的名字叫哈里頓．恩蕭。」對方吼道，「告訴你，給我好好尊重它。」

「我一直都沒有表示不敬。」我這麼答道，心裡暗笑他昭告自己姓名時那副鄭重莊嚴的樣子。

哈里頓直盯著我好久，我後來轉開視線不敢跟他對視，怕自己忍不住賞他耳光或將心中的笑意洩露出聲。我開始覺得自己跟這個快樂的大家庭實在格格不入；如此低迷的陰霾氣氛不但抵消身體四周溫暖舒適的環境，甚至還壓過它。於是我告訴自己，第三次冒險再進到這屋裡時，一定要謹慎小心。

用餐完畢，卻沒有人開口聊天，我便靠近窗戶檢視天氣的狀況。我見到的是淒慘的景象，夜色的黑幕提早降臨，天空與丘陵也分不清了，化做刺骨的旋風和沉沉的降雪。

「現在這樣，如果沒有嚮導我是不可能回家了。」我忍不住脫口說，「道路想必已經被雪掩埋；就算沒有，連近在眼前一呎的地也都快看不清楚啦。」

「哈里頓，把那十二隻綿羊趕到穀倉的門廊裡。要是讓牠們整晚留在羊圈，一定會被埋住；還有，在牠們前面擺塊木板擋住風雪。」

「我該怎麼辦呢？」我繼續問，心裡愈來愈不耐煩了。

沒有人回答我的問題。我四下張望，發現約瑟夫提著一桶粥進來給狗吃；希斯克里夫太太則是身體前傾靠近爐火，燒著火柴取樂；那束火柴是她把茶葉罐放回原位時，從爐台上掉落的。約瑟夫放下粥桶，睜著一雙挑剔的眼睛打量著房間，用他的破嗓子沙啞地說：「我覺得真奇怪，別人統統出去幹活了，你竟然還可以這樣待在那裡發懶，不過你反正不會有出息，跟你說也沒用；你怎樣都不會改邪歸正，就跟在你娘後頭，下地獄見魔鬼吧，你！」

一時間，我以為這段話是對著我講的，氣得往這個老壞蛋走過去，打算把他踢出門外。不過，希斯克里夫太太的回話，讓我煞住了腳步。

「你這個亂說話、假正經的臭老頭！」她回罵，「你每次講魔鬼，就不害怕被活活拖走嗎？我警告你，別來惹我，不然我就特別請牠來把你抓去。停！給我聽好，約瑟夫。」她繼續說，一邊從架子取下一本長長的黑皮書。「我就讓你看看，我的黑魔法練到什麼程度了，不久我就能把這屋子清得空空蕩蕩的。那隻紅毛母牛可不是意外死亡，而你的風濕痛更不算是上帝的懲罰。」

「哎喲，邪惡，好邪惡！」老頭倒抽著氣說，「求上帝拯救我們脫離邪惡[6]。」

「不可能，你沒救了！你已經被上帝遺棄，快滾，不然我就讓你吃盡苦頭。我要用蠟跟陶土做你們所有人的塑像，然後第一個越過我底線的人就要——我不告訴你要怎樣——可是，到時候你就知道了，滾，我可是盯著你了！」

這位小女巫美麗的眼睛故意裝出怨毒的神色，約瑟夫還真的被嚇得發抖，匆匆出去了。走的時候一邊祈禱，一邊罵著「真邪惡」。

我認為她想必是因為無聊才想找點樂趣，這時既然只剩我們兩人，我便試圖讓她注意到我的困境。

「希斯克里夫太太，」我熱切地說，「請原諒我的打擾。您的面容如此良善，心腸必然是善良的，因此我膽敢提出要求，請您幫我指出幾個路標，讓我有辦法認出回家的路。我完全不知道該怎麼回去，就像您不曉得該如何去倫敦一樣啊。」

「原路回去就對了。」她答道，舒舒服服地窩在一張椅子上，前面擺著一根蠟燭和那本長長的書。「這個建議雖然簡短，卻是我能給的最佳答案了。」

「那麼，假如之後您聽說我被人發現死在泥沼或雪坑裡，您的良心不會悄悄說有部分是您的過失嗎？」

「怎麼會呢？我沒辦法送你回去呀。他們連花園圍牆的另一頭都不讓我去。」

「您送我！在這樣一個夜晚，為了我，就算要請您跨過門檻一步，我也會愧疚的。」我喊道。「我只是想請您告訴我怎麼走，不是要您帶路；不行的話，那就麻煩您說服希斯克里夫先生派給我一名嚮導。」

「派誰？這裡只有他、恩蕭、季拉、約瑟夫和我。你要哪個？」

「農莊裡沒有其他男工人嗎？」

「沒有。這些就是全部的人了。」

「這麼說來，那我就只好在這裡過夜了。」

「這件事你跟這裡的主人談，與我無關。」

「希望你從此學到教訓，不會再一時衝動在這山裡亂跑。」希斯克里夫嚴厲的聲音從廚房門口傳來。「至於在這裡過夜，我可沒有準備客人的房間，要是你一定要留下，就得跟哈里頓或約瑟夫擠一張床。」

「我可以睡在這裡的椅子上。」我答道。

「不行，不可以。管他是有錢人還是窮光蛋，陌生人就是陌生人，不允許任何人在我防範不到的時候隨意在屋子裡行動。」這個沒禮貌的小人說道。

聽到這樣的侮辱，我的耐性也磨光了。我說了一句話表達厭惡之意，擠過他身邊進入院

6. 這句出自基督教的主禱文（馬太福音第六章第九至十三節）。

子，匆忙間撞上恩蕭。外面的天色已經漆暗一片，我看不見出口；正在到處亂闖的時候，聽見他們之間又一次禮貌的表現。起先，那年輕人看似要對我友善的樣子。

「我陪他一起走到園子。」他說。

「你陪他一起下地獄去吧！」說話的是他主人（或者看這兩人關係隨便該怎麼稱呼就是），「那誰來照顧馬匹，嗯？」

「馬兒一個晚上沒人照顧沒那麼要緊，比起來人命更重要，一定要有人陪他回去才行。」希斯克里夫太太低聲說道，比我預期的還要親切。

「要去也不是聽妳的命令。」哈里頓回嘴。「如果妳心裡重視他，最好給我閉嘴。」

「那我希望他死了，鬼魂會纏上你。我希望希斯克里夫先生在畫眉田莊成為廢墟之前，永遠也找不到另一個房客。」她厲聲應道。

「聽啊，聽啊，她在詛咒他們了！」約瑟夫嘟噥道。我正朝他的方向前進。

他坐在我耳力所及之處，靠著一盞油燈的光擠牛奶。我不客氣地一把抓起那盞燈，喊了聲我明天會送回來，便往離我最近的後門衝過去。

「老爺、老爺，他搶了提燈跑啦！」老頭子追著我大喊。「喂，咬人精！喂，狗兒！喂，野狼，攔住他，快攔住他！」

小門一開，兩隻毛茸茸的怪物便撲向我的喉嚨，把我壓在地上，提燈摔落的同時也熄了；希斯克里夫和哈里頓兩人的嘲笑聲混在一起，讓我又羞又惱到了極點。幸運的是，兩隻野獸似乎比較想伸展四肢、打呵欠、搖尾巴，沒那麼想把我生吞活剝；但牠們也不讓我起身，於是我被迫躺在地上，等牠們那些惡毒的主人高興了才下令放開我。我的帽子被弄丟了，氣得渾身發抖，命令那些壞蛋放我出去，要是他們膽敢多留我一分鐘就試試看；語無倫次、狠毒地威脅著要如何如何報復，頗有瘋狂李爾王[7]的味道。

我因為氣急敗壞，太激動了，流了不少鼻血。希斯克里夫還是一直笑，而我則一直咒罵。要不是現場有個人比我還要理性些、也比我的房東好心些，我還真不知道這鬧劇要怎麼收場。這人就是胖胖的僕婦季拉；她聽到吵鬧聲，終於趕過來了解情況。她以為他們其中幾個對我動粗，但她又不敢得罪主人，便用她的利嘴對付年輕的那個壞蛋。

「好哇，恩蕭先生，」她喊道，「你下次又要搞出什麼鬼來了？咱們是要在家門口殺人嗎？這屋子我可待不下去了。看看這可憐的小伙子，都快沒氣了！哎、哎，您別一直這樣啊。進來吧，我幫您治治，別動哦。」

她嘴上這麼說，突然往我脖子潑下一人杯冷冰冰的水，把我拉進廚房。希斯克里夫先生尾隨在後，偶然冒出來的歡樂之情迅速消滅，回復成慣常的陰鬱模樣。

我身體極度不適，頭暈目眩，有氣無力，於是不得不在他家過夜。他叫季拉給我一杯白蘭地，接著便進內室去了。季拉見我如此不幸的慘狀，好言安慰我，又按照主人的吩咐倒了酒，我喝完覺得稍有起色，她便領路帶我去就寢了。

7. 莎劇《李爾王》的主角，被兩個他原本以為孝順的女兒背叛拋棄而發瘋，在暴風雨中跑到户外詛咒這兩個女兒。

3

季拉帶我上樓的途中，建議我把蠟燭藏好且不要出聲，因為老爺對她要讓我住宿的房間有奇怪的想法，從來不願讓任何人進住。我詢問緣由；她答說不知道，她才來這裡一兩年，他們古里古怪的事情又太多，她就算好奇也不曉得該從哪裡開始。

我自己也因神智不清，沒有好奇的力氣，拴上房門就四處張望尋找床鋪。房間裡所有的家具計有，一張椅子、一個衣櫥，還有一座大型的橡木櫃；靠近頂部處開了兩個方形的洞口，類似馬車上的窗戶。我靠近窗戶往裡面看去，發現原來是一座造型奇特的舊式床榻，設計得很方便，可以免去為家中每一個成員都安排獨立房間的需求[8]。大櫃子事實上等於一個小房間，房間內包含了一扇窗戶，窗台可兼做桌子用。我拉開鑲板拉門，攜著蠟燭走進櫃子，再關起門，安全感便油然而生，不再怕希斯克里夫和其他人監視我了。

我放置蠟燭的窗台一角堆著幾本發霉的書，窗台檯面的油漆上則刻了滿滿的字。不過這些字只是由大大小小、不同風格字體寫成的姓名——「凱瑟琳．恩蕭」，有的地方換成「凱瑟琳．希斯克里夫」，有的又變成「凱瑟琳．林頓」。

我無精打采地發呆，頭靠著窗戶，一直反覆拼著「凱瑟琳．恩蕭——希斯克里夫——林頓」，直到眼皮沉沉閉上。可是休息不到五分鐘，黑暗中突然爆出光芒耀眼的白色字體，恍如妖鬼般清晰——只見「凱瑟琳」滿天飛舞。我起床想把那刺眼的名字驅散，卻發覺蠟燭倒了，燭芯倒靠在其中一本古書上，讓整個地方充斥著烤牛皮的「香味」。

我趕緊將燭火熄滅，但因為還覺得有些反胃，身體又冷，很不舒服，於是坐起身，打開受損的那本書，擺在膝蓋上看。原來是本《聖經》，字體很細，散發出可怕的霉味。其中一張扉頁上寫著——「凱瑟琳．恩蕭的書」，以及大約二十五年前的日期。

我闔上那本書，然後一本接一本全部拿起來查看。凱瑟琳的藏書是精挑細選過的佳作，破損的情況則顯示曾有人經常翻動，不過卻不完全按照書本原訂的目的使用。書中幾乎沒有一個章節得以倖免，全是墨水寫的評論——至少表面上看起來像是評論——印刷之外的每一處留白都被蓋滿了。有些是前言不搭後語的句子，有的則是普通日記的形式，由小孩子那種尚未定型的稚嫩筆跡潦草寫成。其中多出來的一頁頂端（當初她翻到這裡的時候，想必是如獲至寶吧），我發現一張吾友約瑟夫的漫畫像，深覺好笑；畫得十分粗糙，但筆力相當有勁。我馬上對這位陌生的凱瑟琳燃起了興趣，旋即開始辨識她那褪了色的蝌蚪文。

「悲慘的星期天，」下面的那一段寫道，「要是爸爸能回來就好了。辛德利取代爸爸的位置，可是他好可惡，他對希斯克里夫真是太壞了，辛德利跟我就要反抗了，今天晚上我們做了第一步。」

8. 類似台灣古時候的「紅眠床」，四面有壁板圍住，關上門看起來像是櫥櫃。在英國北部鄉間較常見，且是十八世紀流行的家具，洛克伍德是十九世紀的都市人，因此對這種傢俱十分陌生。

「一整天都下大雨，像要淹水那樣；我們沒辦法上教堂，所以約瑟夫得叫信眾在閣樓集合。辛德利和他老婆在樓下舒舒服服烤火的時候——我敢發誓，他們才不會去讀《聖經》咧——大人就叫希斯克里夫、我、還有那個倒楣的耕田工拿祈禱書上樓，在一袋穀子上排排坐。我們一邊哀哀叫一邊發抖，心裡希望約瑟夫也會發抖，這樣他為了自己，講道就會短一點。真是作夢！禮拜整整搞了三個小時；結果哥哥看到我們下樓，居然還好意思在那邊叫：『什麼，已經完了？』以前星期天晚上我們還可以玩，只要不太大聲就好；現在連偷笑一聲，都會被叫去角落罰站。」

「『你們忘記你們的主人在這裡了，』那個霸王說，『誰敢第一個惹我，我就把他整個拆了！我要絕對莊嚴，絕對安靜。喔，小子！是你嗎？法蘭西絲，親愛的，妳走過去順便扯他的頭髮；我聽到他打響手指。』法蘭西絲用力猛拉他的頭髮，然後跑去坐在她老公的大腿上，兩個人像小小孩一樣一直玩親親、說一些有的沒的——講那些沒大腦的廢話，我們都不好意思聽了。我們在櫃子的拱型腳下盡量藏好，我剛把我們的罩衣9固定在一起，掛著當簾子，結果約瑟夫有事情從馬廄進來了，就扯掉我的傑作，打了我耳光，沙啞著聲音說：

「『老爺才入土沒多久，安息日還沒過，你們耳朵裡頭還響著福音，竟敢這樣子玩！羞羞臉！快坐下，壞孩子！你們要肯讀的話，有很多好書可以讀；快坐下，想想你們的靈魂吧。』

「他說著逼我們坐好，好讓我們能藉著遠處的爐火照過來的黯淡光線，讀他塞過來的那本破書。我抓起書的封面把它丟進狗窩，賭氣咒說我最恨好書了。希斯克里夫把他那本也踢到同樣的地方。再來就吵翻了！

「『辛德利老爺！』我們這位牧師大喊，『老爺，快來呀！凱西小姐把《救贖之盔》的書給撕啦，希斯克里夫用腳踢破了《毀滅之大道》的第一部。您放縱他們這樣下去可要完蛋囉！唉唷唷！要是老太爺看到，一定會好好修理他們一頓，可是他不在囉！』

「辛德利急忙從他在的爐邊天堂趕過來，把我們兩個一個抓住領子、一個抓住手臂，用力甩到廚房後面的洗滌室[10]；約瑟夫鄭重宣布說「魔鬼」絕對、一定會去那兒把我們抓走。聽完這句『安慰』的話，我們便各自找了個小角落窩著，等待牠的降臨。我從架子上伸手拿了這本書和一瓶墨水，把門打開讓光照進來，靠寫字打發了二十分鐘，可是我的同伴沒耐性了，建議我們『借一下』擠奶女工的斗篷披著跑去外面荒原玩。很棒的建議——如果那個臭老頭等一下進來看到，還會覺得他的預言成真了咧——反正，我們在雨中也不會比在這裡更濕更冷了。」

我猜凱瑟琳實現了她的計畫，因為下一個句子換了新的主題，語氣也變得淒涼悲苦起來。

「作夢也沒想到，辛德利會讓我哭成這樣。」她寫道，「我頭好痛，痛到沒辦法躺在枕

9. 十八、九世紀時，兒童跟少年男女會在衣服外面穿長圍兜或罩衣。

10. 舊時沒有自來水，稍有規模的人家會在廚房後方設一「洗滌室」以便提水進出，除了在此清洗食物、碗盤，有時也在這裡洗衣服。

頭上，可是還是停不了。可憐的希斯克里夫，辛德利說他是流浪工人，不再讓他跟我們一起坐，也不能跟我們一起吃飯；還有，他說，我不可以跟他一起玩，如果違背他的命令，就要把他趕出去。他怪爸爸（他竟敢？）對希太慷慨了，又發誓說要把他打回該有的地位……」

我看著字跡模糊的書頁，開始昏昏欲睡，打起盹來，眼睛也從手跡飄到了印刷字上，瞄到用紅色花體字印成的題目——「『七十個七次，與七十一之一』：賈貝斯．布藍德罕牧師於基默頓教堂宣講之傳道文[11]」。我一邊昏昏然地絞盡腦汁猜想著賈貝斯．布藍德罕牧師是怎麼個說法，一邊躺回床上，落入夢鄉。唉，都是因為晚餐吃得差，心情又不好，否則為何我會度過如此可怕的一夜呢？我不記得從自己懂得什麼是受苦以來，還有哪次比得上這一晚的。

我幾乎是在尚未進入恍惚狀態時，便開始作起夢來；我覺得已經是早上了，正出發走上回家的路，由約瑟夫擔任嚮導。路上雪深數呎，我們跌跌撞撞地前進，我的旅伴也一路責怪我怎麼沒帶朝聖人用的手杖[12]，聽得都累了。他說我沒帶手杖就不能進屋，還洋洋得意地揮舞一隻棒頭粗重的木棍；原來這枝就是所謂的朝聖手杖。我原本想，要進到自己的住處，居然還要帶這樣的武器，實在很荒謬；但不久就閃過一個新的念頭，我不是要回家，而是要去聽有名的賈貝斯．布藍德罕講道，探討的經文是——「七十個七次」，而不知道是約瑟夫、牧師或是我犯下了那「第七十一之一次」，即將被當眾揭發並逐出教會。

我們來到教堂。現實中散步時我曾路過兩、三次；教堂在兩座丘陵中的谷地，是個稍微高起來的谷地，靠近一座沼澤。據說，埋在該地的幾具屍體，光靠沼中泥炭的濕氣便不必另外進行防腐了。屋頂迄今依舊完整；不過由於牧師的薪水每年只有二十鎊，以及一間雖有兩房卻快要壞得變成一房的屋子，因此沒有教士願意進駐擔任本堂牧師。更何況，現在又有傳言說，信眾寧可讓牧師餓死，也不肯從自己口袋掏錢增加一便士的薪資。然而，在我夢中，賈貝斯卻是信眾滿座且人人聚精會神聽他講道的牧師。他宣講的佈道文——老天！那是什麼佈道文哪，分成**四百九十個**部分，每個部分都相當於一般牧師講道時的一整篇，分別探討一種不同的罪。我真不知道他是上哪找到的佈道文。他對這句經文的演繹自成一格，說得彷彿教友弟兄每次都會犯下不同的罪行，而且列舉得千奇百怪；是我之前想都沒想過的罪行。

咳，我聽得好累啊。如坐針氈，一再打呵欠、打瞌睡，然後又驚醒。我捏了自己又戳自己，揉著眼睛，一會兒起立、一會兒坐下，還用手肘碰碰約瑟夫，叫他告訴我牧師**到底**有完沒完。結果我註定被迫從頭聽到尾，最後他終於講到「第七十一之一」了。在這關鍵的一刻，我突然受到天啟，不由自主地起身告發賈貝斯．布藍德罕，說他正是文中的罪人，犯下了那個連基督徒也毋須寬宥的罪行。

「先生。」我叫道，「本人在教堂的四面牆中端坐，已一口氣忍受並寬恕您宣講四百九十

11. 出自〈馬太福音〉18章21-22節：「那時，彼得進前來，對耶穌說：主啊，我弟兄得罪我，我當饒恕他幾次呢？到七次可以嗎？耶穌說：我對你說，不是到七次，乃是到七十個七次。」耶穌是叫人寬恕別人，但撰寫此文的牧師卻解釋成犯錯「七十個七次」(490次)是極限，犯到「第七十一個七次」中的第一次(第491次)便不可原諒了。

12. 古時候西方也有朝聖活動；信徒為了方便走路並防身，多半會攜帶手杖，朝聖完畢還會把求得的紀念品(類似東方廟宇的護身符)掛在手杖上。

篇論文；有七十個七次，我已經拿起帽子，打算離開。有七十個七次，你無禮地逼迫我重新就坐。這第四百九十一次，實在令人忍無可忍了。各位與我一起受苦的同胞們，大家上啊！快把他拖下台，打得他粉身碎骨，讓故土也不再認識他[13]。」

「**你就是那人**[14]。」一陣肅穆的沉默後，賈貝斯從講壇墊書的墊子上探出身說。「七十個七次，你曾大張血盆之口、扭曲臉上五官——七十個七次我和我的靈魂商量——噫唏，這是人性弱點，不過這是可原諒的。如今已是七十一之一。諸弟兄，照聖書上的判決來對他執行處罰吧。祂的每個聖民都有這榮耀[15]。」

聽了這句結語，全部會眾高舉朝聖手杖，有志一同地朝我猛衝。我沒有武器可自衛，便動手跟約瑟夫扭打起來，想搶他的手杖；他離我最近，攻勢也最激烈。紛亂雜沓之際，有好幾次眾人的棍棒交錯亂打；原本對準我的，卻打中了別人的天靈蓋。不久整間教堂裡便充斥著攻擊與反擊的敲打聲，每個人都在攻擊鄰舍[16]。布藍德罕不落人後，把他的狂熱化為一陣急雨般的敲擊，打在講壇的木板上，聲音響亮的終於把我驚醒了。

那如釋重負的感覺，真是難以言喻啊！結果到底是什麼引我夢見那樣混戰的景象呢？是什麼扮演了賈貝斯在混戰中的角色？原來不過是一棵樅樹，呼嘯的狂風吹動它的枝幹，碰到我的窗櫺，並使樹枝上的乾毬果喀噠喀噠地敲在玻璃上而已。我狐疑地聽了一下，辨別出擾人清夢的元凶，翻了個身又睡著了，又作了一個夢；結果這個夢竟有辦法比前一個夢更加令人不快。

這一回，我記得自己躺在橡木櫃裡，也清清楚楚聽見狂風呼嘯、驟雪吹打。我還聽見了縱樹枝幹重複它那捉弄人的響聲；這次倒是有正確辨識聲音的出處，但聽起來實在很討厭，於是我決定把它弄停，如果可以的話，我以為自己起身試圖打開窗戶的窗鉤。鉤子跟扣環焊接在一起；這是我在清醒時候曾觀察到的，只是這時忘了。

「無論如何，我還是一定要讓它停下。」我嘟噥道，說著一拳打破玻璃，把手臂伸到外面抓住那煩人的樹枝。結果手指扣住的不是樹枝，而是一隻冰涼小手的手指！作惡夢的強烈恐懼感頓時襲來；我試圖抽回手臂，卻被那隻手牢牢抓著；只聽見一個無比哀淒的聲音泣道：「放我進去，放我進去！」

「你是誰？」我問的同時努力掙扎著想脫身。

「凱瑟琳．林頓。」那聲音顫抖著答道（為什麼我會想到「林頓」？我差不多每看到「恩蕭」二十次，才看到「林頓」一次呀）。「我回來了，之前我在荒原上迷路了。」

她說這句的時候，我隱約見到一個小孩的臉從窗戶往內看。恐懼使我變得殘忍；既然我甩不掉那妖物，便反將她的手腕往裡拖，按在破掉的玻璃上，來回反覆用力割，直到那隻手腕流出血來，浸濕了床單。然而她依舊哀號著「放我進去」，依舊頑強地緊緊攫住我不放；

13. 出自〈約伯記〉7章10節：「他不再回自己的家；故土也不再認識他。」

14. 出自〈撒母耳記下〉12章7節。大衛王看上別人的妻子，故意安排那丈夫上前線害死他，先知拿單便說了富人搶窮人羊羔的故事。大衛說這富人該死，拿單答：「你就是那人。」。

15. 出自〈詩篇〉149章9節：「要在他們身上施行所記錄的審判。祂的聖民都有這榮耀。你們要讚美耶和華！」

16. 出自〈以賽亞書〉19章2節：「……弟兄攻擊弟兄，鄰舍攻擊鄰舍……」。

嚇得我快發瘋了。

「我哪有辦法。」最後我這麼說，「如果想要我放妳進來，就先放開**我**才是。」對方的手指放鬆了，我趕緊從洞口抽手，急急把書疊成金字塔狀擋住洞口；又蒙上耳朵，以阻絕那淒切的祈求聲。我好像蒙耳了一刻鐘以上；可是一放開耳朵，那悲慘的哭叫聲馬上又回來了！

「滾開！」我喊道，「我絕不會放妳進來，就算求二十年也不放。」

「是二十年呀！」那聲音哀哀道，「二十年。我已經在外面流浪二十年了！」這時窗外開始傳來一陣微弱的搔抓聲，那堆書也動了，彷彿被往前推的樣子。我想跳起身來，卻動彈不得，嚇得魂飛魄散，大聲喊叫。令我慌亂的是，我發覺那一聲不是在心裡叫的；匆促的腳步聲來到我的門外，有人用力推開門，也有忽明忽暗的光線透過床鋪上方那兩個方格照進來。

我坐起來，身體還在發抖，伸手抹去額頭上的冷汗；闖進來的那人似乎有所遲疑，自言自語的嘟噥著什麼，最後他低聲說：「有人在嗎？」顯然不預期會有人回答。

我想想還是最好老實承認自己在裡面；因為我認出了是希斯克里夫的聲音，如果我不出聲，他搞不好會繼續搜查。我心裡這麼想，便轉身打開拉門。這個動作產生的驚人效應，我可不會輕易忘記。

希斯克里夫站在門口，只穿襯衫和長褲，手上蠟燭的蠟油滴到手指上，一張臉跟他後面的牆壁一樣慘白。橡木拉門的第一聲「嘎吱」嚇了他一跳，彷彿觸電似的，燭火從他手上飛了出去，落在幾呎外，他也激動得差一點就沒辦法撿起蠟燭。

「只是您的客人在此，先生。」我為了避免讓他膽小的樣子繼續曝光，害他沒面子，便出聲喊道，「我由於作了可怕的惡夢，結果不幸在睡夢中真的大叫，打擾到您了，不好意思。」

「咳，你該遭天譴，洛克伍德先生。我真希望你去——」我的房東開口道。他手抖得拿不穩蠟燭，便把它立在椅子上。「是哪個人帶你來這間房的？」他接著說，一邊把指甲深深掐進手掌，又咬緊牙根以制止下顎打顫。「是誰？我真想立刻把他趕出去！」

「是府上的傭人季拉。」我答道。說著跳下床，匆匆穿好衣服。「您若是這麼做我也不在乎，希斯克里夫先生；反正她確實活該。我猜她是想利用我證實這地方鬧鬼。哼，確實是鬧鬼沒錯——擠滿了鬼魂和妖怪！我跟您保證，您把房間封起來確實有理。在這樣一個窩裡，連想打瞌睡都沒辦法。」

「你這是什麼意思？」希斯克里夫大問：「還有，你在做什麼？既然你人已經在這兒了，就躺回去睡完整夜吧。可是，看在老天的份上，別再發出那可怕的聲音了。說什麼都不該那麼叫的，除非有人來割你脖子。」

「要是那隻小妖魔從窗戶進來了，恐怕真的會把我勒死。」我應道，「我可不想再遭受府上那些『好客』的祖先迫害了。賈貝斯．布藍德罕牧師是令堂那邊的親戚吧？還有那狐狸精，叫凱瑟琳．林頓、恩蕭還是什麼的——她八成是被妖精掉包的孩子[17]——這個邪惡的小

17. 西洋民間傳說，魔鬼或妖精會把自己的孩子跟人類的嬰兒掉包，動機大致上有兩種說法：因為人類的孩子比較可愛，或人類的生長環境比較舒適。

鬼魂，她告訴我，她二十年來都在人間遊盪；受到這樣的懲罰，必定是因為在世時的犯行而罪有應得，這我毫不懷疑。」

這些話剛一出口，我便想起書上希斯克里夫和凱瑟琳兩人的名字是連在一起的；這件事被我忘得一乾二淨，直到現在才突然記得。我發覺這麼做真是缺乏體諒，羞紅了臉，不過並沒有進一步表現出自己意識到失禮了的樣子，只是急忙補充道：「說實話，先生，我上半夜是在——」講到這裡我又停頓下來，原本正要說「瀏覽這些舊書」，但這樣就會洩漏出我知道的不只是書中印刷的文字，還有手寫的內容了；於是我改口接著說：「是在拼寫窗台上刻的名字。做這單調的事情，是想把自己催眠好入睡，像數數字那樣，或是——」

「你跟**我**這樣說話**到底**是什麼意思！」希斯克里夫凶暴蠻橫地怒斥道，「你、你竟敢，在我屋簷下這麼說？老天！他瘋了，才會說這種話！」然後又氣沖沖地猛拍額頭。

我一時不知道該為了如此的言語而發怒，還是該繼續解釋下去；不過我看他震撼成那樣，心生憐憫，便繼續說起我作的夢。我重申自己先前從未聽過「凱瑟琳．林頓」的名號，只因反覆讀它，在腦中留下印象，睡夢中思想不受控制時，這名字便化為人形出現。

我一邊說著，希斯克里夫慢慢地往床後面退縮，最後坐了下來，幾乎是躲在床櫃裡面了。然而，從他不規律且斷斷續續的呼吸聲聽來，我猜他正拚命想壓制太過激動的心情。我不願讓他知道我聽出他內心的掙扎，於是繼續梳洗，還故意弄得比較大聲，又看看錶；然後自言自語地議論起夜晚有多漫長。「才不到三點呀！我大可發誓說已經六點了呢。此地的時光似乎滯留不前；我們想必是八點便各自就寢了！」

「冬天都是九點睡，四點起床。」我的主人說著強自壓抑了一聲呻吟，並且拭去眼中的淚滴；這是我從他手臂影子的動作猜測的。「洛克伍德先生，」他又說道，「你可以去我房間。你這麼早下樓只會打擾到別人，而你幼稚的叫聲也把我的睡意趕去見鬼了。」

「我也一樣。」我應道，「我去院子裡散步到天亮就走，您也毋須害怕我再度闖進來。如今我已經戒掉以交際為樂的毛病了，無論是在鄉下或都市的社群都不愛。一個理智的人，以自身為伴便足夠了。」

「這種伴可討人喜歡。」希斯克里夫嘟囔道，「拿著蠟燭，隨便你愛去哪就去吧。我馬上過去找你。不過，別去院子，狗沒綁著；也別進正屋——朱諾在那兒守著，還有——不行，你只能在樓梯和走道上晃晃。反正，你先去吧，我過兩分鐘就來。」

我照辦了，但只有做到離開房間；由於不知狹窄的走道是通往何方，我便站在原地，因此無意間看見了房東的迷信舉動，跟他頭腦清楚的模樣十分不協調，說明後者其實是假象。

他爬到床上，扯開窗櫺，猛拉窗戶的同時，竟然情不自禁地痛哭。「進來吧！進來吧！」他啜泣道，「凱西，來吧。啊，拜託——**請妳務必進來**！啊！心愛的人！這麼久了，就**這一次**，聽我的話吧，凱瑟琳！☆1」那幽靈表現出幽靈慣有的任性，避不現身。風雪倒是從窗戶襲捲入內，甚至吹到我站立的地方，也把燭火吹滅了。

伴隨著這胡言亂語湧出的悲哀情緒實在太痛苦了，使我心生同情，於是沒去理會這段瘋話有多愚蠢，離開了現場。我有點生氣自己竟偷聽了這些話，又懊惱剛才把荒謬的惡夢告訴他，害他這麼難過，但**為什麼**難過我就無從理解了。我小心翼翼地往樓梯一路摸索著探向房

☆1
Come in! come in! Cathy, do come. Oh, do—once more! Oh! my heart's darling! hear me this time, Catherine, at last!

屋下層，最後兩腳落地的地方一看原來是洗滌室，裡面還燒著一絲爐火，被攏得很小；我趁機重新點燃蠟燭。屋中萬物俱寂，只有一隻灰色虎斑貓從灰燼中溜出來，發牢騷似的「喵」了一聲跟我打招呼。

火爐旁擺著兩張長凳，排成半圓形，幾乎整個包圍住爐子。我在其中一張凳子上躺下，灰妖貓[18]則登上了另一張。我們兩個就這麼打著盹，直到有人入侵了我們的避風港；來者是約瑟夫，他動作遲緩地從木梯子爬下來；那梯子穿過天花板的活門，梯子的頂端應該是通往他的閣樓吧，我想。先前我把火燒旺到冒出爐柵，他下來時惡狠狠地瞪了一眼那簇小火苗，又揮手將高踞在凳子的貓趕走，自己佔據牠的位置；然後動手把菸絲塞進一支三英吋菸斗裡。顯然我在他的私房寶地出現是大不敬之舉，而且是可恥得令人不齒的魯莽行徑：只見他默默叼起菸管，雙手抱胸，噗噗地抽著菸。我任他享受此一奢侈時光，未加干擾。他吸進最後一口煙圈，深深吐出一口長氣，站起身來，與進來時抱持同樣肅穆的態度離去了。

下一個進來的腳步聲比較輕盈；這回我張開嘴想說「早安」，但又閉上了，沒有完成打招呼的行為；因為哈里頓．恩蕭正輕聲祝禱，禱文是一連串咒罵，對象是他碰到的每一項物品；他正在一個角落翻找鏟子或鐵鍬，準備鏟除積雪。恩蕭瞄了一眼凳子，翕張著鼻孔，對我連招呼都不打一聲，與陪伴我的貓一視同仁。從他的動作，我推測出口已經開放通行，於是離開硬邦邦的臥榻，作勢要跟在他後面。他注意到我的姿態，拿鐵鍬去捅屋內的一扇門，用難以言傳的聲響說明，假如我要換地方，就該往那邊去。

那扇門通往正屋，女眷已經在裡面活動了。季拉拿著一只巨型的手拉風箱，鼓動一片片的火花往煙囪竄，希斯克里夫太太則跪坐在火爐旁，藉著火光看書。她把手放在眼睛前阻隔火爐的熱氣，彷彿全神貫注在書上，只有偶而責怪僕人在她身上灑了火星，或是把鼻子湊得太靠近臉的狗兒推開，才會停下來。我很意外也看到了希斯克里夫。他站在火爐邊背對著我，剛把可憐的季拉狠狠刮了一頓；季拉每隔一會兒就暫停工作，捏起圍裙的一角，憤恨不平地擦眼淚、啜泣著。

「還有妳，妳這沒用的——」我進門時他正轉向兒媳婦破口大罵，對她用了一個跟鴨或羊一樣應該很單純的字眼，但通常書上都用「ＸＸ」代替這個封號。「妳又來了，在那兒發懶搞鬼！其他人都自食其力——妳卻在我家白吃白喝！把妳那垃圾收走，去找正事做。——聽見了嗎，妳這該死的賤貨。」

「我會把我的垃圾帶走的，反正如果我拒絕，你就會強迫我扔掉。」女孩回道，闔上了書扔在椅子上。「可是我才不會去找事做，就算你罵到舌頭爛掉，我也只做我高興做的事。」

希斯克里夫才揚手，她便跳開，退到安全距離，顯然很熟悉那隻手的勁道。我可沒興致觀賞貓狗打架，快步上前，彷彿急著想靠近火爐取暖，假裝不知道被我打斷的爭吵。雙方還算知禮，暫時止住了進一步的爭鬥。希斯克里夫把雙拳塞進口袋，以遏止誘惑；希斯克里夫太太嘴角一扭，走到遠處的位子；依照先前所說的，我在場時扮演著雕像的角色。不過我待

18. 原文把貓叫做Grimalkin，是對灰色虎斑貓（尤其是老母貓）的俗稱，莎劇《馬克白》中女巫的役使靈也叫這個名字。

的時間並不久。我婉拒與他們一同用早餐，眼見天空露出第一道曙光了，我逮著機會逃進外面自由的空氣；這時空氣一片清朗寧靜，冷得彷彿無形的冰塊。

我還沒走到花園的另一頭，希斯克里夫就喊著要我停步，表示願意陪我走過荒原。幸好有他作陪，因為整個丘陵成了一片白浪起伏的雪海，而眼見的高低與地面實際的高低未必相符；別的不說，有許多坑洞都被積雪填滿了。往昔採石場留下的一堆堆廢料則整片、整片地被雪蓋住，也從昨天我散步時記在腦海中的地圖上被抹去。

我曾注意到道路一側有一排直立的石塊，大約每隔五、六公尺一個，一路綿延經過整片荒地。當初會立起這些塗上石灰的石塊，用意是做標記讓人在黑暗中找路，也為了怕像現在這樣下大雪，行人會搞不清楚地面較堅實的道路和左右兩旁的沼澤。然而，眼前除了偶爾出現的零星黑點，所有石塊的痕跡都已消失無蹤。因此我以為自己遵循著道路轉折的方向前進時，我的旅伴不得不經常警告我該往左或往右。

一路上我們極少交談，到了畫眉田莊入口，他便止步不前，說我到這兒就不會弄錯了。道別時我們僅是匆匆鞠個躬。接著我勇往直前，但得自力救濟，因為門房裡還沒人在。從大門到田莊的距離是兩英哩；我相信我走了四英哩才到，因為途中在樹林間迷路，還陷進了及頸的深雪——這種困境，只有曾經體驗過的人才懂。總之，我東拐西繞，最後進屋時，時鐘正好敲響十二點，按照平時從咆哮山莊的路線，算起來這回等於是每一英哩走了一個小時。

我那田莊的女管家以及圍在她身邊團團轉的眾手下，急急忙忙出來迎接我；七嘴八舌地驚呼著，說他們原本完全不抱希望了，大家都以為我昨夜必死無疑，正想著該如何尋找我的遺體。我要他們安靜，反正他們已經見到我平安歸來了。全身受盡風寒，連心臟都快要凍僵的我，拖著沉重的身子上樓，換上乾衣服，來回踱步了三、四十分鐘，體溫才漸漸得以恢復。之後我轉移陣地到書房，整個人虛弱得像隻小貓咪，連僕人為我準備的暖呼呼爐火和熱騰騰的提神咖啡，都差點沒辦法享受了。

4

人真是心猿意馬又變化莫測啊。先前原本決心自絕於一切社交往來的我呀，曾感謝上蒼，終於在一個幾乎不可能與人交際的地點落腳——結果，如此意志薄弱又愚劣的我，與心中的鬱悶和孤獨一直交戰到傍晚，最後終於不得不舉白旗投降。管家迪恩太太送晚餐來的時候，我裝做想多了解一下居所的背景，吩咐她坐在一旁陪我用餐；我一心寄望她會喜愛說人長短，可以藉著聽她說話提神，或被催眠得昏昏欲睡。

「妳在這兒住了相當長一段時間，」我開口問道，「之前妳說已經待了十六年了，是吧？」

「十八年了，先生，少奶奶嫁過來時我跟著來伺候她的；她過世後，少爺留我當管家。」

「原來如此。」

接下來是一陣沉默。我擔心她不喜歡聊是非——也許只愛講她自己的事，而那些我可沒什麼興趣。不過，她雙手握拳擺在膝蓋上，紅潤的面孔籠罩著斟酌的神色，沉思了一會兒後，突然出聲嘆道：「唉，跟那時比，情況都不一樣了。」

「對了，」我表示，「妳想必見識了許多變化吧，我想？」

「是，也看到了很多災難。」她說。

「呵，等一下我就把話題轉向房東的家族。」我心想。「用這個話題起頭很好，還有那個漂亮的少女寡婦，我想探聽她有什麼過去；不知道她是不是當地人，或者，比較有可能的是由外地嫁進來，而這些頑冥不靈的土民不願接納她當自己人。」我心中這麼盤算著，便問迪恩太太為何希斯克里夫要出租畫眉田莊，自己卻要住在環境和房屋都比這裡差上許多的地方。「難道他財力不夠，無法將產業維持在像樣的程度嗎？」我問道。

「財力！先生。」她應道，「他有錢的不得了，而且財富年年增加。對，沒錯，憑他的財力，可以住在比這更高級的房子，可是他幾乎是——毛不拔；再說，即使他原先打算來畫眉田莊，一聽到有好房客，就絕對不會放過多賺幾百鎊的機會。實在很奇怪，他無親無故的，還這麼貪心。」

「他好像本來有個兒子？」

「對，他本來有個兒子，已經死了。」

「那位年輕的女士，希斯克里夫太太，是他的遺孀？」

「對。」

「她原本是哪裡人？」

「哎呀，先生，她是我家已故少爺的女兒，結婚前叫凱瑟琳·林頓。是我一手帶大的，可憐的孩子。我原來希望希斯克里夫先生會搬過來的，這樣我們就可以再次一起生活了。」

「什麼！凱瑟琳·林頓？」我吃驚地叫道。但我想了一會兒就明白不是我夢見那個幽靈凱瑟琳。「那麼，」我接著說，「在我之前的住戶姓林頓了？」

「沒錯。」

「那，那個恩蕭是什麼人？哈里頓·恩蕭，跟希斯克里夫一起住的，他們是親戚？」

「不是。他是林頓家已故少奶奶的姪兒。」

「所以就是那位年輕太太的表哥？」

「對。她丈夫也是，一個是舅表，一個是姑表；希斯克里夫娶了林頓少爺的妹妹。」

「我看咆哮山莊的房屋正門上面刻著『恩蕭』，是個傳家很久的世族嗎？」

「很久了，哈里頓是最後一個傳人。凱西小姐也是我們家族的最後一個——我是說，林頓家。您去過咆哮山莊了？不好意思，這麼追問您，不過我很想知道她現在怎麼樣？」

「希斯克里夫太太嗎？她看起來精神很好，也很美麗。不過，我感覺她並不是很快樂。」

「唉，這是意料中的事。您覺得主人如何？」

「是個粗人，滿粗野的，迪恩太太。他個性是這樣的吧？」

「跟鋸齒一樣粗，像石頭一樣硬。您愈少招惹他愈好。」

「想必他歷經了許多人生起伏，才變成如此粗魯無禮。妳知道他過去遭遇哪些事情嗎？」

「他跟下在別人窩裡的杜鵑鳥蛋一樣啊，先生——我統統都知道，除了他在哪裡出生、他的父母是誰、他是怎麼發財的。哈里頓還被趕出來，像是被杜鵑幼鳥踢出去的雛麻雀。整個教區只有那可憐的小伙子不知道自己是怎麼被騙的。」

「哦，迪恩太太，行行好，跟我說說我鄰居家的情況吧。反正我現在上床也睡不著，請妳坐下來跟我聊一個小時吧。」

「哎呀，當然可以，先生。我先去拿點針線活來做，您要叫我坐多久，我就坐多久。可是您著涼了，我看您在發抖呢，得喝點粥去去寒氣才行。」

這位值得稱讚的女管家說著急忙離去，我則躬著身子靠近爐火。我的頭好熱，但全身好冷；由於神經緊張、額頭發燙，精神便呈現興奮的狀態，幾乎到了發傻的地步了。我沒有因此覺得不舒服，而是害怕（我現在還在怕）昨天和今天發生的事情會造成嚴重的後果。不久她回來了，帶著一只直冒熱氣的鍋子和一籃子針線活，她把鍋子擺在爐台上保溫，又將椅子拉近些，看樣子是因為我這麼和氣而很高興。

我搬來這邊之前——沒等我再次請求，她便逕自開始說故事了——我幾乎一直都在咆哮山莊，因為辛德利．恩蕭，就是哈里頓的爸爸，是我媽媽帶大的。所以我很習慣跟少爺、小姐們玩在一起。我也會跑腿、幫忙曬稻草，還有在農場旁待著，看誰有事叫我去做。

在一個晴朗的夏天早晨——我記得，那是收割季節剛開始的時候——恩蕭先生，就是老爺，一身要出遠門的樣子下了樓。他向約瑟夫交代完白天要做的工作後，轉向辛德利、凱西和我——我跟他們坐在同桌吃燕麥粥——然後對著兒子說：「好啦，寶貝兒子，爹今天要去利物浦，帶什麼回來給你好呢？看你喜歡選什麼都可以，只是要小件的，因為我要走路去，單程就要六十哩，要走很久啊。」

辛德利說要小提琴。然後老爺又問凱西小姐；雖然她才剛滿六歲，可是馬廄裡隨便哪一匹馬她都能騎，她便選了馬鞭。老爺沒忘記我；他是個善心人，雖然有時候他滿嚴厲的。他答應帶回一口袋的蘋果和梨子給我。他親吻了兒女，道別後便出發了。

老爺離開的那三天，我們覺得真是度日如年；小凱西常常問說爹爹什麼時候回家。恩蕭太太預計他第三天傍晚會到家，把晚餐的時間延了又延，卻一直不見人影，最後終於連孩子們也累得不想再跑到大門的柵門去看。後來天黑了，恩蕭太太叫他們去睡覺，但他們苦苦哀求媽媽讓他們繼續留守；就在差不多十一點鐘的時候，門栓輕輕打開，老爺走了進來。他往椅子上一癱，邊笑邊呻吟著叫他們都站遠一點，因為他累死了——就算把英格蘭、蘇格蘭和愛爾蘭三個王國都送給他，他也不願意再走這麼一趟啦。

「而且最後還被嚇個半死！」他說著解開原本包成一團、用雙手抱著的大衣。「妳看，太太！我這輩子從來沒為了個什麼東西累成這樣過，但妳還是得當做是上帝賜給我們的禮物，雖然膚色黑得像是從魔鬼那兒來的一樣。」

我們圍了上去。我從凱西小姐的頭頂上瞄到一個身體骯髒、衣服破爛的黑髮孩子，年紀看來是應該要會走路、說話了；事實上，從外表看起來，這孩子應該比凱瑟琳還大，可是兩腳落地後，卻只是瞪大眼睛四下張望，一直不斷嘰哩咕嚕重複說著莫名其妙的話。大家統統聽不懂。我很害怕。

恩蕭太太打算把那孩子趕出去。她大發脾氣，問老爺：「家裡還有親生骨肉要餵養，怎麼會想到把那吉普賽小鬼帶回來呢？他打算做什麼？是不是發神經了？」

老爺試著解釋，可是他已經累得有氣無力了。我在太太的責罵聲中只聽出的故事是，老爺看到孩子在挨餓，又無家可歸，雖然會說話，但在利物浦的街上等於是啞巴；於是就帶著他走了，四處問看看是誰家的。老爺說，結果沒人知道，而他自己的時間跟金錢都有限，想想覺得最好還是把孩子帶回家；不要為了這事留在當地白花錢，因為他決心不要把孩子就那麼丟下。好啦，結局就是，太太嘀咕抱怨著，最後平靜下來了。恩蕭老爺叫我幫那孩子洗澡，換上乾淨的衣服；跟家裡的孩子一起睡。

這段時間辛德利和凱西只在一旁看著、聽著，等到家中氣氛恢復平靜，兩人便開始翻父親的衣袋，找他先前答應要帶回來的禮物。辛德利當時是個十四歲的男孩子，但他拉出在大衣裡被壓得粉碎的小提琴時，竟然忍不住哇哇大哭。凱西呢，聽到老爺顧著照料那陌生小孩而把她的馬鞭弄丟，為了表示她的感受，便對那小子齜牙咧嘴又吐口水。這麼鬧的結果是被父親用力打了一下，叫她以後不許這麼沒規矩。他們拒絕跟那小鬼共用床鋪，甚至連在同一個房間都不願意。我當時也一樣不明事理，故意把那小鬼丟在樓梯平台上，希望明天他就會不見。也許是巧合，也許是聽見恩蕭先生的聲音，小鬼爬到他門口，老爺走出房間時一眼就看到了。老爺追究起小鬼怎會跑到那兒，最後我不得不老實招認；老爺見我如此膽小又沒愛心，便把我逐出了主屋。

這就是希斯克里夫初次來到這個家族時的情況。過了幾天我回來的時候（我可不認為上次被趕就一輩子不能回去了），發現他們把他取名「希斯克里夫」；這是家裡一個早夭的少爺名字，他從此就襲用了；不只當名字，也當姓氏。現在凱西小姐跟他好得不得了，可是辛德利卻恨死他了。老實說，我也一樣；我們經常作弄他；想想實在很可恥，但我那時不夠懂事，不知道自己這樣不對；再說，太太看到他被欺負時，也從來不曾開口幫他說話。

他似乎是個陰鬱又很能忍耐的孩子，說不定是被虐待習慣了，所以很堅強。辛德利揍他，他眼睛連眨都不眨一下，也不會掉眼淚。我捏他，他頂多是倒抽一口氣、睜大眼睛，好像沒人害他，是自己不小心受傷似的。希斯克里夫這樣隱忍的結果是，恩蕭老爺發現自己的兒子凌虐他口中那個「沒爹的可憐孩子」，大發雷霆。很奇怪，老爺偏偏就特別喜歡希斯克里夫，他講什麼都相信（說到這個，其實他很少出聲，而且通常都是說實話），老爺疼他可超過疼凱西。凱西太調皮了，又不聽話，所以不是最得寵的孩子。

就這樣，從一開始，他就在家裡造成了不愉快。才過了一年多，恩蕭太太過世時，少爺已經把父親視為壓迫他的暴君，而不是朋友，也認為希斯克里夫搶了父母的關愛，奪走了屬於他的權利；他對這些傷害念念不忘，心裡變得充滿怨恨。有一陣子我跟他站在同一國，但後來孩子們得了麻疹病倒，我必須照顧他們，一下子擔起大人的責任，就改變想法了。希斯克里夫的病情十分嚴重，最危急的時候，他一直要我待在床邊，大概是覺得我為他盡心盡力吧；那時他也沒那個頭腦猜到我其實是被逼的。話說回來，我得承認，全世界的保姆加起來，也不會有人帶過比他更安靜的孩子了。他跟其他兩人的差別，令我不得不調整原來偏心的態度。凱西跟她哥哥一直煩我，他卻乖得像小羊一樣，從來不抱怨；不過，他不煩人，不是因為個性溫順，而是因為剛硬倔強。

他捱過了危機，醫生斷定我是最大的功臣，誇我照顧得好。我被誇讚了，心裡很得意；因為會被誇是他的關係，便對他軟化了態度。就這樣，辛德利失去了最後一個盟友；不過我還是沒辦法喜歡希斯克里夫，經常猜想老爺到底在那個陰沉的男孩身上看到了什麼，竟然那麼寵他。而在我的記憶中，他從來不曾對獲得的寵愛表示過任何感激。他倒沒有對老爺不敬，只是一副沒感覺的樣子，但他很清楚自己把老爺的心抓得牢牢的，也知道只要他開口，全家上下都得乖乖聽話照辦。舉例來說，我記得有一次恩蕭老爺在教區的商展上買了兩匹小馬，送給兩個男孩子，一人一匹。希斯克里夫挑走最漂亮的那匹，可是牠不久就跛了腳。希斯克里夫發覺之後便對辛德利說：「把你的馬換給我，我不喜歡我那匹；如果你不換，我就跟你爹說這星期你打了我三次，還會讓他看，我整個手臂到肩膀全都瘀青了。」

辛德利對他吐舌頭，又甩他耳光。

「你最好給我馬上換！」希斯克里夫逃到門廊（兩人本來在馬廄），堅持道：「你是一定要換馬的，而且如果我告狀說你現在又打我這幾下，你會連本帶利被揍回來。」

「快滾，你個賤狗！」辛德利喊著，拿起秤馬鈴薯和稻草的鐵砝碼威脅他。

「你敢丟！」他站著不動回嘴道：「我就去告訴他，你怎麼威脅我，說他一死你就會把我趕出去，看看他聽了會不會馬上攆你走。」

辛德利真的丟了，打中希斯克里夫的胸口。他倒在地上，但立刻就掙扎著爬起來，上氣不接下氣，臉色也很蒼白。要不是我阻止，他會這樣子去找老爺，讓身上的慘狀替他爭取同情，等他一說明是誰害的，必定會徹底報復回來。

「好啦，死吉普賽，我的馬給你啦！」恩蕭少爺說，「希望牠讓你摔斷脖子，拿走，然後去死吧，你個乞丐寄生蟲！去把我爹的東西都騙光光吧，只要最後讓他知道你是什麼東西就好，撒旦的孽種——拿去，最好牠把你踢得腦袋開花。」

希斯克里夫這時已經去解開韁繩，要把馬牽到自己的欄舍裡；他經過馬後面時，辛德利話一說完便把他往馬腳下撞，也沒等著看剛才那願望是否成真，就拔腿跑了。我驚訝的是，沒想到那孩子竟然很冷靜，爬起身繼續做他計畫中的事，像是交換馬鞍等等，然後坐在一捆稻草上，把那一擊造成的噁心感覺壓下去後，才進屋子。我輕輕鬆鬆就說服他，把瘀青怪到馬兒頭上；他不在乎我怎麼跟大人講，反正他已經得到他想要的東西了。像這樣的衝突，他真的極少抱怨，少到令我真的相信他不記仇。不過，我完全被他騙倒了，這就說給您聽。

5

日子一天天過去，恩蕭老爺的身體開始走下坡了。他原本精力充沛、身體健康，但突然間就沒了力氣。因為被迫窩在火爐邊，脾氣變得十分暴躁，雞毛蒜皮的小事也會惹毛他，而且動不動就認為別人挑戰他的權威，可以為了這樣氣得快抽搐，尤其是如果有人想強逼或壓迫他的寵兒時，更是特別嚴重。

老爺對這件事非常小心眼，絕不許誰說希斯克里夫的不是，一個字都不行；他似乎一心認為，因為他疼希斯克里夫，所以大家都恨那孩子、想害他。其實這樣反而對那孩子不好，因為家裡人比較心軟的不願讓老爺難過，便順著他偏心的做法。這樣順著老爺的結果，就是讓那孩子驕傲的心態和陰沉的個性肆無忌憚地發展。不過，情勢逼得我們必須這麼做。有兩、三次，老爺在場時，辛德利表現出輕蔑的樣子，惹得老爺大發雷霆，一把抓起拐杖要打他，卻力不從心，氣得渾身發抖。

最後，我們的教區牧師——當時我們有個教區牧師，靠著教林頓家和恩蕭家的小孩，以及耕作一小塊自己的田地補貼牧師薪水生活——建議把少爺送去讀大學。恩蕭老爺同意了，但看得出來他心情很沉重，因為他說：「辛德利是沒用的東西，送到哪兒都一樣不能成材。」

我衷心期望從此就能萬事太平了。老爺做了善事卻因此日子不好過，我覺得很心疼。我猜他晚年生病時會那麼暴躁，是因為家人不和；他自己也認為是這樣。

真的，跟您說，先生，從他日漸衰朽的體態就看得出來。儘管如此，要不是因為那兩個人——凱西小姐和長工約瑟夫——我們也許還可以勉強和平相處的。我想您應該在那邊見過約瑟夫了吧？他當時是個最討人厭、最道貌岸然的法利賽人[19]，現在想來應該也是。沒有人比他更拚命搜刮《聖經》裡的句子，拿來鼓勵自己、詛咒鄰人了。他靠著那套論經講道和說話虔誠的本領，讓恩蕭老爺很信服；老爺愈虛弱，他的影響力就愈大。約瑟夫不停騷擾老爺，叫他要注意自己的靈魂，要嚴格管教兒女，又煽動他把辛德利看做敗家子。他夜夜對老爺說一大堆希斯克里夫和凱瑟琳的壞話，而且總是針對恩蕭的弱點，把最嚴重的過錯怪在凱瑟琳身上。

凱瑟琳確實有她的怪脾氣；我從來沒看過別的孩子這樣。她一天之內可以讓我們失去耐性超過五十次，從她下樓到她上床睡覺，這期間我們沒有一分鐘安心，一直提心吊膽，怕她搗蛋。她總是活蹦亂跳，舌頭也一直動個不停——一會兒唱歌、一會兒笑，沒有隨她起鬨的人就會被她纏個沒完。她真是個又野又刁鑽的小東西——但她有著一雙最漂亮的眼睛、最甜美的笑容，還有整個教區最輕盈的腳步，而且，追究起來，我相信她其實沒有惡意；如果她真的把你惹哭了，往往會跟你一起哭，讓你不得不平靜下來，反過來安慰她。她太喜歡希斯克里夫了；我們對她最嚴重的處罰就是把兩人分開，但我們當中她最常因為他挨罵。大家在玩的時候，她非常喜歡當老大，指東指西地命令玩伴；她也這樣對我，但我才不想被她修理或指使，就明白讓她知道了。

話說回來，恩蕭老爺無法理解兒女的玩笑；他一向都對他們很嚴格，正經八百的，而凱瑟琳這邊呢，則完全不明白為什麼父親生病後，變得比身強力壯時更暴躁、更沒耐性。他氣急敗壞地責罵她，反而讓她故意惹他生氣，覺得這樣搗蛋很好玩。我們大家統統罵她的時候，她最開心了，一臉天不怕地不怕、沒大沒小的神色，伶牙俐嘴地反抗我們；把約瑟夫拿鬼神詛咒的話變成笑料，並戲弄我；還做出她父親最討厭的事——對希斯克里夫擺出高傲的姿態（老爺不知道她是假裝的），故意顯出她這樣對他，比父親和善的態度更有用。**她**隨便說一句，那孩子就會去做；換成**他**說，卻是高興了才肯做。她就這樣整天拚命作怪，但有時候晚上又會過來撒嬌想彌補一下。

「不行，凱西，」恩蕭老爺總這麼說：「我沒法子疼妳，妳比妳哥哥還可惡。去祈禱吧，孩子，去求上帝原諒妳。我想妳母親跟我後悔生了妳啊！」這句話讓她傷心得哭了——起初是這樣，但後來因為經常被拒絕，她變得無動於衷。如果我叫她去跟她父親悔過、求他原諒，她反倒哈哈大笑。

但是，最後，恩蕭老爺脫離塵世苦難的日子還是來了。一個十月的夜晚，他坐在爐邊的椅子上安詳過世。當時狂風在房屋四周猛吹，呼嘯著掃過煙囪，聽起來好像外面天氣非常惡劣，正刮著風暴，不過倒不冷。我們都在場——我離火爐有一段距離，忙著織毛線；約瑟夫在桌旁讀他的《聖經》（當年僕人工作完畢後通常也待在屋子裡）。凱西小姐生病了，所以沒

19. 法利賽人（Pharisee）：猶太教中的一派，以研究、遵循律法為主要思想，但在《聖經．路加福音》12章1節中，耶穌說：「你們要防備法利賽人的酵，就是假冒偽善。」從此在基督教文化中法利賽人就用來指光做表面工夫、假裝虔誠的人。

有亂跑亂動；她倚著父親的膝蓋，希斯克里夫則頭枕著她的腿，躺在地上。

我還記得，老爺打起瞌睡前一邊撫摸她的秀髮——她這麼柔順，讓他開心的不得了——邊說：「妳怎麼就不能一直當個好女孩呢，凱西？」她聽了抬頭望著他，哈哈一笑，回答說：「您怎麼就不能一直當個好人呢，父親？」不過，她一看到他又不高興了，便親吻他的手，表示要唱歌給他聽，幫助他入睡。她開口低聲唱著，直到他的手指從她手中鬆開，頭也垂落到胸前。我叫她別唱了，也不要動，怕她吵醒他。整整半小時我們都一直靜悄悄的，像小老鼠一樣；原本還會更久的，但約瑟夫讀完他那一章就站起來說，他得叫老爺起來祈禱、上床睡覺。他上前喊了老爺，又碰碰他肩膀，可是他一動也不動，於是約瑟夫拿了蠟燭看看。他才把燭火放好，我就覺得不太對勁，兩手各抓住一個孩子的手臂，小聲告訴他們：「趕快上樓，別吵鬧——今天晚上他們可以自己祈禱——他有事要做。」

「我要先跟父親說晚安。」凱瑟琳說完，伸出兩手抱住老爺的脖子，我們要阻止已經來不及了。那可憐的孩子立刻就發現自己失去父親了，她尖叫出聲：「哎呀，他死了，希斯克里夫！他死了！」兩人嚎啕大哭，令人聽得都要心碎了。

我也跟著他們一起大聲痛哭，約瑟夫卻問說我們是怎麼想的，天上多了個聖人，鬧成這樣像什麼話。他叫我穿上披風，趕快跑去吉默頓找醫生和牧師。都這個時候了，我實在想不出找那兩人來會有什麼用；但我還是去了，冒著風雨帶著其中一個——醫生——回來，牧師說他早上會過來。

我讓約瑟夫留在現場說明情況，自己跑到孩子們的房間。房門半掩著，我看得出他們連躺都沒躺下過，儘管已經過了午夜。不過，這時他們比較平靜了，不需要我安撫。兩個幼小的靈魂互相安慰，他們的種種想法，比我能想出來的更好。他們天真地想像著天堂的情景；世上沒有哪個牧師能描繪出比那更美麗的景象了。我邊啜泣邊聽他們說，心裡不禁希望要是我們都平平安安地在那兒就好了。

6

辛德利少爺回家奔喪。讓我們大吃一驚，又令左鄰右舍指指點點的是，他帶了妻子一起回來。他從來沒告訴我們她是什麼人，在哪裡出生；大概家境不富裕，也不是名門出身，否則他不太可能把婚事瞞著父親。

這位新夫人不是會為了自己而搞得全家雞飛狗跳的人。自從踏進家門，她每見到一樣東西、每碰到一件事情，都露出一副歡欣雀躍的樣子，只有籌備葬禮以及面對來悼唁的客人例外。從她在準備喪禮時的反應看來，我覺得她好像腦筋不太正常似的；她跑進房間，叫我也去，儘管這時我應該要去幫孩子們穿衣服。她坐在那兒全身發抖，雙手緊緊交握著，反覆問我：「他們走了沒？」然後她開始歇斯底里地描述自己看到黑色的感覺，一下子驚跳，一下子顫抖，最後哭了起來。

我問她怎麼了，她回答說不知道；只覺得她好怕死喔！我想她會這樣就死掉的機率應該跟我差不多一樣低吧。她很瘦，很年輕，氣色紅潤，眼睛像鑽石般亮晶晶的。話說回來，我倒是有注意到她爬樓梯時會喘，突然聽到什麼聲音，不管再怎麼小聲，也會全身瑟瑟發抖，有時候還會咳得很厲害；不過，我當時根本不知道這些症狀代表什麼[20]，沒想到該同情她。

洛克伍德先生，我們這裡的居民通常不喜歡外地人，除非他們先向我們示好。

三年不見，恩蕭少爺變了很多。他瘦了，臉色不再紅潤，說話方式和打扮也都不一樣了。而且就在他回來的那一天，他告訴我跟約瑟夫，我們以後都必須待在清洗室，不許進正屋，那是他的地方。事實上，他原本還打算把一間空的小房間鋪上地毯、貼上壁紙，改裝成會客室；不過他太太看到白色地板和火光熊熊的大壁爐、白鑞盤子和藍陶器皿[21]的櫃子，還有狗窩，以及他們通常坐著休息的地方有那麼大的活動空間，開心的不得了；於是他覺得不需要改裝就可以讓她舒舒服服的，便放棄了這個點子。

她發現新認識的人當中多了一個小姑，同樣表現得很高興。嘰嘰呱呱地對著凱瑟琳不停地說話，一會兒吻她，一會兒跟著她到處跑，還送了很多禮物——開始的時候是這樣。不過，她的興致很快就消退了，而她一鬧脾氣，辛德利就變得殘暴蠻橫起來。她才稍微提個幾句，顯出不喜歡希斯克里夫的意思，就足以勾起他對那少年的舊恨。辛德利不准他跟他們平起平坐，把他趕去跟僕人在一塊，又剝奪他接受牧師教導的機會，而且嚴令他必須在外面做粗活，逼他去做跟莊園其他工人一樣辛苦的工作。

希斯克里夫被打壓，起先還滿能忍耐，因為凱西會把自己學到的東西轉教給他，也會陪他在田裡工作或玩耍。照那樣下去，他們兩個長大八成會變得像野蠻人一樣沒教養，因為少爺完全不管他們的行為舉止；他們去做什麼，他不聞不問；而他們則躲他躲得遠遠的。他甚

20. 上文描述的症狀暗指肺結核，當時是不治之症。
21. 當時青花瓷由中國進口到歐洲，十分昂貴，荷蘭有人用陶器上釉的方式仿製，後來英國也有這種製品。

至不管他們星期天有沒有上教堂做禮拜；只有約瑟夫和牧師因為他們缺席而責怪他時，這才提醒他要叫人鞭打希斯克里夫一頓，罰凱瑟琳不許吃午飯或晚飯。但是，他們最大的樂趣之一就是一早溜到荒原去，玩上一整天；之後即使受罰，也變成可以拿來取笑的小事了。牧師規定凱瑟琳背《聖經》裡的多少章也好，約瑟夫打希斯克里夫打到手瘆也罷，一旦兩個人聚在一起，或是他們想出什麼壞主意來報復大人，就忘記一切了。看他們一天天輕狂下去，可是我連說一聲都不敢；因為我對這兩個沒人疼的孩子還有一點點影響力，怕萬一說了什麼，連這點力量都沒了，為此我偷偷哭了好幾次。

某個星期天傍晚，他們因為吵鬧或是犯下類似的小錯，被逐出起居室；後來我去叫他們吃晚飯的時候，卻到處找不到人。我們在屋裡樓上樓下、院子、馬廄都找過了，他們竟像會隱身似地消失了。最後辛德利一氣之下叫我們把門拴上，又賭咒說那天晚上絕不准任何人讓他們進門。全家都就寢了，但我擔心得躺不住。儘管外面下著雨，我還是開窗探頭聽看看，心想如果他們回來了，即使違抗禁令也一定要放他們進門。過了一會兒，我聽到有人沿路走來的腳步聲，也看到柵門外有提燈的火光在閃爍。我抓了大圍巾往頭上一披，跑去阻止他們敲門，以免吵醒恩蕭先生。結果是希斯克里夫，就他一個人；我看他獨自回來，嚇了一跳。

「凱瑟琳小姐呢？」我急急叫道，「該不會出了什麼意外吧？」

「在畫眉田莊。」他回答。「我本來也該待在那的，可是他們沒禮貌，沒留我住下。」

「咳，這下你慘了！」我說，「你要搞到被人掃地出門才高興嗎？你們沒事亂跑到畫眉田莊幹什麼？」

「妳讓我把濕衣服脫掉，我就把事情從頭到尾告訴妳，奈莉。」他答道。

我叫他小心別吵醒少爺。他換衣服的時候，我在 旁等著準備熄掉蠟燭，聽他繼續說道——

「凱西和我從洗衣房逃了出去，自由自在地亂逛了一陣。我們瞄到田莊的燈光，就想說去看一下林頓家的小孩是不是星期天晚上也都站在角落發抖，他們家爸媽卻坐在那邊吃吃喝喝，又唱又笑，在爐子前烤火烤得眼睛都要燒壞了？妳覺得他們是這樣嗎？或者他們是在朗誦經文，被家裡長工叫去抽考教義，如果答得不好，就要罰背一長串《聖經》裡的人名？」

「想來不是，」我答道，「他們一定都是好孩子，才不會受到像你們一樣的懲罰，你們是自己不守規矩。」

「別囉嗦了，奈莉。」他說，「不要亂講。我們從山莊的最高點往下跑到田莊，一路都沒有停下來。凱瑟琳跟我比賽，輸得好慘，因為她光著腳。明天妳得去沼澤裡找她的鞋子了。我們鑽過樹籬裡的一個洞，沿著步道摸索，最後躲在他們客廳窗戶下面的花圃。光線就是從那裡面照射出來的；他們沒關上外面的百葉窗，窗簾也只拉上一半。我們站在地下室的窗框上，抓著客廳窗戶的窗台，就可以兩個人同時看到裡面。結果我們看到——哇！超美的——好漂亮的地方，鋪著深紅色的地毯，桌子和椅子也都罩著深紅色的布罩，純白色的天花板鑲著金邊，中間用銀色鍊子垂掛著一串串像雨滴一樣的玻璃珠，一根根光線柔和的小蠟燭在其間照耀得閃閃發光。林頓老爺跟夫人不在，整間房間都是艾德加跟他妹妹的，他們應該很開心吧？換成我們會覺得自己到天堂了。結果，妳猜妳說的那些好小孩在做什麼？伊莎貝拉——她應該是十一歲的樣子，比凱西小一歲——在房間的另一頭躺著尖叫，聲音悽厲得像有巫婆用燒紅的針在戳她。艾德加站在爐火前靜靜啜泣，桌子中間有一隻小狗，腳爪一扒一扒的，坐著哀哀叫。從他們兩個互相責怪的話當中，我們聽出原來他們在搶小狗，差點把狗扯成兩半。真是白癡！他們的娛樂就是這樣為了抱一堆溫暖的毛而吵架，爭了半天又都不肯抱，然後兩個都開始哭。我們看到那兩個被寵壞的傢伙，當場笑出來；我們真看不起他們。妳有看過我什麼時候想去拿凱瑟琳要的東西嗎？或是我們兩個人單獨在一起的時候，在房間的兩頭互相叫囂，大哭大鬧，在地上耍賴打滾，妳有看過我們這樣玩嗎？要我拿自己在這裡的生活，跟艾德加．林頓在畫眉田莊的生活交換，即使給我一千條命，我都不肯——就算能讓我把約瑟夫從最高的那片屋頂扔下去，拿辛德利的血來漆房子的門面，我也不要！」

「噓，別說了！」我打斷他的話，「希斯克里夫，你還是沒告訴我，凱瑟琳怎麼會被留下的？」

「就跟妳說我們笑了。」他回答，「結果被林頓兄妹聽到，他們兩個同時行動，就像射箭一樣直衝門口。先是一陣沉默，然後有人大叫：『哎呀，媽媽、媽媽！哎呀，爸爸！啊——媽媽，快來呀！啊——爸爸，啊！』他們真的就這樣狂叫。我們故意發出恐怖的聲音再多嚇他們一點，然後便跳離窗台。因為有人在開門栓，我們想想還是三十六計走為上策。

「我牽著凱西的手，催她往前跑，可是突然間她跌倒了。『快跑，希斯克里夫，快跑！』她低聲說：『他們放了鬥牛犬，牠咬著我不放了！』奈莉，那隻鬼畜牲緊咬她的腳踝，我也聽到牠發出的噁心齁齁聲，但她卻沒叫——她絕不會！她才不屑叫，即使被瘋牛的角戳穿了也不吭聲的。不過我叫了，我大聲詛咒；那串詛咒足以滅絕基督教世界的任何惡魔。我撿了一顆石頭，塞進狗的嘴巴，用盡力氣往裡推，想卡住牠的喉嚨。

「我掙扎了很久，終於有個如豺狼似地僕人提著燈上前來，喊著：『咬緊了，伏兵，咬緊了！』不過，當他看見伏兵的獵物之後，聲音就變了。狗被那人從脖子一勒，拉開了，巨大的紫色舌頭有半呎掛在嘴巴外，下垂的嘴唇不停流著帶血的唾沫。那人抱起凱西；她昏倒了，不過我知道她一定不是因為害怕，而是因為太痛了。他把她抱進房子裡。我跟在後面，一邊小聲說著咒罵、要報復等話。

「『抓到什麼了，羅伯特？』林頓從門口喊道。

「『伏兵抓到一個小姑娘，老爺，』他回答，『還有個小伙子。』說著伸手要抓我。『他看起來像是挺內行的，八成是強盜打算把他們從窗戶送進來，等咱們睡著了就幫他們開門，讓他們輕鬆把我們做掉。閉嘴，你這個嘴巴不乾淨的小偷，你幹了這種事，等著上刑台去吊死吧。林頓老爺，您可別把槍放下了。』

「『不會、不會，羅伯特，』那個笨老頭說，『那些敗類知道昨天是我收租的日子，以為這樣耍小聰明就可以騙倒我。進來吧，我要好好歡迎他們。喏，約翰，扣上鏈子。倒點水給伏兵喝，珍妮。竟敢來本官的府邸挑釁，而且還是在安息日，他們撒野要撒到什麼地步？咳，瑪麗，親愛的，妳看看！別怕，不過是個小毛頭——但臉上猙獰的樣子明顯就是個壞胚子；現在就把他吊死正法，以免將來他的本性不只在臉上顯現，也化為行動，我這樣做是不是對國家社會更好呢？』

「他把我拖到水晶燈下，林頓夫人則在鼻樑上架起眼鏡，嚇得高舉兩手。那兩個膽小鬼也小心翼翼地靠近了些；伊莎貝拉口齒不清的說：『好可怕的東西，把他關進地窖啦！爸爸。他跟偷了我寵物雉雞的那個算命婆[22]的兒子長得一模一樣，你說對不對，艾德加？』」

「他們打量我的時候，凱西醒來了。她聽見最後一段話，哈哈大笑。艾德加・林頓用探詢的眼神盯著她好一會兒，腦筋才終於轉過來，認出她是誰。妳知道，雖然我們很少在別的地方碰面，但他們在教堂見過我們。『那好像是恩蕭小姐？』他低聲對母親說：『您看伏兵把她咬成什麼樣了——看看流血流成那樣！』」

「『恩蕭小姐？胡說！』那婦人叫道，『恩蕭小姐怎麼會跟吉普賽人在野外亂跑？可是，親愛的，這孩子確實穿了一身孝服——真的是她沒錯——這下搞不好一輩子跛腳了！』

「『她哥哥怎麼那麼疏忽，真該打！』林頓先生罵道，眼神從我轉向凱瑟琳。『我聽席爾德斯說，（就是牧師。洛克伍德先生）他都不管她，任由她長成一個徹頭徹尾的異教徒。但這人又是誰呢？她是在哪找來這個玩伴的？想必是我那個已故鄰居去利物浦時撿到的小怪物——是個印度崽子，也許是美洲人或西班牙人的棄兒。』

「『總之是個壞孩子。』老太太表示：『不配待在正經的人家裡。您注意到他說的是什麼話嗎，老爺？要是我的小孩聽到那種話，我會嚇壞的。』

「我再次開罵——別生氣啦，奈莉——於是他們命令羅伯特把我帶下去。我拒絕拋下凱西一個人走，他就用拖的把我帶到花園裡，把提燈往我手上一塞，又跟我保證一定會把我的所作所為通知恩蕭先生；叫我立刻走人，然後就重新把門鎖上。這時窗簾的一角還攏著，於是我回到原先偷看的地點繼續監視；因為，如果凱瑟琳想回家，他們最好給我乖乖放人，不然我會把他們家大片大片的玻璃砸個粉碎。只見凱瑟琳靜靜坐在沙發上，林頓太太幫她脫下那件我們為了出來探險而向擠牛奶女工借用的灰色斗篷。林頓太太邊搖頭邊說話，我猜是在勸她。她是千金小姐，所以他們對她跟對我就有差別待遇。接著女僕端來一盆溫水，幫她洗腳。林頓先生為她調了杯尼格斯酒[23]壓驚。伊莎貝拉把一盤子糕點放在她腿上請她吃。艾德加則站在一旁目瞪口呆地看著她。後來，他們幫她擦乾、梳理一頭秀髮，給她一雙超大的拖鞋，又把椅子推到火爐邊。我就留下她，看著她開開心心地把食物分給那隻小狗跟伏兵；伏兵邊吃，她邊捏牠的鼻子。她讓林頓一家空洞的藍眼裡燃起了一點點生氣——她迷人的面孔散發著活力，倒映在他們眼裡，因而形成了微弱的光彩。我看到他們滿臉崇拜的呆樣子；她比他們高尚太多了——也比世上所有的人高尚，妳說是不是，奈莉？」

「這件事還會有後續發展，比你料想的嚴重得多。」我答道，幫他蓋好被子，熄了燈。「你真的沒救了，希斯克里夫。辛德利少爺一定會採取極端的作法，你等著瞧吧。」

結果真的不幸被我說中了。這件倒楣事令恩蕭暴跳如雷；而林頓老爺為了補救，第二天特地親自上門拜訪。不過也訓斥了少爺一頓，說他應該帶領家族走上一條康莊大道之類的大道理；少爺聽得恍然徹悟，認真注意起家裡的事了。希斯克里夫沒挨鞭子，但被告誡如果他

22. 當時的算命婆多半是吉普賽人，而很多人認為吉普賽人會偷東西。希斯克里夫膚色比較深，像吉普賽人；他被帶回恩蕭家時，凱瑟琳的母親也這麼說他。

23. 尼格斯酒（Negus）：算是補身的藥酒，用葡萄酒加上水、糖（或蜂蜜）、香料調成。

再敢跟凱瑟琳小姐說一句話，絕對會被趕走。等凱瑟琳回家，就由恩蕭少奶奶負責管束小姑，對待她要用的是心機而不是強制手段；如果使用強制手段，少奶奶一定管不動凱瑟琳小姐。

7

凱西在畫眉田莊住了五個星期，一直待到聖誕節。那時她的腳踝已經完全康復，教養也進步了許多。這段期間女主人經常拜訪她，並開始進行改造計畫，送她美麗的衣服，說奉承話吹捧她，以提高她的自尊心，這些她都欣然接受了。所以呢，回來的不是一個沒戴帽子、沒有規矩的小野人，蹦蹦跳跳地跑進屋裡，用力抱得我們喘不過氣來；而是從一匹漂亮的黑色小馬下來的尊貴人兒：一縷縷棕色的鬈髮垂掛在插著羽毛的海狸皮帽子下，身上穿著長長的布面騎馬裝；她得用兩隻手提起裙擺，才能優雅地進門。辛德利扶她下馬，驚喜地叫道：「哎呀，凱西，妳可真是個美人呢！我幾乎都認不出來了，妳現在看起來就是個淑女了。伊莎貝拉．林頓和她根本不能比，妳說是不是，法蘭西絲？」

「伊莎貝拉可沒有她天生的美貌。」他的太太答道，「不過她得注意，不能在這裡又變野了。艾倫[24]，幫凱瑟琳小姐脫衣服——別動，親愛的，頭髮會弄亂——我來幫妳解開帽子。」

我幫她脫下騎馬服，裡面是高級格紋絲質洋裝和白色的褲子，以及擦得亮晶晶的鞋子。狗兒衝上前來歡迎她的時候，她開心得兩眼放光，但卻連碰都不敢碰，生怕牠們撲到她的華服上。她輕輕吻了我；我正在做聖誕節蛋糕，身上沾滿了麵粉，她可沒辦法抱我。接著她東

24. 艾倫（Ellen）才是迪恩太太的本名，希斯克里夫叫她奈莉（Nelly）是暱稱。

張西望尋找希斯克里夫。恩蕭夫婦緊張地觀察他們會面的情形，想藉此評估一下，成功把這兩個朋友分開的希望有多大。

一開始大家沒找到希斯克里夫。如果說凱瑟琳離家前，他是沒人照顧、也沒人疼愛的孩子，那麼離家後那就是淒慘十倍了。除了我之外，甚至沒有人願意好心罵他一聲「髒小孩」，叫他一星期去洗一次澡；這個年紀的孩子又很少天生喜歡碰肥皂跟水的，所以他臉上、手上的皮膚都烏漆抹黑，衣服就更不用說了；在污泥塵土中打滾了三個月，厚厚的頭髮也沒有梳。一看到走進屋裡的是個衣著光鮮、舉止優雅的小姐，而不是預期中跟他一樣蓬頭垢面的同伴，也難怪他會縮在高背長椅的後面了。「希斯克里夫不在嗎？」她質問道，一邊脫下手套，露出不出戶外也不做家事的一雙白嫩玉手。

「希斯克里夫，准你過來。」辛德利少爺叫道，樂得看他窘迫的模樣，又因為他這下子不得不以小混混的嚇人面貌出現，顯得心滿意足。「你可以過來恭迎凱瑟琳小姐，就跟其他僕人一樣。」

凱西一眼瞄到自己的朋友躲在那兒，便飛奔過去擁抱他，一連在他臉頰上親吻了七、八下；然後停下來，抽身後退，噗哧一聲笑了出來，喊道：「哎呀，你怎麼看起來那麼黑漆漆、氣呼呼的樣子啊！而且那麼——那麼好笑、那麼嚴肅！不過這是因為這段時間我看慣艾德加和伊莎貝拉．林頓了。怎麼，希斯克里夫，你忘記我了嗎？」

她這樣問是有點道理的，因為丟臉，自尊心又受傷，讓他臉色加倍難看，整個人也僵住了。

「握手呀，希斯克里夫。」恩蕭先生一副施恩的口氣說道，「偶而一次，倒是可以的。」

「我不要。」少年僵了半天，終於開口答道，「我才不要站在這邊讓你們嘲笑。我不會忍受這種事！」他本來要從圍成一圈的眾人當中脫身離開，不過凱西小姐又一把抓住他。

「我不是故意要笑你啦，」她說，「只是一時忍不住。希斯克里夫，至少握個手嘛！你在生什麼悶氣？你只是看起來怪怪的而已啊，洗完臉、梳完頭就好了，不然你真的好髒。」

她擔心地看著握在自己手中的烏黑手指，又看看自己的衣服，生怕自己的衣服和他的手指接觸過後會沾上什麼污漬了。

「妳大可不必碰我！」他看到她這樣的眼神，讀出她眼神透露的信息，便迅速把手抽走，回嘴道：「我愛弄多髒就弄多髒；我喜歡髒，我偏要當髒鬼！」他說完一頭衝出門外。先生跟太太可開心了。凱瑟琳則是相當震驚；她不明白為什麼自己的話竟會引他如此大發脾氣。

我充當小姐的貼身女僕，伺候剛回府的她整理儀容。我把蛋糕放進烤箱，又在屋子和廚房生起旺盛的爐火，讓室內顯得喜氣洋洋，符合聖誕夜的氣氛。諸事完畢後，我便準備坐下，唱唱聖誕歌曲娛樂一下——我一個人唱；才不管約瑟夫口口聲聲說的，什麼我選的歡樂歌曲跟那些靡靡之音差不了多少。他回自己的房間單獨祈禱去了。恩蕭夫婦則靠著各式各樣的花俏玩意吸引小姐的注意力；禮物是買來讓她送給林頓家少爺和小姐的，用以答謝他們先前的款待。恩蕭夫婦已經請那兩位明天過來咆哮山莊過節；林頓家也應允了，但有一個條件：林頓太太說拜託千萬不要讓她家的寶貝接近那個「罵髒話的壞孩子」。

因為這樣的情況，我一直獨自待著。我聞到辛香料加熱的濃厚氣味，欣賞著光可鑑人的廚具，擦得亮晶晶、裝飾著冬青的時鐘，以及托盤上擺的銀製馬克杯，準備倒滿晚餐要喝的香料酒[25]，還有最重要的，也是我特別在意之處——精心掃過、刷洗過的地板，清潔溜溜、一塵不染。我看到每一件東西，都在心裡給自己一點應得的掌聲，然後想起恩蕭老爺當年都會在大掃除完畢後進來，叫我「活跳跳的小姑娘」，然後在我手裡塞一先令銅板當聖誕節的賞錢。從這裡我又想起他那麼疼希斯克里夫，害怕自己過世後，那孩子就沒有人照顧；接著自然而然便想到這個孤苦少年如今的樣子，心情頓時從想唱歌變成想哭。不過，沒多久我就想到，應該要努力去彌補他受到的委屈才對，而不是掉眼淚。我站了起來，走進院子裡找他。他在不遠的地方：我發現他在馬廄裡撫摸著那匹新小馬光滑的皮毛，又照平日那樣餵其他的牲口吃東西。

「動作快，希斯克里夫！」我說，「廚房很舒服，約瑟夫在樓上，動作快點，趁凱西小姐出來前我幫你換上好看的衣服，然後你們就可以一起坐著聊到睡前，整個爐邊就只有你們。」

他卻頭也不回地繼續埋頭幹活。

「快來呀——你到底來不來？」我繼續說道，「我準備了兩小塊蛋糕，你們一人一塊，應該夠吃吧；再說你換衣服也得半小時啊。」

我等了五分鐘，但他都沒回應，我只好走了。凱瑟琳和哥哥、嫂嫂一起用了晚餐。約瑟夫跟我則一同吃了一頓氣氛很差的飯：一個申誡訓斥，一個回嘴頂撞。他的蛋糕跟起士都在桌上留過夜給小精靈吃[26]。之後他還有辦法繼續工作到九點，接著一言不發，一臉肅穆地踏步回他房間去了。凱西很晚睡；為了招待新朋友，她有一大堆準備事項要吩咐。她曾進廚房一次，想找老朋友說話，可是他已經走了。她也沒留多久，只問一下他是怎麼回事，就回去了。隔天早上他一早就起床，因為是假日不必幹活，便把他的壞情緒帶到荒原去，一直到全家出門上教堂才出現。捱餓、反省過後，他的心靈似乎有所成長。他在我身邊晃來晃去好一陣，終於鼓足了勇氣，衝口說道：「奈莉，幫我弄整齊，我要當好孩子。」

「也該是時候了，希斯克里夫，」我說，「你真的讓凱瑟琳難過了。我敢說她一定很後悔回來，你看起來好像因為別人比較注意她而心生嫉妒。」

他完全無法理解「**嫉妒**凱瑟琳」這個說法，但「讓她難過」這一點他可就非常清楚了。

「她說她覺得難過嗎？」他一臉正經地問道。

「今天早上我跟她說你又跑掉的時候，她哭了。」

「哼，昨天晚上**我**就哭啦。」他應道，「我比她還有理由哭呢。」

「對啦，你的理由就是心裡孤傲，肚子空空，」我說，「驕傲的人是自討苦吃。不過，假如你覺得那樣亂發脾氣很羞愧，等她進來的時候就去請她原諒你，記得啊。你去表示要親她一下，言歸於好，要說——你知道該怎麼說最好，但是要發自內心，而不是因為她穿上華麗的衣服就把她當陌生人一樣。好了，我得準備晚餐，不過我會抽空偷偷幫你打扮一下，等你

25. 香料酒（mulled ale）：將麥酒溫熱後，加上糖和薑、肉桂、肉荳蔻等香料做成的補酒，是西洋聖誕節的傳統飲料，也有人用紅酒調製。
26. 約瑟夫是清教徒，但留食物給「小精靈」卻是迷信的作法。

打扮好，往艾德加．林頓身邊一站，他馬上就會顯得像是嬌弱無力的洋娃娃。雖然你年紀比他小，不過，我敢肯定，你個子比較高，肩膀也有他的兩倍寬；要打起來的話，一眨眼就可以把他撂倒了，你應該也覺得可以吧？」

希斯克里夫的神色一亮，但馬上又落寞下來，嘆了一口氣。

「可是，奈莉，就算我把他打倒二十次，也不會把他變醜，或把我變帥啊。我真希望自己有淺色的頭髮跟白皮膚，穿著打扮、應對進退都跟他一樣漂亮，還有機會變得跟他將來一樣有錢。」

「然後每次有事就喊媽媽！」我補上一句。「碰到個鄉下小子對你舉起拳頭，就嚇得直發抖；隨便下一場陣雨，就整天縮在家裡不出門。哎，希斯克里夫，你怎麼這麼沒鬥志呢？過來鏡子這邊，我讓你看看，你真正應該希望的是什麼。你有沒有注意到，你眼睛中間有這兩條線？還有粗粗的眉毛，不是彎成拱型，而是中間往下沉？再來，你有沒有注意到，你這雙眼珠子，簡直像黑色的惡魔，埋藏得這麼深；你的靈魂之窗從來沒有大方打開，總是蓋在眼皮底下，閃閃爍爍的，彷彿在幫魔鬼當暗探？你該希望、也該學習把那兩條陰沉的皺紋抹平，坦然張開眼皮，把那一雙『惡魔』變成自信、純真的天使，不猜忌、不狐疑；若不確定對方是敵人，一律都把他們當做朋友。別擺出一副惡狗的姿態：明知道自己被人踢是活該，卻又為了所受到的痛苦而仇視全世界、仇視踢牠的人。」

「換句話說，我必須希望自己能有艾德加．林頓的藍色大眼睛跟平滑的額頭。」他答道，「我是希望這樣——但還是得不到啊。」

「如果你有一顆善良的心，便能長成一副好看的臉。孩子，」我繼續說道，「就算你真的是黑人也一樣；如果有一副壞心腸，最漂亮的臉也會變得醜上加醜。好啦，我們洗完了、梳完了，也生完悶氣了──你說，你是不是覺得自己滿帥的？我跟你說，我可覺得你很帥喔，都可以當假扮平民的王子了。說不定你父親是中國皇帝，母親是印度女王，隨便哪一個用一星期的收入就能把咆哮山莊跟畫眉田莊一口氣都買下來，誰知道呢？也許你當初是被壞水手綁架了，帶到英國來。假如我是你，我就會想像自己的出身很高貴，因此得到勇氣和尊嚴，抵抗小小農場主的壓迫。」

我就這麼繼續跟他聊；希斯克里夫皺起的眉頭漸漸放鬆，開始顯得和顏悅色了。突然間我們的談話被一陣沿路上坡、進入院子的隆隆聲打斷了。他跑到窗邊，我走到門口，恰好看見林頓兄妹從私家馬車下來；全身被斗篷跟毛皮包得緊緊的。恩蕭家的人則下了馬，他們在冬天常騎馬上教堂。凱瑟琳一手拉了一個孩子，帶他們進屋裡，安置在火爐前。他們蒼白的面孔很快就有了血色。

我趕緊叫我的同伴快見客，表現他和氣的一面，他乖乖聽話了。可是偏偏運氣不好，他從這邊打開廚房門時，辛德利也同時從另一邊開門。兩人狹路相逢，主人一看他乾乾淨淨、開開心心的模樣就火大；也有可能是為了遵守對林頓太太的諾言，突然出手用力推他，氣沖沖地命令約瑟夫：「不准這傢伙進來──把他趕到閣樓去，午飯後才放出來。要是讓他單獨留在這裡，他一定會把手指伸進水果塔，挖餡出來偷吃。」

「不會的，先生。」我忍不住答道，「他什麼都不會碰，他不是那種人。再說，我想他也應該跟我們一樣分一份小甜點吧。」

「如果天黑之前被我抓到他在樓下，他就會分到我賞的巴掌！」辛德利叫道，「滾哪，你這個賤胚！唷！你這是想當個公子哥兒，是嗎？鬈鬈的長髮搞得漂漂亮亮的，讓我抓住的話，看我不把它拉得更長才怪！」

「已經夠長啦！」從門口窺視的林頓少爺評論道，「我覺得好奇怪，他的頭竟然都不會痛耶，那頭髮簡直像小馬的鬃毛，都蓋住眼睛了。」

他說這幾句話原本沒有侮辱的意思，可是希斯克里夫性子暴烈，受不了一個他似乎視為情敵的人對他出言不遜。他一把抓起大湯碗裝的熱蘋果醬（是他隨手抓到的第一樣東西），向對方的臉和脖子潑過去。林頓當場哀號大叫，引得伊莎貝拉跟凱瑟琳匆匆趕來。恩蕭先生立刻揪住了罪魁禍首，把他押到房間。想必他在該地進行了粗暴的「療法」，讓這陣怒氣冷靜下來，因為他回來的時候臉色發紅、氣喘吁吁。我拿了抹布，由於有些懷恨在心，故意下重手用力擦拭艾德加的鼻子和嘴巴，誰叫他多管閒事，活該。他妹妹開始哭著說要回家，凱西站在一旁不知所措，為在場的所有人羞紅了臉。

「你不該跟他說話的！」她告誡林頓少爺。「那時候他正在氣頭上呢。這下子你們來玩，整個都搞砸了！他還會被鞭打，我最不喜歡他被鞭打，我吃不下飯了。你為什麼要跟他說話啦，艾德加？」

「我沒有啊。」少年啜泣道，說著從我手底下逃脫，用自己的細棉布手帕完成剩下的清潔工作。「我答應媽媽，一個字都不跟他說，我也真的沒有說啊。」

「哎唷，別哭了。」凱瑟琳語氣不屑地應道：「你又沒死。別再鬧事，我哥哥過來了，安靜，不要吵。伊莎貝拉，有人傷到妳了嗎？」

「沒事了，沒事了，孩子們——去坐好。」辛德利叫道，急步走了進來。「那小畜牲可讓我的身體都暖起來了。艾德加少爺，下次就親手動拳頭解決吧——會讓你胃口大開！」

看到香氣四溢的盛宴，他們這一小群人再次恢復鎮定。他們一路騎馬乘車而來，早就飢腸轆轆，而且因為沒有真的受什麼傷，所以很容易就被安撫下來了。恩蕭先生慷慨地切了一盤盤的肉，太太的話題又說得有聲有色，讓他們很開心。

我站在太太椅子後面侍候，看見凱瑟琳一滴眼淚也沒掉，一副無所謂的樣子，開始動手把面前的一支鵝翅切開；我覺得很難過。「好無情的孩子，」我心想，「舊時的玩伴出事，她就這麼輕易不管了。真想不到她竟然這麼自私。」

她把一口食物湊近嘴邊又放下，漲紅了臉頰，眼淚也潸潸而下。她讓叉子滑落到地上，匆忙往桌巾下一躲，好掩飾自己的情緒。不過，我說她無情也只有一下子，因為我發覺她整天都像在煉獄受苦，絞盡腦汁找機會一個人獨處，或是去找被主人關起來的希斯克里夫，原來她是想辦法要私下偷送一份食物給他。

晚上我們舉行了舞會。那時凱西就哀求哥哥放了他，因為伊莎貝拉·林頓沒有舞伴，結果是徒勞無功。而從缺的舞伴就由我湊數。大家跳著跳著，氣氛跟著炒熱了，一掃所有的陰霾。等吉默頓樂隊到場，我們更開心了，樂隊總共有十五人：有一個吹小號的、一個吹伸縮喇叭的、幾個吹豎笛的、幾個吹巴松管（低音管）的、幾個吹法國號的、一個拉低音提琴的，還有人唱歌。他們會輪流去大戶人家巡演，每年聖誕節時收取捐款。我們都認為聽他們表演是一流的享受。那幾首固定演出的聖誕頌歌唱完後，我們便請他們表演別的歌謠和合唱曲。恩蕭太太很喜歡他們的音樂，樂隊因此表演了許多首。

凱瑟琳也很喜歡樂隊的表演，不過她說音樂在樓梯頂端聽起來最美妙，便在黑暗中上了樓；我跟在她後面。他們關了樓下正屋的門，因為屋裡擠滿了人，所以大家完全沒注意到我們離開。凱瑟琳根本沒在樓梯口停住，而是繼續往上爬，去希斯克里夫被關的閣樓。她出聲叫他。有好一陣子他倔強地不肯回應，但她鍥而不捨，最後終於說服他隔著木板跟她談話。我讓這兩個可憐的孩子不受干擾地聊天；直到我估計表演差不多該結束，歌手們要去吃點心了，才趕緊爬上梯子去警告凱瑟琳。結果她不在閣樓外面，聲音是從裡面傳出來的。原來那隻小猴子從一間閣樓的天窗爬出去，沿著屋頂爬到另一間閣樓的天窗，再溜進閣樓裡面，我費了好大的功夫才把她哄出來。她出來的時候，希斯克里夫也跟著出來了。她堅持要我帶他去廚房，因為約瑟夫不想在我們這兒聽到他所謂的「魔鬼詩歌」[27]，已經去了鄰居家。我告訴他們，我並不想鼓勵他們玩這種把戲，不過因為被關起來的希斯克里夫從昨天午餐起就一直沒吃東西，這一回他們要騙恩蕭先生，我就睜隻眼、閉隻眼；但是只此一次，下不為例。他下了樓；我在火爐邊擺了張凳子讓他坐，又拿不少好東西給他吃；可是他身體不舒服，吃不太下東西，我試著招呼他，也白費心意了。他兩隻手肘頂著膝蓋，撐住下巴，自顧自地默默沉思。我問他在想什麼，結果他一本正經地回答：「我正在打算該如何向辛德利討回這筆債。只要最後能報復成功，我不在乎要等多久。希望他可別在那之前就死了！」

「你太過分了，希斯克里夫。」我說，「懲罰惡人是上帝的事，我們應該學習原諒。」

「不要，我不會讓上帝拿走我報仇的機會，」他回嘴道，「要是我知道最適合的方法就好了！別吵我，這樣我才能好好計畫；想這件事的時候我就感覺不到痛苦了。」

「咳，洛克伍德先生，我都忘了，這些故事您一定覺得很無趣。我竟然囉哩巴唆講了這麼多，您的粥都涼了，人也累得打起瞌睡來了！希斯克里夫的身世，您要知道的部分，其實兩句話就講完了。」

女管家這麼說著，自己暫停了故事，站起身來把針線活收好；可是我覺得根本離不開爐邊，而且我的精神還好，一點睡意也沒有。

「坐呀，迪恩太太。」我喊道，「再坐個半小時吧。妳如此從容不迫地敘述，正是講得恰到好處。我就喜歡這樣的方式，妳就照這樣繼續往下說吧，妳提到的每個人物我多少都有興趣哩。」

「鐘已經敲十一點了呢，先生。」

「不要緊——我不習慣十一、二點便上床就寢的。一個十點才起床的人，一、兩點去睡已經算早的了。」

27. 約瑟夫是清教徒，認為聖誕節的慶祝活動只可以是上教堂、讀《聖經》，其他的都是異教（魔鬼）習俗。

「您不該十點才起床，大好晨光早就過去了。十點之前還沒把一天的工作做完一半的人，很可能另一半也做不完。」

「即便如此，迪恩太太，妳還是坐下吧，因為明天我打算一覺睡到下午。我猜這回自己至少會染上一場頑強的感冒。」

「希望不會，先生。好吧，您得讓我跳過三年左右；這段期間，恩蕭太太——」

「不行、不行，我可不許妳這樣。請想像妳一個人坐著，貓兒在妳面前的地毯上舔舐著小貓咪，妳全神貫注看著牠的動作，結果牠卻少舔了一隻耳朵，讓妳渾身不舒服。這樣的心境妳明白嗎？」

「我認為，那是非常懶散的心態。」

「恰恰相反，是活躍得很累人才對。這正是我目前的心境，因此，妳得鉅細靡遺地繼續說。我發覺，這裡的人和在城市的人比起來，生活得更有價值；就好像地窖裡的蜘蛛受到的注意比家屋裡的蜘蛛多。他們之所以受到較多的注意，並非完全是旁觀者身處的位置不同所致。我覺得在這裡對人生的熱愛是可能存在的，鄉下人**確實**更認真、更專注於自己的生活，較少為事物的表象與變化及外界的瑣事所惑。我可以想像自己幾乎會愛上在此地度日了，而我原本是絕對不相信任何喜愛之情能夠持續超過一年的人。在鄉下生活，像是只給飢腸轆轆的人一道菜，使他能夠將全心的食慾灌注其中，好好品嚐它的美味；在都市生活，則好像將他帶到法國廚師烹調的一整桌佳餚前：也許他從整桌佳餚可以獲得相同的享受，但單獨的每個部分在他的心裡和記憶中，都僅僅是一粒微小的原子罷了。」

「啊，我們這兒的人跟別地方的人都一樣的，您熟悉之後就會知道了。」迪恩太太表示。她聽完我說的那段話，顯得有點迷惑。

「抱歉，」我回應道，「我的好朋友，妳呀，就是這句話有力的反證。除了幾句無關緊要的鄉村俗話，我一向認為你們這階層會有的各種行事作風，妳都沒有。我相信妳比一般的僕人想得多，想得深。由於妳沒有機會在可笑的小事上浪費人生，不得不培養出一番省思的能力了。」

迪恩太太高興地笑了。

「我確實認為自己是穩重理性的人。」她說，「這並不全是因為住在這山區一年到頭都看到同一群面孔、同一套作息。我受過嚴格的訓練，學到了智慧。再說，我讀過的書比您想像中的多，洛克伍德先生。這書房裡頭的書，您隨便打開哪一本我都讀過，也都有心得。除了那一排希臘文、拉丁文的書，還有那一排法文書，但這些我也還能分辨是哪種語言。一個窮人家的女兒能夠這樣，也算是頂尖了。不過，若真要用閒聊的方式繼續講我的故事，那我最好還是趕快說吧。不要跳過三年，從接下來的夏天講起也可以——一七七八年的夏天，也就是將近二十三年前。」

8

一個天氣晴朗的六月早晨，我第一個照顧的可愛寶寶呱呱墜地了；他正是古老恩蕭家族的最後一名成員。當時我們正在遠處的田裡忙著割稻草，沒想到平常送早餐的小丫頭卻提早了一個小時到，一路經過草地沿著小徑用跑的過來，一邊跑一邊叫我。

「哎呀，是個大胖娃呢！」她氣喘吁吁地說，「真是全天下最可愛的小嬰兒了！可是醫生說太太不行了，她得肺癆已經有好幾個月了。我聽他跟辛德利老爺說的；現在她身體已經沒辦法保住，冬天還沒到就會死了。妳得馬上回去，孩子要交給妳帶。奈莉，妳要餵他牛奶加糖，白天、晚上都要照顧他。如果換成是我就好了，因為等太太沒了，娃娃就都是妳一個人的啦。」

「她真的病得很嚴重嗎？」我問道，說著扔下釘耙，綁好帽子。

「大概是吧，不過她看起來很勇敢喔。」小丫頭回答，「而且她講話的時候好像覺得自己可以活到看見他長大成人。太太高興得要瘋了，因為他實在太可愛啦！如果我是她，我一定不會死，光是看到娃娃，病就好了。管他肯尼斯醫師怎麼說呢。他可把我給氣歪了。阿契太太把那小天使抱下樓到正屋給主人看。他的臉才一露出笑容，那老醫生就上前說：『恩蕭呀，你老婆能活著給你生下這個兒子，真是老天保佑。她剛嫁過來時，我就覺得她肯定活不久；現在，我必須告訴你，她大概拖不過冬天。你可別傷心過度，也別太發愁，因為這是沒辦法的事。再說，你早該知道，挑老婆不能挑個這麼弱不禁風的女孩子啊！』。」

「那主人怎麼回答？」我問。

「他好像咒罵了什麼，可是我沒注意聽，我急著想看寶寶。」她接著又喜孜孜地誇起孩子。

我呢，也跟她一樣滿腔熱情，於是興沖沖趕回家，想親眼見識一下。不過我也為辛德利感到難過，他心裡只容下兩個偶像——他老婆和他自己；兩者他都寶貝得不得了，對老婆疼愛有加。我實在難以想像，如果失去她，他如何能承受。

我們抵達咆哮山莊的時候，他就站在正門口。我從他身邊經過，問他：「寶寶情況如何？」

「快要會到處亂跑囉。奈莉。」他硬擠出開心的微笑。

「太太呢？」我大著膽子問，「醫生說她——」

「叫醫生去死啦！」他漲紅了臉打斷我的話。「法蘭西絲好得很，再過一星期就會像沒事了。妳要上樓嗎？請妳告訴她，如果她答應不要講話，我就回去。我就是因為她不肯閉上嘴巴才留下她，自己出來的。她真的必須閉嘴——跟她說，肯尼斯醫師[28]說她必須保持安靜。」

我把口信帶給恩蕭太太；她一副樂不可支的樣子，笑嘻嘻地回答：「我幾乎沒說話呀，

28. 原文中，肯尼斯醫師的頭銜是 Mr. 不是 Dr.，當時內科醫師地位較高，可以使用「Dr. 某某」的頭銜，但他們多半只研究理論、開藥方；外科、婦產科等必須「動手」的醫師地位比較低，頭銜只能稱「Mr. 某某」。

艾倫，他卻這樣子哭著出去了兩次。好嘛，跟他說我答應不講話，不過這不代表我不能嘲笑他唷！」

真可憐哪！她直到死前一週都還保持著興高采烈的心情；她丈夫則執意堅持——不，該說是拚了命地堅持說她的健康每天都有進步。肯尼斯警告辛德利，病到這種程度，他開的藥已經沒用了，沒有必要白花錢找他繼續替她看病。辛德利一聽，頂了回去：「我知道沒必要——她狀況很好——不需要你再幫她看病了！她根本就沒得肺癆，只是發燒，而且燒已經退了。現在她的脈搏跟我的一樣慢，臉頰也一樣涼涼的。」

他跟他老婆講的也是同一套說詞，她似乎相信了。可是，有一天晚上，她靠在他的肩膀上，說自己明天應該可以下床，正說著的時候咳了起來（只是輕咳而已），他將她抱高一點，她則用雙手勾住他的脖子，突然臉色一變，就死了。

結果正如那小丫頭預測的，哈理頓這孩子完全歸我了。恩蕭先生對兒子的關心呢，只要看見他健康、沒聽到他哭鬧即可。至於他本人，則陷入了絕望：他的痛苦，是哭不出來的那種。他既沒有哀泣，也沒有祈禱，而是詛咒、頑抗，怨天尤人，放縱自己過著浪蕩的生活。他這樣蠻橫、墮落的作風，沒多久就讓家裡的僕人受不了，紛紛求去，只有約瑟夫和我願意留下來。我不忍心丟下小少爺；再說，您知道，他是我媽媽帶大的，我算得上是他的乾姊姊，跟陌生人比起來，我比較容易原諒他。約瑟夫留下來，則是為了可以大聲斥責佃農和工人；他自認的使命，就是待在有許多「罪惡」可伸斥的地方。

主人的惡行和損友，成了凱瑟琳和希斯克里夫的「最佳模範」；光憑他對待希斯克里夫的手段，就足以把聖人變成惡魔了。說實在，那段時間，那孩子彷彿**真的**被什麼邪魔附身了。他樂得冷眼旁觀辛德利一路墮落到無可救藥的地步，而且往往表現出蠻橫陰沉、凶惡殘暴的模樣，一天比一天明顯。當時我們簡直像住在地獄，情況之惡劣，我實在難以形容。最後，牧師不來拜訪了，像樣的人家也沒一個願意接近我們；只有艾德加·林頓來找凱西小姐算是例外。十五歲的她，是本地最耀眼的女士，沒有人能跟她比，結果她真的長成高傲、任性的嬌嬌女。我承認，她過了幼兒期之後，我就不喜歡她了；而我試著教她放下身段，也經常惹她生氣。不過，她倒是從來沒有討厭過我。她非常顧念舊情，那種堅定不移的忠誠真是令人驚嘆，就連希斯克里夫在她心中的地位也沒有改變。林頓少爺儘管佔了種種優勢，他卻發現自己無法留下同樣深刻的印象。林頓少爺正是我前面說到那位已故的主人；壁爐上那張畫就是他的肖像，本來掛在一側，他太太的則掛在另一側，但她的像被拿走了，不然您就可以見到她當年的模樣。您看得清楚嗎？

迪恩太太將蠟燭舉高。我看到一張清秀的面孔，跟山莊那位年輕的夫人長得非常像，但他的表情跟她一比，多帶了些許愁思，也顯得更平易近人。畫像很美：長長的淺色頭髮在額角稍微鬈曲，一雙神色認真的大眼睛，擺出來的姿態優雅萬分，幾乎可算得上嫵媚了。凱瑟琳·恩蕭會為這樣的一個人物把第一個朋友拋在腦後，我也不意外了。讓我覺得很意外的，是他這樣個性一如外表般斯文的人，竟然會喜歡上我印象中的凱瑟琳·恩蕭。

「這幅畫像真令人賞心悅目。」我對女管家表示。「像本人嗎？」

「像。」她回答，「不過，他興致高昂的時候更好看。這是他平時的模樣；通常他都沒什麼精神。」

凱瑟琳在林頓家住了五個星期後，一直跟他們保持聯絡。由於她不想要在他們面前顯得粗野，而且也因為她夠懂事，知道人家總是對她那麼客氣，如果自己無禮以待就太慚愧了，所以她聰明地表現出真心熱誠的樣子，不知不覺間收服了老爺跟夫人，贏得了伊莎貝拉的尊敬，更虜獲了艾德加的心靈。這樣的成果從一開始就讓她得意洋洋——因為她很有野心；而這也讓她養成兩面人的個性，雖然她不是真的故意要騙人。如果聽到希斯克里夫被人家說是「下三濫的小混混」、「比野獸還不如」，她就會注意避免做出跟他一樣的行為。可是，換成在家裡，她就不怎麼在意禮節了，反正有禮貌只會被嘲笑而已；她也不願意約束粗魯的個性，畢竟規規矩矩的又不會得到美名或讚賞。

艾德加少爺很少有勇氣光明正大來咆哮山莊拜訪。恩蕭在外的名聲讓艾德加很恐懼，很怕碰到他。可是其實每次艾德加來了，我們都盡量客氣地招呼他；主人知道他來訪的動機，所以會避免得罪他；假如恩蕭拉不下臉來接待客人，就會自己避開。不過，我覺得凱瑟琳不喜歡艾德加來訪。艾德加來的時候，她沒有耍心機，也沒有打情罵俏，而且她很明顯不想讓她的兩個朋友碰頭，因為如果希斯克里夫當著林頓的面顯出對他的不屑，她不能像林頓不在場時那樣表示全心贊同；而如果林頓對希斯克里夫表現出厭惡和敵意，她又不敢顯得無動於衷，好像他看不起她的玩伴對她不痛不癢。她的這些困擾和內心的糾結，讓我取笑了好幾回；她怕被我笑，拚命遮掩，可是沒用。我這麼做聽起來很過分，可是她太高傲了，除非她受教訓變得謙虛，不然實在很難令人同情。不過，最後她還是向我承認了，把內心話說給我聽；除我之外，她也沒有任何人可以當顧問了。

有一天下午，辛德利先生不在家，希斯克里夫就自動放假了。他當時應該已經十六歲了吧，面貌長得不差，頭腦也沒問題，表現出來的模樣卻令人覺得他內在、外在都很討人嫌。不過現在倒是完全不一樣了。首先，他早年受教育得到的優勢，到那個時候已經消失了：由於長期做粗工，而且一早就開始，很晚才結束，澆熄了他追求知識的好奇心，以及對書本與學習的愛好。兒時因為恩蕭老爺疼寵而建立起來的自尊心也磨滅了。他努力想追上凱瑟琳的功課，拚了很久，後來放棄了；看得出他深感遺憾，卻默默不語。而且他一旦放棄就再也不肯努力了，雖然他發覺這樣下去一定會退步，但無論怎麼勸他上進都沒用。接著，他的外表也跟著心智一起退化，變得彎腰駝背，而且猥瑣；原本沉默寡言的個性則誇大成幾乎像低能兒般的封閉、孤僻。而且，他似乎是故意想讓為數不多的朋友討厭他，而不是尊敬他，然後從中獲得自虐的樂趣。

希斯克里夫工作中間休息時，凱瑟琳跟他也是形影不離，可是他再也不會把喜歡她的話說出口。她天真地拍拍他、摸摸他，也使他疑神疑鬼，憤憤地躲開，彷彿他知道她如此表示親近也只是枉然罷了。

之前提到，希斯克里夫趁主人出門自動放假，進了正屋宣布他今天打算什麼都不做。那時我正協助凱西小姐整理儀容；她沒料到他會想偷懶，以為家裡就是自己的天下了，不知道透過什麼管道，想辦法讓艾德加少爺知道哥哥不在家，當時她打扮就是為了準備接待艾德加。

「凱西，妳今天下午有事？」希斯克里夫問，「妳有要去哪裡嗎？」

「沒呀，外面在下雨。」她回答。

「那妳幹嘛穿上那件絲的衣服？」他問，「該不會是有人要來吧？」

「就我所知是沒有。」小姐結結巴巴地回答，「可是現在你應該在田裡吧，希斯克里夫。都已經是午餐後一個小時了，我還以為你走了呢。」

「那個該死的辛德利很少不在家讓我們自由，」那少年表示，「所以今天我不工作了，我陪妳。」

「哎呀，可是約瑟夫會打小報告耶。」她提醒道，「你還是去工作比較好。」

「約瑟夫正在潘尼斯登岩的另一邊裝運石灰，會忙到天黑，他不可能知道啦。」說著他就懶洋洋地晃到火爐邊坐下。凱瑟琳皺著眉頭想了一會兒——等一下有客人會來打擾，她覺得有必要先安排一下。經過一分鐘的沉默後，她說：「伊莎貝拉和艾德加．林頓有說今天下午要來玩。不過既然外面在下雨，我想他們應該不會來，但還是有可能。萬一他們來了，你很可能莫名其妙地被罵喔。」

「叫艾倫跟他們說妳在忙，凱西。」他堅持道。「不要為了妳那些沒大腦的蠢朋友把我趕走。有時候，我真的很想跟妳抱怨他們——不過我不會講的——」

「抱怨他們怎樣？」凱西臉色難看地叫道。「哎喲，奈莉！」她又氣沖沖地說，一邊從我手底下一扯，把頭甩開。「妳把我的鬈髮都梳直了！夠了，別再碰我！希斯克里夫，你剛才要抱怨什麼？」

「沒什麼——妳只要看看牆上的月曆就知道了。」他指指掛在窗戶旁裱了框的一張紙，繼續說：「打叉的是妳跟林頓他們一起的晚上，畫點的是跟我一起的時候。妳看到了嗎？我每天都有記錄。」

「看到了啦——真白癡，好像我會去注意這種事似的。」凱瑟琳不耐煩地說，「這樣有什麼意思嗎？」

「讓妳看看我**確實**會注意。」希斯克里夫說。

「我就一定要老是跟你在一起嗎？」她質問，火氣愈來愈大了。「對我有什麼好處？你都說什麼話題？你為了讓我高興而講的話，跟找個啞巴來講一樣；你為我做的事，跟讓嬰兒來做也沒什麼差別。」

「妳以前從來沒嫌我話太少，也沒說過妳討厭我陪妳，凱西！」希斯克里夫激動地叫道。

「什麼都不知道，什麼都不會說，陪個頭啊！」她嘟囔道。

她的同伴站了起來，卻來不及表達他的想法，因為石板路上傳來了馬蹄聲，接著門上一陣輕敲，林頓少爺就進來了。他因為沒想到會被請來，開心得臉色發光。凱瑟琳的兩個朋友，一個進來，另一個就出去了，但她必定已注意到兩個人間的不同。那差別就像是把荒涼的煤礦山區換成肥沃的美麗山谷，而且林頓少爺的聲音正如他的外貌，也跟希斯克里夫天差地遠。林頓少爺的聲音低沉悅耳，他的發音也跟您一樣，不像我們本地人這麼硬邦邦的，比較柔和。

「我該不會是太早來了吧，嗯？」他說著瞄了我一眼。我這時開始擦碗盤，並蹲下來動手整理房間另一頭櫃子的抽屜。

「沒有。」凱瑟琳回答。「妳在那兒做什麼，奈莉？」

「做我的工作呀，小姐。」我答道。（辛德利先生吩咐我，只要林頓私下來訪，我就一定也要在場。）

她走到我後面，悻悻然地小聲說：「妳快帶著妳的抹布一邊去吧。家裡有客人的時候，哪有僕人會在待客的房間裡開始打掃呢？」

「現在主人不在家，正好打掃。」我大聲回答，「他最討厭我在他面前弄這些東西。我相信艾德加少爺會諒解的。」

「我也討厭妳在**我**面前弄這些東西。」小姐不給客人開口的時間，盛氣凌人地叫道。剛才跟希斯克里夫小吵一架後，她就一直沒有平靜下來。

「那真是不好意思了，凱瑟琳小姐。」我這麼答道，然後繼續勤快地做我的事情。

她以為艾德加看不到她，伸手奪過我手上的抹布，又惡狠狠地掐我的手臂，還掐了好久。我說過，我不喜歡她，而且樂於偶而挫挫她的傲氣；再說，她擰我擰得好痛，於是我跳了起來，尖叫道：「哎呀，小姐，您用這招太惡劣了吧！您可沒有權利掐我，我也不會忍氣吞聲。」

「我才沒碰妳，妳這個胡說八道的賤婢！」她喊道，手癢著想再掐我一次，氣得耳朵都紅了。她只要一激動，就沒辦法掩飾，每次都是滿臉通紅。

「那這個是什麼？」我頂了回去，現出青紫色的證據反駁她的話。

她用力跺腳，遲疑了一會兒；然後，她被心中頑劣的性格驅使，忍不住狠狠打了我一巴掌，我頓時痛得眼淚汪汪。

「凱瑟琳，親愛的，凱瑟琳！」林頓插手了。他見到心目中的偶像竟然又撒謊又打人，大受衝擊。

「艾倫[29]，妳給我出去！」她全身顫抖著又說了一次。

哈里頓小少爺總是跟在我後頭，這時正坐在我旁邊的地上。他看我掉眼淚，也跟著開始哭，抽抽噎噎地罵著「凱西姑姑壞壞」，就倒楣被她的怒火掃到了。她揪住他的肩膀，大力搖晃他，把可憐的孩子甩得臉色發青。艾德加下意識抓住她的手要救孩子，一把拉開她的一隻手，結果，讓少爺大吃一驚的是，那隻手卻甩了他耳光，力道之重，顯然不是在開玩笑。他吃了一驚，抽身倒退。我抱起哈里頓走到廚房，故意留著連通兩個房間的那扇門不關，因為我很好奇，想看看他們怎麼處理這場衝突。那位被羞辱的客人走到先前放下帽子的地方，滿臉蒼白，嘴唇發抖。

「這就對了！」我心裡暗想，「記取警告，趕緊走吧！讓你一窺她真正的脾氣，是你的福氣呢。」

29. 先前凱瑟琳不想撕破臉，用的是暱稱「奈莉」，這時就端起小姐架子，喊了全名「艾倫」。

「你要去哪？」凱瑟琳走到門口質問道。

他身體一偏，想閃開她走出去。

「不准你走！」她霸道地大喊。

「我一定要走，說走就走。」他悶聲說。

「不行。」她堅持道，說著抓住了門把。「艾德加．林頓，你還不能走。坐吧，不許你這樣丟下我。我會難過一整晚的，而我可不願為了你難過。」

「妳打我，我還能留下嗎？」

凱瑟琳無言以對。

「妳這樣會讓我怕妳，也為妳感到羞愧。」他接著說，「我以後不會再來了！」

她眼中開始閃著淚光，一直眨眼。

「而且妳蓄意說謊。」他說。

「我沒有。」她這時又說得出話來了，開口叫道，「我沒有蓄意怎樣。好嘛，你想走，就走吧——滾開！我要哭了——要哭到死！」

她在一張椅子旁兩腳一跪，痛哭起來。艾德加的決心只撐到院子；他走到那兒便躊躇不前了。我決定鼓動他繼續走。

「少爺，我家小姐很任性，」我喊道，「就像被寵壞的孩子一樣。您最好還是趕快騎馬回家吧，不然她會把自己搞得死去活來，故意跟我們作對。」

那個沒骨氣的人抬眼瞄了瞄窗戶，看來離開的意志力薄弱；叫他走，就跟叫一隻貓拋下半死不活的老鼠或吃了一半的小鳥一樣，辦不到。我心想：「唉，無可救藥，他完了，而且還奮不顧身地奔向自己的命運。」

事情確實也是如此；他猛然轉身，匆匆進了正屋，順手把門關上。過了一會兒，我進去告訴他們恩蕭回家了，醉得要發酒瘋，準備把房子都給拆了（通常他喝到那種程度就會這樣）。進門一看，發現吵架反而讓他們變得更親密——那場爭執打破了少男少女間羞澀的壁壘，讓他們拋開友誼的假象，正式承認對方是情侶了。

林頓一聽辛德利先生回來了，急忙上馬離去。凱瑟琳也躲回她的房間。我則去把哈里頓小少爺藏好，並把主人獵槍裡的子彈拿出來。他抓狂的時候很愛玩槍，任何人如果惹了他，或甚至只是太引他注意，都有生命危險。所以我想到把子彈取下，萬一他真的鬧到開槍，也不致於造成太大的傷害。

9

辛德利吼著不堪入耳的詛咒進了門；我正把他兒子藏在廚房的櫃子裡，卻被他逮著了。無論辛德利如野獸般表達疼愛，或像瘋子般狂性發作，都讓哈里頓十分恐懼。如果父親要疼他，他就有可能被緊抱強吻致死；如果父親發狂，他則有可能會被扔進火裡，或被砸在牆上。因此，隨便我把哈里頓放在哪兒，那可憐的孩子都會一聲不響地乖乖待著。

「看看，終於被我發現了吧！」辛德利叫道，像抓小狗那樣揪住我後頸的皮，把我往後拖。「天啊，地啊，你們幾個是合謀要殺死那孩子！現在我可知道了，為什麼每次我一來，他就不見人影。我要叫妳吞下那把切肉刀，奈莉！妳不必笑，要知道，我剛剛才把肯尼斯頭下腳上地『種』進黑馬沼澤裡咧！幹掉兩個，跟幹掉一個也差不多——你們這些人，我可要殺掉幾個！殺掉了我才能安心。」

「可是我不喜歡切肉刀，辛德利先生。」我應道，「那刀子之前才切過燻鹹鯡魚呢。拜託您，我寧可被槍打死。」

「妳寧可下地獄啦！」他說，「妳也確實會下地獄。沒有哪一條英國法律能阻止一個男人把家裡整頓乾淨，而我家爛透了！張開嘴巴！」他手拿刀子，把刀尖硬插進我兩排牙齒中間，不過我向來不害怕他這些詭異的行為。我呸一聲，吐出刀子，說味道確實很噁心，我無論如何也不要吞下去。

「啊！」他說著放開我，「我看出來了，那個面目可憎的小壞蛋不是哈里頓，抱歉啦，奈莉。如果真的是他，也該抓來活活剝皮，因為他竟然沒有用跑的來迎接我，還大聲慘叫，好像我是妖魔鬼怪。沒天良的小畜牲，給我過來！你這樣矇騙一個心地善良、傻傻上當的父親，看我怎麼教訓你。欸，妳會不會覺得，這傢伙剪了耳朵會比較帥呀？狗剪了耳朵會顯得比較威猛；我喜歡威武勇猛的東西——給我拿剪刀來——威武勇猛又身段俐落的東西！再說，那麼珍惜自己的耳朵，未免也太自以為是了，足可被打下地獄——如此妄尊自大，簡直像魔鬼一樣30——人類即使沒有長耳朵也已經夠驢的了。噓，孩子，別吵！唷，確實是我的寶貝沒錯！哎，擦乾眼淚——這樣才乖；親我一下。什麼！不願意？快親我一下，哈里頓！死小鬼，快親我！老天，我怎容得下這樣一個妖怪！我憑自己的性命發誓，絕對要把這孽障的脖子給折了！」

可憐的哈里頓在父親懷裡使盡全力狂哭、亂踢；父親帶他上樓，把他舉到欄杆外，使他懸在半空中，他哭嚎得更厲害了。我大叫說這樣孩子會嚇到抽搐啊，急急忙忙跑上去救他。我趕到的時候，辛德利卻將身體探出欄杆外，想聽清楚樓下的聲音，彷彿忘記手上抓著的是什麼了。「是誰？」他聽見有人走到樓梯最下面，開口問道。我從腳步聲認出是希斯克里夫，也往前探出去，想打手勢警告他不要再靠近。就在我的視線從孩子身上離開的那一瞬

30. 當時通俗文化認為，魔鬼路西法原本是侍奉上帝的天使，因為妄尊自大不肯向耶穌基督下拜，被上帝打落地獄。

間，哈里頓突然縱身一躍，掙脫本來就抓得不是很牢的那雙手，摔了下去。

我們還來不及意識到身上竄過的恐懼感，就看見那苦命的孩子已經平安無事了。希斯克里夫在千鈞一髮之際剛好走到下面，自然而然就順手接住孩子。他將孩子放在地上，讓他站好，接著又抬頭一看，見到了造成意外的罪魁禍首。希斯克里夫看見樓上的恩蕭先生，表情頓時一片茫然，那模樣可比得上小氣鬼為了五先令把幸運的樂透彩券[31]賣掉，隔天卻發現因此損失了五千英鎊時的臉孔。希斯克里夫當時的表情將他心底強烈的痛苦表露無遺：他懊惱得不得了，竟然破壞復仇大計的就是自己。假如當時光線黑暗，我敢說他八成會想修正錯誤，把哈里頓在樓梯上摔個腦漿迸裂。不過呢，我們親眼目睹孩子獲救，而我也立刻下樓把我負責照料的心肝寶貝緊緊抱在胸前。辛德利下樓的速度比較慢，這會兒他清醒了，也覺得羞愧了。

「都是妳害的，艾倫，」他說，「妳當初應該把他藏好，也應該把他從我手上搶下來。他有哪受傷了嗎？」

「受傷！」我氣得大叫，「真摔著的話，沒死也變白癡了！哼！看你這樣對待他，他母親不急得從墳墓裡爬起來才怪咧！你比野蠻人還糟糕——對自己的親骨肉這個樣子！」

他伸手想摸摸孩子；先前小少爺一發現我在他身邊的時候，馬上嚎啕大哭，把剛才的恐懼發洩殆盡。可是父親的手指才碰到他，他又開始哭叫了，比先前還要大聲，拚命掙扎，簡直像要發羊癲瘋似的。

「不許你碰他。」我接著叫道，「他恨你——他們都恨你——實情就是這樣。你原本有一個幸福的家庭，現在可好了，變成這樣！」

「我還會弄得更『好』呢，等著吧，奈莉。」這個已經走火入魔的人恢復了原本的冷硬心腸，笑著說道，「現在呢，妳就帶著他先離開吧。至於希斯克里夫，你給我注意，你也走得遠遠的，不要讓我聽到或碰到。今天晚上我不會殺你們的——除非嘛，我做出放火把房子燒掉之類的事；不過，那也只是我想想罷了。」

他說著從櫃子拿了一瓶一品脫裝的白蘭地，往杯子裡倒了一點。

「不要，別喝了！」我懇求道，「辛德利先生，聽我一句吧。您不愛惜自己也就算了，至少可憐、可憐這苦命的孩子吧！」

「跟我比起來，隨便什麼人都會對他比較好啦。」他回答。

「請您顧念自己的靈魂吧！」我說著想從他手上奪過杯子。

「才不要！我反而要開開心心送它下地獄，藉此懲罰造物主。」這個褻瀆上天的人叫道，「祝靈魂徹底完蛋，乾杯啦！」他喝下烈酒，不耐煩地叫我們快走。命令完我們離開，他又說了一堆不堪入耳的髒話，說得太難聽了，我不想重複也不想去記。

「可惜他沒能喝到掛掉。」希斯克里夫說道。門關上後，他低聲回罵了一串詛咒，「他已經盡全力了，只是身體太健康。肯尼斯醫師說他敢拿自家的馬來打賭，那傢伙會比吉默頓的

31. 十七世紀時，英國政府開始不定期發行彩券，為戰爭或公共建設等籌款。本書背景設在十八世紀，當時勞工家庭一星期的開支大約是一英鎊（二十先令）左右，因此五先令算是不小的數目，五千英鎊更是天文數字了。

任何人都長命，過完罪惡的一生才會白髮蒼蒼地下葬——除非運氣超級好，碰上什麼離奇的事。」

我進了廚房，坐下哄我的小寶貝睡覺。希斯克里夫則如我預料的一樣，直接走出外面，去了穀倉。後來我才知道，他其實只走到高背長椅的另一邊，在牆邊的長凳子上癱坐著；因為爐火沒有照到他，而且他又一聲不響，所以沒人看到他。

我把哈里頓擺在大腿上搖呀搖，一邊哼著歌；那首歌開頭是這樣唱的：

夜深時分，孩子們在哭泣，
墳裡的媽媽，聽見了聲音，[32]

剛才凱西小姐待在自己的房間，也聽見了那番騷動；我正好唱到這裡的時候，她探頭進來，小聲說：「只有妳一個人在嗎，奈莉？」

「是，小姐。」我回答。

她走了進來，靠近爐邊。我猜她可能想說什麼，就抬頭起來看。她臉上的表情顯得很不安又焦慮，嘴唇半張，彷彿要說話，她也確實吸了一口氣，可是吐出來的卻不是一句話，而是一聲嘆息。我可沒忘記她先前是怎麼對我的，只是繼續唱那首歌。

「希斯克里夫呢？」她插嘴說。

「去馬廄幹活了。」我回答。

當時他沒出來指正我；也許是打起瞌睡了吧。接下來是一陣沉默，我看到一、兩滴淚從凱瑟琳的臉上滑落在石磚地板上。「她是不是後悔剛才做了那麼可恥的事？」我心裡揣測。如果是，那可新鮮了；不過，說不定她真的後悔了——她將來一定會後悔的——因為我才不會幫她呢！嗯，不可能，她除了跟自己有關的事情，其他的一概不太放在心上。

「唉！」她終於開口叫道，「我覺得很不快樂。」

「那真可惜了。」我評論道，「妳實在很難搞，朋友那麼多，煩惱那麼少，卻無法滿足。」

「奈莉，跟妳說一件事，妳能不能幫我保密？」她不死心地繼續說道。她在我旁邊跪了下來，抬起那雙迷人的眼睛望著我。那副神色足以令人打消所有的怒氣，即使最有權利發火的人也沒輒。

「值得我保密嗎？」我問道，口氣比較沒那麼不高興了。

「值得，這件事悶在心裡讓我煩死了，我一定要說出來。我想知道該怎麼辦才好。今天，艾德加·林頓向我求婚，我也給了他答案。好，我先不跟妳說我是答應還是拒絕，妳來告訴我，應該是哪個才對。」

「真是的，凱瑟琳小姐，我怎麼知道呢？」我回答，「若要說實話，看妳今天下午在他面前的表現，我會說拒絕他才是明智的決定；因為，他是在妳鬧成那樣之後求的婚，一定是個

32. 這首民謠的內容是已死的母親聽見孩子哭泣，求得上帝恩准，以殭屍的形態回到陽世安慰子女，並嚇唬繼母，讓她不敢虐待他們。

無可救藥的笨蛋，不然就是不怕死的傻瓜。」

「妳要用這種態度跟我說話，我就不繼續跟妳講了。」她應道，氣呼呼地站了起來。「我接受了。奈莉，快點，說我是不是做錯了？」

「妳接受了！那幹嘛還要討論這件事？妳已經答應人家，不能反悔了。」

「可是，妳跟我說，我到底應不應該接受嘛——拜託啦！」她不耐煩地叫道，又是搓手、又是皺眉。

「我們得先考慮很多層面，才能好好回答這個問題。」我端起姊姊的架子說道，「首先，最重要的是，妳愛艾德加少爺嗎？」

「誰能不愛他呢？當然愛了。」她回答。

接下來我就讓她接受下面的這段盤問。以我當時一個二十二歲的女孩子來說，能夠這樣問話，也算是頗精明的了。

「妳為什麼愛他呢，凱西小姐？」

「妳無聊啊，我就是愛嘛——這樣就夠了。」

「一點也不夠，妳必須說出為什麼。」

「嗯，因為他很帥呀，而且跟他在一起很愉快。」

「這個理由不好。」我評道。

「還有因為他年輕又開朗啊。」

「還是不好。」

「而且他愛我。」

「這一點無關緊要。」

「還有他以後會很有錢，我會成為這一帶最有地位的女人，有這樣一個丈夫，我會很驕傲。」

「這個理由最差勁。現在，妳說說妳怎麼愛他？」

「大家怎麼愛，我就怎麼愛呀——妳好好笑喔，奈莉。」

「我才不好笑——快回答。」

「我愛他腳底下的土地，愛他頭頂上的空氣，愛他碰過的每一件東西，愛他說的每一句話。我愛他的一顰一笑，愛他的一舉一動，上上下下、徹徹底底，愛他整個人。這樣可以了吧！」

「原因是？」

「我不說了！妳在鬧我，太惡劣了！對我來說可不是玩笑。」小姐說著臉色一沉，轉向了火爐。

「我完全沒有在開玩笑，凱瑟琳小姐。」我回答，「妳愛艾德加少爺，是因為他英俊、年輕、開朗、有錢，而且愛妳。但是，最後這一點根本可有可無：這幾個理由當中即使少了這一項，妳大概也會愛他。如果沒有前面四項優點，就算他愛妳，妳也不會愛他。」

「沒錯，當然不會。假如他長得醜、粗魯笨拙，那我只會可憐他——說不定還會討厭他。」

「但世界上還有很多其他英俊又有錢的年輕人，很可能比他英俊、比他有錢。妳為什麼不去愛他們呢？」

「如果有的話，我也碰不到啊！我沒看過比得上艾德加的。」

「妳將來可能會碰到；而且，艾德加不會一輩子年輕、英俊，也許不會永遠都有錢。」

「他現在有錢啊，我只要看現在怎樣就好了。拜託妳說話講道理一點吧。」

「哦，那就拍板定案了嘛！如果妳只顧現在，那就嫁給林頓少爺吧。」

「我又不是要妳同意——我**一定**會嫁給他的。只是妳還沒告訴我，這樣做對不對？」

「對極了——如果結婚是只為了現在的話。好了，說說妳是為了什麼不開心吧。這件婚事，妳哥哥會很滿意，我想林頓家的老爺和夫人也不會反對；妳可以逃離這個亂糟糟又不幸福的娘家，嫁進有錢有勢的夫家；妳愛艾德加，艾德加也愛妳。一切都很順利又容易，妳的困難在哪裡？」

「**這裡**。還有**這裡**。」凱瑟琳回答，一手用力拍額頭，另一手拍胸口。「反正就是靈魂所在的地方。我的靈魂和心裡都肯定我做錯了！」

「那就奇怪了！我想不通。」

「這就是我的祕密。不過，如果妳不嘲笑我，我就解釋給妳聽。我沒辦法說清楚，但是可以大概講一下我的心情。」

她又在我身旁坐下，臉色變得更憂愁、更嚴肅，交握著的雙手也在發抖。

她沉思了幾分鐘，突然開口說：「奈莉，妳有沒有作過奇怪的夢？」

「有呀，偶而會。」我回答。

「我也是。我曾經作過一些夢，醒來之後就一輩子無法磨滅了，還因此扭轉了我的想法；這些夢流貫我全身上下，像是往水裡倒酒一樣，改變了我內心的色彩。我要說的就是這樣的一個夢——可是妳無論如何都不能笑喔。」

「哎呀，別說了，凱瑟琳小姐。」我叫道，「我們已經夠淒慘了，可別再招喚鬼魂、異象自找煩惱。好了、好了，振作起來，高興一點，這才像妳呀！妳看看哈里頓小少爺，**他**可沒夢見什麼愁苦的事情。看他在睡夢中笑得多香甜啊。」

「對。他父親孤單寂寞時，詛咒得也很『香甜』！我相信妳一定記得他當年的模樣，應該也跟那個胖嘟嘟的寶寶一樣吧，年紀只比哈里頓大一點點，同樣天真無邪的時候。不過，奈莉，我還是要說給妳聽；這個夢不是很長，而且今天晚上我高興不起來。」

「我不聽、我不聽！」我急忙再三阻止。

當年我對夢兆很迷信，現在還是。凱瑟琳的神色又異常憂鬱，讓我害怕會聽到什麼能夠推論成預言的事情，因而預見恐怖的災禍。她聽到我阻止她，不太高興，但也沒有繼續說下去。不久她一副要轉移話題的樣子，又重新開口了。

「奈莉，假如我上了天堂，一定會非常悲慘。」

「因為妳不配去那裡，」我應道，「所有的罪人上了天堂都會很悲慘。」

「不是這樣。有一次我夢見我去了天堂。」

「都跟妳說了，我不想聽妳的夢，凱瑟琳小姐！我要去睡了。」我再次打斷她的話。

她哈哈大笑，見我想從椅子上起來，硬把我按住。

「沒什麼啦！」她叫道，「我只是想說，天堂感覺不是我的家，我想回到人間，哭得心都要碎了。天使們氣得把我扔了下來，丟到咆哮山莊最頂端的荒原中間，我就在這裡醒了，喜極而泣。跟其他說法比起來，這算是最適合解釋我的祕密了。我嫁給艾德加．林頓，就跟我在天堂一樣，不是我想要的歸宿；要不是裡面那個壞蛋把希斯克里夫的地位貶得這麼低，我也不會想到要嫁給林頓。現在這個樣子，我如果嫁給希斯克里夫，就會自貶身分，所以他永遠不會知道我有多麼愛他。我愛他，不是因為他長得帥，奈莉，而是因為他比我更接近真正的我。我不知道靈魂是什麼做成的，但他和我的靈魂肯定是同樣的元素做成☆2。林頓跟我們兩個完全不同，差別之大，有如月光對閃電、冰霜對烈火。」

這段話說到一半的時候，我意識到希斯克里夫也在場。我發現旁邊有一絲動作，便轉頭去看，見到他從長凳上站起來，無聲無息地溜了出去。他一直聽著，直到凱瑟琳說嫁給他是自貶身分的地方，就不肯留下來繼續聽了。凱瑟琳小姐坐在地上，被那張高背長椅的椅背擋住了，看不到他，也沒注意到他離開。但我吃了一驚，忙叫她「噓」。

「怎麼了？」她問道，緊張地四下張望。

「約瑟夫來了。」我回答。當時時機恰恰好，我聽見他車輪在小徑上的轆轆聲。「希斯克里夫會跟他一起進來。我甚至不確定他是不是現在已經到門口了。」

「哎呀，他在門口也聽不見我說話的啦！」她說。「哈里頓給我抱吧，妳去弄晚餐，準備好了再叫我一起吃。我要蒙蔽自己不安的良心，要相信希斯克里夫完全不知道這些事情。他

☆2
Whatever our souls are made of, his and mine are the same.

應該不知道，是吧？他根本不知道愛情是什麼！」

「沒道理妳知道愛情是什麼，他就不知道。」我應道，「假如他愛的是妳，那他就會是史上最不幸的人了！一旦妳成為林頓少奶奶，他就失去朋友，失去愛情，什麼都沒了！妳有沒有想過，你們這樣分開，妳要怎麼熬得過？他又能不能接受被妳拋棄、孤苦一身？因為，凱薩琳小姐——」

「他被拋棄。我們分開，」她喊道，口氣有點憤怒，「請問，誰把我們分開？他們會跟米洛有同樣的下場[33]，只要我活著就不可能。艾倫，沒有人能拆散我們。就算世上所有的林頓都消失無蹤，我也不會拋棄希斯克里夫。啊，那不是我想說的——那不是我的意思，應該說，假如要付出那樣的代價，我就不願意當林頓太太了。對我而言，希斯克里夫一輩子都會像一直以來那樣，同等地重要。艾德加必須化解敵意，不然至少也要能容忍希斯克里夫。艾德加若知道我對希斯克里夫真正的感情，就會這麼做了。奈莉，我看得出來，妳覺得我自私又卑鄙，可是妳有沒有想過，假使我跟希斯克里夫結婚，我們就會淪落成乞丐？但要是我嫁給林頓，我就可以幫助希斯克里夫往上爬，脫離我哥哥的控制。」

「用妳丈夫的錢去幫他嗎？凱瑟琳小姐。」我問道，「妳會發現，艾德加不像妳盤算的那麼好說話；而且，儘管我沒什麼資格斷定這件事，不過，我覺得妳嫁給林頓為妻的動機當

33. 指古希臘時代的摔跤力士「克羅頓的米洛」（Milo of Croton），是當時的運動明星。根據傳說，他曾徒手舉起一頭公牛繞場一圈，然後一掌把牛劈死，不過他自己的下場十分淒慘：他看到一棵裂開的樹，伸手進裂縫想把樹掰開，卻被合起來的樹幹夾住動彈不得，最後狼群把他活活吃掉了。

中，這個最差勁了。」

「錯。」她一口頂回來，「是最好的。其他的理由只是滿足我的興致，也是為了艾德加，讓他也滿意。這一個動機，則是為了希斯克里夫，他這個人能夠理解我對艾德加、和對我自己的感情。我說不上來，不過，妳跟所有的人應該都有這樣的想法：人除了自己的肉體之外，精神也存在於別的地方，或應該會存在於別的地方。如果我只侷限在這副肉體當中，那創造出『我』這樣一個人來有什麼意義呢？我在這世上最大的痛苦，就是希斯克里夫受到的苦；從一開始，他每承受一次，我都看到了，也感受到了；我活在這世界上最在意的，就是他。假如一切都毀滅了，只要**他**活著，**我**也會繼續存在[☆3]；假如一切都還在，他卻消失了，整個宇宙就會變得陌生無比，我也會覺得格格不入——我對林頓的愛，像是森林中的葉子；我很清楚，這份愛會隨時間改變，就如同樹木到了冬天會有變化一樣。我對希斯克里夫的愛，則有如樹下的岩石，永久不變；雖然看起來不怎麼美觀，卻是不可或缺的。奈莉，我**就是**希斯克里夫[☆4]！他永遠、永遠在我心中，但不是因為我想到他就開心，像每次我想到自己就開心一樣——他已經是我生命的一部分。所以，別再說什麼我們分開之類的話了；那是根本不可能的事情。再說——」

她停了下來，把臉埋在我的裙擺間，可是我用力把裙子拉開；她那些謬論，我已經聽得不耐煩了！

「小姐，假如我從妳這番沒頭沒腦的話當中有理出一點頭緒的話，」我說，「也只讓我深信，妳對結婚這件事要擔負的責任根本一無所知，不然就是妳這個女孩子心地卑劣、沒有道

☆3
If all else perished, and he remained, I should still continue to be.

☆4
I am Heathcliff!

德。別再拿祕密來煩我了，我不會答應替妳保密。」

「那這個祕密妳就會保密了？」她急切地問道。

「不行，我不答應。」我再說了一次。

她正想逼我答應的時候，約瑟夫進來了，我們的談話因而終止。凱瑟琳移到角落去坐，在那兒照顧哈里頓。我則準備晚餐。飯煮好了，我們兩個僕人開始爭論誰要把飯端給辛德利先生；等到吵出結果時，飯菜都快涼了。然後我們又達成共識：辛德利想吃的話，讓他自己開口要就是了；因為我們特別害怕在他獨處一段時間後去見他。

「那個沒路用的，怎麼到這個時間還沒從田裡回來咧？他是在幹什麼去了？看他實在有夠懶惰。」那老頭質問道，一邊張望著找希斯克里夫。

「我去叫他。」我應道，「我想他一定是在穀倉裡。」

我去了穀倉，可是沒有人回答。回來的時候，我悄悄告訴凱瑟琳，我很確定她說的那些話被希斯克里夫聽到了不少；我又說，她抱怨哥哥對他不好的時候，我看見他離開廚房。她大吃一驚，跳了起來，把哈里頓往高背長椅一扔，就自己跑去找她的朋友了；也沒停下來細想她為什麼那麼慌張，或是考慮一下她的話對他會有什麼影響。她離開了很久，久到約瑟夫提議我們不要再等。約瑟夫很有心機，猜他們是故意不肯來，因為不想聽他冗長的餐前祝禱，並斷言他們「太壞了，對人都只會不禮貌」。於是，那天晚上他除了像平時那樣，吃飯前足足祈禱了十五分鐘，為了他們，他又特地加上一段特別的祈禱。他原本還要在祝禱文後面再添增一段，但小姐闖進來打斷他，氣急敗壞地命令他必須立刻跑到路上，不管希斯克里夫在哪裡閒晃，都一定要找到他，叫他馬上回來。

「我上樓之前要跟他談談，**一定**要跟他談。」她說，「柵門是開著的，他不曉得跑到哪裡去了，聽不見我說話，因為我在羊圈頂上拚命大喊，他也沒回答。」

起先約瑟夫不願意，但她真的急壞了，不許他拒絕；最後他還是戴上帽子，嘟囔著走了。他去找的同時，凱瑟琳則來回踱步，一邊喊著：「不知道他在哪裡？——他到底去了哪裡啦！奈莉，我說了什麼？我已經忘記了。我今天下午發脾氣，他有沒有不高興？親愛的，告訴我，我說了什麼話讓他難過？我真希望他會來。要是他來了就好了！」

「妳大吵大鬧有什麼用？」我叫道，雖然我自己也覺得忐忑不安。「那麼一點小事就嚇成這樣！希斯克里夫在月夜跑去荒原亂逛，或生悶氣不願跟我們講話，還是跑去躺在草棚上，應該不是什麼值得緊張的事情吧？我敢保證他就躲在那裡。妳等著看，我不把他揪出來才怪呢！」

說著我離開，繼續去找他；結果是失望而返。約瑟夫也一樣。

「那小子愈來愈差勁了！」約瑟夫回來的時候說，「他出去時放任柵門大開著，結果小姐的小馬把兩排麥仔都踏壞了，還一路衝奔到草地去了。不過咧，老爺明天早上一定會大發雷霆，給他好看！老爺對這種沒腦又沒用的東西最有耐心了——真正有耐心。但是他不會一直都這樣——你們等著吧，你們大家都等著看，你們不應該無緣無故惹他生氣。」

「你這個笨驢，找到希斯克里夫了嗎？」凱瑟琳打斷他的話，「你有照我命令的去找他嗎？」

「我寧願去找小馬，」他應道，「還比較有意思。但是今晚的天空黑得像煙囪，不管是人還是馬，都沒辦法找了！而且希斯克里夫也不是**我**吹個口哨就會過來——如果是**妳**叫他，或許他可能會聽見！」

依夏天來說，那天晚上**確實**天色很暗，滿天烏雲，一副要打雷的樣子。我說，我們大家都先坐下來吧，等會兒下雨，他就會自己回來了。但凱瑟琳無法冷靜下來，一直在莊園大門和正屋門之間來回走動，焦急不安，完全坐不住，最後終於靠著鄰近馬路的牆邊停了下來。她不聽我的勸告，也不理會隆隆的雷聲以及開始在她四周淅瀝嘩啦落下的大滴雨水，硬是待在那兒；每隔一陣子就喊「希斯克里夫」，然後聽看看有沒有人回答，接著大哭起來。她要是放聲痛哭起來，那可比哈里頓或任何小孩子都還厲害呢。

到了午夜時分，我們還在熬夜等希斯克里夫。這時暴風雨威力全開，轟隆轟隆地朝山莊襲捲而來。狂風猛吹，響雷大作，不知是風還是雷把房屋轉角的一棵樹劈裂了，一根粗大的枝幹砸到屋頂上，把東邊的煙囪敲掉了一塊，一陣石塊和煙灰頓時嘩啦啦地落進廚房的爐火當中。我們還以為被閃電打中了，約瑟夫呼一下就跪在地上，懇求上帝念及諾亞和羅得兩個老族長家的例子，請祂像古時候一樣，擊打不義之人的同時，也不忘赦免正直的人[34]。

我也有點覺得這場雷雨是上天的懲罰；我心裡認定，像約拿[35]一樣連累大家的就是恩蕭

34. 根據《聖經》，諾亞（Noah）是上帝用大洪水毀滅變壞的人類時，唯一存活的一家；羅得（Lot）則是上帝毀滅邪惡的所多瑪（Sodom）、蛾摩拉（Gomorrah）兩城時，唯一存活的一家（除了羅得的妻子因為不聽話，逃離時回頭往後看，成了鹽柱）。

先生，於是去扭動了一下他房間的門把，確認他是不是還活著。辛德利的回答讓人聽得夠清楚，但說出來的話使約瑟夫喊得比剛才更大聲了，嚷著請上帝務必把他自己這樣的聖人跟他主子那樣的罪人遠遠地分隔開來。不過，二十分鐘後風暴就離開了，大家都平安無事；只有凱西全身濕透了，因為她怎樣也不肯進屋躲雨，沒戴帽子也沒披上披肩的站在外邊，結果頭髮和衣服統統吸飽了水。只見她濕淋淋地走進來，躺在高背長椅上，面朝椅背，兩手摀著臉。

「哎，小姐！」我碰碰她的肩膀叫道，「妳該不會是決心找死吧？妳知道現在幾點了嗎？十二點半了。走吧，去睡吧！繼續等那個愚蠢的孩子也沒用，他一定去吉默頓了，現在八成已經留在那裡過夜了。他會猜我們不至於等他等到這麼晚；至少，他會猜只有辛德利先生醒著，寧願避免讓主人幫他開門。」

「不對、不對，他不在吉默頓啦。」約瑟夫說，「我想他八成是沉到沼澤底下去囉。剛才的天象可不是無緣無故來的，我跟妳說，小姐，妳要注意哦——妳可能就是下一個。諸事都要感謝上天！萬事都互相效力，得到益處的是按祂旨意被揀選的人[36]，挑出來跟垃圾分開的那些人。妳們知道《聖經》上是怎麼說的吧。」然後他就開始引述好幾段經文，還告訴我們在第幾章、第幾節。

我苦勸任性的小姐起來把濕衣服換掉，但她卻不理會我；於是我丟下在那兒講道的約瑟夫和發抖的凱瑟琳，帶著哈里頓去睡覺了。小少爺早已熟睡，彷彿剛才在他周遭的人也都睡著了似的。我聽到約瑟夫又繼續朗讀了一陣，然後聽到他爬樓梯的緩慢腳步聲，接著我就睡著了。

我比平時晚了一點下樓，從穿透百葉窗縫隙的陽光看見凱瑟琳小姐還坐在火爐附近。正屋的門也半開著，門上的窗戶沒關，透進了一點光線；辛德利出來了，站在廚房的爐邊，臉色憔悴又睡眼惺忪。

「妳怎麼啦，凱西？」我進去的時候他正說著，「妳看起來好慘，像被淹死的小狗。妹妹，妳怎麼搞得身上這麼濕，臉色又好蒼白？」

「我淋到雨了，」她不情願地回答，「又覺得冷，就這樣而已啦。」

「唉，她就是不聽話。」我看到主人還算清醒，便這麼說道，「她在昨天晚上那場雨中淋得全身濕透，又整夜坐在那裡不肯起來，我怎麼勸都沒用。」

恩蕭先生嚇了一跳，瞪大了眼睛望著我們。「整夜不肯起來，」他重複道，「她為什麼熬夜？應該不是怕打雷吧？好幾個小時前就沒啦。」

我們兩個都不想提到希斯克里夫失蹤的事，能瞞多久是多久；於是我回答說不知道她怎麼會突發奇想要熬夜，她則是一言不發。那天早晨空氣清新，十分涼爽；我用力推開窗櫺，不久屋裡就充滿花園飄來的香氣。可是凱瑟琳氣沖沖地說：「艾倫，把窗戶關起來啦！我會凍死了！」她牙齒直打顫，縮著身體往快要熄滅的餘燼靠近。

35. 約拿（Jonah）是《聖經》中的先知，因為不肯聽從上帝命令，乘船逃避，上帝發怒造成暴風雨，危及船上的水手。奈莉認為辛德利的劣行連累了家裡的人，所以將他比喻為約拿。

36. 這句話是約瑟夫拿《聖經．羅馬人書》第8章第28節的句子改編的。原句是：「我們曉得萬事都互相效力，叫愛神的人得益處，就是按他旨意被召的人。」

「她生病了。」辛德利說著抓住她的手腕，「我猜這就是為什麼她不肯上床睡覺。該死！我可不想為了家裡再有人生病而煩心。妳為什麼跑出去淋雨？」

「去追男生啊，就跟平常時一樣。」約瑟夫啞著聲音說道。我們正在遲疑，他那張惡毒的嘴就趁機插話了。「如果我是您，老爺，我就當他們的面，把大門砰地關起來，管他是貴族還是奴才！只要您一不在家，林頓那隻小公貓就會偷偷溜進來；還有奈莉小姐，她實在是個好女僕，她就坐在廚房替他們把風，只要您一踏進這個門，林頓就從另一邊的門溜出去。還有我們家那位千金大小姐，她的正經行為就是過了半夜十二點，還跑去藏在田裡，跟那個骯髒又恐怖的吉普賽野孩子混在一起，那個希斯克里夫。他們以為**我**眼睛瞎了，但是我沒有——才沒有——林頓少爺來來去去，我統統看見了，我也看到**妳**（這是對我說的），妳這個沒路用又懶惰的臭女人，一聽到老爺的馬叩叩從路上過來的聲音，就趕緊奔跑進到正屋。」

「閉嘴，你這個愛偷聽的賤人！」凱瑟琳叫道，「不許在本小姐面前胡說八道。辛德利，昨天艾德加．林頓是碰巧來的，而且是**我**叫他走，因為我知道你不喜歡跟他見面。」

「凱西，妳一定在說謊。」她哥哥答道，「妳真是一個大傻瓜！先不管林頓了。妳說，昨天妳是不是跟希斯克里夫在一起？好了，跟我說實話。妳別怕會傷害他；雖然我還是痛恨他，不過不久前他才幫我做了件好事，折斷他脖子會讓我良心不安。所以，為了避免我動手，今天早上我就要請他走路；他走了以後，我告訴你們，最好給我小心一點，因為我就有更多精神來對付你們了。」

「昨天晚上我根本沒看到希斯克里夫。」凱瑟琳應道。她開始傷心地啜泣：「你如果真的把他趕出門，我就跟他一起走。不過，也許你永遠也不會有這樣的機會；也許他已經走了。」說著她忍不住嚎啕大哭，之後說的話就含糊不清了。

辛德利不屑地臭罵了她一頓，命令她即刻回房間，不然他就讓她真的有理由哭。我硬逼她聽話回房；走到她房間時，她卻忽然發作起來，那情景讓我一輩子難忘，可把我嚇死了。我以為她要發瘋了，拜託約瑟夫趕緊去請醫生。結果她像神經錯亂般開始夢囈起來。肯尼斯醫師一看到她，便宣布她的病情危急；她發燒了。他幫她放血治療[37]，又交代我只可以給她吃乳清和水煮麥片，還叫我要小心看護她，不要讓她摔下樓梯或跌出窗外；他交代完就走了，因為教區裡的病人很多，而各家農舍之間的距離平均至少兩三英哩。

雖然我不能說自己是個溫柔的看護，但約瑟夫和主人也好不到哪裡去，我們照顧的又是個最磨人、最任性的病患，不過她總算是度過難關了。當然啦，林頓老太太過來探望了好幾次，對我們大家又是責備、又是命令的，好好地教訓了一番。等凱瑟琳進入復原期的時候，夫人便堅持把她帶到畫眉田莊去休養。我們如釋重負，非常感激，但可憐的夫人實在該後悔她那麼好心：因為她跟她丈夫都被凱瑟琳傳染，夫婦倆彼此隔不到幾天就相繼去世了。

我們家小姐回來時，比以前更不聽話、更衝動，而且更高傲。而希斯克里夫自從大雷雨

37. 放血是非常古老的醫療方式，但在沒有抗生素和消毒觀念的年代，身上的傷口很容易造成感染，病人也可能因為失血太多，原本已經虛弱的身體更無法抵抗疾病，死得更快。

那一晚起就下落不明了。有一天，也算我倒楣，因為她太過分，把我惹毛了，我便說他不見都是她害的；其實本來就是她害的，她自己也很清楚。之後的好幾個月，她除了把我當僕人使喚以外，完全不跟我講話。約瑟夫也被她打入冷宮，因為他老是口沒遮攔，把她當做還是小女孩那樣說教；但她認為自己已經是大人，又是我們的主子，而且她覺得自己才生過病，大家都應該遷就她。再說，醫生又交代，不要違抗她的意思，儘量讓她隨心所欲，不然她會受不了。結果就是，膽敢出來頂撞她的人，在她眼中就跟犯下謀殺罪沒有兩樣。

但是她對恩蕭先生跟他那群朋友閃得遠遠的；因為肯尼斯醫師的指示，加上她大發脾氣時往往可能引發痙攣，所以辛德利對她百依百順，避免觸犯她的火爆脾氣。辛德利縱容著她的喜怒無常和蠻橫無理。不過他並不是出自疼愛她，而是為了虛榮；他滿心希望她跟林頓家聯姻，替自己的家族增光。因此只要她不去煩他，就算她把我們當奴隸踩在腳下，他也不在乎。艾德加．林頓被她迷得神魂顛倒。他父親過世三年後，他領著她走向吉默頓教堂；那一天，他就像千千萬萬前仆後繼踏入婚姻的人一樣，覺得自己是世上最幸福的男人。

雖然我很不願意，還是被他們勸服，陪她搬到這邊。那時哈里頓小少爺已經快五歲了，我剛開始教他認字；分開的時候，我們兩人都很難過，但凱瑟琳的眼淚比我們的眼淚更有用。起先我拒絕跟著過來，她發現懇求我沒有用，便去找丈夫和哥哥哭訴。她丈夫答應給我豐厚的工資，她哥哥則命令我收拾行李。辛德利說，既然現在家裡沒有女主人，他也不用女傭了；至於哈理頓，再過不久就可以交由牧師教育。於是，我只剩下一個選擇——服從命令。我告訴主人，他這樣把家裡所有的好人都趕走，只會更快完蛋。我親吻哈理頓，說了再見。從那時起，我跟他就形同陌路。雖說這樣想很奇怪，不過我相信他已經完全忘記艾倫・迪恩這個人了；曾經，他是她在世上最珍視的寶貝，她也是他心中最在乎的人，但這件事他必定也不記得了吧。

故事說到這兒，女管家偶然一瞥煙囪上的時鐘，赫然發現時針已經走到凌晨一點半了。她不肯再多留一分鐘；說實話，我自己也傾向之後再繼續聽故事的續集。現在她已經就寢了，不見人影，我不想動彈，則又多留了一兩個小時，獨自沉思，最後終於鼓起勇氣，撐著痛到無力的頭腦和四肢起身去睡覺。

10

我隱士生活的開端竟是如此迷人。我躺在床上輾轉反側，痛苦呻吟，捱了四個星期的折磨。嗚呼，那野風，荒涼蕭瑟；那北地的天空，淒涼苦寒；那道路，寸步難行；那鄉下郎中，動作遲緩。嗚呼，人跡罕至，見到的總是那幾張面孔；還有，最慘的是肯尼斯醫師的可怕預言，說我春天來臨之前都別想出門。

希斯克里夫先生不久前才剛來拜訪我。大約七天前，他送來一對松雞，是當季的最後幾隻了。混帳東西！我這次會生病，他也不是完全沒有責任的——我很想這麼告訴他。不過，唉，他好心在我床邊坐了整整一個小時，跟我聊天的話題還避開了丸藥、湯藥、膏藥和用來放血的水蛭，我怎能無禮冒犯呢？這會兒養病倒是輕鬆自在，只是我太虛弱了，沒辦法看書，可是又覺得自己應該能夠找點有趣的事情消遣一下；何不找迪恩太太上來把她的故事說完呢？她說過的部分，我還記得重要的情節；對，我記得女主角嫁了；男主角跑了，三年來音訊全無。我這就來搖鈴叫人，她要是看到我可以心情愉快地聊天，一定會很高興。正想著，迪恩太太就來了。

「先生，還差二十分鐘才要吃藥呢。」她開口說。

「呿呿呿！別提那個了！」我回答，「我想要——」

「醫生說，叫您不要吃藥粉了。」

「樂意之至。別打斷我的話，過來這兒坐，別去碰那一排苦兮兮的藥瓶，把口袋裡的毛線拿出來打——這就對啦——好了，妳繼續說希斯克里夫先生的事蹟吧。從妳中斷的地方接著說，一直講到現今為止。他是在歐陸完成教育，變成紳士回來的呢？或是拿了工讀獎學金去大學讀書[38]？或是背叛收容他的英國，逃到美國去當傭兵參加獨立戰爭，以我國子民的鮮血換取他的榮譽[39]？或是在英國當攔路強盜，以更快的速度發了財？」

「他可能全部都做過一陣子，洛克伍德先生，但我可說不準。之前就說過了，我不知道他是怎麼致富的；我也不曉得他是如何把智識從原本野蠻無知的狀態提升上來。不過，如果能夠讓您取樂，又不至於使您疲倦，那就請您允許我按照自己的方式繼續說下去。您今天早上覺得好點兒了嗎？」

「好多了。」

「那真是好消息。」

我協助凱瑟琳小姐一起搬到了畫眉田莊。出乎我意料，卻也讓我高興的是，她表現得比

38. 原文的sizar是舊時英國劍橋大學跟都柏林三一學院特有的學生種類，免學費，但必須擔任地位低下的僕役工作。本書作者的父親就是貧窮工人家庭出身，因為有工讀制度才能就讀劍橋大學，後來成為牧師。

39. 按照奈莉說的時間推算，希斯克里夫是1780年時離開咆哮山莊，美國獨立戰爭則是1775～1783年。洛克伍德似乎認為希斯克里夫不是英國人（可能是吉普賽人），所以說他背叛「收容他的英國」。

我預期的情況好上許多。她似乎是真心愛著林頓少爺，對他妹妹也顯出十分親愛的樣子。當然，他們兄妹兩人也非常關心她的生活是否如意。他們之間，不是荊棘折服於忍冬花之下，而是忍冬花擁抱了荊棘；雙方並不是各退一步，是她一個人直挺挺地站著，其他人順從忍讓——如果事事順心，別人又很殷勤，誰會個性乖張、脾氣暴躁呢？我發覺艾德加很怕惹她生氣，但他對她一直隱瞞著這種害怕的心理。不過如果他聽到我回答她的口氣比較不客氣，或看到別的僕人因為她頤指氣使而露出不樂意的表情，他就會臉色一沉，皺眉頭表示不高興，但他從來不會為了自己這樣。他認為我不夠尊敬凱瑟琳人，指責了我好幾次，還曾宣稱：少奶奶發脾氣，比被刀子刺了還讓他難過。我不想讓和善的主人困擾，便學著不要那麼容易生氣。大約有半年的時間，因為沒有引爆的火源，家裡的火藥就像沙子似地癱在那裡毫無危害。凱瑟琳偶而就會有一陣子悶悶的不說話。她丈夫很尊重她的心情，也保持沉默以表示理解；他認為她是前陣子生了重病，身體受了影響所致，因為她以前從不曾有精神憂鬱的情形。等她雨過天青的時候，他也以同樣陽光開朗的態度回應。我想應該可以說他們當時真的深深感到幸福，而且感情與日俱增。

蜜月期結束了。人畢竟還是自私的，只是溫和慷慨的人比囂張霸道的人更有理由自私而已。他們雙雙覺得對方心裡並不是最為自己著想的時候，蜜月期就結束了。

一個天氣舒爽的九月天傍晚，我在園子裡摘了重重的一籃子蘋果回來。天色已經有點暗了，月亮從中庭的高牆外照進來，射在宅邸上，讓凹進去的各個角落顯得陰影幢幢。我把沉重的籃子擺在廚房門口旁的臺階上，停下來休息一會兒，再多吸進幾口香甜柔和的空氣。我背對大門，眼睛正看著月亮，後面竟突然冒出一個聲音說：「奈莉，是妳嗎？」

那聲音十分低沉，口音也像外地人，可是說出我名字的語氣卻聽起來很耳熟。我轉身想看清是誰說話；當時我心裡很害怕，因為大門關著，我走近臺階的時候也沒看到有人。門廊上有個東西動了，我靠近一看，原來是個穿著深色衣服的高個子男人，皮膚跟毛髮也都是深色的。他靠著旁邊的牆壁，手指放在門栓上，彷彿想自己開門。「會是誰呢？」我心想，「恩蕭先生嗎？啊，不對！這人的聲音跟他完全不像。」

「我在這兒已經等一個小時了。」我還一直呆呆望著他的時候，他接著說道：「這段時間，這地方一片死寂，我不敢貿然進去。妳不認得我嗎？妳看看我，我不是陌生人。」

一道月光落在他臉上，照亮了那張蠟黃的臉頰，有一半被黑色的鬍鬚蓋住了；眉毛壓得低低的，雙眼深陷，長相特殊；但那雙眼睛我可還認得。

「什麼！」我大吃一驚，嚇得舉起雙手，但一時又無法確定他是不是活人。「什麼！你回來了？真的是你？真的是嗎？」

「沒錯，我是希斯克里夫。」他答道，說著視線從我身上移開，抬頭望向窗戶。一扇扇的窗戶上映出了十幾個月亮的倒影，閃閃發亮，屋裡卻沒透出任何燈光。「他們在家嗎？她在哪兒？奈莉，妳不高興嗎？妳不要緊張。她在這裡嗎？妳說。我想跟她——跟妳的女主人說句話。去，就說有個從吉默頓來的人想見她一面。」

「那她會有什麼反應？」我叫道，「她會怎樣呢？我都已經大受驚嚇，不知所措了——換成是她，會發狂的。你**真的**是希斯克里夫沒錯，可是你變了，不行！我實在想不透你是怎麼變這樣的，你去從軍了嗎？40」

「去幫我傳話。」他不耐煩地打斷我的話，「妳不去，我簡直在地獄煎熬啊！」

他打開門栓，我走進屋裡；可是走到林頓夫婦所在的客廳時，我又覺得實在不該繼續做這件事。最後我決定找個藉口，問他們要不要把蠟燭點亮，然後打開了門。

他們坐在窗前，窗櫺整個打開。望眼過去，越過花園裡的樹和草木叢生的青綠林苑，便是吉默頓山谷，長長的一絲霧氣在谷中蜿蜒，一路延伸到將近山頂的地方（您也許注意到了，經過教堂後不久，從沼澤出來的水渠匯入一條溪流，那條溪再沿著谷地的弧度繼續前進）。咆哮山莊位於銀白色霧氣的更上方，不過從這裡看不到我們從前住的房子，因為山莊的位置比較接近山丘的另一側。客廳、客廳裡的人，以及他們凝視的景色，全都十分寧靜祥和。我很想縮手，不願意執行任務，問完要不要點蠟燭，正要什麼也不說就直接退出去了，突然想起這樣做實在太愚蠢了，趕緊回來，小聲報告：「太太，有個吉默頓來的人說要見您。」

「他要做什麼？」林頓少奶奶說。

「我沒問他。」我回答。

「好吧。拉上窗簾，奈莉，」她說，「上茶。我馬上回來。」

她走出房間。艾德加少爺隨口問起來的是誰。

「太太意料之外的人。」我回答，「是那個希斯克里夫——您記得他吧，先生——以前住在恩蕭先生家的。」

「什麼！那個吉普賽人——那個耕田工？」他叫道，「妳怎麼沒告訴凱瑟琳呢？」

「噓！您可不能這樣稱呼他呀，主人，」我說，「她聽到了會很難過的。他逃跑的時候，她幾乎都要心碎了。我想，如今他回來，她一定喜出望外吧。」

林頓少爺走到客廳另一側，可以俯瞰中庭的一扇窗邊。他打開窗探頭出去；我猜他們應該在下面，因為他急急喊道：「親愛的，別站在那兒呀！如果是重要的人，就帶他進來吧。」不久，我聽見門栓「咔噠」一聲，凱瑟琳飛奔上樓，上氣不接下氣，激動不已。她因為太興奮了，甚至無法表現出高興的樣子；真的，如果光看她的臉，讓人還以為發生了什麼可怕的災禍。

「喔，艾德加！艾德加！」她撲上去抱住他的脖子，氣喘吁吁地說，「喔，艾德加，親愛的，希斯克里夫回來了——他回來了！」她抱得更緊了，簡直是用掐的。

「好了，好了。」她丈夫不高興地叫道，「可別為此把我勒死了。我從來不覺得他是什麼了不起的寶貝，沒有必要這麼欣喜若狂。」

「我知道你以前不喜歡他。」她稍微壓住樂不可支的情緒回答，「可是，看在我的份上，你們現在得做朋友才行。要叫他上來嗎？」

40. 希斯克里夫如何在十六到十八歲的三年間獲得龐大財富，是本書的一大謎題。前面洛克伍德根據當時窮人翻身的管道，提出讀大學、從軍、搶劫三種可能，奈莉則從他的外地口音跟筆直的站姿推斷是去從軍；也有後人認為可能去買賣奴隸或賭博，或甚至跟魔鬼做了交易。無論如何，因為主角故意避談這件事，很可能是做了見不得人的勾當。

「來這邊？」他說，「進來客廳？」

「不然去哪？」她問。

他臉色一沉，建議說帶他去廚房比較適合[41]。林頓少奶奶望著他，表情很滑稽——一半是生氣，一半是在嘲笑他斤斤計較。

「不行。」過了一會兒她又說，「我不能到廚房坐。艾倫，在這邊擺放兩張桌子：一張給你的主人和伊莎貝拉小姐，他們是士紳人家；另一張給希斯克里夫跟我，我們是下層賤民。親愛的，這樣您可滿意？或者我得叫人在別的地方生火？如果要的話，請下達命令。我要趕快下去留住客人了。我太開心了，好怕這不是真的。」

她又要跑掉，但被艾德加阻止了。

「妳去叫他上來。」他對我說，「凱瑟琳，妳高興是高興，拜託不要鬧過頭。不需要讓全家上下都看見妳把一個逃跑的僕人當親兄弟來歡迎的模樣。」

我下了樓，發現希斯克里夫在門廊下等著，顯然預期會有人請他進去。他也不浪費時間說話，就讓我引路，帶他去見主人夫婦。他們漲紅的臉頰洩露出剛才兩人發生過爭執，不過少奶奶見到朋友在門口出現時，引起她臉上紅暈的，就是另一種情緒了。她一躍上前，握住希斯克里夫的兩隻手，帶著他走到林頓旁邊，然後她又抓住林頓的手，不管丈夫抗拒，硬把林頓的手塞進希斯克里夫的手裡。這時有爐火和燭光照明，我看得清楚了，希斯克里夫的變化讓我驚訝不已。他長成了一個高挑結實、外型出色的男人，我家主人站在他身邊，竟然顯得瘦弱而稚嫩。他站得筆挺，讓人覺得他可能曾經從軍；他的表情跟五官比林頓少爺更成熟堅毅，面相看起來則精明聰慧，沒有先前粗魯愚鈍的痕跡。不過，他那壓低的眉毛，以及閃著黑色火焰的眼珠，仍然潛藏著一股半開化的野性，只是壓抑住了；他的舉止甚至可說是莊重，儘管氣質有些嚴肅。我家主人吃驚的程度，跟我比起來是有過之而無不及；一時之間林頓茫然若失，不知道該如何稱呼先前被自己叫做「耕田工」的人。希斯克里夫放下林頓細瘦的手，淡然地站著打量他，等他開口。

「坐吧，先生。」林頓過了好一陣子才說話，「林頓太太看在舊日時光的份上，希望我好好款待你；只要能讓她高興的事，我總是很樂意去做的。」

「我也是。」希斯克里夫應道，「尤其如果這件事我也有份的話；我很樂意留下一、兩個小時。」

希斯克里夫在凱瑟琳的對面坐下。她則兩眼定定望著他，好像生怕眼睛一移開，他就會消失。他倒沒有那麼常抬眼跟她四目相對，偶而迅速一瞥就夠了；但一次比一次更大膽，毫不掩飾地回應她，顯露出他從她眼中汲取的喜悅。這兩人太沉浸於彼此的欣喜之中，根本不覺得羞恥。艾德加少爺可就不是這麼一回事了，他氣得臉色發白；當他太太站起來，走過地毯，再度緊握住希斯克里夫的雙手，笑得花枝亂顫，林頓的憤怒就到達頂點了。

「明天我一定會覺得自己是作了一場夢。」她叫道，「我一定不敢相信，我竟然再次看到你、摸到你，又跟你說了話。可是啊，希斯克里夫，你好殘忍，你不配讓我這樣歡迎你；整

41. 艾德加仍然認為希斯克里夫是僕人，沒資格進客廳坐，只能去廚房。

整三年下落不明，也不捎個訊息回來，從來就沒想到我。」

「我想到妳，可比妳想到我的還多一些。」他低聲說，「凱西，我不久前才聽說妳結婚的消息。剛才在樓下院子裡等待的時候，我正在考慮這個計畫——看妳一眼就好，也許妳會驚訝地瞪大了眼睛，然後假裝高興；接著，我再去找辛德利算帳；最後，為了避免法律制裁，先自我了斷。但妳如此歡迎我，讓我把這些想法都拋到腦後了。不過，下次妳要是用別的臉色對我，就要小心了。不對，妳不會再趕我走了。妳是真的為我難過呢，是不是？咳，確實是有理由難過。自從我最後一次聽見妳的聲音後，我苦苦奮鬥，熬過了一段艱難的日子；妳一定要原諒我，因為我只為了妳而努力啊。」

「凱瑟琳，除非我們要喝涼掉的茶，不然請妳過來桌邊吧。」林頓插嘴。他努力想維持平時的語氣跟應有的禮貌。「無論希斯克里夫先生今晚住在哪兒，他都要走很長的一段路，再說我也口渴了。」

她走到靠近擺放茶壺的位置坐下，伊莎貝拉小姐聽到鈴聲也來了；我幫忙把椅子往前推，伺候他們就座，然後就離開房間。結果這一餐還不到十分鐘就結束了。凱瑟琳的杯子從頭到尾都是空的；她根本吃不下，連茶也喝不下。艾德加把茶灑在碟子裡，吃下肚的東西恐怕還不到一口。至於他們的客人，那天晚上停留不到一個小時就走了。希斯克里夫離開的時候，我問他是否要去吉默頓。

「不是，我去咆哮山莊。」他回答，「今天早上我去拜訪恩蕭先生的時候，他邀請我住下。」

他去拜訪恩蕭先生；恩蕭先生邀**他**住下。他走了以後，我反覆想著這句話。他是不是有點變成了偽君子，表面上裝模作樣，卻是來我們這兒搞鬼？我思索著這件事，心裡有股預感，他要是沒回來就好了。

半夜的時候，我剛睡了一覺，就被林頓少奶奶吵醒了。她悄悄溜進我房間，在我床邊坐下，扯我的頭髮叫醒我。

「艾倫，我睡不著。」她這麼說著，權當道歉。「我想要有個活人陪我一起開心。艾德加在鬧脾氣，因為讓我高興的是他不感興趣的事情。他一開口，就只會說一些無聊的氣話，還宣稱我狠心又自私，因為他身體很不舒服想睡覺，我卻想聊天。每次只要一點點不順他的意，他就假裝身體不舒服。我才說幾句讚美希斯克里夫的話，他不知道是頭痛還是嫉妒，竟然就這麼哭了！所以我就起來，丟下他不管了。」

「妳跟他讚美希斯克里夫幹嘛？」我應道，「小時候他們就彼此看不順眼了，希斯克里夫也一樣痛恨聽到人家讚美林頓先生；這是人性啊。除非妳想讓他們兩個公然翻臉，不然妳就別在林頓先生面前提到他了。」

「可是這樣不是顯得很懦弱嗎？」她不死心地說，「我就不會嫉妒，伊莎貝拉的金髮那麼亮，皮膚那麼白，舉止那麼秀氣優雅，家人都那麼喜歡她；但我從來就不會因此覺得受傷。奈莉，就連妳，如果我跟伊莎貝拉吵架，妳也馬上站在她那邊；而我就像溺愛孩子的傻媽媽一樣讓步，叫她小乖，哄她高興。她哥哥看我們相親相愛就開心；他開心我也就高興了。不過他們兄妹倆非常像，都是被寵壞的孩子，以為全世界都要為他們打轉。雖然我順著他們，不過我還是覺得如果能狠狠修理他們一頓，他們會更好。」

「妳錯了，太太，」我說，「是他們順著妳。假如他們沒順著妳，我可知道會有什麼下場。只要他們事事都先想到妳要怎樣，妳就大方允許他們偶而鬧一下。不過，你們最後搞不好會為了雙方都覺得同樣重要的事情鬧翻；到時候，那些妳所謂懦弱的人，可是會跟妳一樣頑固的。」

「然後我們就會鬥到死，是吧，奈莉？」她大笑著回嘴。「不會。告訴妳，林頓很愛我，這一點我超有自信；就算我殺他，他也不會想報仇的。」

我告誡她說，林頓既然這麼愛她，她就該重視他。

「我是呀。」她答道，「可是他也不必為了無聊的小事就哭哭啼啼的。這樣很不成熟，再說，他不該因為我說希斯克里夫如今值得任何人的尊敬，本鄉的士紳之首，有他當朋友也是榮幸的事情，他就哇哇大哭。他應該贊同我的話，也應該跟我感同身受而感到開心。艾德加一定得接受希斯克里夫才行；既然非得這樣不可，不如乾脆主動去喜歡他。想想，希斯克里夫那麼有理由討厭林頓，今天卻那麼客氣，我覺得他表現得實在很好。」

「他去咆哮山莊，妳有什麼想法？」我問道，「看樣子是整個人都改頭換面了，很有基督徒的美德嘛，到處對仇敵伸出友誼的右手，行相交之禮[42]。」

「他有解釋。」她回答，「我跟妳一樣覺得奇怪。他說他以為妳還住在咆哮山莊，便去那邊找妳，想打聽我的消息；約瑟夫告訴辛德利，他回來了。辛德利和他見了面，問他這幾年在做什麼、生活的情況如何，最後又叫他進屋。裡面有幾個人在玩牌，希斯克里夫也坐下來一起玩，結果哥哥輸了一些錢給他；後來哥哥發現希斯克里夫很有錢，就叫他晚上回去住；他答應了。辛德利個性衝動，交朋友很隨便；因為他懶得動腦筋，不會去想到應該防著自己曾經羞辱、傷害的人。不過希斯克里夫堅持說，他會跟以前欺負他的人重新聯絡，主要是因為想住在走路就能到畫眉田莊的地方，也因為想念我們曾經一起住過的房子；並且希望我因此有機會去那兒見他，如果住在吉默頓就沒那麼方便了。他為了住在咆哮山莊，打算支付豐厚的房錢；哥哥貪財，一定會接受的。哥哥一向都很貪心，不過，一手抓了錢，另一手就灑出去了。」

「還在那裡住，還真是個適合年輕人的『好地方』。」我說，「妳難道不怕會有什麼後果嗎？林頓太太。」

「我可不擔心我的朋友。」她回答，「他心智堅毅，懂得避開危險；我倒是有點擔心辛德利，但他早已道德淪喪，再墮落也墮落不到哪裡去了；至於身體受傷，有我攔著，是不會發生的。今天晚上的事，讓我重新諒解上帝和人類了。我原本充滿憤怒，一心違逆天命。啊，我忍受了非常非常慘痛的痛苦；奈莉，假如艾德加知道我有多苦，他就會覺得慚愧，竟然在我脫離苦海時，還為了無聊的小事亂發脾氣。我一個人承受，是對他仁慈；我常覺得倍受折

42. 原文the right hand of fellowship出自《聖經・加拉太書》第二章第九節：「……那稱為教會柱石的雅各、磯法、約翰，就向我和巴拿巴用右手行相交之禮……。」「右手相交之禮」在某些基督教會當中是有新成員加入時，與原本成員一一握手的儀式；當譬喻來使用時，這句話也可指任何表示友誼與信任的舉動。

磨，要是我每次都說出來，他就會知道要跟我一樣渴望結束痛苦了。不過，既然痛苦已經結束，我就不會拿他做的蠢事報復他；從今以後，什麼苦我都能忍受了。即使最低賤的人打我的臉，我不但另一邊也轉過來讓他打[43]，還會跟對方道歉，說不好意思，惹他動手了。為了證明我的決心，現在我馬上就去跟艾德加和好。晚安。我真是個天使啊！」

她沾沾自喜地下了決心就走了。而隔天她實現承諾的效果顯而易見：林頓少爺不但消了一肚子氣（雖然跟凱瑟琳活力四射的樣子相比，他看起來還是有點悶），甚至她下午要帶伊莎貝拉去咆哮山莊時，他也沒有表示反對。她獎賞他的，是如夏日般的甜言蜜語，綿綿情意。接下來幾天，整個家裡的氣氛彷彿天堂，主僕們都受惠於這股源源普照的陽光。

希斯克里夫——以後我該叫他希斯克里夫先生了——起先很小心，雖然可以自由來畫眉田莊拜訪，卻沒有時常來。他彷彿在試探田莊的主人對他侵門踏戶的底線在哪裡。凱瑟琳呢，同樣覺得希斯克里夫來訪時，要控制一下喜悅的情緒，低調一點比較妥當。希斯克里夫就這樣漸漸變成可以大方來訪的客人了。他少年時代便以沉默內向著稱，現在這種個性還保留著大半，因此能夠壓抑自己的情感，不做出任何會令人覺得詫異的表現。我家主人暫時卸下了心頭的不安，之後發生的情況更讓他有一陣子轉而操心另一件事情。

他煩惱的來源，是一件出乎意料的禍事：伊莎貝拉．林頓突然迷戀上這位家裡只是勉強接納的客人。當時她是個可愛的十八歲姑娘，舉止嬌憨，但頭腦伶俐，感情豐富，如果被惹毛了，脾氣也很淩厲。她哥哥很疼她，見她竟會做出如此匪夷所思的選擇，驚駭不已。先別說跟一個出身不明的無名小卒聯姻有失顏面；或萬一他沒有男嗣，家產就很可能落入這樣一個人的手裡；他至少聰明到可以了解希斯克里夫的個性：他知道，雖然希斯克里夫的外表改變了，本性卻沒有變，也改變不了。而他害怕這種人，也厭惡這種人，不願把伊莎貝拉交給有這樣有心機的男人，擔心會有不祥的後果。由於他一發現這件事，馬上就斷定是希斯克里夫有心設計，並沒有察覺她是自作多情，對方沒有追求，也毫無回應，她就芳心暗許；要是他得知實情，一定更加排斥。

有一陣子，大家都注意到林頓小姐不知為了什麼發愁憔悴，變得暴躁又討人厭，經常嘲弄凱瑟琳或對她大呼小叫，差點把凱瑟琳本來就不多的耐性都磨光了。眼睜睜地看著伊莎貝拉日漸削瘦，衰弱下去，大家看在她身體不好的份上多少讓著她一點。可是，有一天她脾氣特別彆扭，拒吃早餐；怪僕人沒照著她的意思做，怪女主人讓她在家裡沒地位，怪艾德加忽略了她；又說她感冒了，都是因為有人沒關門，而我們又跟她作對，故意讓客廳的火熄掉。她又抱怨了幾百件無聊的小事，林頓少奶奶不由分說就命她上床去睡覺，並狠狠罵了她一頓，威脅要叫醫生來。伊莎貝拉一聽到肯尼斯的名字，立刻嚷說自己的身體好得很，只是凱瑟琳太過分了，讓她心情不好。

「妳這個壞孩子，大家總是把妳捧在手心，怎能說我過分呢？」女主人聽她說話無理取鬧，吃驚地叫道：「妳一定是神智糊塗了。妳說，我什麼時候過分了？」

「昨天啊，」伊莎貝拉抽抽噎噎地說，「還有現在。」

43.《聖經・馬太福音》第五章第三十九節：「……有人打你的右臉，連左臉也轉過來由他打。」

「昨天？」她嫂嫂說，「什麼時候？」

「我們在荒原上散步的時候，妳叫我隨意走，然後自己跟希斯克里夫繼續逛。」

「這樣妳就覺得過分？」凱瑟琳笑道，「這又不是在暗示妳是多餘的人；我們不在乎妳是不是跟我們一起，我只是認為希斯克里夫說的話，妳可能會覺得無聊而已。」

「哼，才不是。」小姐哭著說，「妳希望我走開，因為你知道我喜歡跟著他。」

「她神經還正常嗎？伊莎貝拉。」林頓少奶奶轉向我求助，「我跟他的對話，我一字一句重述給妳聽，妳來說說，到底哪裡讓妳那麼著迷。」

「我不在乎談話的內容，」她應道，「我想要跟——」

「什麼？」凱瑟琳看出她遲疑著不敢說完那句話。

「要跟他在一起，我才不要每次都被趕開。」她接著說道，火氣也大起來了。「凱西，妳就像寓言裡的那隻惡犬，自己不吃草卻霸佔馬槽不許別人吃，只准人家愛妳一個，不可以愛別人。」

「妳這隻小猴子，真沒禮貌。」林頓少奶奶驚訝地喊道，「可是我不願相信竟有人這麼蠢。難道妳渴望希斯克里夫的青睞——難道妳認為他個性很好？這是不可能的事呀！伊莎貝拉，希望是我誤解妳了？」

「沒有，妳沒弄錯。」已經神魂顛倒的女孩說，「我比妳愛艾德加還要愛他，而且他也可能會愛上我，假如妳肯放手的話。」

「如果是這樣，那拿一整個王國送給我，我也不願意跟妳交換位置。」凱瑟琳聲明，口氣很鄭重，似乎是誠心這麼說。「奈莉，幫我勸勸她，她這是瘋了！告訴她，希斯克里夫是什麼樣的人：不開化，沒教養，粗俗鄙陋，像是貧瘠的野地，上面只有荊豆和石頭。我寧可把那隻小金絲雀在冬天放到園子裡，也不願鼓勵妳把心交給他。這樣一個癡夢會跑到妳腦子裡，只有一個不幸的原因，那就是因為妳不知道他的個性。求妳了，不要幻想他僅是外表嚴厲，其實內心深處掩藏著善心和愛意。他不是未經琢磨的鑽石——不是蘊含珍珠的牡蠣，別把他當老實的庄稼漢；他是一個兇狠無情，狼心狗肺的男人。我從來不對他說『我們放過這個仇家、那個敵人吧，因為傷害他們太小心眼、太殘忍了』，而是會說『放過他們吧，因為**我**討厭看人家被欺負』。如果他覺得妳很難搞，他會像捏碎鳥蛋一樣毀了妳。我知道他不可能愛上林頓家的人，卻可以為了妳現有的私產和將來可能繼承的財產而娶妳。他愈來愈貪婪，已經被這種罪惡纏身了。這就是我對他的觀感，而我還是他的朋友——我跟他交情之好，假如他認真想要釣妳上鉤，搞不好我就不會開口說什麼了，任由妳掉進他的陷阱。」

林頓小姐憤怒地看著嫂嫂。

「可惡！太可惡了！」她氣沖沖地重複說道，「妳這個惡毒的朋友，比二十個敵人還可怕。」

「哦！那妳是不肯相信我了？」凱瑟琳說，「妳認為我是動了歪腦筋，為了自己而這麼說的嗎？」

「我確定妳是。」伊莎貝拉頂回去，「看到妳，我就全身發抖！」

「那好，」凱瑟琳叫道，「如果妳一心這樣，就自己去試好了。我已經說完了，妳說話很衝，又不敬長嫂，我認輸就是——而我卻得為了她這般自我中心而受苦。」林頓少奶奶走出房間。

伊莎貝拉啜泣道：「每個人、每件事都跟我作對；她把我唯一能獲得慰藉的東西毀了。可是她說了謊話，對不對？希斯克里夫不是惡魔；他心靈高尚，而且為人忠誠，不然他怎麼會一直記得她呢？」

「把他從妳心中趕走吧！小姐。」我說，「他是不吉的惡鳥，不是妳的良伴。林頓太太的話是說得比較重，但我沒辦法反駁。她比我、比任何人都更明白他的心，絕不會故意抹黑他。誠實坦蕩的人不會隱藏他們做過的事情。他之前是怎麼生活的？怎麼致富的？他為什麼住在咆哮山莊——他仇人的家？聽說，自從他回來了之後，恩蕭先生就愈來愈墮落。他們總是一起混整個通宵；辛德利還拿土地抵押去借錢，不務正業，只會吃喝玩樂。一個星期前我才聽說——是約瑟夫告訴我的，我在吉默頓碰到他。

「『奈莉啊，』他說，『我們那邊哦，沒多久就會有驗屍官來審問囉。有一個人，手指差一點給人切斷，因為他要阻擋另外一個人，那傢伙想要像殺牛崽一樣，一刀子把他戳死。那個就是主人啦，妳知不知道，他一心想要去給宇宙最高等的法庭審判。他不怕那些判官，聖保羅、聖彼得、聖約翰、聖馬太，他全都不怕！他很喜歡——根本就想得要命，想要頂著他那大膽包天的厚臉皮去跟他們纏鬥。還有那個希斯克里夫，告訴妳，他可是個少見的人物。聽到那種下流的笑話，他跟他們一樣笑得嘻嘻哈哈。去畫眉田莊的時候，他有沒有說起在我們這邊過的好日子呀？他是這樣的：太陽下山才起床，賭骰子、喝白蘭地，門窗緊閉，蠟燭燒到隔天中午。然後，那個蠢人就去他的房間，胡言亂語，滿口髒話，讓正派的人聽了都覺得不好意思要用手指堵住耳朵了。然後咧，那個壞蛋，點清贏到的錢之後，就吃喝一頓，睡上一覺；然後又到鄰居家找別人的老婆閒聊一番。想來他**當然不**會告訴凱瑟琳太太，她父親的金銀財寶是怎麼流進他的口袋，還有，她父親的兒子是怎麼奔向通往滅亡的大道[44]，而他是怎麼衝在前面幫他打開大門的。』您聽我說，林頓小姐，約瑟夫雖然是個老壞蛋，但他不會撒謊。如果他說的關於希斯克里夫的行徑都是真的，那您絕對不會想要嫁給這樣的丈夫了，是吧？」

「妳跟他們都是一夥的，艾倫。」她應道，「我不要聽你們誣蔑他。妳實在太惡毒了，竟然想勸我相信這世界上沒有幸福可言。」

我不知道如果不理她，她的癡迷是不是就會自己消失，或是會因為不斷胡思亂想而繼續下去，因為她沒多少時間去細想這件事。隔天鄰鎮有治安法官會議[45]，主人必須出席。希斯克里夫先生知道他不在，便比往常提早來訪。凱瑟琳和伊莎貝拉坐在書房裡；兩個人劍拔弩張，但沒有說話。伊莎貝拉因為私自戀愛，有失端莊，加上一時激動而吐露出暗戀的心情，

44.《聖經・馬太福音》第七章第十三節：「你們要進窄門。因為引到滅亡，那門是寬的，路是大的，進去的人也多。」

45. 英國當時的制度，每一季在地方會開庭審理該區域的案件，由兩名以上的治安法官（Justice of the Peace）主持，與當地民眾組成的陪審團共同審理。治安法官是無薪的義務職，除了開庭，也負責一些地方行政事務，算是地方官；多半由當地最有勢力的鄉紳擔任。林頓家族是吉默頓的第一家庭，艾德加的父親林頓老爺便是治安法官，想來艾德加也繼續擔任此職位，所以必須出席治安法官會議。

所以顯得很緊張。她深思熟慮後，覺得凱瑟琳確實把她惹惱了；假如凱瑟琳再嘲笑自己態度不敬，那伊莎貝拉就會讓她笑不出來。凱瑟琳還真的笑了，不過是看見希斯克里夫經過窗邊而笑。當時我正在打掃火爐，注意到她露出一抹惡作劇的微笑。伊莎貝拉不知道是全神貫注地想事情還是在看書，門打開的時候，她就一直坐在那裏，但這時想逃走也來不及了；假如能夠的話，她可是很樂意逃離現場的。

「進來吧，這就對啦。」女主人笑嘻嘻地喊道，一邊拉過一張椅子，靠近火邊。「我們這兒有兩個人亟需第三個人來幫忙『破冰』呢，而你正是我們兩個都該挑中的人選。希斯克里夫，我有幸向你介紹，這裡終於有個人比我自己更喜歡你了。我想你一定會覺得很得意。不對，不是奈莉，你別看她。話說我可憐的小姑呀，光想到你英俊瀟灑，又是正人君子，心就要碎了。如果你願意，就可以當艾德加的妹夫。不行、不行，伊莎貝拉，不准妳跑掉。」

伊莎貝拉又羞又氣，站了起來。凱瑟琳卻假裝在玩鬧，硬是把她按住。她接著說：「希斯克里夫，我們兩個為了你，像貓打架似地吵起來。說起對你的熱愛和欣賞，我可是徹底輸了。而且呀，那個把我視為情敵的人說，只要我能有風度地拱手相讓，那她就能把愛情的箭射進你的心房，讓你一輩子對她死心踻地，把我的形象從你心中永遠趕走。」

「凱瑟琳！」伊莎貝拉重拾尊嚴，不屑地掙脫緊緊抓住她的手。「即使妳在開玩笑，麻煩請妳說實話就好，不要污衊我。希斯克里夫先生，拜託叫您這位朋友放開我；她忘記我跟您不熟；這件事她覺得好玩，卻讓我苦不堪言。」

來客沒有回答，只往他的位子上一坐，顯得絲毫不關心她對他懷有什麼樣的感情；於是伊莎貝拉小聲懇求折磨她的人放她走。

「不行。」林頓少奶奶喊道，「我不要再被人說成是『霸佔馬槽的惡犬』了。妳**一定**要留下來。好啦！希斯克里夫，我說出這樣的好消息，你怎麼沒有表現出高興的樣子呢？伊莎貝拉發誓說艾德加對我的感情，遠遠不如她對你的感情。我確定她說了類似這樣的話，妳說是不是，艾倫？而且自從前天散步回來之後，她就不吃不喝，原因是我以為她不喜歡在你身邊，而請她離開，結果惹她生氣傷心了。」

「我想妳是錯看她了。」希斯克里夫說著把椅子轉過來面對她們。「不管怎麼說，她現在可是希望不要在我身邊呢。」

說著他兩眼直盯著話題的主角看，那眼神彷彿在看一隻奇怪又噁心的動物，像是看著西印度群島來的蜈蚣，儘管令人覺得噁心，卻因為好奇而忍不住仔細觀察。可憐的伊莎貝拉受不了，臉色一會兒紅、一會兒白，睫毛上掛著淚珠，嬌小的手指拚命用力，想掰開凱瑟琳緊緊握住的手。可是伊莎貝拉才把握住自己手臂的一根手指扳起來，凱瑟琳的另一根手指就又按回去。伊莎貝拉沒辦法把凱瑟琳的整隻手掰開，便改用指甲；她的指甲很銳利，不久抓人的那隻手就布滿了紅色的月牙狀痕跡。

「妳是母老虎呀！」林頓少奶奶驚叫道，放開伊莎貝拉，痛得直甩手。「我的天，妳還是走吧！妳快把那副母夜叉的臉孔藏起來，妳怎麼那麼傻，在他面前張牙舞爪呢？妳難道不考慮一下他會怎麼想？希斯克里夫，你看，這些就是凶器了——你可要小心眼睛啊！」

「她如果拿指甲威脅我，我就把指甲從她手指上硬生生拔下來。」伊莎貝拉關上房門後，希斯克里夫惡狠狠地說。「可是妳為什麼要這樣戲弄那個女孩呢？凱西，妳說的不是實話，是吧？」

「我跟你保證，是實話。」她應道，「她為了你已經搞得要死不活好幾個星期了。今天早上她一提起你，又大呼小叫，劈哩啪啦地罵了我一陣，只因為我想減輕她的迷戀，把你的缺點坦白告訴她。不過，別再放在心上啦，我只是想懲罰她沒大沒小，就這樣而已。親愛的希斯克里夫，我太喜歡她了，不會讓你抓住她，把她生吞活剝的。」

「可是我太不喜歡她了，不會想這麼做，」他說，「如果要吃也會吃得血肉淋漓。要是我單獨跟那張噁心的蠟像臉生活，妳就會聽說一些奇怪的事情：其中最普通就是把那張蒼白的臉『畫』得五顏六色，然後每隔一、兩天就把那雙藍眼珠加上黑眼圈；她眼睛跟林頓的長得很像，看了就覺得討人厭。」

「討人愛才對。」凱瑟琳評道，「像鴿子——像天使的眼睛。」

一陣沉默後，希斯克里夫問：「她是她哥哥的繼承人，對吧？」

「我可不願意是這樣。」她應道，「要是上天恩准，讓她多了六、七個姪兒的話，家產就沒她的份啦。現在別想這件事了。你太容易貪戀鄰人的東西[46]；要記得，**這個**鄰居的東西是我的。」

「如果那些東西是**我的**，一樣也會是妳的。」希斯克里夫說，「不過，雖然可以說伊莎貝拉·林頓是發花癡，卻不能說她發神經。總之，就像妳說的，我們別再談這件事了吧。」

他們嘴上不再說起，凱瑟琳心裡大概就沒有再去多想；但我肯定另一個人當晚回想了好幾次；只要林頓少奶奶離開房間，我就看到他自顧自地微笑著（應該說是獰笑才對）陷入沉思，令人覺得很不祥。

我決心盯著他，看他有什麼動作。我一向比較偏袒主人，而不是站在凱瑟琳那邊；我自認很有理由這麼做，因為林頓少爺心地善良，容易信任別人，而且個性正直；而她呢——不能說她完全相反，不過，她對自己非常寬容，所以我對她做人處世的原則，總是抱著懷疑的態度，對她的心理更是不同情。我很希望發生什麼事，可以不聲不響就把希斯克里夫先生從咆哮山莊跟畫眉田莊趕走，讓我們重新回到他來之前的生活。每次他的到訪，都讓我覺得是揮之不去的夢魘，我猜主人也是這麼想。希斯克里夫住在咆哮山莊，令許多人都有苦說不出的壓迫感。我感覺彷彿上帝已經放棄了辛德利那隻迷途羔羊，任由他在歧途上亂闖；而在他跟羊圈中間，則有一隻虎視眈眈的邪惡野獸，隨時準備伺機撲上去吃掉他。

46.《聖經・出埃及記》第二十章第十七節：「不可貪戀人的房屋；也不可貪戀人的妻子、僕婢、牛驢，並他一切所有的。」中文版翻作「人」，但英文的原文是neighbour。這一段話其實最有名的是「不可貪戀（鄰）人的妻子」，而對如今對住在咆哮山莊的希斯克里夫而言，凱瑟琳正是「鄰人之妻」。

11

有時候，我一個人想著這些事情，會突然心驚膽跳地站起來，戴上帽子，去山莊那邊看一下情況。我良心上覺得有責任去警告辛德利，讓他知道大家是怎麼議論他的種種行為；接著又想起他那些惡習已經根深柢固，講了也沒用，最後就退縮了，不想踏進那間陰沉的屋子，心想我說實話他大概也不會接受吧。

有一次，我去吉默頓的時候，特意繞道經過那老舊的柵門。我的故事說到這邊，時節差不多是這樣：陽光普照的冷冽午後，地上光禿禿的沒有植物，泥土路面也又硬又乾。我走到大馬路的分岔口，就是左邊有路叉出去通往荒原的地方。那邊立著一根粗糙的砂岩石柱，北邊刻著「W. H.」，東邊是「G.」，西南邊是「T. G.」；這是路標，分別指向「咆哮山莊」（Wuthering Heights）、「吉默頓」（Gimmerton）、「畫眉田莊」（Thrushcross Grange）。

陽光把灰色的柱頭照得黃黃的，讓我想起了夏天的時光。我也說不上來是什麼原因，但當時心裡猛然湧上一陣兒時的情懷。這裡是二十年前辛德利跟我最喜歡的地方。我望著歷經風吹雨打而被磨損的石塊，凝視了很久；我彎下腰看到石柱下方有個洞，裡面仍然滿是蝸牛殼和小石頭。小時候，我們喜歡把一些比較容易壞掉的玩意收藏在那裡。這時候，我恍然見到早年的玩伴坐在枯萎的草地上，畫面非常鮮明，就像活生生的一樣：深色頭髮、形狀方正的頭往前彎下，一隻小手拿著一片石板挖土。

「可憐的辛德利！」我忍不住驚叫出聲，然後又嚇得全身一抽；有一瞬間，我的眼睛一花，彷彿見到那孩子抬起頭來，直直看著我的眼睛。這一幕剎那間就消失了，可是我馬上就覺得非去山莊一趟不可，迷信的心理讓我聽從這股衝動。「他搞不好死掉了！」我心想，「或是快死了！——說不定這是死亡的預兆。」

我愈靠近宅子，心裡就愈不安，看到它的時候更是全身抖個不停。我看到一個頭髮像是被小妖弄得糾結蓬亂[47]的棕眼男孩把紅潤的臉湊近欄杆，心裡本來想著：「那幽靈的動作比我快，已經隔著柵門往外看了！」後來再仔細一想，這個一定是哈里頓了，是**我的**哈里頓，跟十個月前我離開他的時候比起來，倒是沒有什麼變。

「上帝保佑你，乖寶貝。」我立刻忘記了先前可笑的恐懼，出聲叫道，「哈里頓，我是奈莉，你的保母奈莉呀。」

他退出我手臂可及的範圍，拾起了一大塊燧石。

「我是來見你父親的，哈里頓。」我接著又說。我從他的動作看出，就算他還記得奈莉，心中的形象也跟我不是同一個人了。

他舉起石頭就要扔向我；我開口安撫他，卻阻止不了他的動作。石頭打中我的帽子，然後那孩子嘴裡結結巴巴地吐出一連串的咒罵。我不知道他到底懂不懂自己在罵什麼，不過他罵得很順口，顯然經常這麼說話；他稚嫩的五官也因此扭曲，變得面目猙獰，十分嚇人。

47. 原文是elf-locked，當時有人迷信，家中孩子或牲口的毛髮如果莫名其妙打結，就是小妖半夜時弄的。

我跟您保證，見他這副模樣，我固然生氣，可是更傷心，都快哭出來了。我從口袋拿出一顆橘子，遞過去哄他。他猶豫了一下，然後從我手裡一把奪過去，彷彿他猜我只是想先引誘他，然後再讓他失望。我又拿出另一顆，但只秀給他看，卻故意不讓他拿到。

「是誰教你說這些好聽的話呀？寶寶。」我問道，「是牧師嗎？」

「叫牧師去死啦！妳也去死！快給我。」他應道。

「你說說是誰教你的，我就給你。」我說，「你的老師是誰呀？」

「魔鬼老爸。」他回答。

「那爸爸教你什麼呢？」我繼續問。

他跳起來想拿橘子，我把它舉得更高。「他都教你些什麼？」

「沒有，」他說，「他都叫我閃開，不要煩他。老爸看到我就受不了，因為我都對他罵髒話。」

「喔！是魔鬼教你對爸爸罵髒話囉？」我說。

「嗯—沒有啊。」他拖長了語音說。

「那是誰教的呢？」

「希斯克里夫。」

我問他喜不喜歡希斯克里夫先生。

「喜歡。」他又這麼回答。

我想知道為什麼哈里頓喜歡他，追問之下卻只得到這幾句：「我不知道啊，反正我爸怎麼對我，希斯克里夫就怎麼對他——我爸罵我，他就罵我爸。他說我可以想幹嘛就幹嘛。」

「所以，牧師沒有教你讀書寫字了？」我繼續問。

「沒有。大人跟我說牧師如果敢踏進我家大門，就會打落他的牙齒，塞進他的喉嚨——希斯克里夫說他保證會那樣做。」

我把橘子放進他手裡，叫他去跟他父親說，有個名叫奈莉．迪恩的女人想找他談談，在花園柵門旁等他。哈里頓走上步道，進了屋裡。可是，在門檻上出現的卻不是辛德利，而是希斯克里夫。我立刻轉身，沿著馬路就跑；速度應該是我這輩子跑過最快的，我一直跑到石柱路標才敢停下來，整個人嚇得半死，彷彿剛才召喚出了妖魔鬼怪。這件事跟伊莎貝拉小姐的事情沒多大關係，只不過讓我更下定決心要提高警覺，盡力阻止那種不良影響蔓延到畫眉田莊來，即使因此會破壞林頓少奶奶的興致，而燃起了家裡的風暴。

希斯克里夫下一次來訪的時候，伊莎貝拉小姐正好在中庭餵鴿子。她已經三天不跟凱瑟琳說話，不過也不再焦躁地抱怨連連；大家都覺得家裡氣氛和緩多了。我知道希斯克里夫碰到林頓小姐，通常除了必要的禮貌之外，是一點情面也不給的。可是這次他一看到她，第一件事就是先謹慎地掃瞄了一眼屋子。我本來站在廚房窗戶旁，趕緊躲起來不讓他看到。接著他穿過鋪了石磚的中庭去找她，說了什麼話；她似乎覺得羞窘，想要走開，他卻把手放在她手臂上阻止她。她轉開了臉；顯然他問了她什麼問題，她不想回答。接下來他又迅速瞥了屋子一眼；那個混帳東西自以為沒人看到，竟然大膽地擁抱她。

「猶大[48]！叛徒！」我脫口叫道，「你也是偽君子嘛，不是嗎？存心耍人的騙子。」

「奈莉，妳說誰？」我身邊傳來凱瑟琳的聲音。我太專心看著外面的兩人，沒注意到她走進來。

「妳那個垃圾朋友。」我氣沖沖地回答，「那邊那個鬼鬼祟祟的無賴。哦，他瞄到我們啦——他要進來了！他告訴妳，他討厭小姐，卻又向她求愛，真不知道他還有沒有良心去找個令人信服的藉口？」

林頓少奶奶看到伊莎貝拉掙脫他，跑進花園；一分鐘後，希斯克里夫開了門。我忍不住要表示不滿，可是凱瑟琳很生氣地堅持要我不許說話，又威脅說，如果我膽敢放肆無禮，多嘴亂說話，就要把我趕出廚房。

「聽妳這樣說話，人家還以為妳才是女主人呢！」她叫道，「你該認清自己的本分，希斯克里夫，你在做什麼，惹出這樣的騷動？我說過，叫你不要去招惹伊莎貝拉——拜託你要聽話，除非你已經厭煩來這裡了，希望林頓給你吃一頓閉門羹。」

「老天！千萬不要，」那黑心的壞蛋說。那時我真是痛恨他。「願上帝讓他永遠溫順又有耐心！我想送他上西天想瘋了，想的就快要發瘋了！」

「噓！」凱瑟琳說著，關上通往裡面的門。「不要增加我的困擾。你為什麼不聽我的話？是她特地去找你的嗎？」

「這跟妳有什麼關係？」他低聲吼道，「如果她願意，我就有權利親她，妳也沒有立場反對。我又不是**妳的**丈夫，**妳**不需要為了我吃醋。」

「我不是為你吃醋，」女主人應道，「是替你吃醋。別臭著一張臉，不許你對我擺臉色。

如果你喜歡伊莎貝拉，那就去娶她。可是你喜歡她嗎？說實話，希斯克里夫，看吧，你不願意回答。我就知道你不喜歡她。」

「再說，林頓先生會同意他妹妹嫁給那個人嗎？」我問。

「他會同意的。」少奶奶斬釘截鐵地說。

「他大可不必操這個心，」希斯克里夫說，「我不需要他的允許，也可以這麼做。至於妳，凱瑟琳，既然說起這件事，我也想趁現在跟妳說幾句話。我要妳明白，我**知道**妳之前對我真是太狠毒了——狠毒，妳聽到了嗎？如果妳以為我看不出來，那妳就是傻瓜；如果妳認為憑甜言蜜語就能安慰我，那妳就是笨蛋；如果妳覺得我逆來順受，我會讓妳相信，我是會報仇的，妳很快就知道了！同時我要謝謝妳告訴我，妳小姑的祕密：我跟妳發誓，我會好好利用的。妳可別攔我！」

「他的個性怎麼會變成這樣？」林頓少奶奶驚叫，「我對你狠毒——你會報仇！你真是忘恩負義的混蛋，你要怎樣報仇？我又是怎樣對你狠毒？」

「我不是要找妳報仇，」希斯克里夫稍微平靜了一些，沒那麼激動了。「我計畫的不是那樣。暴君壓制奴隸，他們不會反抗，而是壓迫更底下的人。妳如果高興把我凌虐到死，我都甘願，只是請妳讓我用同樣的方式消遣一下，也請妳盡量不要辱罵我。妳已經把我的宮殿夷為平地；不要蓋間小茅屋讓我住，然後又覺得自己很慈善而得意。要是我以為妳真的希望我

48. 猶大（Judas）：背叛耶穌的門徒，後來也用作比喻表面親和，骨子裡不懷好意的人。

娶伊莎貝拉，我就先割喉自殺了！」

「哦，所以問題是出在我**沒有**吃醋，是嗎？」凱瑟琳叫道，「好嘛，那我就不要做這個媒人了，反正這樣就跟撒旦墮落的靈魂一樣糟糕。你跟牠一樣，都把快樂建築在別人的痛苦上。你自己就證明了。你剛回來的時候艾德加很不開心，最近才回復開朗；我也開始覺得生活平靜，有安全感。你呢，見不得我們過安穩的日子，看樣子是決心找人吵架。希斯克里夫，你想要的話，就去跟艾德加吵鬧、去騙他妹妹吧：讓你給發現這正是找我報仇最有效的方法了。」

兩人都不說話了。林頓少奶奶坐在火堆邊，滿臉通紅，神色陰沉。她的心神愈來愈張狂，安撫不下，也控制不住。他則站在爐邊，兩手交叉，想著他那些邪惡的心思。我就這麼留下他們兩個，自己去找主人了。林頓少爺正覺得奇怪，凱瑟琳怎麼在樓下待那麼久。

「艾倫，」我進去的時候他說，「妳有沒有看到太太？」

「有。她在廚房，先生。」我回答，「希斯克里夫的行為讓她很不高興。而且，說真的，我覺得我們對他來訪的態度，應該要重新調整一下了。太心軟也會造成傷害的，如今情況又變成這樣——」我述說了在中庭的那一幕，以及接下來的爭吵，不過只敢盡量貼近事實，不敢一五一十地說。我自認我的話對林頓少奶奶不致於太不利，除非她後來自討苦吃，站在她客人那一邊替他辯護。艾德加．林頓幾乎要按捺不住，差點就沒辦法聽我說完。從他脫口而出的話看來，他覺得妻子還是有責任的。

「簡直欺人太甚！」他喊道，「她公開承認他是朋友，還逼我接待他，真是丟臉丟到家。

艾倫，去樓下僕人廳裡叫兩個家丁過來。我不准凱瑟琳再留在那兒，跟低三下四的流氓爭吵——我縱容她這麼久，已經夠了。」

他下了樓，叫家丁在走廊上等著，自己走進廚房；我則跟在他後面。這時廚房裡的人又重新吵起來了——至少，林頓少奶奶又鼓足了勁叫罵。希斯克里夫移動到了窗邊站著，他垂著頭，看來是有點被她教訓人的凶悍模樣嚇到了。希斯克里夫先看到了主人，趕緊作勢要她別說話；她發覺他打手勢的用意後，便突然住嘴了。

「這是怎麼一回事？」林頓對她說，「那個混帳對妳如此出言不遜，妳竟然還繼續待在這裡，妳受的教養還真奇怪！我猜，因為他平常就這麼講話，所以妳覺得沒什麼；妳已經習慣他那種流氓的模樣，是不是以為我也可以習慣？」

「你剛才在門外偷聽嗎，艾德加？」女主人問道，一副滿不在乎，又對他生氣表示不屑的態度，故意要惹她丈夫發火。希斯克里夫聽到林頓那段話，先是眉毛一揚，接著聽到凱瑟琳的話又嗤笑出聲，好像是故意要引起林頓少爺的注意。這招奏效了，但艾德加可沒打算抓狂大鬧，讓他看笑話。

「先生，我至今一直對你多方容忍，」他靜靜說道，「並不是我不知道你的本性下流鄙陋，而是因為我覺得這並不完全是你的錯。而凱瑟琳又希望繼續跟你保持聯絡，我便默許了——真是愚蠢啊。你就是戕害道德的毒素，只要你在場，即使最高尚的人也會受污染；為了這個原因，並為了避免更嚴重的後果，從今以後，我不許你進門。現在我也通知你，請你即刻離開。若三分鐘內沒有照辦，你就會被『請』出去，而且會很難看。」

希斯克里夫滿眼輕蔑地打量著林頓的身高和體型。

「凱西，妳這隻小綿羊嚇唬人的時候，還真像大公牛呢！」他說，「他的小腦袋恐怕會被我的拳頭碰得粉碎破裂喲。我的天哪！林頓先生，實在太可惜了，你根本不配讓我打倒。」

我家主人瞄了瞄走廊，作勢要我去喊人來，他完全沒打算以身犯險。我照他的暗示去叫人，可是林頓少奶奶卻起疑了，跟在我後面；我出口要叫僕人的時候，她把我往後一扯，用力甩上門，又鎖起來。

「公平競爭。」她看到丈夫又驚又怒，便這麼回應，「如果你沒膽子攻擊他，那就道歉，不然就乖乖挨打。讓你學一個教訓，不要沒膽量又硬充好漢。別想！你要搶鑰匙，我就先吞下去。再說，我對你們這麼好，結果你們這樣報答我，我真是太『開心』了！你們一個懦弱，一個壞心，我一直忍耐縱容，得到的謝禮卻是兩個都瞎了眼又不知感激，笨得可笑。艾德加，我剛才在捍衛你跟你家人，你竟然敢有一丁點懷疑我的想法，我真希望希斯克里夫把你打到臉色發青。」

不需要打，主人的臉色就發青了。他想從凱瑟琳手上搶過鑰匙；她為了保險起見，把它扔進火燒得最旺的地方。艾德加少爺一看緊張得全身發抖，臉色也蒼白得像死人。他怎麼也壓不住洶湧而來的情緒，完全被挫折和恥辱打倒了。他往後癱倒在椅子上，摀住了臉。

「老天爺！如果是古時候，像你這麼『勇敢』，都可以當爵士了！」林頓少奶奶喊道。「我們輸了！被打敗了！希斯克里夫連碰都不會碰你，就像國王不會舉兵攻打一窩老鼠一樣。快振作起來，他不會傷害你的，你這種人根本不是小綿羊，是還在吃奶的小兔崽子！」

「祝妳跟這個沒血性的膽小鬼幸福快樂，凱西。」她朋友說，「我真要誇讚妳的品味呢。妳不要我，卻看上那個流著口水、發著抖的傢伙！我不會用拳頭打他，不過倒想踢他一腳，一定很過癮。他這是在哭，還是嚇得快昏倒了？」

那傢伙上前用力推了一下林頓坐的椅子。其實他不要靠近反倒好，因為我家主人一躍而起，一拳正中他的咽喉，力道之大，要是身材瘦小一點的男人，當場就倒下了。希斯克里夫被打得岔了氣；他正噎住的時候，林頓少爺就從後門走出了院子，往正門口走去。

「這下可好，你以後都別想來了！」凱瑟琳叫道，「現在快走吧，他會帶著一雙手槍和六七個打手回來的。如果他剛才真的聽見了我們說話，一定不會原諒你。希斯克里夫，這回你真是害了我啊！不過，你還是走吧——快點！我寧可被圍困的是艾德加，也不要是你。」

「我喉嚨被打得像火燒似的，妳以為我會這樣子就走掉？」他怒吼，「死也不會！我踏出這門檻前，一定要像砸爛壞掉的榛果一樣，打碎他的肋骨！如果我現在不把他撂倒，將來有一天一定殺了他；所以，如果妳珍惜他的命，就讓我修理他。」

「他不會來了。」我插嘴撒了個小謊，「外頭還有車夫和兩個園丁呢，你應該不想被他們丟到馬路上吧！他們每個人都帶了棍棒，而且主人很可能從樓上客廳的窗戶盯著他們，執行他的命令。」

園丁跟車夫的確是在外面，不過林頓跟他們在一起。一行人已經走進中庭，希斯克里夫想了想，決定還是不要跟三個家丁正面衝突，他一把抓起撥火棒，砸壞裡面那扇門的門鎖，就在他們乒乒乓乓進門的時候逃走了。

林頓少奶奶的情緒非常激動，叫我陪她上樓。她不知道這場混亂其實我也有份，我也處心積慮地想瞞著她。

「我快瘋了！奈莉。」她倒在沙發上叫道，「好像有一千把鐵匠的鎚子在我頭腦裡面敲！叫伊莎貝拉離我遠一點，會鬧出這麼大的騷動，都是她害的。假如她或任何人現在敢再來惹我生氣，我就會發飆。還有，奈莉，如果妳今天晚上碰到艾德加，跟他說，我好像要大病一場了——要是能成真就好了。他好過分，讓我又驚嚇又傷心，我想要嚇嚇他。再說，他可能又會來亂罵人或抱怨，我聽了一定會回嗆他，天知道，我們的爭吵何時會休止。好奈莉，能拜託妳嗎？妳知道這件事我完全沒有錯呀。他是中了什麼邪，跑去偷聽？妳離開以後，希斯克里夫說的話很過火，可是我很快就能讓他把注意力從伊莎貝拉身上轉開，其他的也就沒什麼了。結果現在所有事都一團糟了；都是那個白癡，那麼愛聽別人說他壞話，簡直像被惡靈附身了！要是艾德加不曉得我們的談話，就不會那麼慘了。真的，我為了他，罵希斯克里夫罵到喉嚨都沙啞了，結果他卻一開口就用憤怒又無理取鬧的態度跟我說話；那時候我都不想管他們兩個彼此廝殺成什麼樣了；更何況，我當時就覺得，不管事情怎麼收場，大家都會撕破臉，不曉得要多久才能和好！哼，如果不讓我跟希斯克里夫做朋友——如果艾德加偏偏要使壞、要嫉妒，我就先毀了自己的心，讓他們也跟著心碎。假如把我逼急了，這可是結束一切的好方法。不過，這要保留到萬不得已的時候才用；我不會讓林頓措手不及。到目前為止，他一直很小心，不敢惹我生氣；妳可要讓他明白，不繼續這樣的話會有什麼後果；妳要提醒他，我的脾氣急躁，如果真的爆發了，是會抓狂的。妳的表情怎麼那麼無動於衷的樣子，多擔心我一點吧。」

因為她說的很認真，我卻木然地聽著這一串指示，一定讓她很氣惱；不過，我相信，一個人可以在事先就計畫好要怎麼耍脾氣以達成目的，在發怒的時候，她仍然能憑意志力控制住自己。況且我並不打算照她的話去做，去嚇嚇她丈夫，為了她的私心而增加他的煩惱。所以我碰到主人迎面而來，往客廳走的時候，就沒有說什麼；不過我倒是擅自回頭了，去聽聽看他們有沒有繼續吵架。

林頓少爺先開口，「妳就待著別動了，凱瑟琳，」他說話的口氣沒有怒氣，而是悲傷又消沉，「我馬上就走。我既不是來吵架，也不是來和好的；我只希望知道，經過今晚的事情後，妳是否還打算親近——」

「哎喲，拜託你！」女主人跺著腳打斷他的話，「拜託你好不好，我們不要再提這件事了。你的血是冷的，燒不起來；你的血管裡流的是冰水，但我已經熱血沸騰了，看到你那樣冷冰冰的，我的血沸騰得更厲害了。」

「妳要趕我走，就先回答我的問題，」林頓少爺說，「妳非回答不可；我也不怕妳大吵大鬧。我發現，只要妳願意，妳可以跟普通人一樣冷靜。今後妳是打算放棄希斯克里夫呢，還是放棄我？妳不可能同時跟**我**好，又跟**他**好，而我實在**需要**知道妳選擇哪一個。」

「我需要自己獨處。」凱瑟琳叫道，「我一定要！你難道看不出我都快站不住了嗎？艾德加，你——你給我滾！」

凱瑟琳拉鈴叫人，拉到繩子砰一下斷掉了！我故意慢條斯理地走進去。她這麼莫名其妙地暴怒，實在很惡劣，連聖人都會受不了的。凱瑟琳趴在那邊，用頭猛撞沙發的扶手，咬牙切齒的，讓人覺得她簡直要把扶手撞成碎片。林頓少爺站著看她，突然間後悔、害怕了，叫我去拿水來。她則喘得說不出話。我拿了滿滿一杯水，她不喝，於是我把水灑在她臉上。幾秒內她就整個人直挺挺的，兩眼上翻，臉頰又青又白，像是死了一般；把林頓少爺嚇壞了。

「她一點事也沒有。」我小聲說。雖然我心裡忍不住害怕，卻也不希望他讓步。

「她嘴唇上有血呀！」林頓少爺顫抖著說。

「沒事啦！」我刻薄地說。然後我告訴他，他還沒來的時候，她是如何打算抓狂給他看的。我一時疏忽，大聲說出她的計畫；結果顯然被她聽見了，因為她跳了起來——披頭散髮，兩眼閃著怒火，脖子和手臂上的肌肉也賁張起來。我心想這下我一定會被打到骨折了，可是她僅僅怒目瞪了一眼四周，然後就衝出房間。主人叫我跟著去；我照辦了，但只跟到她房門口，因為她把門鎖上，我被擋在外面。

第二天，她也不願意下樓吃早餐，我就去問要不要送到樓上去。「不要！」她斷然拒絕。同樣的問題午餐、晚餐的時候各重複了一次，隔天早上又一次，答案都一樣。

林頓少爺一直待在書房，也沒問他太太在做什麼。他跟伊莎貝拉談了一個小時，想藉機讓她說出她害怕希斯克里夫追求，像正經小姐應該有的樣子，可是她答得避重就輕，他問不出結果，不得不失望地結束審問。不過，他倒是有嚴厲警告她，假如她竟敢發瘋引那個爛男人來追求，他就會跟她斷絕所有關係。

12

自從那件事之後，林頓小姐在林苑和花園裡失魂落魄地遊盪，沉默不語，常常眼淚汪汪。她哥哥則是把自己關在書房，可是那些書他一次也沒打開看過。我猜他一直隱隱希望凱瑟琳反省自己的行為，主動過來請求他的原諒，要求和好，但是並沒有等到她的到來，他也漸漸厭煩了。凱瑟琳則執拗地持續絕食，她以為艾德加會因為她沒有下樓吃飯而食不下嚥，只是他一時拉不下臉，才沒有飛奔上樓跪倒在她裙下，向她道歉。他們幾個在鬧彆扭的時候，我照樣做家事；我深信畫眉田莊只有一顆腦袋是清楚的，而那顆腦袋就長在我身上。

我沒有白費力氣去安慰小姐，或勸解女主人，也沒多加理會主人的長吁短嘆；艾德加因為聽不到妻子的聲音，就渴望能聽見有人提起她的名字。我決定不管他們，等著他們自願來找我。雖然等待的過程十分漫長難捱，最後終於露出了一點曙光——正如我最先預期的一樣。

等到第三天的時候，林頓少奶奶開了門。她盥洗和飲用的水都用光了，叫我把水補滿；還要了一碗稀粥，因為她覺得自己快死掉了。最後那句話，我斷定是說給艾德加聽的，我才不相信真有這麼一回事；所以我就沒說出口，我拿了些熱茶跟烤吐司給她吃。

她胃口很好，吃喝完之後又癱回枕頭上，握緊雙手，開始呻吟起來。「哎喲，我死了算了！」她叫道，「反正我怎麼樣都沒有人在乎。我真不該吃那些的。」過了好一陣子，我聽見她低聲說：「不對，我不要死——他會很高興——他一點也不愛我——他根本就不會想念我。」

「太太，妳有什麼事嗎？」我問。儘管她臉色很差，舉止奇怪又誇張，我臉上還是不動聲色。

「那個沒心肝的人在做什麼？」她質問，一邊把糾纏住的濃密頭髮從消瘦的臉上撥開。「他是得了懶病，還是死了？」

「都沒有。」我回答，「如果妳問的是林頓先生，我看他過得還可以，只不過讀書讀得有點太多了就是；因為沒人陪，所以總是埋首書堆。」

假如當初我知道她真正的情況，就不會這麼說了，可是那時我總覺得她的病有一部分是裝出來的。

「埋首書堆！」她應道，「我已經快死掉了耶！快要踏進墳墓了！天啊！他知道我變成什麼樣子了嗎？」她瞪大了眼睛望著掛在對面牆上的鏡子，繼續說道：「那個人是凱瑟琳·林頓嗎？他以為我在鬧脾氣——也許以為我在開玩笑，妳難道不能告訴他，事情真的很嚴重？奈莉，如果還來得及，我一知道他的想法，就會在以下二個當中選一個：馬上絕食——如果他冷血無情，就不能算是懲罰了——或是努力康復，然後離開家鄉。妳剛才說他的情況，是實話嗎？妳要小心回答。他真的完全不把我的生死放在心上？」

「咳，太太，」我回答，「主人根本不知道妳在發神經，當然也不擔心妳會讓自己餓死。」

「妳覺得他不擔心？妳就不能跟他說我會這麼做嗎？」她應道，「那妳說服他呀！說這是妳自己的想法，說妳確定我會絕食而死。」

「不行，太太，妳忘了，」我提示道，「今天晚上妳吃了點東西，吃得津津有味呢！明天早上妳就會感受到食物的療效了。」

「如果我能確認我的自殺會讓他難過而死，」她插嘴說，「我就馬上去做了！這三天晚上，我根本沒有闔眼——啊，我可受盡了折磨！我被鬼纏上了，奈莉！可是我現在開始覺得，妳好像不喜歡我。好奇怪！我以為，雖然大家彼此討厭、互相看不起，但他們一定會忍不住喜歡我。才幾個小時，他們就都變成我的敵人——我是說這邊的人。我要面對死亡，身邊卻是他們冷漠的面孔，真討厭啊！我猜想伊莎貝拉會覺得又害怕又噁心，不敢進房間：看凱瑟琳死掉，好可怕喔！艾德加一臉嚴肅地站在旁邊等著一切結束，然後祈禱感謝上帝家裡終於恢復平靜，可以回去看他的書了！我倒要問問任何有感情的人，我快死掉了，他竟然還去**看書**，是什麼意思？」

我告訴她，林頓少爺是已經看開了，所以任由她無理取鬧，但她完全聽不進去。她在床上輾轉反側，原本發燒昏亂的神智更加嚴重，已接近瘋癲的狀態，竟然用牙齒咬破了枕頭；接著她坐了起來，全身滾燙，叫我打開窗戶。這時正是嚴冬，東北風很強，我表示反對。她表情和情緒的變化讓我開始慌了，想起先前她生病的情況，也想起醫生指示說不可以違逆她。一分鐘前她還很狂暴，現在心思又飄到別的地方去了；對於我剛才不聽她的話，她沒有反應，而是用一隻手撐著身體，從剛才被她咬破的枕頭中拉出一片片的羽毛，根據品種分類的排在床單上，像個幼稚的小孩似地從中得到樂趣。

「那是火雞的，」她低聲自言自語道，「這是野鴨的，這是鴿子的。哦，他們把鴿子羽毛塞進枕頭了呀——難怪我死不了[49]！我躺下的時候要記得把它丟到地上。這個是公的紅松雞，還有這個——放在一千種羽毛裡面我也能認出來——是鳳頭麥雞。很漂亮的鳥，我們去荒原的時候在我們頭上盤旋。牠想回自己的窩，因為雲低到都要碰到山頭了，牠知道快下雨啦。這根羽毛是從石南叢裡撿來的，那隻鳥沒有被人用槍打中。冬天的時候我們還看到牠的窩，裡面都是小小的骨架；希斯克里夫在鳥巢上弄了個陷阱，所以鳥爸爸和鳥媽媽不敢過來。那之後我就叫他發誓絕對不可以開槍打麥雞，他也確實沒有。對，這邊還有呢！奈莉，他有開槍打我的麥雞嗎？羽毛有沒有沾到血？我看看。」

「別再玩這種小孩子的遊戲了！」我打斷她，扯過枕頭，將有洞的那一面朝下放，因為她正一把一把地抓出枕頭裡的東西。「躺下來，閉上眼睛，妳神智不清了。搞得亂七八糟的！羽絨都像雪一樣到處飛了。」

我到處撿拾著羽絨。

「奈莉，我看到妳，」她夢囈似地說，「變成了一個老婦人，灰頭髮，彎腰駝背。這張床是潘尼斯登岩下面的妖精洞穴，妳在撿妖精用的石箭頭[50]，要拿來傷害我們家的小母牛；我在旁邊的時候，妳就假裝那只是一撮一撮的羊毛。五十年後妳就會變成那個樣子；我知道妳現在不是那樣，我沒有神智不清；妳錯了。不然我就會相信妳**真的**就是那個皺巴巴的老妖婆，以為自己真的在潘尼斯登岩下面了；而我很清楚現在是晚上，桌上點著兩根蠟燭，照得那個黑色的衣櫥閃閃發亮，好像黑玉一樣。」

「黑色衣櫥？在哪裡？」我問，「妳在說夢話了！」

「靠著牆壁啊，一直都在那裡的，」她回答，「看起來**真的**怪怪的——上面有一張臉！」

「這房間裡面沒有黑色衣櫥，從來都沒有過。」說著我坐了回去，又把床帳攏起來，以便看顧她。

「**妳**沒看到那張臉嗎？」她很認真地盯著鏡子問。

我說破了嘴，她也無法明白那是她自己的臉，於是站起來拿了件披巾把鏡子蓋起來。

「它還在那後面呀！」她焦急地繼續說，「還動了。那是誰？希望它不會趁妳離開房間就跑出來！哎呀！奈莉，這房間有鬼！我一個人會害怕！」

我握住她的手，叫她鎮定下來，因為她漸歇性的一直在發抖，全身都痙攣了，眼睛也一直拚命往鏡子看。

「那裡沒有人！」我堅持道，「那是**妳自己**，太太，之前妳也知道呀。」

「我自己！」她倒抽了一口氣，「時鐘敲了十二響！那是真的了！太可怕了[51]！」

她手指緊緊揪住被單，然後又把被單往上拉，矇著眼睛。我正想溜到門邊，打算去叫她

49. 當時迷信，躺在鴿子羽毛枕頭上的人，靈魂就無法離開身體。

50. 英國有些地方傳說岩洞是妖精住過的地方，那些石箭頭（應是古代遺跡）則是妖精拿來射傷家畜留下的。

51. 當時迷信生病時看鏡子不吉利、半夜看鏡子會招來死亡；另外，也有說法是活人如果看到自己的分身（doppelganger，又作「生魂」、「生靈」），代表即將死亡。

丈夫，卻被一聲尖叫召喚了回來——披巾從鏡框上滑下來了。

「啊，這是怎麼回事呀？」我叫道，「現在誰是膽小鬼了？醒來吧！那是一面玻璃——是鏡子。太太，妳看到的是妳自己；我也在啊，就在妳旁邊。」

她全身發抖，神情迷惑慌亂，緊抓著我不放，但是恐懼的神情逐漸從臉上褪去，原本蒼白的臉色也因羞恥而染紅了。

「哎呀！我以為自己在家裡呢。」她嘆道，「我以為自己在咆哮山莊，躺在我的房間裡。我因為身體虛弱，頭腦也糊塗了，無意識地亂叫。什麼話都別說，陪著我就好。我不敢睡著，我被自己作的夢嚇得毛骨悚然。」

「好好睡一覺對妳有好處，太太。」我回答，「我希望這次痛苦的經驗會讓妳不要再絕食了。」

「唉，要是我在老家自己的床上就好了！」她絞著雙手，恨恨地說，「有風呼呼吹著窗邊的樅樹，拜託讓我感受一下吧——它是從荒原直接吹下來的——拜託讓我吸一口就好！」

為了安撫她，我把窗戶打開幾秒鐘。一陣冷風灌了進來；我關上窗戶，回到原先的崗位。這時她安靜下來了，淚流滿面地躺著。體力耗盡，意志也就馴服了；火爆嗆辣的凱瑟琳，不過是一個哀哀哭號的孩子而已。

「我把自己關在這裡多久了？」她突然振作起來，開口問道。

「星期一傍晚開始，」我回答，「現在是星期四晚上，或者該說是星期五早上。」

「什麼！是同一週嗎？」她喊道，「才過了那麼短的時間？」

「只靠冷水和壞脾氣過活，這樣算夠久了。」我表示。

「好嘛，可是我感覺熬了很長的時間呀，」她狐疑地喃喃說道，「一定比妳說的更久才對。我記得他們吵架之後我在客廳，艾德加很過分，一直惹我，然後我絕望地跑進這個房間。我把門栓一拉上，眼前就一片黑暗，倒在地上。我沒辦法向艾德加說清楚，如果他一直惹我，我有多麼確定自己會氣得抓狂，或完全瘋癲！我當時控制不了自己的舌頭，也控制不了大腦，也許他沒想到我那麼痛苦吧。我神智混亂到差點沒辦法逃離他，逃離他的聲音了。我還沒恢復到看得見，聽得見的時候，天色就漸漸亮了。奈莉，我跟妳說，我當時的感覺，那時一而再、再而三重複發生的情況，讓我好怕自己是不是精神錯亂了。我躺在那裡，頭靠著桌腳，眼睛模模糊糊的，好不容易才分辨出那塊灰色的方形是窗戶，恍惚間覺得自己是窩在家裡那個橡木鑲板的櫃子床裡面；我感到非常悲哀，心好痛，但我一清醒就什麼都想不起來了。

「我一直反覆思考，拚命想找出到底是什麼事情讓我那麼悲哀，結果，詭異的是，我過去七年的生活竟然一片空白。我根本想不起自己曾經度過這一段時間。我變成了小孩子，父親剛下葬；而我覺得很悲傷，因為辛德利命令我跟希斯克里夫分開。生平第一次，我一個人哭了一個晚上，心情淒慘地打起瞌睡；醒來的時候，我抬起手想推開櫃子床的門板，一伸手卻敲到桌面。我沿著地毯摸索，然後記憶突然間湧上心頭，原本的悲傷也被一陣襲捲而來的絕望吞沒。我不知道自己為什麼會難過成這樣；一定是我暫時精神錯亂了吧，因為沒什麼理由呀。

「不過，妳想想，假如我十二歲時硬生生被迫脫離咆哮山莊，每一段早年的記憶、整個身心都被連根拔起，跟當時的希斯克里夫一樣，然後一下子就突然變成了林頓太太，畫眉田莊的女主人，一個陌生人的妻子，從此被放逐，被排斥在我原先的世界之外；如此妳就可以稍微想像一下，我是處在什麼樣的深淵中掙扎了！隨便妳怎麼搖頭，奈莉，妳只是讓我覺得更不安。妳應該去跟艾德加講的，真的應該跟他說，叫他不要惹我。啊，我覺得像被火燒著了！我真想出去外面。真希望我變回小女生，野蠻卻很堅強，自由自在，受了傷害只會哈哈一笑，而不是像現在一樣發瘋！我怎麼變了這麼多？為什麼區區幾個字就讓我熱血翻湧，怒氣沸騰？我相信，只要能夠回到山丘上的石南叢裡，我就能夠做回原本的自己了。再開窗一次，開大一點，鎖著讓它不要關起來！快點呀，妳怎麼不動呢？」

「因為我不想害妳著涼，感冒病死。」我回答。

「妳的意思是不要給我活下去的機會吧？」她悶悶不樂地說。「不過，我還沒有病到動彈不得的程度；我自己來開。」

我還來不及阻止，她就從床上滑下來，踉踉蹌蹌地穿過房間，用力打開窗戶，彎腰將身子探出外面，也不管四周都是冷得像刀子一樣割人的寒氣。我苦苦勸告，最後終於不得不出手，想硬把她拉回床上，可是馬上發覺她在精神錯亂的狀態下力氣比我大得多（是精神錯亂了，沒錯；她接下來的行為和胡言亂語讓我很確定這一點）。那天晚上沒有月亮，夜空下到處都是一片霧濛濛、黑漆漆，沒有任何一間屋舍透出絲毫燈火，無論遠方還是鄰近的人家都老早就熄燈了，而咆哮山莊的燈光由這邊從來就看不到——她卻宣稱瞄到閃爍的燈光。

「妳看！」她熱切地說，「點蠟燭的那邊就是我的房間，有樹在前面搖動；另一根蠟燭在約瑟夫的閣樓裡。約瑟夫都很晚睡，對不對？他在等我回家之後，才鎖柵門。呵呵，他還有得等呢。這趟路不好走，我們抱著悲傷的心情踏上歸途，而且得經過吉默頓教堂才行呢！我們常常一起大膽面對那邊的鬼魂[52]，還互相挑釁，看對方敢不敢站在墳地裡叫它們來。可是，希斯克里夫，如果我現在激你，你敢過來嗎？你如果敢來，那我就要把你留在身邊。我不要一個人躺在那裡；就算他們把我埋在十二呎深[53]的地下，再用教堂壓著我，我也要等到你跟我在一起，不然就不願安息。永遠不會！☆5」

她停了一下，然後又露出詭異的笑容繼續說，「他在考慮——他寧願我去找他！那就想辦法吧！不要從那墳地走了。你好慢！你該滿意了，你總是跟著我的呀！」

我發覺跟處在瘋狂狀態下的凱瑟琳爭辯沒有用，正在計畫該怎麼一邊抓住她（因為我不敢放她一個人站在敞開的窗戶邊），一邊伸手去拿件什麼東西披在她身上，這時卻聽見門把轉動的聲音，心想這下不妙，接著林頓少爺就走進來了。當時他剛好從書房走出來，經過大廳的時候聽到我們的聲音，也許是出於好奇，也許是覺得害怕，就過來看看為什麼這麼晚了我們還沒睡覺。他看到眼前的一幕，房間裡冷冽的空氣，正要開口說些什麼，被我打斷了。

「哎呀，先生！」我喊道，「可憐的太太病了，我制不住，拿她沒辦法。拜託，請您過來

52. 西洋傳統，教堂旁會附設墓地，必須是教區居民才能埋在這裡。
53. 1665年倫敦發生瘟疫，當時市長為了避免屍體成為傳染源，規定棺木必須葬在地下至少六呎深的地方，後來「six feet under」（地下六呎）就被拿來借指死亡；在這裡凱瑟琳說十二呎是深度加倍。

☆5
I'll not lie there by myself: they may bury me twelve feet deep, and throw the church down over me, but I won't rest till you are with me. I never will!

勸她上床去睡覺；請忘掉您的怒氣，因為她現在很難聽得進別人的話。」

「凱瑟琳生病了？」說著，他急急朝我們走過來，「關上窗戶，艾倫！凱瑟琳！怎麼——」他忽然不說話了，因為林頓少奶奶憔悴的模樣，讓他頓時啞口無言，他只是驚駭地看看她，又看看我。

「她把自己鎖在房間裡面鬧脾氣，」我繼續說，「幾乎什麼都沒吃，也從不抱怨，一直到今天晚上才肯讓人進去，所以我們沒辦法向您傳達她的狀況，因為我們也都不知道。不過，也沒什麼大不了的啦。」

我覺得自己解釋得支支吾吾的，主人聽了果然皺起眉頭。「『沒什麼大不了的』，是嗎？艾倫．迪恩。」他厲聲說，「這件事妳竟然瞞著我，等會兒再跟妳算帳！」說著他抱起妻子，一臉悲痛地望著她。

一開始她眼神茫然，對他根本視而不見，所以也沒認出他來。不過，她倒是沒有一直神智恍惚；等她眼睛停止凝視戶外的黑暗，注意力漸漸集中到他身上，她就認出是誰抱著自己了。

「啊！艾德加．林頓，你來了，是吧？」她氣得很激動，「你這人，總是在人家最不需要的時候出現，然後人家需要你的時候，永遠不見人影！我想，這下子大家可有得哭了——我看得出來，一定會這樣——可是他們阻止不了我回到外面那狹長的『家』，回到我安息的地方，春天結束前，我就一定會回去的，就在那裡。聽好了，不是跟林頓家族一起埋在教堂裡，而是埋在戶外，豎起墓碑[54]。你要去跟他們一起，或是跟我一起，就隨你高興了！」

「凱瑟琳，妳這是怎麼了？」主人開口說，「妳已經不在乎我了嗎？妳是不是愛上那個混帳希斯——」

「閉嘴！」林頓少奶奶說，「快閉嘴！你說出那個名字，我就馬上從窗戶跳下去，了結這件事！你現在摸到的身體也許可以算是你的，但你下次再碰我之前，我的靈魂就會去那山丘上了。我不要你，艾德加，我已經不想要你了。回去找你的書吧；我很高興有東西可以安慰你，因為你擁有的我已經不在了。」

「她神智恍惚了，先生。」我插嘴道，「她整晚一直亂說話，只要讓她安靜休息，有人好好照顧，她就會復原的。以後我們要小心了，不能再讓她不高興。」

「我不想再聽妳的建議了。」林頓少爺說，「妳明知妳女主人的個性，卻鼓動我去刺激她。而且她這三天的情況，妳連一點訊息都沒有透露給我知道，太冷血了！一個人就算病了好幾個月，也不會變成這樣的！」

我心想：是別人任性妄為，卻怪到我頭上，也太不應該了，於是開口辯解。「我知道太太的個性執拗又霸道，」我叫道，「但我不知道您有意助長她暴烈的脾氣！我也不知道，我該為了迎合她，而對希斯克里夫先生睜隻眼閉隻眼，好讓她高興。我只是盡一個忠僕的本分而向您報告，結果做忠僕的報酬是這樣！好吧，這下子我受了教訓，以後要小心一點。下次就

54. 林頓家是當地望族，教堂的營運多半倚賴他們贊助，因此族人有權葬在教堂裡面，而教堂裡的墳墓多半是平面的墓碑（嵌在牆上或地板），豪華一點的還會做出整個石棺和各種雕塑，一般人才葬在外面的附設墓地，墳墓也只是立一塊墓碑而已。

請您自己去打聽事情吧！」

「艾倫．迪恩，妳下次再跟我打小報告，就不必在我家做事了。」他應道。

「那麼，林頓先生，我想您是寧可什麼都不要知道囉？」我說，「您允許希斯克里夫可以來追求小姐，也可以每次都趁您不在的時候任意來訪，故意挑撥您跟太太的感情？」

凱瑟琳雖然神智昏亂，聽到我們的對話，腦筋倒是轉得很快。

「哦！原來奈莉是叛徒。」她激動地叫道，「奈莉是藏在我身邊的敵人。妳這個巫婆！所以妳真的是找妖精的石箭頭來傷害我們！放開我，我要讓她後悔做了這種事！我要讓她用哀嚎的聲音說自己錯了！」

她眼睛燃起了瘋狂的怒火，拚命想掙脫林頓的懷抱。我一點也不想讓這場鬧劇繼續拖下去，而且也決定自己承擔找醫生的責任，於是離開了房間。

我穿過花園往馬路去的途中，有個地方牆上釘了個綁韁繩用的鉤子，我經過的時候看到有個白白的東西在晃，因為動作不規律，顯然不是風吹的。雖然我趕時間，還是停下來看看，以免將來心裡留下陰影，以為自己看到了不乾淨的東西。我與其說是用看的，不如說是用摸的，結果發現那玩意竟然是伊莎貝拉小姐的獵鷸犬芬妮，吃了一驚，又覺得大惑不解。狗兒被人用手帕吊著，只剩下一口氣了。我急忙把牠解下來，抱到花園裡。先前我曾看到牠尾隨牠的女主人上樓睡覺，心裡很疑惑：狗兒怎麼會跑到外面來？又是哪個壞心的人這樣對待牠？剛才我把鉤子上打的結解開時，老是覺得好像聽到遠處有奔馳的馬蹄聲音，可是因為滿腹心事，就沒怎麼去想，只覺得很奇怪，凌晨兩點在那個地方出現那樣的聲音。

我運氣好，走到肯尼斯醫師家那條街上時，醫師也剛好從家裡出來，要去村裡看一個病人。我描述了凱瑟琳．林頓的病情，他一聽就立刻跟我一起回去。他是個心直口快又粗魯的人，毫不忌諱地說，他認為這回第二次發作，很可能就活不成了——除非她這次能夠比之前更合作，乖乖遵照他的指示。

「奈莉．迪恩，」他說，「我實在忍不住覺得，這次會發病還有別的原因。田莊出了什麼事嗎？我們這邊聽到的消息很奇怪啊。像凱瑟琳這麼健康又堅強的姑娘不會、也不該為了小事就生病；不過如果發燒了什麼的，會很難治療。她是怎麼開始發病的？」

「主人會跟您說明，」我回答，「不過您也知道，恩蕭家的人性子都很烈，林頓太太更是首屈一指。我可以告訴您，是吵架引起的。她情緒激動，突然就發作了，像是羊癲瘋那樣——至少她自己是這麼說的，因為她在吵到最厲害的時候跑掉了，把自己鎖起來，之後又絕食，現在則一會兒胡言亂語，一會兒恍恍惚惚；她認得旁邊的人是誰，可是腦中全都是各種奇怪的想法和幻覺。」

「林頓先生會難過吧？」肯尼斯試探地問。

「難過？要是有個萬一，他會心碎的！」我回答，「除非必要，不然就別嚇他了。」

「哼，我跟他說過要小心的，」我的旅伴說，「把我的警告當耳邊風，下場他就得自行負責！他最近不是跟希斯克里夫先生很好嗎？」

「希斯克里夫經常來田莊拜訪，」我回答，「不過主要是因為他跟女主人是少年時代的舊識，不是因為主人喜歡他來作客。目前他倒是省了這個麻煩，理由是他癩蛤蟆想吃天鵝肉，竟大膽追求林頓小姐。我認為主人應該再也不會接納他了。」

「那林頓小姐不理他囉?」醫師接著問道。

「我可不是她訴說心事的對象。」我不想繼續這個話題,便如此應道。

「嗯,她可狡猾了,」他搖著頭表示,「喜怒不形於色!不過她真是個小傻瓜。我有可靠的消息,昨天晚上(夜色美極了!)她跟希斯克里夫在你們屋子後面的林子裡散步了兩個多小時;他死纏著叫她不要再進去了,直接就騎上他的馬,跟他一起走!告訴我這件事的人說,她只有發誓答應兩人下次見面的時候會準備好,他才暫時放過她;那人沒聽見下次是什麼時候見面,不過妳得警告林頓先生要盯好她了!」

這個消息讓我心中又添增了新的恐懼;我越過肯尼斯醫師,把他拋在後面,幾乎一路奔跑回去。那隻小狗還在花園狺狺吠叫;我停下腳步,幫牠打開柵門,可是牠沒有往屋子的門口跑,而是在草地上來來回回地嗅著。要不是我把牠抓起來抱進屋,牠就溜到馬路上了。

到了樓上伊莎貝拉的房間一看,果然證實了我的懷疑:房間是空的。要是我早幾個小時看到林頓少奶奶,伊莎貝拉也許因為嫂嫂病重,就不會做出衝動的事了。不過事到如今又能怎樣呢?假如立刻去追,是有微乎其微的機會能夠趕上,但是,我沒辦法去追。而且我不敢驚動家裡的人,怕又搞得一屋子雞飛狗跳,更不敢向主人透露這件事。他全副心神都放在少奶奶的病況上,沒有餘力再面對第二件災難了!我也沒有別的辦法,只有閉上嘴巴,任由事情自行發展。這時肯尼斯醫師來了,我便去稟報,但臉色卻無法鎮定如常。凱瑟琳睡著了,但睡得不太安穩,是她丈夫成功把她從瘋狂的狀態安撫下來的。現在他在她的枕邊徘徊,目不轉睛地看著她痛苦的表情，注意著臉上的每一片陰影、每一絲變化。

醫生檢查之後對他說，假如我們能讓她的環境一直完全保持平靜，就有希望痊癒。另外醫生又告訴我，該怕的不是會沒命，而是一輩子精神失常。

那天晚上我沒有闔眼，林頓少爺也沒有；事實上，我們兩人都根本沒去床上睡。眾僕役也都比往常提早起來，躡手躡腳地在屋子裡來來去去，幹活的時候如果碰上了便交頭接耳地說話。除了伊莎貝拉，大家都在活動了，眾僕役都開始說小姐怎麼睡得那麼沉。她哥哥也問她是否起床了，好像很希望她在場，又因為她對嫂嫂顯得漠不關心而難過。我很害怕他會吩咐我去叫她，幸好第一個宣布她逃跑的人不是我，免去了我的痛苦。有個女僕，是個沒大腦的女孩，一早被派到吉默頓去跑腿，喘吁吁地上樓，張大了嘴巴就往房裡闖，大叫道：「哎呀，糟了糟了！這下又要出什麼事了？主人，主人，我們小姐——」

「吵什麼吵！」我聽她大呼小叫的很生氣，急忙叱道。

「瑪麗，小聲一點——發生什麼事了？」林頓少爺說，「你們小姐怎麼啦？」

「她走了，她走了！那希斯克里夫跟她跑了！」女僕上氣不接下氣地說。

「騙人！」林頓驚叫，急得站起來，「不可能；妳怎會這樣想？艾倫．迪恩，去找她。太離譜了，不可能的。」

說著他把女僕拉到門口，又質問她一次，想知道為什麼她會這麼說。

「那個，我在路上碰到來這拿牛奶的小孩嘛，」她結結巴巴地說，「然後他就問我，田莊這邊是不是出事了。我以為他是指太太生病的事情，就回答是。然後他又說：『那我猜是有人去追他們囉？』我就呆了。他看我什麼都不知道，就告訴我，午夜過後不久，出了吉默頓兩哩的地方，有一位先生跟一位女士停在鐵匠鋪，要他給馬釘蹄鐵！他又說，鐵匠家的女兒起來偷看他們是誰，結果馬上就認出來了。那個男的——是希斯克里夫，她很確定；再說也沒人會誤認他的——在她爹手裡塞了一鎊的金幣付賬。那小姐穿著斗篷將臉遮住了，不過她討了一杯水，喝水的時候帽子掉下來，女孩就把她看得清清楚楚了。他們騎馬離開的時候，希斯克里夫握著兩匹馬的韁繩，背對村子，用最快的速度往不平的馬路上狂奔。那女孩當場沒告訴她爹，但今天早上就在吉默頓到處講啦。」

我做了做樣子，跑到伊莎貝拉的房間看了一下，就回去證實女僕說的話。林頓少爺這時已經坐回床邊；我進門的時候他抬起眼睛，從我茫然的神色讀出了答案。他沒有下任何命令，一個字也沒說就垂下目光。

「我們要找看看有什麼方法去追他們，把她帶回來嗎？」我問道，「要怎麼辦？」

「她是自己願意去的，」主人回答，「她有權利隨意離開。別再拿她的事情來煩我。從今以後，她只是我名義上的妹妹。不是我要跟她斷絕關係，是她自己斬斷了兄妹之情。」

這件事他就說到這裡為止，之後既沒有去探聽伊莎貝拉的情況，也沒有再提到她，只有指示我，等我知道她在哪裡落腳，就把她在這屋裡的所有東西送過去。

13

私奔的兩人消失了兩個月。醫生診斷林頓少奶奶得了腦炎，而就在這兩個月當中，她碰上、也撐過了病情最嚴重的階段。艾德加照顧她真是無微不至，就連呵護著獨生子的媽媽也比不過。他日日夜夜守著她，精神暴躁、心智耗弱的病人對他的種種刁難，他都忍下來了。雖然肯尼斯醫師表示，艾德加從死亡邊緣救回來的人，將來只會讓他一輩子提心吊膽——事實上，他犧牲健康和精力保住的不過是個廢人——肯尼斯醫師宣布凱瑟琳脫離生命危險的時候，艾德加心中充滿感激，欣喜不已。他在她身旁坐著，一個小時接一個小時，目不轉睛地看著她身體漸漸復元，抱著過度樂觀無比的希望，一廂情願地幻想她的神智也會恢復正常，很快就能變回原來的她了。

一直到隔年三月初，她才首度離開房間。那天早上林頓少爺在她枕邊放了一把金黃色的番紅花；她的眼睛已經很久沒有愉悅的神采了，這時醒來看到花兒，興奮地拾起花攏成一束，開心得兩眼放光。

「這是山莊最早開的花呢，」她叫道，「讓我想起柔柔的春風、暖暖的太陽，還有快要融光光的雪。艾德加，外面是不是吹起南風了？雪也快不見了？」

「山下這邊的雪已經全部融化了，親愛的，」她丈夫回答，「整片荒原上我只看見兩個地方是白的；天空很藍，雲雀在唱歌，小溪和河流也都漲滿水了。凱瑟琳，去年春天的這個時候，我一心希望妳住進這屋裡；現在，我倒希望妳在山上一、兩哩的地方，那裡吹著芬芳宜人的風，我想可以把妳的病治好。」

「那個地方，我只會再去一次，」病人答道，「到那時，你會離開，我則永遠留下。明年春天，你會再次希望我在這屋裡，你會回想起今天，覺得當時很幸福。」

林頓盡心給了她最柔情的親吻擁抱，用最動聽的甜言蜜語哄她高興，但她只是茫然地看著那束花，任由眼淚凝集在睫毛上，直到流下臉頰。我們看到她的病情明顯有起色，於是斷定她會這麼鬱鬱寡歡，主要是因為長期關在一個地方，也許換個環境能減輕症狀。主人叫我在荒廢了好幾個星期的客廳裡將火生起，並把扶手椅擺在窗邊曬得到陽光的地方，然後他才抱她下樓。她坐了很久，享受著暖烘烘的熱氣；正如我們預期的，四周的東西讓她打起了精神。這些東西雖然她都熟悉，但不會讓像她討厭的病房那樣，讓她產生陰鬱的聯想。到了傍晚，她顯然已經耗盡體力了，可是我們怎麼也勸不動她回房間，於是我只得把客廳的沙發整理成她的臥榻，等另一間房準備好再搬進去。

為了免去林頓少奶奶上下樓梯的疲勞，我們收拾了這間房，就是您現在躺的這裡——跟客廳同一層樓；很快地她的體力就恢復到可以在艾德加攙扶下，從客廳走到房間了。我心想：「啊，主人伺候得這麼周到，她也許真能復元呢。」再說，我們也有理由加倍期待她復元，因為還有另一個生命仰賴她而存活：我們寄望不久之後會有小生命的誕生，讓林頓少爺的心情開朗起來，也保住他的產業不致落入外人手中。

說到這裡，我該講一下，伊莎貝拉離家大約六個星期後，給哥哥寫了一封短箋，宣布她跟希斯克里夫結婚了。信上的語氣疏離而冷淡，不過末尾用鉛筆草草寫著委婉道歉的話，並說如果她的行為惹哥哥生氣，請求他能人發慈悲顧念著她，重新和好。她表示當時自己實在抗拒不了，如今木已成舟，也無法回頭了。就我所知，這封信林頓沒有回。過了兩個星期後，我收到一封很長的信；這封信讓我覺得很奇怪，結婚才剛滿月的新嫁娘會寫這樣的內容，不太正常。我這就來讀；信我還留著呢。如果是我們生前就重視的人，他們留下的任何遺物都很寶貴。

信是這樣開頭的：

親愛的艾倫：

昨夜我來到了咆哮山莊，才聽說凱瑟琳生了重病，至今仍沒有起色。我想我不應該寫信給她，而哥哥要不是太生氣，就是太傷心了，不願回我的信。不過，我非得寫信給別人才行，唯一剩下的人選就是妳了。

告訴艾德加，如果能再見他一面，就算要我拿整個世界來交換，我也願意——跟他說，離開畫眉田莊還不到二十四小時，我的心就已經飛回去了，現在也還在那兒，滿腔都是對他和凱瑟琳的熾烈感情。**但我卻不能隨著它去**（這幾個字底下畫了線）——他們不必期待我回去，要怎麼想也隨便他們；不過，要注意的是，請他們別怪我意志薄弱，也別怪我愛錯人。

這封信剩下的部分是只寫給妳看的。我想問妳兩個問題；第一個是：妳住在這裡的時候，是如何保持正常的人性？我身邊的人跟我的思想絲毫沒有任何相通的地方。

第二個問題我非常在意，那就是：希斯克里夫先生是不是人？如果他是人的話，那他是瘋子嗎？如果不是，那他是魔鬼嗎？我不會說出問這個問題的理由，不過我求妳解釋——如果妳有辦法解釋的話——我嫁的是什麼樣的人？我的意思是，妳來找我的時候告訴我；妳一定要來，艾倫，快點來。別寫信，直接過來，也順便捎句艾德加的話給我吧。

好了，接下來我要告訴妳的是，新家的人是如何迎接我——種種跡象讓我認為，山莊應該就是我的新家了。那裡生活環境不舒服，不過這件事我是為了消遣才去計較；我只有想念舒適環境的那一瞬間才會在意，不然我心裡從來不會考慮這些的。假如我發現自己只有少了外在的享受，其他都是不正常的惡夢，那我一定會開懷大笑、手舞足蹈的。

我們轉彎朝向荒原的時候，太陽正落到田莊後面；我據此判斷應該已經六點了。我的同伴停了半個小時，盡其所能地打量了林苑和花園，大概也看了房子；所以我們在那間農莊外鋪了石磚的院子裡下馬時，天已經黑了。妳的老同事約瑟夫點了一根油脂蠟燭[55]出來迎接我們。他的「禮貌」還真是名不虛傳：他第一個動作竟然是把蠟燭舉高，照著我的臉，然後惡狠狠地斜睨了我一眼，撇撇下唇，轉頭就走。接著，他牽過兩匹馬，把牠們帶去馬廄，之後又回來把外面的柵門鎖上，彷彿我們住在古代的城堡。

希斯克里夫留下來跟他說話，我則走進廚房——亂七八糟的破地方；我敢說妳一定認不出來，跟當初妳照管的時候差太多了。爐火旁站著一個粗野的孩子，四肢發達，衣服骯髒，眼睛和嘴巴依稀有凱瑟琳的樣子。

「這是艾德加妻舅家的外甥，」我心想，「也算是我的外甥。我應該要跟他握手打招呼，還有，對，要親吻他。初來乍到，得建立良好的關係才是。」

我上前去拉他胖胖的拳頭，說：「幸會呀，乖孩子。」

他嘰哩咕嚕的回答，我聽不懂。

我又試著跟他聊天：「哈里頓，我們做朋友好不好？」

我鍥而不捨，得到的是一聲咒罵，外加一句威脅，說如果我不快滾，就要放封喉咬我。

「喂，封喉，小子！」那小壞蛋低聲說，把一隻混種牛頭犬從角落的窩裡引出來了。「妳現在走不走？」他蠻橫地問。

我還愛惜小命，於是趕緊跨出門檻，想等其他人回來再進去。希斯克里夫先生不見人影；我跟著約瑟夫到馬廄，請他陪我進屋，結果他先是瞪著我，自言自語地嘟囔一陣，然後皺著鼻子回答：「再說啊！再說啊！再說啊！有哪個基督徒聽過這款話的？裝腔作勢，講話又不清不楚！56我怎聽懂妳說什麼？」

「我說，我想要你陪我進屋子裡去！」我叫道，心想他應該是重聽，可是他這麼無禮，讓我非常反感。

「我才不要！我還有別的事要做。」他答完繼續做他的事情，同時鬲斗下巴一動一動，

55. 相較於高級的蜂蠟蠟燭，用動物油脂做的蠟燭光線品質較差，又有臭味，也比較便宜。
56. 英國舊社會當中，光憑開口說話就可以界定一個人的身分地位；伊莎貝拉是千金小姐，舉止口音都跟約瑟夫差很多（有人形容英國上流社會的人說話像是咬著牙發聲）。

滿面不屑地打量著我的臉和衣服（衣服是漂亮過頭了；不過，我相信自己的臉色一定跟他期待的一樣悲慘吧）。

我繞著院子走，穿過一道小門，走近另一道門，逕自敲了敲，希望會有文明一點的僕人出現。我忐忑地等了一會兒，門開了；開門的是個身材高挑、瘦骨嶙峋的男人，沒繫領巾57，全身上下邋邋遢遢，一頭及肩的濃密亂髮遮住了他的面容；他的眼睛跟凱瑟琳的長得很像，只是鬼氣森森，原有的美已然消失殆盡。

「有什麼事？」他陰沉沉地質問，「妳是誰？」

「我婚前叫伊莎貝拉．林頓，」我回答，「您見過我的，先生。不久前我與希斯克里夫結了婚，他把我帶來這裡──我想應該是您允許的吧。」

「這麼說他回來了啊？」這個山野居士問道，眼睛像惡狼似地瞪著我。

「是──我們剛到，」我說，「但他把我留在廚房門口就自己走了；我本想進去，妳的小孩卻守在門口，又喚來牛頭犬，把我嚇跑了。」

「好，那個地獄來的壞蛋守信用了！」我未來的房東低聲吼道。他往我身後的黑暗四下張望，想找希斯克里夫；接著自言自語咒罵了一大篇，又出言恫嚇，說假如那個惡魔敢耍他，他就會如何又如何地對付他。

我後悔不該嘗試再次從門口進去，在他詛咒完之前差點就想溜走了。不過我還來不及逃開，他就命令我進去，關上門後又重新鎖起來。屋裡燒著熊熊的爐火，但寬敞的大房間裡只由它照明。地板已經變成千篇一律的灰色；一度亮晶晶的白鑞盤子，曾在我幼年時吸引我的目光，此時卻因為積灰和氧化，也變得跟地板的顏色一樣黯淡無光了。我開口問恩蕭先生是否可以喚來女僕，請她帶我去臥室？他卻不肯回答，只是雙手插在口袋裡，來回踱步，顯然忘記我在場了。我看他那麼心不在焉的模樣，神色間又充滿怨恨，不敢再打擾他。

艾倫，我覺得心裡悶得厲害，妳應該不會太驚訝吧。我坐在爐火前，氣氛卻冷冰冰的，處境比孤獨一個人還要糟糕；我想起四哩外就是安康和樂的娘家，裡面住著我在世上唯一愛的幾個人。但那四哩的距離，簡直是隔著大西洋了，我怎麼也無法越過！我捫心自問：「要去哪裡尋求安慰呢？」還有，這個妳可別告訴艾德加或凱瑟琳，姑且不提種種讓我心生悲苦的情況，最嚴重的是，我心裡很絕望，因為我發覺，沒有人願意跟我同仇敵愾，一起對付希斯克里夫！往後得住在咆哮山莊，我原本幾乎可以說是樂意的，因為如此安排，就能讓我避免與他單獨同住一間屋子。可是，他早就知道我們要搬來跟什麼樣的人住，根本不擔心他們會插手幫我。

我坐著想事情，發愁了好一會兒。時鐘敲了八下，然後敲了九下，恩蕭先生卻依舊在踱步，頭垂得很低，幾乎要垂到胸口，除了每隔一陣子會有呻吟或憤恨的咒罵破口而出，其餘時間都悶不吭聲。我仔細聽屋裡有沒有女性的聲音，既覺得滿心痛悔，又預感未來會是如何淒涼。這些心緒最後忍不住化作嘆息、哭泣的聲音。但我卻沒有意識到自己公開流露出哀傷的情緒，是恩蕭停下規律的步伐，在我面前止步，我才發覺自己哭了。他彷彿突然清醒過

57. 當時領巾是男性必備的行頭，即使平日在家不見客也會繫上，只有最粗野的人才會不戴領巾。

來，訝異地瞪著我；我趕緊把握他注意力回到我身上的時刻，對他叫道：「我一路奔波，很累，想去睡了！女僕在哪裡？她不願過來，那請你告訴我如何去找她！」

「我們沒有女僕，」他回答，「妳得自己伺候自己！」

「那我要睡哪？」我抽抽噎噎地說。身體疲倦，加上心情慘淡，已經讓我累到拋棄自尊了。

「約瑟夫會帶妳去希斯克里夫的房間，」他說，「去開那個門——他在裡面。」

我正要聽話去開門，他卻突然阻止我，又用很奇怪的語氣加了一句：「麻煩妳，把門鎖住，拉上門栓——可別疏忽了！」

「好吧！」我說，「可是為什麼要這樣呢，恩蕭先生？」我想到要特地把自己跟希斯克里夫鎖在一起就覺得不舒服。

「妳看這個！」他說著從背心口袋抽出一把奇形怪狀的手槍，槍管上裝了一把雙刃彈簧刀。「這玩意對被逼急的人是很大的誘惑啊，妳說是不是？每天晚上我都忍不住帶著這個去樓上，試著打開他的房門。假如我發現門是開的，那他就完了。就算前一分鐘我還在回想應該可以讓我住手的幾百種理由，最後我總是會試著開門。想必是有什麼惡鬼慫恿我去殺他，藉此打壞我自己的計畫。妳可以為愛去抵抗那個惡鬼，那就盡量抵抗吧，等時間一到，出動天堂所有的天使也救不了他！」

我好奇地觀察那支怪槍，突然間冒出一個可怕的想法：假如我能擁有這樣的武器，該會變得多有力量啊！我從他手上拿走槍，摸了摸上面的刀刃。他見到那一瞬間我臉上的表情，非常驚訝——他看到的不是恐懼，而是貪婪。他猛然把手槍抓回去，一副小氣的樣子，闔上了彈簧刀，收到原來的地方。

「如果妳要告訴他，我也不在乎，」他說，「妳就讓他防著我，再替他盯著吧！我看得出妳知道我們之間的情況；他有仇家，妳並不是很意外。」

「希斯克里夫到底對你做了什麼？」我問，「他冒犯了你什麼，讓你激起這麼可怕的恨意？叫他離開這裡，不是更聰明的作法嗎？」

「不行！」恩蕭大吼，「假如他說要離開我，那他就必死無疑。如果妳勸他這麼做，那妳就是兇手！難道要我失去**一切**，連奪回來的機會都沒有嗎？難道要叫哈里頓去當乞丐？哼，可惡！我**一定**會把它弄回來，連**他**的錢財也一起奪走，然後是他的性命，至於他的靈魂，就讓地獄拿去吧！有這樣一個客人進駐，那地方會比之前黑暗十倍！」

艾倫，妳曾經告訴我，妳的舊主人的個性。他顯然已經在瘋狂的邊緣了——至少昨晚是這樣。我很害怕接近他，相形之下，跟那個沒教養又陰沉的僕人相處還比較好呢。這時恩蕭又繼續悶頭踱步起來，我則拉開門栓，逃到廚房去。約瑟夫在火爐前彎著腰，往火上掛著的一只大鍋窺視，旁邊的高背長椅上還擺了用木碗裝的麥片。鍋裡的東西開始滾了，他轉身伸手往碗裡挖。我猜想他在煮的東西大概是我們的晚餐；因為我餓了，心想絕不能讓他做出難以入口的食物，於是喊道：「麥片粥由**我**來煮。」我把鍋子取走不讓他碰，然後脫下帽子跟騎馬服。「恩蕭先生，」我接著說，「指示我要自己伺候自己，我會照辦。跟你們在一起，我可不當淑女；我怕挨餓。」

「天老爺！」他嘟囔著坐了下來，一邊從膝蓋到腳踝摸著羅紋襪子。「要是家裡又多一個老大——我才剛習慣家裡有兩個主人咧！——要是現在又要加一個**女主人**，我看我就該落跑了！我一輩子壓根兒沒想到有一天我會離開這個老地方——不過應該是很快的事了！」

他這麼抱怨著，但我充耳不聞。我俐落地開始動手，不禁嘆息，如果是以前，這樣的工作只被當成好玩的事情，回想過去曾有的快樂，簡直如五馬分屍般痛苦；不得不趕緊驅逐回憶。而且，我愈是想要喚起舊時光的幻影，攪拌棒就跟著愈轉愈快，手抓著一把把麥片放進鍋子的速度也愈灑愈快。約瑟夫見我煮飯的方式，愈來愈不滿。

「看吧！」他叫道，「哈里頓，你今晚不用吃粥了；只有一堆結成我拳頭那麼大的麥片糰。看吧，又扔了一大把！如果我是你，我就連碗都一起丟進去算了！好啦，把上面那層弄掉，這樣就可以了。乒乒乓乓的，幸好鍋底沒被妳攪出一個洞！」

我承認，倒到碗裡一看，麥片確實是糊成一糰，不像麥片粥。約瑟夫準備了四個碗，又從乳品房拿來一壺一加崙的新鮮牛奶。哈里頓一把搶過去，直接就著寬寬的壺嘴喝奶，邊喝邊灑了出來。我勸阻他，表示希望他用杯子喝，又強調他那樣喝很髒，會讓我不敢喝。那臭老頭聽到我這樣講究，氣得不得了，一再重複跟我保證，「那小子」跟我比起來「一樣高尚」，「而且身體一樣健康」，還說他覺得好奇怪，我幹嘛裝得一副自己很了不起的樣子。同時呢，那個幼稚版的流氓繼續唏哩呼嚕地喝牛奶，一邊用挑釁的眼神瞪著我，一邊往壺裡淌口水。

「我要去別的房間吃晚餐，」我說，「你們難道沒有叫做客廳的地方嗎？」

「**客廳**！」他諷刺地複述道，「**客廳**！沒，我們沒客廳。如果妳不愛跟我們一起，那就去找主人啊；妳如果不喜歡主人，那就只能和我們待在這裡囉。」

「那我上樓去，」我回答，「帶我去房間。」

我把我的碗放在托盤上，自己去拿新的牛奶。那傢伙滿嘴嘟囔著抱怨，起身帶我上樓。我們一路到了閣樓，途中他偶而會打開一扇門看看裡面。

「這兒有一間房間。」他終於說道，他用力打開一扇搖搖晃晃的門板，「要吃碗粥，在這也夠好了。角落有袋麥子，算是夠乾淨的了，可以坐在上面。如果妳怕弄髒了妳那件美麗的絲綢衫，就在上面鋪條毛巾吧。」

這「房間」看似是儲藏室，充滿麥芽和穀物的刺鼻氣味，這兩種東西一袋一袋的堆了一圈，留下中間一塊寬寬的空地。

「哎呀，你這人，」我氣沖沖地轉向他叫道，「這可不是睡覺的地方。我要去我的臥室。」

「**臥──室**！」他重複道，語氣盡是譏嘲，「我們這裡就只有這間**臥室**啦──是我的。」

他指指第二間閣樓，跟第一間的差別只是牆上更空，還有一張沒有床帳的低矮大床，其中一頭擺了一件靛藍色的被子。

「我要你的臥室做什麼？」我應道，「我想希斯克里夫先生應該不會住在屋子的頂樓吧，是不是？」

「喔！妳是要找**希斯克里夫**先生的房間啊？」他裝出一副恍然大悟叫道。「當初妳怎不先說咧？這樣我早就能跟妳講，不用這麼麻煩了：只有那間妳不能去──他都鎖起來，只有他自己可以開，別人不能進去。」

「約瑟夫，你們這間屋子還真『不錯』呀，」我忍不住評論道，「住的人也很『和氣』呢！我想，自從我把自己的命運跟他們綁在一起的那一天起，世上所有的瘋狂之氣就都濃縮起來，集中灌進我腦裡了！不過，這對於眼前的情況毫無幫助——這兒還有別的房間；看在老天的份上，快點找地方讓我安頓下來吧！」

我這般懇求，他卻沒有回答，只是固執地蹣跚走下木製階梯，在一個房間門口停了下來。這裡面的家具品質比較好，我想應該是屋子裡最好的房間。裡面鋪了一張地毯——是上等貨，但圖案被灰塵蒙住了；火爐上掛著剪紙裝飾，但已經掉得七零八落；一張漂亮的橡木床，掛著大幅的深紅色床帳，布料看起來不便宜，樣式也是新的，不過顯然房間主人使用時很粗魯：上方的裝飾短簾從掛環上扯了下來，彩帶似的垂著；撐著床帳的鐵棒有一邊被拉彎了，帳子因此拖到地板上。椅子也壞掉了，好幾把都破損得很嚴重，牆上的鑲板也被深深的凹痕弄得扭曲變形。我正鼓起勇氣想進去房間，據為己有，卻聽見我那愚蠢的嚮導宣布：「這間是主人的。」到這時候，我的晚餐已經涼了，食慾也沒了，耐性更是消磨殆盡。我堅持要他立刻提供安身的場所與歇息的家具。

「什麼鬼？」這位虔誠的長老是這麼開口的，「上帝保佑我們！上帝寬恕我們！妳**他媽的**還可以去哪？妳這個被寵壞又煩死人的垃圾！每間房間妳都看過啦，只剩哈里頓那小小一間沒有而已。這屋子沒有別的房間給妳了！」

我實在太生氣了，用力把托盤和上面的東西摔到地上，然後坐在樓梯口，雙手摀著臉，哭了出來。

「咳！咳！」約瑟夫喊道，「摔得好啊，凱西小姐[58]！摔得好啊，凱西小姐！不過，要是主人踩到那些破碗盤跌倒，然後我們就有得瞧，就知道接下來會怎樣了。妳這個沒用的白癡！竟然亂發脾氣，無緣無故把上帝恩賜的寶貴食物丟在地下，罰妳從現在到聖誕節都餓肚子！不過，妳如果能這樣一直使性子下去，就算我看走眼了。妳想看看，希斯克里夫能夠忍受妳這樣使性子嗎？我只希望妳這樣抓狂的時候被他看到。我真希望他能看到。」

他就這麼咒罵著回到他樓下的窩裡，蠟燭也帶走了，把我留在黑暗中。我做了傻事後，經過這一段反省的時間，逼得我不得不承認，必須壓下自尊、忍氣吞聲；於是我起身收拾殘局，不久竟來了個意想不到的幫手，是封喉。我現在認出來了，牠是我們家老狗伏兵的兒子，小時候在田莊長大，後來父親把牠送給辛德利先生。我覺得牠好像認得我：牠鼻子湊近我的鼻子打招呼，然後急忙去把打翻的粥吃光，我則一階一階地摸索著拾起打碎的土器，又用手帕把濺到扶手上的牛奶擦乾淨。清潔工作才剛做完，我就聽見走廊上傳來的恩蕭的腳步聲；我的助手夾住尾巴，緊貼牆壁，而我溜進了最近的一扇門。狗想躲他，卻失敗了——我是從匆匆逃下樓的腳步聲和拖得長長的一聲嚎叫推斷出來的。我的運氣比較好，他經過我前面，進了房間關上門。緊接著約瑟夫就帶著哈里頓上來，伺候他睡覺。我躲入的正是哈里頓

58. 約瑟夫可能是因為伊莎貝拉耍脾氣跟凱瑟琳類似而諷刺地叫她「凱西小姐」，也有可能他認為伊莎貝拉會來咆哮山莊是凱瑟琳促成的。

的房間，那老頭見了我就說：「我想現在妳跟妳的驕傲可有地方去了，正屋是空的，整個都給你們倆，再加魔鬼來湊第三個，這種不良的聚會牠一定到的！」

我樂得接受了他話中的提示，一倒在火爐邊的椅子上，馬上就打起瞌睡來。我睡得很熟，很香甜，不過實在太早結束了。希斯克里夫把我吵醒，用他那「憐愛」的態度質問我在這裡做什麼？我告訴他為什麼會這麼晚睡——因為我們房間的鑰匙在他口袋裡。結果「我們」這個形容詞讓他暴跳如雷；他賭咒說，那絕不是我的房間，也永遠不會是我的，而且他會——不過我這就別重複他說的話了，也不要描述他日常的行為。他讓我厭惡所下的功夫，真是創意無窮且毫不止息！有時候他實在太讓我驚奇了，因而麻痺了我的恐懼；但是，我跟妳保證，他在我心中勾起的畏懼，比毒蛇猛獸更甚。他告訴我凱瑟琳生病了，指責說是哥哥害的，又發誓他逮到艾德加之前，我就要代替哥哥受罪。

我好恨他——我好苦啊——我真是個傻瓜！切記，這些事一個字也不許跟田莊的任何人吐露。我每天都在等妳來——別讓我失望吧！

伊莎貝拉

14

我一讀完這封信，立刻去找主人，報告他妹妹已經抵達山莊，並來信說對嫂嫂的病情感到難過，又渴望能與他相見；另外，她還希望能透過我帶點什麼東西表示哥哥已經原諒她，愈早愈好。

「原諒！」林頓說，「艾倫，我沒什麼好原諒的。妳想去的話，今天下午可以去咆哮山莊一趟，跟她說我沒有生氣，只是遺憾失去了她，尤其是我絕不相信她會幸福。不過，我不可能去看她；我們已經永遠斷絕關係了。假如她真的想幫我，那麼請她勸她嫁的那個惡棍離開本地吧。」

「您不寫張小字條給她嗎，先生？」我懇求著問道。

「不，」他回答，「沒有必要。以後我跟希斯克里夫家的關係，會像他和我家的關係一樣疏遠——根本不存在！」

艾德加少爺冷淡的態度令我心情非常低落。從田莊出發後，我一路上絞盡腦汁想著轉述他的話時，要怎麼說得更有感情些，又思考該如何婉轉表達他連寫幾句話安慰伊莎貝拉也不願意的心。我想她八成一早就守在窗口看我來了沒——我從花園小徑走過去的時候，見到她隔窗望著我，便朝她點點頭，可是她卻縮了回去，彷彿怕被人看見似的。我沒敲門就走進去了。舊時充滿歡樂的屋子，如今竟是如此陰沉而淒涼！我必須這麼說，假如我是小姐，我至少會掃掃火爐、拿抹布擦擦桌子，但她已經被這充斥在四周的怠惰氣息感染了。

她漂亮的臉蛋沒有血色、沒有精神，頭髮沒有整理捲過，有幾縷軟趴趴地直垂下來，其餘的隨便盤成一圈挽在頭上，身上的衣服大概從昨天傍晚以後就沒換過了。辛德利不在；希斯克里夫先生坐在桌前翻著皮夾裡的文件，不過我出現的時候他倒是起身迎接，親切地向我問好，又請我坐下。那屋子裡只有他看起來比較像樣，我也覺得他的模樣比以往都好。由於環境，這兩人的身分產生了極大的變化，如果是陌生人，一定會覺得他出身士紳階級，而他太太完全是個又髒又懶的丫頭！她熱切地上前招呼我，又伸出一隻手打算接過她期待的信。我搖搖頭；她不懂我的暗示，我走開把帽子放在餐具櫃上面的時候，她也跟在我後面，小聲求我立刻把帶來的東西給她。希斯克里夫猜出她這番動作的意思，說：「如果妳有東西要給伊莎貝拉（我想妳一定有吧，奈莉），就給她吧，不需要偷偷摸摸的，我們夫妻之間沒有祕密的。」

「哦，我沒有帶東西，」我回答，心想最好還是一開始就說實話，「主人吩咐我告訴他妹妹，現階段不必期待他寫信或來訪。他向妳寄上兄妹之情，夫人，並希望妳幸福快樂，也原諒妳造成的痛苦。不過，他認為從此以後他家跟貴府應該停止往來，因為繼續保持聯絡沒什麼意思。」

希斯克里夫太太的嘴唇微微顫抖，回到窗邊的座位。她丈夫靠近我，在火爐前站定，開始問起凱瑟琳的情況。我過濾著可以說的部分，告訴他關於凱瑟琳的病情。結果他反覆詰問，從我口中套出了凱瑟琳發病原因的大部分實情。我說這是她自找的——確實也沒錯；最後我說，希望他能遵照林頓先生的榜樣，無論將來是好是壞，都避免跟對方家族有所牽扯。

「林頓太太的病才剛開始有起色，」我說，「雖然她不會恢復成原來的模樣，不過命是保住了。假如你真的把她放在心上，就不要再跟她碰面——不對，你們就乾脆搬離本地吧。為了讓你不要因此後悔，我這就告訴你，現在的凱瑟琳．林頓跟你的老朋友凱瑟琳．恩蕭已經判若兩人，差別之大，可比她跟我的不同。她的外表變了很多，個性變得更多；因為情勢所逼而必須與她相伴的那個人，今後只能憑著回憶過去的她、憑著人道精神、還有憑責任感來維繫他的感情了！」

「也許，」希斯克里夫竭力保持著平靜說，「也許妳家主人除了人道精神跟責任感之外就沒有別的可以倚仗了。但是，妳以為我會把凱瑟琳交給他的**責任感**和**人道精神**負責嗎？妳能把我對凱瑟琳的感情跟他的拿來比嗎？妳離開這屋子之前，我一定要妳答應幫我安排和她見面；無論妳同意與否，我都**必定**要見她！妳的意思呢？」

「我的意思，希斯克里夫先生，」我回答，「是『不可以』，你不可能透過我去見她。你跟主人再碰上一次的話，一定會害死她的。」

「如果妳幫忙就可以避開，」他接著說，「而且，假如有發生這件事的危險——假如他再對她的生活造成一丁點的麻煩——哼，那麼我採取極端的手法，應該也是合情合理了！我真希望妳能老老實實告訴我，他如果不在了，凱瑟琳到底會不會很難過；我就是怕她會傷心才不敢出手。這就是我跟他對凱瑟琳感情不同的地方了：假如我和他調換位置，就算我恨他恨得畢生悲苦，我也絕不會對他動手。妳要擺出一副不以為然的樣子，隨妳高興！只要她一不喜歡他了，我就會立刻挖出他的心臟，生飲他的鮮血！但是，在那之前——如果妳不相信，那妳就不了解我了——在那之前，我寧可被寸寸凌遲而死，也不會碰他一根汗毛！」

「然而，」我打斷他的話，「你卻毫不在意地打算完全毀掉她復元的希望，在她都快要把你忘掉的時候，還想硬闖進她的記憶，把她扯進新的風暴之中，讓她心亂、讓她難受。」

「妳以為她快把我忘了嗎？」他說，「哼，奈莉！妳知道她沒有！妳我都很清楚，她放在我身上的心思，是林頓的一千倍！我在人生最悲慘的時候，曾經有過那樣的念頭，去年夏天我回到這裡時，心裡就一直這麼想。但是只有她本人說出口，我才會再有這個可怕的想法。到那時，林頓就不算什麼了，辛德利也一樣，我做過的任何夢想同樣等於泡影；我的未來用兩個詞就可以表達——『死亡』和『地獄』：沒有她的人生就是地獄。不過，我當時真是太傻了，竟然一時間以為她把艾德加．林頓的感情放在我的感情之上。假使他拚盡他那弱小的力量愛她，就算愛了八十年，份量也比不上我愛她一天。而凱瑟琳跟我一樣深情，若她全部的感情都由他獨佔，那邊的馬槽也裝得下整個大海了。呿！對她而言，他也不比她養的狗或馬親近。他沒有能耐獲得跟我同等的愛；他根本沒有熱情，她怎麼會愛他呢？」

「凱瑟琳和艾德加彼此相愛，情意可以比得上任何相愛的伴侶，」伊莎貝拉突然振奮了起來，出聲叫道，「沒有人有權利說這種話，我也不會默默地聽人詆毀我哥哥！」

「妳哥哥也疼妳疼得不得了，是吧？」希斯克里夫嘲諷地說，「他把妳趕出家門的速度倒是快得出乎意料呀。」

「他不知道我承受著什麼樣的苦，」她應道，「那些事我沒有告訴他。」

「那妳告訴他別的事了；妳寫了信，是不是？」

「是有寫，說我結婚了——信你也有看到。」

「之後就沒有了？」

「沒有。」

「可憐我們小姐，換了身分和環境後，氣色卻變差了，」我表示，「顯然有人給她的愛不夠；我猜得到這人是誰，不過也許我不該說。」

「我猜這人是她自己吧，」希斯克里夫說，「她都墮落成髒兮兮的打雜丫頭了！而且她也未免太快就厭倦討我歡心了吧；說來妳恐怕不會相信，可是婚後第二天早上，她就哭哭啼啼地吵著要回娘家。不過，要適應這個屋子的生活，不要人講究反而更好；我也會注意不要讓她出去亂跑，丟我的臉。」

「哦，先生，」我應道，「希望你考慮一下，尊夫人習慣有人照顧、伺候，她是大家都捧在手心的獨生女嬌養長大的。你要讓她身邊有女僕幫忙整理，你自己也要好好待她。無論你如何看待艾德加先生，也不能懷疑她深深的愛著你，不然她不會拋棄娘家雅緻的環境、舒適的生活以及從前的親友，甘心跟著你在這樣一個荒僻的地方定居。」

「她是懷著妄想拋棄那些的，」他回答，「她把我想像成羅曼史男主角，以為我會像騎士般愛慕她，把她寵上天。她執迷不悟，一心認為我的個性就是她想像的樣子，又按照她心中那些錯誤印象而採取行動，我實在很難把她當理性的人來看。不過，我想現在她終於開始了解我了：我沒有再看到當初讓我火大的花癡傻笑、擠眉弄眼；她也不會像以前那樣，不肯相信我對她癡心迷戀和對她本人的各種評論是認真的了。她能發覺我不愛她，可真費盡了腦力；我一度還相信她怎麼也學不乖呢！不過，她學得不是很好，因為今天早上她才終於顯示出驚人的智慧，說我竟然成功讓她恨我了！我跟妳保證，這比得上海克力斯的苦役[59]！如果確實成功了，那我真是感激不盡。我可以相信妳的說詞嗎，伊莎貝拉？妳確定妳恨我嗎？如果我半天不理妳，妳會不會又長吁短嘆、撒嬌發癡地來找我？我想她一定寧可我在妳面前一副柔情款款的樣子，因為暴露出真相她會覺得沒面子。不過我不介意讓人知道我跟她之間完全是單戀，這一點我也從來沒騙過她，所以她無法責怪我，說我曾對她表現過一絲一毫的虛情假意。她從田莊出來時看到我做的第一件事，就是把她的小狗吊死；她替狗兒求情的時候，我第一句說出來的話，是希望我能吊死所跟她有關係的生物，只放過一個。她大概以為那個例外的就是自己吧。可是不管我多殘暴，她都不覺得反感；我猜，也許她心底其實很喜歡暴力，只要受傷的不是金尊玉貴的她就好！想想，那個可憐兮兮、奴性堅強、心地卑鄙的賤貨竟夢想我能愛她，豈不是荒謬至極、癡呆到底的事嗎？奈莉，告訴妳家主人，我這一輩子從來沒碰過像她這麼自甘下賤的東西。她連『林頓』這個姓氏都配不上！有時候我純粹是因為想不出新花樣，才暫停試驗她能夠忍受到什麼地步，結果她還是不要臉地卑躬屈膝著爬回來！不過，妳叫他這個當哥哥又當官的放心，我完全是依法行事。到目前為止，我都沒給她一丁點可以提出分手的理由[60]；再說，她可不會感謝拆散我們的人。如果她想走，請便；折磨她帶來的樂趣，還抵不過她在我眼前勾起的厭惡！」

「希斯克里夫先生，」我說，「這種話是瘋子才會說的吧；尊夫人八成認定你精神不正常了，因此先前對你百般忍耐，不過，既然你剛剛說她可以離開，她一定會好好把握的。小姐，您應該不會癡迷到自願留在他身邊，是吧？」

「小心，艾倫！」伊莎貝拉回答，眼中閃著怒火，看得出她丈夫要引她憎恨的種種努力絕對非常成功。「他說的話，妳一個字都別信！他是個騙人的惡魔！是妖怪，不是人！之前他也跟我說可以離開他，我試過了，但我再也不敢嘗試第二次！艾倫，我只拜託妳發誓，不要把他那段邪說轉述給哥哥或凱瑟琳聽，一個字兒也不許提！無論他怎麼裝，其實目的都是要讓艾德加傷心絕望。他說，他娶我是為了能夠挾制哥哥，可是他不會如意——我寧可先去死！我只希望、只祈禱他會忘記他那可恨的謹慎，失手把我殺了！我唯一可以想得到的快樂就是自己去死，或者看他去死！」

「好——現在這樣就好了！」希斯克里夫說，「奈莉，假如妳有一天被叫上法庭，可得記得她說的是什麼話！妳再仔細看看那張臉，這個樣子就快接近讓我滿意的程度了。不，伊

59. 海克力斯的苦役（the Labours of Hercules）：希臘神話中半人半神的大力士海克力斯因酒醉殺死妻兒，被罰執行十二項危險而艱鉅的任務，包括殺死猛獅、除掉九頭蛇妖、活捉地獄三頭犬等等。

60. 英國十八世紀時的離婚手續非常麻煩而且很花錢，當事人只有兩條路可以走，一是透過教會，一是透過國會。教會離婚有兩種，第一種類似現代的分居，當事人在前任配偶死後才可以再婚，有危及生命的暴力行為或通姦時可提出。第二種是判決婚姻無效，當事人可以立刻再婚，事由包括：兩年內沒有圓房、性無能、性冷感、近親結婚、重婚、被脅迫而結婚等。透過國會離婚更困難，必須經過國會全體議員審核判決，會採這種辦法的多半是貴族或富豪，而且是牽涉到通姦、子女、財產繼承等重大理由。

莎貝拉，現在的妳已經無法自理生活；身為妳法定的保護人，我必須監管妳，無論多麼厭惡這個責任也不能放妳走。上樓去；我有話要跟艾倫．迪恩私下說。妳走錯路了；我叫妳上樓去！喂，這才是往樓上的路，丫頭！」

他一把抓住她，用力推出房間，回來的時候嘟噥著：「我沒有同情心！我沒有同情心！蚯蚓愈扭動掙扎，我就愈想活活擠出牠的肚腸！磨掉仁心就像在長牙，愈痛我就磨得愈起勁。」

「你知道『同情心』這個詞的意思嗎？」說著我匆匆走到餐具櫃旁想戴帽子，準備離開。「你這一生有感覺過一絲絲的同情心嗎？」

「帽子脫下來！」他發覺我想離開，出口打斷我，「妳還不能走。過來這邊，奈莉，我決心要見凱瑟琳，不是說服妳幫我，就是要逼妳幫我。我發誓，我無意造成任何傷害；我不想鬧事，也不想惹惱或侮辱林頓先生。我只想聽她親口說出她情況如何、為什麼生病了，還有問問有沒有什麼我能為她做的事。昨天晚上，我在田莊的花園待了六個小時，今天晚上照樣會去；每天夜裡我都陰魂不散地在那裡逗留，白天也在那裡流連徘徊，一直守到有機會進屋為止。假如艾德加．林頓碰到我，我會毫不遲疑地把他打倒，然後再追加幾拳，以確定我在場的時候他會安安靜靜。假如他的家丁阻止我，我就要用這幾把手槍把他們嚇走。不過，如果都不要讓我跟家丁或主人碰到面，不是更好嗎？這個妳輕易就能辦到。我來的時候會先通知妳，她一個人的時候妳就可以悄悄地讓我進門，然後幫忙把風，一直到我離開。妳不會違背良心，因為妳這樣是阻止家裡出事。」

我堅決反對，不願在主人家的屋裡做這種背叛的事情，另外又極力主張，他為了滿足自己，去破壞林頓少奶奶平靜的生活，既殘忍又自私。「最普通的事情也會讓她震驚難過，」我說，「她神經繃得很緊，絕對無法承受你突然出現的驚嚇，這一點我很肯定。別再緊迫逼人了，先生！不然我就得把你的計畫報告給我家主人；如此一來，他必會採取手段，看緊屋子和屋裡的人，以免有不速之客闖進來！」

「那我就採取手段看緊妳，臭女人！」希斯克里夫叫道，「明天早上以前，妳都別想離開咆哮山莊。妳說凱瑟琳看到我會受不了，真是無稽之談；至於讓她驚嚇，我沒有這個打算。妳要先給她心理準備——先問她我可不可以去。妳說她從不提我的名字，也沒有人會跟她提起我。如果我在家裡是禁忌的話題，那她會跟誰提起我呢？她認為你們都是她丈夫的眼線。哼，我絕對相信，她在你們中間生活一定像是在地獄！不說別的，我從她的沉默，就能猜出她心裡的感受。妳說她經常坐立不安，神色焦慮——這是『平靜』的證據嗎？妳說她神智昏亂；她被孤立得那麼嚴重，他媽的神智不昏亂才怪！

「然後那個萎靡不振、懦弱無能的東西竟是為了**責任**和**人道**照顧她！為了**憐憫**與**慈悲**！他如果以為，他那種膚淺的照料能夠養得她重新恢復活力，那他乾脆把橡樹種在花盆裡，然後期待它蓬勃生長好了！我們現在就說清楚：妳要留在這裡，由我去跟林頓和他的家丁大打一場，再去找凱瑟琳呢？還是妳願意像一直以來一樣，當我的朋友，去完成我的請求？快決定！因為如果妳要繼續堅持妳那頑冥不靈的劣根性，我連一分鐘都不必再拖了，馬上就走！」

咳，洛克伍德先生，我又是爭辯、又是埋怨，明白拒絕他五十次，但最後他還是逼著我就範。我答應幫他帶一封信給女主人；我也答應，如果她同意，我就一定會向他透露林頓下次何時會不在家，好讓他去拜訪，隨時進門都可以；我不會在場，其他僕人同樣不會妨礙他。這麼做是對還是錯呢？儘管當時我是權宜之計，恐怕還是做錯了。我以為自己合作了，可以避免爆發另一次衝突；我也以為這樣可以刺激凱瑟琳，讓她的精神病有起色。然後我想起艾德加少爺上次狠狠罵我打小報告，於是，為了撫平我對此事的所有不安，我不斷重複告訴自己，如果真要苛刻地說我背叛主人信任的話，這也是最後一次了。話雖如此，在回程的路上，我的心情還是比先前出發時沉重許多，心裡也是經過一番操心害怕，才有辦法強迫自己把那封信放進林頓少奶奶的手裡。

啊，肯尼斯來了；我這就下去告訴他，您恢復得有多麼好。我的故事呢，照我們這兒的說法，實在是「淒慘落魄」，改天早上再說來打發時間吧。

「淒慘落魄，又陰沉苦悶！」那位好女傭下樓去迎接醫生的時候，我這麼想，「而且不太算是我會挑來消遣的故事。」。不過，算了吧！我就從迪恩太太的「苦草」當中萃取出健康的「藥汁」：首先，我得當心凱瑟琳．希斯克里夫明亮雙眼中暗藏的吸引力。要是我把心給了那位少婦，結果發現女兒是母親的翻版，那我的情況可就不妙了。

15

又過了一週——我離康復和春天更近了！我現在已經聽完我那位鄰居的生平了，是分好幾次聽的，因為得等女管家做完正事，她有空的時候才能講。接下來我就用她自己的話繼續說，只是稍微濃縮一下。大致而言，她故事說得很不錯，以那樣的敘事風格，我想我也沒什麼好潤飾的了。

她說：

到了晚上，就是我去山莊拜訪的當天晚上，我知道希斯克里夫先生會在田莊附近出現；雖然沒看到他的身影，我卻心知肚明，像親眼所見般清楚，所以我避免出門，因為他的信還在我口袋裡，而我不想再被他脅迫與嘲弄了。由於無法確定凱瑟琳收到信之後會有什麼反應，我決心要等主人不在家再把信轉交給她，結果隔了三天，信才交到她手上。第四天是星期日，我等家裡的人去教堂之後，把信拿去她房間。屋子裡留了一個男僕跟我一起看家；通常我們在眾人去作禮拜時會鎖門，不過那一日天氣十分溫暖宜人，我就把門都敞開。我知道誰會來，為了完成我的諾言，我告訴男僕，女主人很想吃橘子，叫他去村子裡買幾顆回來，明天再去付賬。他出門後，我就上樓了。

林頓少奶奶身穿一件寬鬆的白色洋裝，肩膀上圍著披巾，跟平時一樣坐在敞開的窗邊。

她剛生病時，原本濃密的長頭髮剪掉了一些，現在就只有簡單地梳一梳，自然垂在脖子跟額角。正如我告訴希斯克里夫的，她的外表變了；不過，她心平氣和的時候，卻有一股不食人間煙火的美。從前活力四射的火辣眼神，現在成了夢幻憂鬱的溫柔目光，看起來不像是望著身邊的景物，而像是凝視著遠方，非常遙遠的地方——讓人不得不覺得她看的東西已經超然世外。再來，她的臉色蒼白——臉上的肉稍微長回來後，就不再顯得憔悴了——表情又很特殊，雖然一看就會想到是精神病引起那樣的表情而感到難過，不過二者配合下，倒更加引人憐惜。每次看到她那副模樣，我都很清楚——我想任何看到她的人都會知道——那些表面上的康復都是假的；她註定要一輩子心神耗弱了。

窗台上擺了一本打開的書，若有似無的微風時而吹拂著書頁。我想那本書應該是林頓放的，因為她從來不會去看書或找任何別的事情自娛，但他會花好幾個小時的時間，努力吸引她去注意生病以前曾經喜歡做的事情。她知道他的目的，心情好的時候會溫順地任他忙東忙西，只會偶而壓抑住一聲疲倦的嘆息，顯示出他是白費工夫，最後用悲傷無比的微笑和親吻制止他。其他的時候，她則會暴躁地轉開身子，雙手掩面，甚至憤怒地把他推開；然後他就會小心不要打擾她，因為他知道做什麼都沒有好處。

吉默頓教堂的鐘聲還在響著；山谷中的小溪漲滿了，傳來柔柔的流水聲，聽來悅耳舒暢。等夏天來臨，田莊周圍的樹木長出葉子，便會發出沙沙聲，蓋過流水的樂音，但如今季節還沒有到，現有的潺潺流水聲也很動聽。在咆哮山莊，流水聲總會在大量融冰或雨季後安靜的日子傳來。凱瑟琳聽著水聲，心裡想的就是咆哮山莊——假如她有在聽或在想的話；不過，她臉上的表情就像我前面提到的，顯得茫然若失、魂不守舍，完全沒有聽見或看見任何實物的跡象。

「太太，妳有一封信，」我說著輕輕把信塞進她擱在膝蓋的手上，「妳一定要馬上看，因為需要給答覆。要我拆開嗎？」

「好。」她回答，視線卻連動也不動。

我打開了——信很短。「好了，」我說，「妳看看吧。」

她把手縮走，任由那封信落在地上。我把它放回她腿上，站著等看她什麼時候想往下瞄到信，可是實在等太久了，最後只得接著說：「要我讀嗎，太太？是希斯克里夫先生寫來的。」

她吃了一驚，眼中露出一絲認得那名字卻又困惑的神色，接著是努力整理思緒的表情。她拾起信，似乎在讀；讀到信末署名的時候，她嘆了一口氣。可是我發覺她還是沒讀懂信中的意思，因為我表示要聽她的答覆時，她只是指指那署名，一臉疑問而哀傷的神色，眼巴巴地望著我。

「哦，他想見妳。」我猜到她需要有人解釋，便說道：「他人已經在花園裡了，急著想知道我會帶什麼樣的答案給他。」

我正說著，看見樓下一隻躺在草地曬太陽的大狗豎起耳朵，彷彿要吠叫，然後垂下耳朵，搖起了尾巴，顯示牠認出來人不是生客。林頓少奶奶彎身向前，屏氣凝神地聽著。一分鐘後，走廊傳來了腳步聲；門戶大開的屋子實在太誘人了，希斯克里夫忍不住走了進來。但最有可能的是，他認為我大概會逃避責任，背棄諾言，於是決心大膽自己走進來。凱瑟琳一心期盼地猛盯著房門口瞧。他沒有立刻找對房間；她示意我帶他進來，不過我還沒走到門口，他就找著了，三步併作兩步一下子就來到她身邊，把她緊緊抱在懷裡。

整整五分鐘左右時間，他既沒有說話，也沒放開她；我敢肯定，在這段期間，他吻她的次數，大概比有生以來吻別人的次數全部加起來還要多——不過，是我家女主人先吻他的。我看得一清二楚，他太難過了，幾乎不敢直視她的臉！因為他一看到她，就立刻跟我一樣，深信她沒有完全康復的希望了——她註定一死。

「啊，凱西！啊，我的生命！這叫我怎麼受得了呢？☆6」這是他第一句出口的話，語氣中毫不掩飾他的絕望。這時他目光灼灼地凝望著她，我以為如此熾烈的目光會讓他流淚；但他的眼睛只是燃燒著痛苦的火焰，卻沒有融出水來。

「又怎麼啦？」凱瑟琳說著往後一靠，迎上他的目光時卻突然眉頭一沉。她的脾氣就是她變化無常的性情指標，說變就變。「你跟艾德加打碎了我的心，希斯克里夫！然後你們兩個卻都過來向我哭訴這件事，彷彿你們才是那個可憐人！我不會可憐你，我才不要。你害死我了——而且，我覺得，你因此活得更好。看你身體多壯呀！我走了以後，你打算再多活幾年呢？」

先前希斯克里夫為了擁抱她，單膝跪地，這時他想站起來，她卻揪住他的頭髮，把他壓回去。

「我真希望我能一直抓著你，」她恨恨地接著說，「直到我們兩人都死掉！我不會在乎你

☆6
Oh, Cathy! Oh, my life! how can I bear it?

受了什麼樣的苦。你受的苦，我一點都不在乎。為什麼你就不能受苦呢？我可受苦了！你會忘記我嗎？我下葬之後，你會快樂嗎？二十年後，你會不會說：『那是凱瑟琳・恩蕭的墳墓。很久以前我愛過她，失去她的時候也曾十分悲痛，但這都是過去的事了。之後我又愛了很多人——在我心中，我的兒女比她重要多了。我死的時候，不會因為要與她重逢而開心；我會因為必須離開他們而傷心！』？你會這麼說嗎，希斯克里夫？」

「別再折磨我，妳要把我搞到跟妳一樣瘋了。」他咬牙切齒地叫道，掙開了頭。

這兩人形成的畫面，由置身事外的旁觀者看來真是詭異又可怕。除非凱瑟琳拋棄肉身的同時，也丟開她的道德良心，難怪她認為上天堂跟被流放是一樣了。她蒼白的臉頰上帶著怨恨的瘋狂表情，嘴唇沒有血色，兩眼閃閃發光，緊握的手指間還攫著幾縷先前抓住的頭髮。她的朋友呢？一隻手撐起身體站起來時，另一隻手順勢扯住她的手臂，而他對她的身體狀況根本不夠體諒憐惜，結果他放手的時候，我看見她那蒼白的皮膚上留下了四個明顯的青色印子。

「妳被魔鬼附身了嗎？」他惡狠狠地逼問道，「快要死的時候還用這種態度對我說話？妳有沒有想到，這些話全部都會烙印在我的記憶中，妳離開之後會永遠啃噬著我，愈啃愈深？妳根本就知道，妳說我害死妳其實是謊話；而且，凱瑟琳，妳也明白，我只要活著就無法忘掉妳！當妳得到安息的時候，我卻要在地獄的折磨中痛苦打滾，難道這樣還不能滿足妳那可惡的自私心態嗎？☆7」

「我不會安息的，」凱瑟琳呻吟道。她因為過分激動，心臟不規律地猛跳，嚴重到讓人看

☆7
I could as soon forget you as my existence! Is it not sufficient for your infernal selfishness, that while you are at peace I shall writhe in the torments of hell?

得見也聽得見，經過這一番折騰，她的身體又是一陣虛弱。她一直等到發作結束之後才說得出話來，不過再度開口時，語氣比剛才和緩了：「我並沒有希望你受到的折磨比我多，希斯克里夫。我只希望我們永遠不要分開；如果從今以後我說的話有一個字讓你難過，那請你想想，我在地下也會感受到同樣的痛苦；請你看在我的份上原諒我！過來這邊，再跪著吧！你這輩子從來沒有傷害過我。真的，你如果在生悶氣，將來回想起來，會比回想起我的狠話更難受！快過來我身邊吧？求求你！」

希斯克里夫走到她的椅子後面，彎腰向前，但沒有太靠近，以免讓她看見他那激動得一片青白的臉。她轉身去看他，但他不許她看，他猛然轉身走到火爐前，默默地背對我們站著。林頓少奶奶狐疑地瞄他；他每做一個動作，都會在她心中喚出新的想法。她沉默了一會兒，凝視他良久之後，接著用憤慨、失望的語氣對我說道：

「哼，奈莉，妳看，叫他消氣一下讓我不要死，他卻連這樣也不肯。**那**就是他愛我的方式！唉，算了。那不是**我的**希斯克里夫。我還會愛我的希斯克里夫，到時候也會帶他一起走，他就在我的靈魂裡。再說，」她若有所思地補充道，「讓我最厭煩的東西，畢竟是這個破敗的牢籠。我已經被關膩了，累得想逃到那充滿光輝的世界，永遠待在那兒；不是透過眼淚，朦朧地看著它，也不是透過心房，痛苦地渴望著它，而是真的與那個世界合而為一，身在其中。奈莉，妳覺得妳比我好，比我幸運，妳身體健康，精力十足；妳覺得我可憐——但情況很快就會變了。我會可憐**妳**。我會遠遠超脫在你們所有人之上。**真奇怪**，他為什麼不想靠近我？」

她接著自言自語道，「我以為這是他想要的呀。希斯克里夫，親愛的！你現在不應該生悶氣了喔。拜託過來我這邊啦，希斯克里夫。」

她心裡一急，撐著椅子的扶手站了起來。他聽她摯言懇求，轉身朝著她，臉色絕望到了極點。他瞪著人大的一雙淚眼，這時終於晶光閃閃地直盯著她，他的胸口像是抽搐般一起一伏。有一瞬間他們分開站著，接下來他們就抱在一起，快得我差點就看不清楚了。只見凱瑟琳突然一撲，他接住她，兩人緊緊相擁，我以為女主人有生之年都不會被放開了。說真的，在我看來，她好像馬上就陷入昏迷。他癱倒在最靠近的椅子上；我匆匆趕過去看看她是不是昏倒了的時候，他卻對著我齜牙咧嘴，像瘋狗般口吐白沫，擺出貪婪的佔有態度，把她擁得更緊。我覺得眼前的人似乎不是跟我同種類的生物，彷彿如果我跟他說話，他也不會懂；所以我就站在一邊，閉上嘴巴，心裡卻亂成一團。不久，凱瑟琳動了動，讓我安心了些：她在他懷裡舉起手去勾住他的脖子，把臉湊近他的臉頰；他的反應，則是拚命對她又親又抱，狂亂地說：

「現在請妳告訴我，當初妳怎能那麼殘忍——殘忍又負心？**為什麼**妳看不起我？**為什麼**妳背叛了自己的心意，凱西？我一句安慰妳的話也沒有：妳會搞成這樣子是活該，妳自己害死了自己。是，妳可以吻我，然後哭泣，然後引得我也吻妳，跟著掉眼淚。但我的吻和眼淚會毀了妳——會咒妳下地獄。妳愛過我——那麼，妳**憑什麼**離開我？妳憑什麼——回答我——就憑對林頓一時的無聊興致嗎？因為，無論遭受不幸、屈辱或死亡，無論上帝或魔鬼如何加以摧殘，統統無法拆散我們，而**妳**卻這麼做了，還是心甘情願的。害妳心碎的不是我——是**妳**自己，而妳害自己心碎的時候，也連帶打碎了我的心。我身強體壯，反而更慘。難道我想活嗎？那會是什麼樣的日子啊，當妳——啊，上帝呀！**妳**會想要靈魂已進了墳墓，肉體卻還活著嗎？☆8」

「放過我，放過我吧。」凱瑟琳抽噎著說，「如果我以前做得不對，我也快賠上一條命了。這也夠了！你一樣棄我而去，但我不會怪你！我原諒你；請你原諒我吧！」

「看到這樣一雙眼睛，摸到這雙消瘦的手，我實在很難原諒，」他回答，「再吻我吧，別讓我看妳的眼睛！我原諒妳曾對我做過的事情。我愛害死**我**的兇手——可是害死**妳**的兇手！我怎能放過？」

他們不說話了——兩人臉頰緊貼著，同時以彼此的淚水洗面。至少，我覺得雙方應該都哭了，因為在這麼重大的時刻，希斯克里夫似乎也哭出來了。

這段期間，我心裡愈來愈不安；下午的時光迅速飛逝，被我支開的男僕已經辦完事回來，而且西沉的太陽照在山谷，我看到吉默頓教堂外的人群愈來愈多了。

「禮拜結束了，」我宣布，「主人半小時內就會回來。」

希斯克里夫呻吟著咒罵了一聲，用力把凱瑟琳抱得更緊；她則一動也不動。

不久我便看到一群僕人經過馬路，往廚房那邊走。林頓少爺在他們後面不遠處；他自己打開柵門，慢慢踱步著過來，大概是在享受如夏日般暖風徐徐的午後吧。

「他到家了！」我驚叫道，「看在老天的份上，快下樓去！你走前面的樓梯，不會碰到別人。拜託動作快，出去以後藏在樹林裡，等確定他進門再離開。」

☆8
Would you like to live with your soul in the grave?

「我得走了，凱西，」希斯克里夫說著想掙脫她的懷抱，「可是，只要我活著，妳入睡前我一定會再見妳一面。我不會離開妳窗戶五公尺以外的地方。」

「你不能走！」她應道，使出僅有的力氣拚命抱緊他，「我告訴你，你不許走！」

「就一個小時。」他急急央求。

「一分鐘也不行。」她回答。

「我**非走不可**——林頓立刻就要上來了。」這位不速之客緊張地堅持道。

他本想站起來，順勢掙開她的手指——但她氣喘吁吁地揪住他不放，臉上盡是瘋狂的決心。

「不行！」她尖叫，「啊，不要，不要走。這是最後一次了！艾德加不會傷害我們。希斯克里夫，我要死了！我要死了！」

「那個該死的蠢蛋！他來了，」希斯克里夫叫道，猛然坐了回去，「噓，親愛的！噓、噓，凱瑟琳！我不走了。如果他就這樣開槍打我，我也會說著祝福的話，甘心就死。」

說著他們又緊抱在一起了。我聽見主人上樓梯的聲音，額頭上直冒冷汗——我嚇壞了。

「難道你要聽她那些瘋話嗎？」我十萬火急地說，「她不知道自己在說什麼。她神智錯亂，沒有自主能力，你也要跟著毀了她嗎？起來！你可以馬上掙脫的。這真是你做過最可惡的事情！我們都完蛋了——主人、女主人、僕人，全完了。」

我絞著雙手大叫，林頓少爺聽見聲音，加快腳步走上來。我正著急惶恐之際，看到凱瑟琳的手臂鬆開、落下，頭也垂了下來，真是打心底高興。

「她昏倒了，不然就是死了，」我心想，「這樣反而更好。寧可她死了，也不要苟延殘喘，造成四周所有人的負擔和困擾。」

艾德加撲向那位不請自來的客人，又驚又怒，臉色都白了。我不知道他打算做什麼，不過對方把那看來毫無生氣的形體往他懷裡一送，立刻就阻止他所有的行動了。

「你看！」他說，「除非你是惡魔，不然就先救她——然後我們再來談！」

他走進客廳坐下；林頓少爺叫我過去，我們試盡了各種辦法，好不容易才把她喚醒。可是她精神昏亂，一會兒嘆息，一會兒呻吟，也認不得人了。艾德加只顧著擔心她，忘記了她那位可恨的朋友。但我可沒忘。我一逮到機會便馬上去找他，拜託他離開。我跟他保證凱瑟琳比較好了，又答應明早一定會把她今晚的情形告訴他。

「我不會拒絕到外面去，」他回答，「但我要待在花園裡。奈莉，記得明天要守信，我就在那些落葉松下等著。記住了！不然我不管林頓在不在，都一定會再來！」

他迅速往半開的房門裡瞥了一眼，確認我說的是實話，然後終於帶著他的不祥之氣離開屋子。

16

當天晚上十二點左右，您在咆哮山莊見到的那位小凱瑟琳出生了——又瘦又小，只有七個月大。兩小時之後，她母親就過世了。林頓少奶奶一直沒有完全恢復意識，既沒有發現希斯克里夫不見，也不認得艾德加。艾德加的喪妻之痛說來太令人難過，不提也罷；只要看造成的後果，就知道他的哀傷有多麼刻骨銘心。在我看來，還有更嚴重的一點，那就是他沒有男嗣。我一邊望著那瘦弱的孤女，一邊為這件事歎惜，心裡直罵老林頓，怎麼把財產傳給自己的女兒，而不是他兒子的女兒[61]——雖然他這麼做是基於偏疼女兒的天性。這寶寶誕生時竟沒有人歡迎，真是可憐！她剛出世的那幾個小時，就算哭死了，也不會有人給她一丁點的關心。我們後來補救了原先的疏忽，不過這孩子出生時無人聞問，將來離世時恐怕也同樣孤苦伶仃吧。

隔天早晨的陽光——外面天氣晴朗，風和日麗——穿透窗簾，輕柔地照進了一片沉寂的

61. 當時的地主家產多半有「限定繼承（entail）」的條款，規定必須由男性繼承，但可以透過遺囑給予女性終身使用權；若遺囑沒有規定，女性婚後，財產權會自動轉給丈夫。艾德加如果沒有男嗣，繼承順序可以是：艾德加—小凱瑟琳（使用權）—小凱瑟琳的男性子孫。但老林頓的遺囑顯然選擇了另一種順序：艾德加—伊莎貝拉（使用權）—伊莎貝拉的男性子孫。所以如果艾德加終生無子，林頓家的家產就會歸到伊莎貝拉這一房去，而她丈夫希斯克里夫便可合法享用林頓家的財產，直到他跟伊莎貝拉的兒子成年。

房間，為床榻和躺在上面的人灑了一圈溫暖柔和的光暈。艾德加・林頓的頭靠在枕頭上，閉著眼睛。他那年輕俊美的五官幾乎像他身旁的人一樣死氣沉沉，也幾乎一樣文風不動；不過，**他**是傷心到倦極而眠，而**她**則是平靜永眠了。她的眉頭舒展，眼皮闔起，嘴唇帶笑，天堂裡的天使也沒有她當時的模樣美麗。她無限安寧地躺在那兒，我也感染了那份平靜；我望著她安息主懷、不再痛苦的形象，心裡充滿無與倫比的神聖光輝，不自覺重複她幾個小時前說過的話：「遠遠超脫在我們所有人之上！不管她的靈魂現在依然在人世或已經升天，都是與神同在了！」

我不知道這是不是我的特別之處，不過守靈的時候，如果旁邊沒有瘋狂哭號或陰沉絕望的悼客一起守著，我通常都很快樂，因為我看見了塵世或地獄都無法打斷的安眠，也感受到那永無止境、永無陰影的來世——也就是他們已然進入的永恆天國；在那裡，有永遠不滅的生命，永遠包容的愛，以及永遠滿溢的喜樂。那時我注意到，即使是林頓少爺那樣的愛，其實也自私得很，因為他竟然為了凱瑟琳安息歸主而心痛惋惜！

當然，凱瑟琳小姐一輩子那麼驕縱任性、暴躁易怒，我們也許會懷疑她死後夠不夠資格進入寧靜的避風港；如果冷靜下來思考，也許會存疑，但在她遺體旁時卻不會有一絲懷疑。她的遺容散發出祥和的氣質，彷彿證明原本住在裡面的靈魂如今也同等安寧。

先生，您相信她這樣的人死後也可以享福嗎？

我拒絕回答迪恩太太的問題；在我聽來，認為這個問題稍微有離經叛道的嫌疑。

她接著說：回顧凱瑟琳．林頓的一生，我認為我們恐怕沒有立場說她可以享福，不過我們就把她交給造物主發配吧。

我看主人的樣子像是睡著了，天亮後就大著膽子離開房間，偷溜到戶外，呼吸純淨清新的空氣。其他僕人以為我守夜太久累了，想去外面甩掉瞌睡蟲；不過其實我主要是去找希斯克里夫先生。如果他整晚都待在落葉松下，一定完全不曉得田莊裡的騷動——除非他聽見了派去吉默頓傳話的人奔馳的馬蹄聲。要是他當時靠近屋子一些，由屋裡來回閃動的燈火，還有通往戶外那幾扇門開開關關的響聲，八成就知道裡面情況不對勁了。我想找他，可是又怕找到他。我覺得必須告訴他噩耗，也很想趕快說完了事，可是偏偏想不出該怎麼說才好。他是在場——應該說，是在往林苑進去幾公尺的地方。他沒戴帽子地倚靠在一棵古老的梣樹上；露水聚集在剛發芽的樹枝上，滴滴答答地落在他四周，把他的頭髮浸濕了。他應該用同樣的姿勢站了很久，因為我看見一對黑鶇鳥在他前面不遠的地方飛過來、飛過去，忙著築巢，把一旁的他當做木頭似的。我一走近，鳥兒就飛走了；他抬起眼睛，開口說話。「她死了！」他說，「不等妳來我就知道了。手帕收起來——別在我面前哭哭啼啼的。你們都該死！她才不想看到你們的眼淚！」

我是為她而哭，但也同樣為他而哭。那些對自己、對別人都無情的人，我們有時候還是會覺得他們可憐。我一看到他的臉，便明白他已經知道發生禍事了。因為他盯著地上，嘴唇一動一動的，我突然冒出了一個可笑的念頭，以為他已經順服上帝，正在祈禱。

「對，她死了！」我回答，止住了哭泣，擦乾眼淚。「我希望她是去了天堂；我們每個人將來也許都能跟她在那兒重逢——如果我們藉這件事檢討自己，棄惡從善就可以！」

「那**她**檢討自己了嗎？」希斯克里夫擠出冷笑問道，「她死的時候像聖人一樣嗎？說吧，把當時的情形老實說給我聽。倒底——？」

他想說出她的名字，卻說不出口，緊抿著嘴巴，默默掙扎著想壓住心裡的痛苦，同時惡狠狠地直瞪著我，拒絕我的同情。「她是怎麼死的？」他最後終於接著說下去——儘管他很頑強，應該也不得不感謝後面有東西支撐；因為經過那番內心掙扎後，他忍不住全身發顫，連手指尖都在抖了。

「可憐的傢伙！」我心想，「你跟其他人一樣，也有心肝！為什麼你卻那麼想掩飾感情呢？你狂傲妄想壓住，可瞞不住上帝！你這樣是在挑釁祂，要祂摧折你的心肝，逼你哭喊著順服。」

「像羔羊般溫順安靜！」是我說出口的答案，「她嘆了一口氣，伸了伸懶腰，像孩童要睡醒時那樣，然後又睡著了。五分鐘後我感到她心臟微微跳了一下，之後就什麼都沒了！」

「那——她有沒有提到我？」他遲疑地問道，彷彿害怕問了這個問題，會聽到令他無法承受的細節。

「她一直沒有恢復知覺；你離開之後，她就誰也不認得了，」我說，「她躺在那兒，甜甜地笑著，臨終前思緒飄到了童年快樂的日子。她生命的盡頭像是溫柔的夢鄉——但願她在另一個世界醒來時也同樣祥和。」

「但願她醒來時受酷刑折磨！」他喊道，口氣憤恨得嚇人，猛跺著腳，而且一時間忍不住激動起來，呻吟出聲。「哼，她到最後都還在騙人！她在哪？不在**那裡**——不在天堂——也沒有消逝——在哪裡？啊！妳說，我受的苦，妳一點都不在乎！而我只祈禱一件事——我反覆祈求，說到舌頭都麻痺了：凱瑟琳・恩蕭，願妳在我有生之年都不能安息！妳說我害死妳——那就來纏我吧！我聽說，被害死的人**確實**會纏上他們的兇手；我也知道鬼魂**真的**會在世上遊盪。一輩子跟著我吧——隨妳用什麼樣的形體都好——把我逼瘋也沒關係！只**求妳**別離開我就好，不要把我丟在這深淵當中，找不到妳！啊，天哪！我有口難言！我的生命不在了，**怎麼活下去**！我的靈魂不在了，**怎麼活下去**！[☆9]」

他用頭猛撞長滿瘤節的樹幹，又仰天長嚎，那模樣根本不像一個人，而像被人用刀劍長矛活活虐殺的野獸。我發現樹皮上有好幾片血跡，他的手和額頭也都染了血；我看見的這一幕，大概前一天晚上已經上演過了。我看了不覺得怎麼同情——只覺得可怕，但我又不願意就這樣拋下他走掉。不過，他一回神發覺我在看他，就怒吼著命令我離開，我照辦了。他那個樣子，我也無力安撫或安慰啊！

林頓少奶奶的葬禮訂在她去世後的那個星期五；在那之前，她的棺木一直打開著擺在大堂裡，灑滿了花兒和有香氣的葉子。林頓日日夜夜守在那兒，不眠不休地守著。而希斯克里夫也每天晚上都守在外面——這件事瞞著所有人，只有我曉得。我沒有跟他交談，但我知道，如果可以的話，他是想進屋的。星期二那天入夜後不久，主人因為實在累垮了，不得不

☆9
I cannot live without my life! I cannot live without my soul!

去休息兩三個小時；我被他鍥而不捨的精神感動了，自作主張打開了其中一扇窗戶，想給他一個機會，讓他能在凋零的偶像面容上留下最後的道別之吻。他果然沒有放過機會，動作很小心也很快，沒有發出任何聲響，也沒有被別人發現。說實話，要不是我看到遺體臉部附近的墊布弄亂了，地上還有一縷用絲線綁住的淺色頭髮，我根本就不會發現他來過。我仔細看了那縷頭髮，確認是從凱瑟琳脖子上掛的盒式墜子裡拿出來的。希斯克里夫打開了墜子，把裡面的東西丟掉，換成一縷他自己的黑頭髮。我把兩縷頭髮扭成一股，一起放回去。

恩蕭先生自然受邀來送妹妹最後一程；他沒有婉拒，卻始終沒有出現，所以最後送殯的親友除了死者的丈夫之外，其他全都是佃戶和家僕。伊莎貝拉並沒有在受邀之列。

讓村民訝異的是，凱瑟琳的墳地既不在教堂裡林頓家的石雕家族墓碑下，也不在外面她娘家親族的墳墓旁，而是在教堂公墓一角的青綠山坡地上另起新墳。那裡的圍牆極低，石南和山桑子都從荒原上翻牆爬過來，圍牆也幾乎要被泥炭土掩埋了。如今她丈夫也埋在同樣的地點，兩人的頭頂各有一塊簡單的墓碑，腳下則是用樸素的灰色石塊標出墳墓的位置。

17

那個星期五是接下來一個月內最後一個晴朗的日子。當天晚上天氣就變了：南風轉成東北風，起先帶來的是雨水，後來下起了凍雨和雪。隔天早上起來一看，真令人難以相信先前有過三個星期夏天般的天氣；報春花和番紅花都被覆蓋在冬日的雪堆底下，雲雀沉寂了，較早發芽的樹木嫩葉也被凍壞發黑。那天早晨陰沉寒冷又淒涼，真是度日如年。我家主人留在房間裡，而我佔據了寂寥的客廳，把它改成育嬰房。我就坐在那兒，膝上抱著如玩偶般幼小、哭聲如呻吟般微弱的孩子，搖呀搖的，一邊望著不斷飄落的雪花在沒掛窗簾的窗戶外愈積愈高。突然間門打開了，有人闖進來，氣喘吁吁的，還有笑聲！一時間我的怒氣壓過了驚詫；我以為是家裡的女僕，便叫道：「給我住口！妳竟敢在這裡胡鬧，林頓先生聽到了會怎麼說妳？」

「抱歉！」一個熟悉的聲音答道，「我知道艾德加還在睡覺，不過我實在忍不住了嘛。」那人邊說邊走到爐火旁，扶著腰直喘氣。

「我一路從咆哮山莊用跑的過來呢！」她停一會兒後接著說，「除了幾個地方是用飛的；我都數不清自己跌倒幾次了。哎喲，我全身都疼死了！別緊張！等我可以說話的時候，馬上就會跟妳解釋；不過拜託妳行行好，先出去叫人準備馬車載我去吉默頓，再吩咐僕人去我衣櫃裡找幾套衣服。」

這位不速之客是希斯克里夫太太。她的模樣不像是應該開懷大笑的處境。她的頭髮披散在肩頭，上面又是雪又是水的濕淋淋地往下淌。她身上穿著平常的洋裝，符合她的年齡，但不適合她現在的狀況。那是件低胸短袖洋裝，她頭上和脖子上什麼都沒戴62，衣服的料子是輕軟的絲綢，因為濕透了，緊貼在她身上，腳上也只套著薄薄的便鞋；除此之外，一邊的耳朵下有一道很深的傷口，因為天氣寒冷才沒有流很多血。一張蒼白的臉上又是刮痕又是瘀青，身體因為疲倦而搖搖欲墜。您可以想像，我一開始被她嚇了一跳，等我緩過氣來仔細打量她後，受到的驚嚇並沒有減輕多少。

「我的大小姐呀，」我驚叫道，「妳先把身上的衣服統統脫掉，換上乾爽的衣服，不然我哪兒都不去，也什麼都不想聽！再說妳今天晚上也別想去吉默頓了，所以不必叫人備車。」

「我一定要去，」她說，「不管用走的還是坐車；不過我倒不反對換上像樣的衣服。而且——喏，妳看，現在血流到我脖子啦！烤了火就刺痛起來了。」

她堅持要我完成她的指示，否則不肯讓我碰。一直等到我吩咐車夫備車，又叫女僕去收拾幾套必要的衣物，她才准我幫她包紮傷口和換衣服。我的工作完成後，又倒了一杯熱茶擺在她面前。

「好了，艾倫，」她坐在爐邊的扶手椅上說，「妳坐到我對面，把我那苦命嫂嫂的孩子抱走，我不喜歡看到她！妳可別因為我進門時舉止不得體，就認為我不在乎凱瑟琳；我也哭過，而且哭得很傷心——對，我比其他人都有理由哭；妳應該記得，我們分開時沒有和好，我一輩子都不會原諒自己。但是，雖然如此，我也不想同情他——那個野蠻的禽獸！哦，拿撥火棒給我！這是我身上最後一件他的東西了，」她從無名指上取下金戒指扔在地上，像小孩子賭氣似地槌打它。「我要把它打爛！」她接著說，然後要把它燒了！」她撿起被打壞的戒指，丟到炭火裡。「好了！假如他把我抓回去，就再買一只吧。他會為了找艾德加麻煩，而來找我的。我不敢留下來，以免他那邪惡的腦筋想到這一點！再說，艾德加這陣子對我也不怎麼好，是不是？我不會去求他幫我，也不會讓他捲進更多麻煩。我現在是不得不來這裡避風雪；不過，要不是我知道他不在這，我就會只待在廚房洗臉和取暖，叫妳去拿我要的東西，然後就走了，隨便去哪裡都好，只要能夠逃離我那個該死的——那個妖魔的化身！哼，他氣成那個樣子！我要是被他抓住——！可惜恩蕭的力氣敵不過他；要是辛德利有那個辦法，我一定先看他被打得剩一口氣才跑！」

「講話不要那麼快，小姐！」我插嘴道，「妳會把我綁在妳臉上的手帕弄亂，傷口又會流血了。喝點茶，喘口氣，別再笑了；這間屋子裡，以妳的狀況，笑是很不恰當的！」

「這倒是實話，我無法否認，」她回答，「妳聽聽那孩子！一直哭個不停——把她抱走，不要讓我聽到哭聲，一個小時就好，我不會待太久。」

我拉了鈴，把孩子交給僕人，然後問是什麼事逼得她從咆哮山莊這樣狼狽地逃出來，還有，既然她不願跟我們住，那她想去哪裡。

「我應該要留下，也希望可以留下。」她回答，「首先，我可以安慰艾德加和幫忙照顧小

62. 當時婦女即使夏天外出也一定會戴帽子，穿低胸衣服多半會圍上薄薄的紗巾。

孩，而且這裡才是我真正的家。可是，我告訴妳，他不會讓我留下的！妳覺得他會讓我開開心心地過日子，長胖起來——妳覺得我們生活很平靜，他能忍著不下毒手破壞我們的好時光嗎？哼，我可確定，他討厭我討厭得不得了，連聽到我的聲音、看到我都會讓他反感。我注意到，我在場的時候，他臉上的肌肉就自動扭曲成憎恨的表情；這有一部分是因為他知道我很有理由恨他，有一部分是因為他一開始就看我不順眼。他很嫌惡我，所以我十分確定他不會在英國到處追著找我——假如我能成功逃走的話；因此我必須走得遠遠的。我起先是希望被他殺了，一了百了，但我現在已經清醒了；我寧可他自殺！他已經確確實實抹殺了我的愛，所以我心裡很自在。我還能回想起當初自己有多麼愛他，也可以稍微想像我還會愛他，假如——不對、不對！即使他寵著我，那邪惡的本性終究是會現形的。凱瑟琳那麼了解他，還對他一往情深。他真是個怪物。真希望他能從世上消失，從我的記憶中消失！」

「別說了，別說了！他是個人呀，」我說，「做人要厚道些，還有人比他更壞呢！」

「他不是人，」她應道，「而且他不配讓我對他厚道。我把自己的心給了他，結果他拿去扼殺了，再扔回來給我。人類是用心去感受的，艾倫，既然他毀掉我的心，我就對他無感了；即使他從今天起一直哀叫呻吟到死，即使他為凱瑟琳哭到眼睛流血，我也不會有感覺！不會，真的，不騙妳，我不會！」伊莎貝拉說到這裡忍不住哭了出來，不過她立刻抹去淚珠，繼續說：「妳問我什麼事逼得我終於逃跑？我是不得不拚死一試的，因為我惹得他發火，比平時的兇狠更過火。畢竟，比起動手直接打頭，用燒得火紅的箝子抽出神經更需要冷靜的頭腦，而他氣得忘記先前他引以為豪的魔鬼般的謹慎，想進一步用暴力殺人。能夠激怒他，我覺得很有快感；這快感喚醒了我自保的本能，我就真的跑了。假如有一天，我再度落入他手裡，那就隨他肆意復仇吧。

「妳知道，昨天恩蕭先生應該要來參加葬禮的；為了出席，他還特地保持清醒——相形之下算是清醒吧：不是早上六點發著酒瘋去就睡，晚上十二點再醉醺醺地起床。結果呢，他起來的時候情緒低落得想自殺，要他上教堂就跟要他去參加舞會一樣辦不到。他沒參加葬禮，而是坐在火爐邊，大杯大杯地灌下杜松子酒還是白蘭地。

「希斯克里夫——講到這個名字就讓我發抖！——從上星期天到今天都沒回過山莊。我不知道餵飽他的是天使，還是他的那些魔鬼親戚，不過他已經將近一個星期沒跟我們一起吃飯了。天亮的時候他剛回來，上樓進了他的房間，把自己鎖在裡面——他還以為有誰會異想天開想跟他在一起咧！他就一直在那兒，像衛理教派的信徒般瘋狂祈禱[63]，只不過他拜的神明是沒有知覺的塵土，而且他祈禱的時候，竟莫名其妙地把上帝跟他自己的魔鬼老子混在一起！結束這些重要的禱告後——通常要講到嗓子都啞了、哽住喉嚨說不出話才停——他就又跑了，總是直接往田莊去！我很意外艾德加沒叫警察把他抓起來！儘管我為凱瑟琳的事傷心，但對我來說，實在很難不把這段脫離污辱和壓迫的時間當做在放假。

「我振作起精神，總算可以聽約瑟夫成大說教而忍著不哭，在屋裡走動的時候，腳步也

63. 當時衛理教派傳道的方式比較訴諸群眾情感，因此許多人（尤其是中上階級）認為他們是不理性的狂熱份子。

不用那麼心驚膽跳了。妳大概不認為約瑟夫隨便說什麼我就會哭吧，可是我很討厭跟他和哈里頓在一起。我寧可跟辛德利在一塊，聽他說那些可怕的話，也不願跟『小少爺』和他的忠僕——那個噁心的老頭子在一塊。希斯克里夫在的時候，我往往被迫去廚房跟他們擠，不然就得在那些沒有人住的潮濕房間裡挨餓；他如果不在，像這個星期，我就在正屋火爐旁的一角擺上桌椅，不去理恩蕭先生自己做什麼，而他也不會干涉我。現在的他比從前安靜些，如果沒有人去惹他的話；他變得比較陰沉憂鬱，沒那麼火爆。約瑟夫也說他確實變了一個人，說上帝感化了他的心，他因此得救了，『乃像從火裡經過的一樣』64。我仔細思量，實在找不到他向善的跡象，不過反正與我無關。

「昨夜我坐在我那小角落，拿了幾本舊書，看到很晚，將近十二點，想到要上樓我就心情沮喪：外面吹著狂暴的風雪，我的思緒一直飄回教堂的墳場和那座新墳！我的視線幾乎不敢離開眼前的書頁；一旦移開了，那陰鬱的畫面就會立刻浮現。辛德利坐在房間對面，手支著頭，也許在想同樣的事吧。他在喝到醉得失去理智前停了下來，兩、三個小時都沒有動，也沒有說話。屋子裡一片寂然，只有不時搖撼著窗戶的嗚嗚悲吟風聲，煤炭微弱的劈啪聲，以及我偶而拿剪刀修掉長燭芯的喀嚓聲。哈里頓和約瑟夫大概已經上床睡了。氣氛非常非常悲傷；我邊看書邊嘆息，因為我覺得彷彿人世間所有的喜悅都消失無蹤，永遠不會再回來了。

「過了很久，廚房門把響動的聲音打破了愁悶的沉默。守夜的希斯克里夫比往常提早回來，我猜應該是因為突然起了風暴的緣故。廚房的門鎖著；我們聽見他繞路想從另一扇門進來。我站起來，忍不住出聲表達了當時的心情，結果讓原本瞪著門口的辛德利轉身看我。

「『我會讓他在外面待五分鐘，』他叫道，『妳不會反對吧？』

「『不會，你可以幫我把他關在外面一整晚，』我回答，『拜託！把鑰匙插在鎖孔裡，門栓也拉上。』

「恩蕭在他的房客還沒抵達前門時，就完成了這項任務；接著他把座位挪到我的桌子對面，靠著椅子，用他那燃燒著熊熊仇恨、精光閃閃的眼神直視我的眼睛，打量看看我是否露出了同情他的神色。由於他的樣子跟給人的感覺都很像殺人兇手，自然無法博得同情，不過他從我眼中解讀出的情緒倒也足以鼓動他開口了。

「『妳跟我，』他說，『分別都跟外面那人有一大筆帳要算！如果我們都不是膽小鬼，也許可以合作把帳給結清了。妳是不是跟妳哥哥一樣軟弱？妳是不是願意忍到最後，一次也不肯嘗試要他付出代價？』

「『我已經厭倦不停忍耐了，』我回答，『我很樂於回擊，只要不反咬到我自己就好；不過，詭計和暴力是兩頭都尖尖的矛，殺傷敵人的同時，也會把自己害得更慘。』

「『用詭計和暴力還擊詭計和暴力很公平！』辛德利叫道，『希斯克里夫太太，我沒有要妳做什麼，只要靜靜坐著不出聲就好。妳現在就告訴我，妳辦得到嗎？我很確定，妳會跟我

64. 出自《聖經．哥林多前書》第三章第十五節：「人的工程若被燒了，他就要受虧損，自己卻要得救；雖然得救，乃像從火裡經過的一樣。」

同樣樂於見到那魔鬼被消滅；假如妳不先下手為強，他就會殺了**妳**，而**我**若不動手也會被他害到破產。那地獄來的混蛋真該死！敲門的那副態度，彷彿他已經是這裡的主人！妳只要答應閉上嘴巴，鐘響之前——再過三分鐘就一點了——妳就自由啦！』

「他從胸前口袋拿出我先前在信上告訴過妳的那個武器，原本還想把蠟燭熄掉，可是我把蠟燭搶走，又抓住他的手臂。

「『我不會閉嘴！』我說，『你別對他出手。不要開門，不要出聲就好！』

「『不要！我已經下定決心了，我對上帝發誓，這件事我一定要做！』被逼急的辛德利說，『雖然妳阻止，我還是要幫妳，也要幫哈里頓討個公道！妳不必白費腦筋想保護我；凱瑟琳已經不在了。即使我馬上割了自己喉嚨，世上也沒有人會為我覺得惋惜或丟臉——而且了斷的時候也到了！』

「當時若要阻止他，簡直跟一頭熊搏鬥，或是跟瘋子講道理差不多。我唯一能做的就只有跑去窗邊警告他的目標，如果進來會有什麼下場。

「『你今天晚上最好去別的地方借宿！』我帶著些許勝利的口吻叫道，『要是你一直想辦法要闖進來，恩蕭先生可打算開槍射死你哦。』

「『妳最好把門給我打開，妳這個——』他回答，用了某個『好聽』的名稱叫我，我可不想再提。

「『我不管這件事了，』我頂回去，『你就進來讓他打死好了，隨便你。我已經盡了責任啦。』說著我便關上窗戶，回到火爐邊的位置。因為我不夠虛偽，裝不出為了他有危險而擔心的模樣。恩蕭氣得對我破口大罵，說他肯定我還愛著那混蛋，又用各種說我自甘下賤的字眼罵我。我呢，私心想著（而且完全沒有受到良心譴責）：如果希斯克里夫殺了他，結束他的痛苦，那可真是**他**的福氣；如果他把希斯克里夫送回地獄，那就是**我**的福氣了！我坐著想這些事情的時候，我後面的窗戶被希斯克里夫一拳打得砰一聲砸到地上，而他那張黑臉也陰邪地往室內望。窗外的欄杆縫太窄，他的肩膀擠不進來；我自以為安全，得意地笑了。他的頭髮跟衣服被雪染成白色；寒冷和憤怒使他齜牙咧嘴，露出那食人族般的尖牙，在黑暗中閃閃發光。

「『伊莎貝拉，放我進去，不然我會讓妳悔恨莫及！』他像約瑟夫講的，『用吠的』說道。

「『我不能犯下謀殺罪呀，』我回答，『辛德利先生拿著刀跟上了膛的手槍守著呢。』

「『開廚房的門讓我進去。』他說。

「『辛德利動作會比我快，』我應道，『再說，才下一場雪，你就受不了，你的愛也沒什麼了不起嘛！夏季似的月夜裡，我們都能安安穩穩地在床上睡覺，冬天的寒風一回來，你就得跑來找掩蔽！希斯克里夫，如果我是你，我就會去躺在她的墳上，像忠犬般死在那裡。現在這個樣子，你也不值得再活在這個世界上了，是吧？你跟我表示得非常清楚，讓我知道凱瑟琳就是你全部的幸福；我實在難以想像，她不在了，你竟然還想苟且偷生啊。』

「『他在那兒，是不是？』我的同伴大叫著衝到欄杆縫旁，『如果我的手伸得出去，我就可以打中他了！』

「『艾倫，恐怕妳會認定我真的很壞，可是妳不知道全部的情況，所以別貿然論斷我。即使別人要殺的是**他**，我無論如何也不會教唆或協助犯罪的。當然，我希望他死掉，所以他撲向恩蕭的武器，硬是把它奪走的時候，我心裡真是失望極了，同時又害怕我那些挑釁的話會造成的後果，嚇得全身都發軟了。

「子彈擊發了，手槍反彈回來的時候，上面的彈簧刀彈出，砍到了主人的手腕。希斯克里夫用力往回一抽，刀子順勢割過皮肉，然後他把還在滴血的武器塞進口袋。他撿了一塊石頭，打壞兩扇窗戶中間的窗框，跳了進來。他的對手由於太過疼痛，加上動脈或大靜脈大量噴血，昏倒在地上。那惡人對辛德利又踢又打，抓住他的頭一再往石磚地板上猛敲，同時一隻手抓住我，以免我去叫約瑟夫。他發揮了超人般的自制力，沒有真的把辛德利殺死，最後因為太喘了才終於停手，他把那看似已經沒命的身體拖到高背長椅上，他扯下恩蕭外衣的袖子，粗暴地包紮傷口，邊包紮邊吐口水和罵髒話，跟先前踢打恩蕭時一樣力氣十足。這時他才放開了我。

我立刻跑去找那老僕人；我匆忙說明，約瑟夫卻只能一點一點地消化，好不容易聽懂了，才一步跨著兩階，氣喘吁吁地趕忙下樓。

「『現在是怎麼啦？現在是怎麼啦？』

「『是這樣的，』希斯克里夫吼道，『你家主人瘋了；如果再活一個月，我就送他去瘋人院。你這隻沒牙的老狗，見鬼了嗎，為什麼把我鎖在外面？別站在那裡嘀嘀咕咕。快點，我可不打算照顧他。把那些血都給我洗乾淨，記得注意蠟燭的火花——那血裡面有大半是白蘭地！』

「『所以你剛才在殺他啊？』約瑟夫叫道，嚇得雙手高舉，兩眼翻白，『我竟然會看到這種場面！拜託上帝——』

「希斯克里夫用力一推，把他推跪倒在那灘血泊中，然後又扔了一條毛巾給他。可是約瑟夫沒有動手去擦地板，而是兩手交握著開始祈禱。因為那些祈禱的用詞太奇怪了，我忍不住笑了起來。以我當時的心理狀態，什麼都嚇不倒我；事實上，我豁出去了，表現得就像死囚要臨刑前那樣，什麼都無所謂了。

「『哦，我把妳給忘了，』那暴君說，『妳來，給我趴下去把地板擦乾淨！妳跟他一起共謀要來害我是吧，妳這條毒蛇？去，妳就配做這種工作！』

「他抓著我猛搖晃，搖到我的牙齒都格格作響了，然後把我摔到約瑟夫旁邊。約瑟夫若無其事地祈禱完畢，站起來，發誓立刻就要動身去田莊，他說林頓先生是執法官，就算死了五十個老婆，也應該追查這件事。約瑟夫頑固地堅持著，於是希斯克里夫逼著我重述事情發生的經過；他站著迫近我頭上，全身起伏著，散發出惡毒的氣息，我不情願地照他的問題回答，說出了當時的情況。希斯克里夫費了好大的功夫（尤其我還回答得很不情願）才讓老頭兒信服，認定他不是先動手的那個人。不過，不久恩蕭先生的樣子，說服了約瑟夫他還活著。約瑟夫趕緊去倒了一杯烈酒，在酒精的救治下，他的主人一會兒就清醒過來，也能動了。希斯克里夫知道對手不曉得昏迷時被他拳打腳踢，就罵他喝酒喝到醉昏頭了，又表示不想再看見他惡劣的舉止，叫他去睡覺。讓我高興的是，他說完這段睿智的建議便離開了。辛德利則在爐火前舒展身體躺下。我也走出廚房，回到自己房間，心裡覺得很訝異，自己竟然這麼輕易就逃過一劫。

「今天上午，大約十一點半的時候，我下樓見到恩蕭先生坐在火爐邊，病得很重，看來凶多吉少了；那纏住他的惡靈倚著壁爐站立，幾乎跟他一樣形銷骨立，臉色慘白。兩人似乎都不想吃飯，我等到桌上的菜都涼了，他們也沒過來，於是自己一個人開動。我可沒什麼好心煩的，大快朵頤地吃了一頓。我偶而看一眼那兩個無聲無息的人，自覺心安理得，一股滿足感和優越感油然而生。用餐完畢後，我難得大膽起來，靠近火爐，繞過恩蕭的座位，在他身旁的角落跪了下來。

「希斯克里夫連往我這邊瞥一眼都沒有。我抬頭一望，毫不退縮地打量他的臉，彷彿他化作石像一般。我一度以為陽剛的臉，如今卻視為鬼魅的那片額頭上籠罩著陰沉的烏雲，蛇妖般的雙眼也因失眠而黯淡無光，可能跟哭過也有關係，因為當時他的睫毛是濕的；他的嘴唇不再掛著輕蔑的獰笑，而是緊閉著，一副慟不可言的表情。如果悲傷成這樣的是別人，我一定會摀住自己的臉，不忍心去看；但換做**他**，我可就心滿意足了。雖然侮辱已經潰敗的敵人顯得有些卑鄙，我實在無法放過再捅他一刀的機會。只有在他變得虛弱的時候，我才得以嘗到一報還一報的樂趣。」

「呸呸呸，小姐！」我插嘴道，「妳這樣說，人家還以為妳一輩子都沒打開過《聖經》呢。假如上帝打擊妳的敵人，就應該要滿足了吧。上帝既然已經動手，妳竟然又另外折磨他，真是太惡毒，也太自以為是了！」

「一般而言是這樣沒錯，艾倫，」她接著說，「可是，希斯克里夫的痛苦，如果不是我插手造成，我哪能夠滿意呢？我寧可他受的苦少一點，但是要由我主導，而且要讓他**知道**是我做的。哼，我現在會這樣都是他害的。只有一個條件也許能夠讓我原諒他；那就是以牙還牙，以眼還眼，他狠心傷我幾次，我就回敬他幾次——把他變得跟我一樣淒慘。既然是他先傷人，那就叫他先求饒啊，然後——呵，然後，艾倫，我也許就能讓妳看看我大方的樣子。可是，我怎樣也不可能報仇，所以我無法原諒他。辛德利要喝水，我倒了一杯給他，又問他病情如何。

「『不如我希望的嚴重，』他回答，『不過，除了手臂，我全身上下每一吋都好痛，彷彿我跟一整群的妖魔鬼怪打架似的！』

「『沒錯。難怪，』我接著說，『凱瑟琳以前總愛炫耀說她替你擋了許多皮肉之苦；原來她的意思是，有人怕惹她生氣，所以不敢傷害你。幸好死者不會**真的**從墳墓裡爬出來，不然，昨天晚上她就會見到讓她憎惡的一幕了！你是不是胸口跟肩膀都瘀青割傷了？』

「『我不曉得，』他回答，『妳是什麼意思？他竟敢趁我倒地的時候下手？』

「『他踩你還踢你，又把你抓起來往地上砸，』我小聲說道，「而且他還想用牙齒撕咬你，想得口水都流出來了；因為他只有一半是人——不到一半，剩下的都是惡魔。』

「恩蕭先生跟我一樣，抬頭望著我們共同的敵人；那個人因為太沉浸在心痛的情緒當中，對周遭的一切都恍若未聞。他站得愈久，臉上的表情就愈顯出他心中的思想有多麼黑暗。

「『啊，假如上帝能給我足夠的力量，讓我在垂死掙扎之際把他勒死，我也會欣然下地獄去。』恩蕭嚥不下這口氣，出聲呻吟道。他扭動著想起身，卻像知道自己鬥不過對手，又絕望地再次倒下。

「『別這樣，你們兄妹倆，他害死一個就夠了。』我大聲表示，『田莊那邊的人都知道，要不是希斯克里夫先生，你妹妹現在還會活著。畢竟，被他怨恨總比被他愛來得好。我回想我們當時多麼快樂——他來之前凱瑟琳有多麼快樂——我就氣得想詛咒他來的那一天。』

「這喚醒了希斯克里夫，不過應該是意識到我說的事實，而不是我的態度。但總之是引起他注意了，因為我看到他的眼淚一直掉，落在爐灰當中，他呼吸的時候也嘆息不止，彷彿喘不過氣似的。我直視著他，輕蔑地哈哈大笑。那雙來自地獄的靈魂之窗如今淚眼矇朧，有一瞬間朝我瞪了過來；不過，平日從那雙眼睛後面望著我的惡鬼現在哭得意志消沉，讓我不再害怕，又發出聲音表示不屑。

「『起來，滾離我的視線。』沉淨在哀痛中的他說。——至少，我猜他是說了這些話；因為幾乎聽不見他的聲音。

「『不好意思，』我應道，『但是我和凱瑟琳的感情也很好，而她哥哥需要人照顧；為了她，我要幫忙照顧他。如今她不在人世，我在辛德利身上就看到了她，要不是你之前想把他眼睛挖出來，害得他兩眼血紅瘀黑，他的眼睛就跟她的一模一樣；還有她——』

「『妳這個可恨的蠢蛋，給我起來，不然我就要把你活活踹死！』他喊道，作勢要過來，我趕緊躲開。

「『不過，』我接著說，『假如當初苦命的凱瑟琳信任你，做了希斯克里夫太太這個可笑、下賤、丟臉的身分，她的模樣不久就會跟我差不多了！她可不會乖乖忍受你那些可惡的行為，必定會明白說出她對你的厭惡和不屑。』

「我跟他之間隔著長椅的椅背和恩蕭的身體，所以他沒有直接動手傷害我，而是從桌上抓了一把刀子往我的頭一擲。刀子擊中我耳朵下方，把我說到一半的話打斷了。我把刀子拔出來，奪門而出，臨走前又說了一句話，我暗自希望這句話對他的傷害比我臉上那把飛刀刺得還深。我瞥見的最後一眼是他暴跳如雷地衝過來，卻被他的房東一把抱住阻止了，兩人便這麼纏鬥在一起，倒在火爐前。我逃跑途中經過廚房的時候，順便叫約瑟夫趕快去找他家主人；當時哈里頓站在門口，往一張椅子的椅背上吊死一窩幼犬，被我撞倒了。我彷彿從煉獄脫逃的靈魂，又蹦又跳地飛奔過陡峭的馬路；但馬路七彎八拐的，我想直接穿越荒原，卻滾下河岸，涉過沼澤；事實上我可以說是朝著烽火般的田莊燈光直撲過來。我真的寧可被打入地獄，永世不得翻身，也不願意待在咆哮山莊，連一個晚上都不要！」

伊莎貝拉停了下來，喝了一口茶，然後站起來，叫我幫她戴上帽子，圍上我先前拿來的大披巾。我懇求她再留一個小時，她卻充耳不聞，踩上一張椅子墊高身體，然後親吻了艾德加和凱瑟琳的畫像，也給了我一個道別的吻，便下樓去坐車了。小狗芬妮陪著她；牠與女主人久別重逢，欣喜若狂地狺狺吠叫。她坐車走了，再也沒有回來這一帶。不過她安頓之後，便和我家主人開始固定寫信聯絡。我印象中她的新居在南部，靠近倫敦的某個地方。她逃家的幾個月之後，在那裡生下一個兒子，取名「林頓」，是個體弱多病，生性頑劣的孩子。

有一天希斯克里夫先生在村子裡碰到我，問我她住在哪裡。我拒絕告訴他。他表示不知道也無所謂，只是她如果敢來找林頓先生，就要小心了；既然是他出錢養她，她就不該跟哥哥在一起。雖然我不願提供任何資料，他卻透過別的僕人得知她的住處，也知道小孩的事。不過，他倒沒有去騷擾她；我想，他能忍得住，得感謝他對她的深惡痛絕。

希斯克里夫見到我的時候，經常會問起那孩子。他聽了孩子的名字，冷笑道：「他們希望我也恨他，是吧？」

「我覺得他們是不想讓你知道他的任何消息。」我回答。

「但他還是會落在我手裡的，」他說，「等我想要他的時候。叫他們拭目以待吧！」

幸好，孩子的母親在那時刻來臨前就去世了；那是凱瑟琳死後十三年左右的事情，林頓十二歲，也許更大一些吧。

伊莎貝拉突然來訪，可是隔天我沒有機會跟主人報告。他不願跟人說話，他的狀況也不適合討論任何事情。等我終於能讓他聽進去的時候，我看得出來，伊莎貝拉拋棄丈夫，讓他很高興；他極端痛恨妹夫，以他那麼溫和的個性，實在很難讓人相信他會憎恨別人到那種程度。他對希斯克里夫的恨意之深，竟使他特意避開所有可能看到或聽到別人提起希斯克里夫的地方。因為這樣，加上心中悲慟，讓他變得完全遁世而居：官職不顧了，連教堂也不去，無論如何都不願進村裡，只在他的林苑和莊園裡過著與世隔絕的日子，唯一的例外是獨自在荒原上遊盪，還有去給妻子上墳，多半是在傍晚或一大早趁別人還沒出門時去。不過他個性太好了，不會長久沉浸在悲哀之中。**他**可沒有祈求凱瑟琳的靈魂來纏他。時間讓他漸漸接受事實，雖然心情依舊憂傷，卻比庸俗的幸福更甜蜜。他抱著熱切的柔情回憶她的點點滴滴，並懷著將來能升上天國的希望；他深信她一定是去那兒了。

再說，在塵世間他也有可以得到慰藉和投注關愛的對象。我剛才說過，有幾天的時間，他似乎對接續亡母生命的弱小嬰兒毫不在意。不過，他冷漠的態度如四月的積雪般迅速消融；那小東西還沒有牙牙學語、蹣跚學步之前，就已經如為所欲為的暴君般，完全掌控他的心了。那孩子取名「凱瑟琳」，不過他從來沒有叫過她的全名，正如他從未用小名稱呼第一個凱瑟琳；也許是因為希斯克里夫習慣那樣叫吧。他一向叫小女主人「凱西」，既跟母親有所區別，同時又有所相繫。他疼愛她，有一大半是因為她母親的緣故，而不是她是自己的親骨肉。

我以前經常拿他跟辛德利・恩蕭作比較；為什麼兩人的情況很類似，行為卻如此背道而馳，我一直想不出合理的解釋。他們都是疼愛妻子的丈夫，也很愛孩子；我實在看不出為何他們沒有走上同樣一條路——無論是往好的方面或往壞的發面發展。不過，我心想，辛德利的個性比較倔強，可是結果不幸證明他比較惡劣也比較軟弱。他麾下那艘船擱淺的時候，身為船長的他卻棄守崗位，於是船員們沒有力挽狂瀾，而是立刻陷入失控與混亂，倒楣的船隻就沒有希望了。相反地，林頓則顯現出了真正的勇氣；這勇氣來自忠實、虔誠的心靈，他信靠上帝，上帝也安慰他。他們一個懷抱希望，一個墜入絕望；他們自己做出了抉擇，也就各自承受應有的後果了。

不過您不會想聽我說教啦，洛克伍德先生；這一切，相信您自有評斷，不過其實跟我來評斷也差不多——應該說，您會以為自己能斷定這些只有上帝才能判決的事情，所以意思是一樣的。

恩蕭的下場是意料中的事，很快就跟在妹妹後頭走了，兩人離世的時間相差不到半年。我們在田莊的人一直都沒能得知他臨終的情況，連最簡要的消息都沒有；所有的資訊都是我去幫忙準備喪事的時候打聽到的。向我家主人報告此事的是肯尼斯醫師。

「哦，奈莉。」有一天早上，他騎馬走進院子裡說。時間太早了，我立刻預感是有壞事，緊張起來。「這會兒換成妳我要服喪了。妳知道是誰丟下我們先開溜了嗎？」

「誰？」我慌忙問道。

「哎呀，妳猜嘛！」他應道，翻身下馬，隨手把韁繩掛在門邊的鉤子上。「把妳那圍裙抓一角起來吧，我確定妳會需要的。」

「該不會是希斯克里夫先生吧？」我驚叫。

「什麼！妳會為了他掉眼淚嗎？」醫生說，「不是；希斯克里夫是個身體結實的年輕人；他今天氣色可好了，我剛剛才見過他呢。死了老婆以後，他倒胖得很快啊。」

「那是誰呢，肯尼斯醫師？」我不耐煩地又問了一次。

「辛德利．恩蕭！妳的老朋友辛德利，」他回答，「也是我的最佳損友；雖然他近來好一陣子都太狂野了，我吃不消。看吧！我就說會掉眼淚的吧。不過妳別難過啦！他倒是一路走來，始終如一，死前也醉得像個大爺似的。可憐的傢伙！我也覺得很遺憾；人嘛，難免會想念老朋友，即使他手段真是天下第一惡劣，壞心耍過我好幾回。他好像才二十七吧，跟妳一樣；誰會想得到你們兩個竟然是同一年生的。」

我承認，這個打擊比林頓少奶奶的死更令我震驚。我回想起過去，舊時的光景縈繞心頭，坐在門廊上哭得像是至親過世，一邊請肯尼斯醫師去找別的僕人向主人通報他來了。我忍不住一直想：「他有沒有受虐待？」無論我做什麼，這個問題都一直死纏著我不放，煩得我終於決定請主人同意我去咆哮山莊，幫忙料理後事。林頓少爺非常不願意，但我說服他，說辛德利躺在那裡孤零零的實在可憐，又表示在道義上我必須去伺候我的舊主人兼義兄，這份責任跟對他的責任是同等重要的。另外，我還提醒他，哈里頓是他妻子的姪兒，既然沒有更親的親人，他就應該當孩子的監護人。所以他應該去詢問遺產分配的情形，並且查問辛德利有什麼遺願。當時以他的狀況無法處理這些事，不過他吩咐我去跟他的律師談，最後終於允許我去山莊。他的律師跟恩蕭的律師是同一個人；我去找他，請他陪我一起到咆哮山莊。他搖搖頭，建議我不要去惹希斯克里夫；他向我證實，如果把真相公諸於世，哈里頓就等於跟乞丐沒什麼兩樣了。

「他父親死前是處在負債的狀態，」他說，「整片地產都抵押了。直系繼承人唯一的機會，是讓他想辦法在債權人心裡留下一點好印象，對方才會對他寬容些。」

到了山莊，我說明自己是過來確保喪禮的一切事宜都能辦好。約瑟夫顯然十分哀傷，但表示樂見我到場幫忙。希斯克里夫先生認為這裡並不需要我，不過如果我想要的話，可以留下來安排喪禮事宜。

「照道理，」他說，「那個蠢蛋的屍體應該跟自殺死亡的人一樣，不能舉行任何儀式，草草埋在十字路口才對[65]。昨天下午，我碰巧有事離開十分鐘，他就趁機把正屋的兩扇門鎖上，整個晚上都在灌酒，故意喝到死！今天早上我們聽見他像馬兒噴氣似地呼哧出聲，於是破門而入，結果他就那樣躺在高背椅上，昏到即使剝了他身上和頭上的皮也叫不醒。我派人去叫肯尼斯，他也來了，不過醫師到的時候，那禽獸已經變成死肉了。他死了，涼了，也僵掉了；相信妳也同意，這下子再為他大費周章都沒用啦！」

老僕人附和了這段話，不過卻嘟囔說：「我寧願是他自己去找醫生！要是我來照顧主人，會比他好多了——而且我走的時候他還沒死，差遠了！」

我堅持要辦場像樣的喪禮。希斯克里夫先生說，這方面讓我怎麼處理，只是他要我記住，喪事的錢是從他口袋掏出來的。他擺出一副冷酷無情且漫不在乎的態度，既不顯得高興，也不顯得悲傷；如果硬要說有什麼情緒的話，就是完成一件困難的工作而感到滿足的剛硬面容吧。

不騙您，我有一次看到他臉上露出疑似狂喜的表情；那是他們把棺木從屋子裡抬出去的時候，他竟然虛偽到能夠以弔客的身分出席。希斯克里夫隨著哈里頓一起去送殯之前，把那不幸的孩子抱到桌子上，用興致盎然的詭異語氣低聲說：「好孩子，現在呀，你是**我的**了！我們這就來看看，被同樣一股歪風扭曲著吹，這棵樹是不是會跟另一棵一樣長偏！」

那孩子什麼都不明白，聽到這段話很高興，伸手玩弄著希斯克里夫的鬍鬚，撫摸他的臉類。但我聽懂了，尖酸刻薄地說：「那孩子必須跟我回畫眉田莊，先生。這世上的東西，他是最不屬於你的了！」

「是林頓說的嗎？」他質問道。

「當然了——他吩咐我把哈里頓帶走。」我回答。

「哼，」那惡人說，「我們現在不吵這個，不過我很想嘗試教養孩子，所以妳去告訴妳家主人，假使他想把這個孩子帶回去，那就得找我親生的那個來遞補。我不保證會輕易放哈里頓走，但我滿確定有辦法把另一個弄回來！記得跟他說啊！」

這個暗示就足以讓我們束手無策了。回到家的時候，我大致轉述了這段話，艾德加·林頓本來就意興闌珊，聽完之後就不曾提過要插手哈里頓的事。不過，我想，即使他意願強烈，也沒有辦法達成吧。

原本的房客如今成了咆哮山莊的主人；他把產業抓得牢牢的，並且向律師證明——律師再轉而跟林頓少爺作證——恩蕭為了滿足賭癮，把他名下每一寸土地都抵押換成現金了，而他呢，希斯克里夫，就是債權人。如此一來，哈里頓原本應該是本地首屈一指的鄉紳，現在卻淪落到必須完全仰賴父親死對頭的地步，在應屬於他的屋子裡過著僕人般的日子，而且還不得領取工資！他因為無依無靠，又不知道被欺負了，根本沒辦法替自己伸張正義。

65. 自殺違背基督教義（只有上帝才可取人性命），因此不能舉行喪禮，也不能葬在教堂的墓園，必須埋在十字路口，被處死的犯人也是如此處理。因為這類死者不祥，當時迷信放在十字路口可以避免他們死後回來作祟。這種習俗到1823年才明令禁止。

18

迪恩太太繼續說：

那段慘澹時光之後的十二年，是我這輩子最快樂的時候。這期間，我最大的煩惱是我家小小姐生了一些小病，那些是無論富豪或窮人家小孩都一定會經歷的過程。至於其他方面，滿六個月後，她就如松樹般茁壯生長；林頓少奶奶墳頭的石南第二次開花前，她會走路也會說話了，雖然只是咿咿呀呀的話語。她是世上最討人喜歡的小東西，為淒涼的屋子帶來了陽光。她長得很美，有著恩蕭家族漂亮的黑眼睛，配上林頓家族的白皮膚和小巧的五官，以及金黃的鬈髮。她很活潑，卻不粗野，心思細膩而靈敏，感情豐富到幾乎可說是過火了。這樣能夠與人深情相交的個性，讓我回想起她的母親，不過她跟林頓少奶奶不一樣：因為她可以像鴿子般溫馴乖巧，聲音輕柔，表情沉靜；她生氣起來絕不狂暴，對人的感情也不熾烈，而是懇切溫馨。不過，我必須承認的是，優點之外，她也有缺點：一個是態度很衝動；另一個是很任性，被溺愛的孩子往往都有這個毛病，無論他們的天性是善良或暴躁。如果有僕人不慎惹惱她，她總會說：「我要告訴我爸爸！」要是父親責怪她，即使只是一個眼神，她就會一副心碎欲絕的樣子——但就我所知，他從來沒有對她說過一句嚴厲的話。他親自擔起教養她的所有責任，也樂在其中。幸運的是，好奇心和聰慧的頭腦讓她成為優秀的學生，她學得又快又認真，不枉他費心教導。

她滿十三歲之前，從來沒有自己一個人離開莊園過。林頓少爺會帶她到莊園外一哩左右的地方，但次數極少，他也不放心把她交給任何人。在她耳中，吉默頓是個無關緊要的地名；她只知道教堂，那是她除了自己家之外，唯一靠近或曾進到裡面的建築物。對她而言，咆哮山莊和希斯克里夫先生並不存在；她根本就是離群索居，表面上看來，她似乎也心滿意足。不過，有時候，她從遊戲室的窗戶眺望外面風景時會說：

「艾倫，我還要再過多久才能散步去那邊的山頂？真不知道另一邊是什麼——是海嗎？」

「不是，凱西小姐，」我總是如此回答，「還是山，跟這些都一樣。」

「妳站在那些金色岩石上往下面看的時候，岩石是什麼模樣呢？」她有一次問道。

她對陡峭的潘尼斯登岩特別有興趣，尤其是當夕陽照在上面，山丘最頂端和周遭整片景物都在陰影下的時候；我說明那是光禿禿的石頭，岩縫裡的土壤少得連一棵發育不良的樹都無法養活。

「為什麼這邊已經天黑了，岩石那邊卻還是亮亮的呢？」她追問。

「因為岩石的位置比我們高很多，」我回答，「妳爬不上去的，太高太陡了。冬天的時候，那邊會先降霜，然後才是我們這邊；就連盛夏的時候，我也在東北邊那個黑黑的坑裡看到有雪！」

「喔，妳去過了！」她開心地叫道，「那我也可以去了，等我長大的時候。爸爸有去過嗎？艾倫。」

「小姐，妳爸爸會告訴妳，」我急忙答道，「那裡不值得去。妳跟他一起漫遊的荒原好多了，而畫眉田莊更是全世界最好的地方。」

「可是莊園我已經熟悉了，那裡卻不熟呀，」她小聲自言自語說，「而且，如果我能從最高點旁邊看看四周的風景，一定會很開心的。改天我的小馬咪妮可以載我去。」

有個女僕提起妖精洞穴，這可讓她一心想達成這個目標了。她纏著林頓少爺准她去那兒，他答應等她大一點就可以去。可是，凱瑟琳小小姐是用「月」來計算自己年齡的，動不動就問：「我現在夠大了，可以去潘尼斯登岩了吧？」往那邊的路有一段會繞到咆哮山莊附近，艾德加可不想經過，於是她得到的答案一律是：「還沒呢，乖寶貝，還不行。」

希斯克里夫太太離開丈夫後，又活了十二年多。她家族的人都體弱多病，伊莎貝拉跟艾德加都不像這附近的人一樣身體健康，氣色紅潤。我不確定她最後是生了什麼病，不過我猜他們是得了同一種病過世的——某種熱病，發病初期病症蔓延雖然緩慢，但無藥可治，最後則會迅速耗盡病人的生命。

她寫信告訴哥哥，四個月以來身體一直不適，可能會有什麼樣的結果，拜託他，如果可以的話請他去找她，因為她有很多事情要安排，也希望跟他道別，並且想把小林頓安全地交到他手上。她一廂情願地相信孩子的父親不會想要扛起撫養和教育的責任，而希望兒子可以跟他住，就像跟她自己在一起時一樣。我家主人毫不遲疑，馬上應了她的要求；平時如果有人邀請，他可不願意離開家，但這次他是飛奔而去的。他叫我在他離家的時候要特別注意看好小凱瑟琳，又一再吩咐不可讓她跑到莊園外面，即使有我陪著也不行。至於沒人護送就讓她自己亂跑，他連想都沒想過。

他去了三個星期。最開始的一、兩天，小小姐坐在書房一角，難過得不想讀書也不想玩耍。她這樣安安靜靜的時候，不會給我惹什麼麻煩，可是緊接在後的那一段時間，她卻焦躁不安，什麼事情都覺得煩膩。我太忙了，而且那時我的年紀也大了，沒體力東奔西跑地陪她玩，於是想出一個可以讓她自得其樂的辦法。我叫她去莊園各處「旅遊」，有時徒步，有時騎著小馬；等她回來的時候，我就扮演聽眾，耐心地聽她那些真真假假的「歷險記」。

時序正當盛夏，陽光普照；她非常喜歡這樣獨自漫遊，往往想盡辦法從早餐後到晚餐前都留在外面；然後晚上就跟我講她那些天馬行空的故事。我不擔心她會偷跑，因為柵門通常都鎖著，而且我認為，就算門口大開，她也不敢單獨一個人出去。不幸的是，我錯信了她。有一天早上，八點的時候，凱瑟琳來找我，說她今天打算當阿拉伯商人帶商隊穿越沙漠，要我準備充足的糧食，給她和她的牲口，包括一匹馬和三匹駱駝。扮演駱駝的是一隻大型的狩獵犬和一對指示犬66。我準備了一堆點心裝進籃子裡，掛在馬鞍旁。她一躍上馬，開心得像是個小精靈，頭上戴著寬邊帽和面紗，以遮擋七月的豔陽。我殷殷叮嚀她不可縱馬奔馳，要早點回來，她卻嘻嘻哈哈地嘲笑我，策馬快步離開了。到了晚餐時分，這個不聽話的孩子卻一直沒有出現。商隊的其中一名成員，就是那隻狩獵犬，牠因為上了年紀，喜歡過舒服的生活，就回來了。但凱西、馬兒和兩隻指示犬到處都不見蹤影。我派人去找她，有的往這條路

66. 狩獵犬（hound）一般是在打獵時成群放出去追著獵物跑，有些還會自行撲殺獵物；指示犬（pointer）則負責在獵鳥時找出獵物所在，擺出一定的姿勢指示獵物的地點，由獵人開槍。

去，有的往那條路跑，最後忍不住自己也出門到處找她。在靠近莊園地界的地方，看見有個長工在修理林地旁的圍牆，我問他是否曾看見小姐。

「我早上看到啦，」他回答，「她叫我幫她砍根榛樹枝當馬鞭，然後她就駕著那匹嘉洛威小馬跳過樹籬，就那邊，籬笆最低的地方，然後就跑不見了。」

您應該可以猜到我得知這消息時的心情。我立刻想到她一定是往潘尼斯登岩去了。「真不知道她會出什麼事啊！」我驚叫著擠過工人正在修理的縫隙，直奔大馬路。我彷彿為了贏得賭注般，急急走過一哩接一哩，直到轉過了彎，看見咆哮山莊，可是無論遠近都沒有凱瑟琳的行蹤。潘尼斯登岩在希斯克里夫先生家再過去一哩半的地方，而山莊又距離田莊大約四哩，所以我開始擔心自己還來不及找到他們，天色就黑了。「要是她在那邊亂爬，結果沒抓牢，」我心想，「不小心摔死了，或是跌斷骨頭了怎麼辦？」我心中忐忑不安，很難過，所以我經過山莊時，看到最兇的那隻指示犬查理趴在窗戶下，頭腫了、耳朵也流著血，由於鬆了一口氣，起先心裡還很高興。我打開圍籬的小門，跑到屋子門口，猛敲著想進去。來開門的是我認識的一個女人，她原本住在吉默頓，從恩蕭先生過世後就開始到山莊幫傭。

「哦，」她說，「妳是來找妳家小姐的吧！別怕，她在這兒，沒事的，不過我很高興來的人不是老爺。」

「這麼說，他不在家囉，是嗎？」我喘吁吁地問，因為走得快，心裡又著急，上氣不接下氣。

「不在，不在，」她回答，「他跟約瑟夫都出門去了，一個小時內應該不會回來，也許還會更久。進來休息一下吧。」

我進了屋子，看到我那隻迷途羔羊在爐邊，坐在從前她母親童年時用過的一張小椅子上搖呀搖的。她的帽子掛在牆上，她的神情顯得非常自在，好像在自己家裡似的，心情好的不得了，還跟哈里頓有說有笑的。哈里頓現在是個十八歲的少年，身材高大，體魄強健，很好奇又驚訝地呆呆望著她。她嘴巴幾乎沒有停過，嘰嘰呱呱地一會兒發表意見，一會兒發問，但他幾乎沒有聽進去。

「好哇，小姐！」我叫道，故意用怒容掩飾高興的心情。「妳爸爸回來之前，妳都不准再騎馬！我再也不信任妳，不會讓妳踏出大門了，妳這孩子太壞了！」

「哎呀，艾倫！」她開心地喊著，跳起來跑到我身旁，「今天晚上我有個好故事可說了！妳找到我啦。妳以前有來過這裡嗎？」

「把帽子戴上，立刻回家，」我說，「凱西小姐，妳讓我傷心得不得了！妳這回可犯了大錯！嘟嘴巴、掉眼淚也沒用，彌補不了我跑遍整座村莊找妳的辛苦。想想，林頓先生叫我要把妳留在家裡，結果妳卻這樣偷溜出門！妳簡直就是一隻奸詐的小狐狸，以後再也不會有人相信妳了。」

「我做錯了什麼？」她嚇住了，抽抽噎噎地說，「爸爸又沒有叫我怎樣；他可不會罵我，艾倫——他從來都不兇我，才不像妳！」

「好了、好了，」我又說了一次，「我幫妳繫帽帶。夠了，別發脾氣啦。哎，羞羞臉！十三歲了，還像個小孩子！」我會這樣喝叱，是因為她把帽子從頭上推開，縮到煙囪那邊想躲開我。

「別罵啦！」那僕婦說，「迪恩太太，別對那個可愛的小姑娘那麼嚴厲。是我們叫她留下來的；她原本想騎馬回去，怕妳會擔心。哈里頓說要陪她，我覺得也應該，畢竟爬過山丘的路很荒涼。」

我們說話的時候，哈里頓站在一旁，他的手插在口袋，侷促得不敢說話，不過看他的神色，似乎不喜歡我闖進來。

「妳要我等多久？」我不理會僕婦的插嘴干涉，繼續說，「再過十分鐘天就要黑了。馬呢？凱西小姐。還有鳳凰呢？要是妳不快一點，我就要把妳丟下了；妳自己看著辦吧。」

「馬在院子裡啦，」她回答，「鳳凰關在那裡面，牠被咬傷了——查理也是。我本來全部都要跟妳講的，可是妳亂發脾氣，不配聽我說。」

我拾起她的帽子，走過去要幫她重新戴好。可是她發現這家的人偏袒她，便繞著房間又竄又跳。我一追她，她就像老鼠一樣，上上下下、前後左右地在家具間鑽來鑽去；搞成這樣，我若去追就鬧笑話了。哈里頓和那女人哈哈大笑，她跟著一起笑，態度也更加頑劣不馴。最後我火大了，氣得叫道：「哼，凱西小姐，妳如果知道這是誰的房子，妳就會很高興地離開了。」

「是**你**爸爸的吧，是不是？」她轉向哈里頓問道。

「不是。」他回答，垂下頭羞紅了臉。

儘管她的眼睛跟他的長得一模一樣，他卻不敢盯著她直直注視的目光。

「那是誰的——你家主人的嗎？」她問。

他臉更紅了，但心情可不一樣，低聲咒罵一句就轉開了。

「他的主人是誰呀？」那個煩人的女孩接著轉向我問，「他說『我們家』和『我們家的人』，我以為他是屋主的兒子。而且他都沒有叫我『小姐』。如果他是僕人，就應該這樣叫的嘛，對不對？」

哈里頓聽了這段幼稚的話，臉黑得像烏雲似的。我默默搖了搖那個問不停的孩子，最後終於成功幫她整裝完畢，可以離開了。

「好啦，快去牽我的馬過來。」她對這位素不相識的親人說，口氣彷彿在吩咐田莊的馬僮，「我准你陪我一起走。我想看『地精獵人』從沼澤裡冒出來的地方，也想聽你說的『妖精仔』的故事。快點啦！你在做什麼？我叫你去牽馬過來呀！」

「把我當**妳**僕人！妳先下地獄啦！」少年低吼道。

「我先**什麼**？」凱瑟琳詫異地問。

「下地獄啦——妳這個無恥的女巫！」他回嘴。

「看吧，凱西小姐！妳看看妳沾上了什麼『有氣質』的人，」我介入了，「跟年輕小姐說這種話可真『好聽』啊！請妳別開口跟他吵架了。走吧，我們自己去找咪妮，然後離開這裡。」

「可是，艾倫，」她驚訝得瞪大了眼睛，叫道，「他怎麼敢這樣跟我說話？他不是非得乖乖聽我的話不可嗎？你是爛人，我要告訴我爸爸你說了什麼——哼！」

這句恐嚇似乎對哈里頓沒有作用，把她氣哭了。「妳去牽馬，」她轉向婦人大叫，「馬上把我的狗給放了！」

「輕聲一點，小姐，」對方應道，「您說話客氣些，也沒什麼損失。雖然那位哈里頓少爺不是老爺的兒子，但他可是您的表哥；而且我也不是被雇用來伺候您的。」

「**他**是我表哥！」凱西叫道，輕蔑地一笑。

「對，沒錯。」糾正她的婦人說。

「啊，艾倫！叫他們不可以說這種話，」她困擾極了，繼續施壓，「爸爸去倫敦，就是要帶我表弟來，我表弟可是紳士的兒子。那人是我——」她不說了，乾脆哭出來，光想到跟那個粗人有親戚關係就受不了。

「噓，別哭啦！」我小聲說，「凱西小姐，一個人可以有很多表親，其中可以包括三教九流的人，但她自己不會因此受到不良的影響；如果他們討人厭或不正派，只要別跟他們來往就好啦。」

「他不是——他不是我的表哥，艾倫！」她愈想愈難過，撲進我懷裡，彷彿想逃避這件事。

我很氣惱她和那僕婦，為的是他們兩人分別洩漏的消息。我毫不懷疑，凱瑟琳說了林頓要來的事情，僕婦一定會向希斯克里夫先生報告；而僕婦宣稱那沒教養的傢伙是她親戚，凱瑟琳等父親回來後，也絕對會找他解釋這件事。哈里頓這時已經從被誤認為僕人的惡劣情緒恢復過來，看她難過的樣子，似乎於心不忍，便去把馬牽到門口，又從狗窩裡抓了一隻腿彎彎但很可愛的幼㹴犬放在她手上，叫她別哭了，因為他其實沒那個意思。她的哭聲停了一下，畏懼地瞄了他一眼，又嚎啕大哭了起來。

眼見那可憐的傢伙被排斥，我差點忍不住笑出來。他其實長得很好：運動員的身材、英俊的五官、結實健康的身體，只是穿著適合天天在農場上勞動、在荒原中追捕兔子和野味的服裝。不過，從他的面相可以看出他擁有他父親一輩子都缺乏的優點。雖然這些優點可說是埋沒在野草中——那野草蔓生得太厲害，優點又缺乏培養，就被掩蓋了；儘管如此，我卻看得出草底下藏著沃土，如果換個環境，條件改善了，也許就能長出茂盛的作物。我相信希斯克里夫先生沒有在肢體上虐待他；這得感謝他勇敢的個性，所以不會讓人想從那方面迫害他。因為哈里頓並不是容易受打擊的怯懦性格，對希斯克里夫來說，虐待他不會有快感。希斯克里夫發洩惡意的方式，似乎是將哈里頓變成一個粗魯無文的人：沒有人教哈里頓讀書寫字；只要他沒有惹到主人，養成什麼壞習慣都不會有人罵他；沒有人引導他向善，也沒有人傳授他任何能抗拒罪惡誘惑的觀念。

而且，我聽說，他會如此墮落，約瑟夫出了不少力。老僕人見識狹隘又偏心，只為了哈里頓是古老家族的首領，便從小捧著他、寵著他。再來，凱瑟琳．恩蕭和希斯克里夫小時候，約瑟夫就習慣責怪他們，逼得老爺為了他們犯的種種壞事失去耐性，借酒澆愁；如今，他也同樣把哈里頓所有的過錯推到強佔恩蕭家產的那個人頭上。哈里頓若是罵髒話，約瑟夫不會糾正他；無論他的行為多麼惡劣，也一樣放縱不管。約瑟夫顯然樂得看哈里頓變本加厲；他認為小少爺反正已經完蛋，靈魂早就被打入地獄，沒救了，但必須負責的人是希斯克里夫，因此上帝會向希斯克里夫追討迫害哈里頓的罪[67]；他一想到這一點，就大感快慰。約瑟夫又灌輸哈里頓對家族姓氏和血統的驕傲；假如他有那個膽子，大概會故意煽動小少爺對山莊現任主人的仇恨，但他對那位主人十分恐懼，簡直到了迷信的程度，因此他只敢把對希斯克里夫的觀感用小聲諷刺、私下放狠話的方式說出來。那陣子咆哮山莊的日常生活是什麼樣子，其實我也不太清楚，只是道聽塗說而已，因為我也不常親眼看到。村民都評論說希斯克里夫先生**很摳**，是個對佃農殘忍又苛刻的地主；不過，因為有了女管家，房子裡倒是恢復成從前舒適的模樣，辛德利當家時經常出現的暴力場面也不曾在屋內出現了。至於希斯克里夫，由於性情太過陰鬱，不跟任何人來往，無論跟好人或壞人都沒有交情，一直到現在還是這樣。

不過，說這些無助於故事的進展。凱西小姐回絕了哈里頓當禮物示好的㹴犬，吵著要她自己的狗查理和鳳凰。兩隻狗垂著頭，一拐一拐地走了過來；我們動身回家，全體成員的心情都很不好。我怎麼也問不出小姐當天做了哪些事，只知道她跟我猜的一樣，她跑去潘尼斯登岩朝聖了，另外就是她一路平安地騎到咆哮山莊大門口時，剛好遇見哈里頓走出來，而他身邊跟著的幾隻狗攻擊了她的隊伍。雙方的主人來不及阻止，兩群狗激戰了一番才被分開；兩人就這麼認識了。凱瑟琳向哈里頓自我介紹，說她要去哪裡，並向他問路，最後還哄得他陪她去。他為她解開了妖精洞窟的秘密，又向她介紹了二十個風景詭奇的地點。不過，因為我被貶斥了，所以沒有榮幸聽她描述見到了什麼有趣事物，但我可以推測出她的嚮導原本頗受青睞，只是後來她把他當僕人使喚，讓他受傷了；而希斯克里夫的女僕說他是她表哥，則讓她受傷了。接著他又對她用那樣的言詞說話，激得她怒火攻心；她在畫眉田莊的每個人口中都是親愛的、寶貝、女王、天使，今天竟然在一個陌生人口中受到如此奇恥大辱！她完全無法理解，我費了好大的功夫才勸她答應不會向父親打小報告。我解釋說，他對咆哮山莊全體上下都很反感，如果他知道她去過那兒，一定會十分傷心；但我最強調的是，假如她揭發出我有虧職守，他說不定會氣得叫我捲鋪蓋走路。凱西想到這一點就受不了，於是發誓會為了我而保密。她畢竟還是個可愛的小女孩啊！

67.《聖經・以西結書》第三章第十八節：「我何時指著惡人說：他必要死；你若不警戒他，也不勸戒他，使他離開惡行，拯救他的性命，這惡人必死在罪孽之中；我卻要向你討他喪命的罪」。

19

一封鑲著黑框的信，宣布了林頓少爺回家的時間。伊莎貝拉過世了，少爺寫信吩咐我替他女兒準備喪服，並為他的小外甥安排房間和其他相關事宜。凱西小姐想到父親即將回家，就興奮地到處亂跑，樂觀無比地幻想她「真正的」表弟有著很多的優點。他們預計抵達的那天晚上來臨了。凱西小姐一大早就開始忙著她自己的瑣事，現在穿上了新的黑衣裳——可憐的孩子！姑姑去世，她卻沒有感到特別悲傷——她一直死纏爛打的，終於磨得我陪她一路從屋子走到莊園大門口去迎接他們。

「林頓只比我小六個月，」我們一邊悠閒地走過長滿苔蘚、上下起伏的草地，她一邊吱吱喳喳地說，「以後有他跟我一起玩，真好！伊莎貝拉姑姑以前送給爸爸一束他的頭髮，好漂亮，顏色比我的淺——更接近淡黃色，髮質倒是跟我的一樣細。我很小心把它收進一個小玻璃盒裡，常常想說如果能看到頭髮的主人該有多開心。啊！我好高興喔——而且爸爸也要回來了，親愛的、親愛的爸爸！快，艾倫，我們用跑的！快點嘛，跑啊！」

她邁步跑了起來，偶爾停下回頭看看我，接著又跑起來。在我踏著沉穩的步伐走到大門口的這一段路上，她就這樣反覆了好幾次。隨後她便坐在路旁的草坡上，努力耐著性子等，但她實在辦不到；她連一分鐘都待不住。

「他們怎麼那麼久啊！」她叫道，「哦，我看見道路上有塵土了——他們來啦！不是他們！他們什麼時候會到呀？我們就不能再往外走一點嗎——再走半哩路，艾倫，只要半哩就好了？拜託妳答應嘛，就到轉角那叢樺樹那邊！」

我毫不留情地拒絕了。最後她懸著的一顆心終於放下：馬車轆轆地駛進眼簾，凱西小姐一看到父親從車窗往外望，便尖叫起來，伸出雙臂。他下了車，幾乎跟她一樣心急，父女兩人過了好一會兒才想到還有別人在。他們又親又抱之際，我瞄了一眼車子裡面，看看林頓的情況如何。他縮在一角睡覺，身上裹著襯了毛皮、暖呼呼的斗篷，彷彿現在是冬天。這個小男孩子蒼白而嬌弱，帶著脂粉氣，跟主人幾乎像是兄弟般的相像，但艾德加・林頓卻從沒有小林頓那種脾氣惡劣的病容。艾德加見到我在看林頓，跟我握手招呼後，便吩咐我把門關起來，不要打擾孩子，因為旅途勞頓，把他累壞了。凱西很想瞄他一眼，可是被她父親叫去，兩人一起穿過莊園的林地，我則急忙趕在他們前面進屋，告訴僕人準備迎接主人返家。

「對了，親愛的，」走到門口台階時，林頓少爺停下來對女兒說，「妳表弟身體不太好，個性也沒有妳活潑，而且，妳要記得，他不久前才失去母親，所以妳先別期待他馬上就能跟妳一起玩耍，也別一直講話吵他，至少今天晚上讓他安靜的休息，好不好？」

「好啦，爸爸，」凱瑟琳回答，「可是我真的好想看看他喔，他又不探頭出來，連一次也沒有。」

馬車停妥了；睡著的孩子被叫醒，由舅舅抱下車。

「林頓，這是你的表姊凱西。」他說著把兩人的小手拉在一起，「她已經很喜歡你了哦，你今天晚上可別哭，這樣她會傷心的。打起精神來吧，旅程已經結束了，接下來你什麼都不用做，只要休息跟玩就好，愛怎麼玩就怎麼玩。」

「我要睡覺。」男孩說道，畏縮著不讓過來打招呼的凱瑟琳吻他，又用手指抹掉湧上來的眼淚。

「乖、乖，好孩子，」我輕聲說著領他進去，「你會害她也一起哭的——看看她為你多難過呀！」

我不知道他的小表姊到底是不是為了他傷心，不過她擺出一副跟他一樣悲苦的臉色，回到父親身邊。三個人進屋之後直接上樓去書房；晚餐已經在書房擺好了。我幫林頓脫下帽子和斗篷，把他抱到桌旁的椅子上，可是才一放下，他就又開始哭起來，主人問他怎麼了。

「我不能坐椅子啦。」男孩啜泣道。

「那就坐沙發吧，艾倫會把茶端過去給你。」他舅舅耐心地說。

我心裡認定，艾德加少爺在旅途中要照顧這個虛弱又暴躁的孩子，想必累壞了。小林頓慢吞吞地拖著身體過去，躺了下來。凱西搬了一張凳子，帶著她的茶杯移到表弟身旁。一開始她默默坐著，但維持不了多久；她打算按照自己一廂情願的想法，把表弟當寵物，於是開始撫摸他的鬈髮、親吻他的臉頰，又把茶倒在她的小碟子裡讓他喝，好像他是個娃兒。這舉動讓林頓很高興，因為他其實跟娃兒也差不多；他擦乾了眼淚，微微露出笑容。

「哦，他會適應得很好。」主人觀察他們一會兒後對我說，「他會適應得非常好，如果我們保得住他的話，艾倫。有同齡的孩子陪伴，他很快就會重新振作起來，只要他希望自己變壯，就會漸漸培養出體力了。」

「是的，如果我們保得住他！」我心中盤算著，卻有極度不祥的預感，覺得希望很渺茫。「到那時，」我心想，「這個怯弱的孩子到了咆哮山莊怎麼活？他跟父親和哈里頓一起，那是什麼樣的玩伴和老師啊！」

我們的疑慮不久就有了答案——比我預期的還要早。晚餐後，我剛把孩子們送上樓，看著林頓睡著——他不肯讓我離開，一定要我陪到入睡——之後下樓，站在玄關的桌旁點蠟燭，準備讓艾德加少爺帶去臥室用。就在這時，有個女僕從廚房出來，告訴我希斯克里夫先生的僕人約瑟夫在門口，想跟主人說句話。

「我先問問他要做什麼，」我提心吊膽地說，「這麼晚了還來打擾真是不恰當，而且他們才剛剛從遠地回來呢！我想主人應該不會見他。」

我說話的時候，約瑟夫已經穿過廚房，走到玄關了。他穿著最體面的衣服，掛著最道貌岸然、酸氣十足的面孔，一手拿著帽子，另一手拿著手杖；他開始在踏腳墊上清理鞋子。

「你好，約瑟夫，」我冷冷地說，「你今天晚上來這兒有什麼事嗎？」

「我要找的是林頓先生。」他回答，不屑地揮手趕我走開。

「林頓先生正要休息；除非你有很重要的事，不然他現在一定不想見你。」我接著說，「你最好在那裡面坐著，由我替你轉達。」

「他的房間在哪裡？」約瑟夫追問道，一邊打量著那一排關上的門。

我看出他一心不肯讓我居中傳達，所以很不情願地上樓走到書房，向主人通報有不速之客來了，並建議艾德加不要理會他。可是艾德加少爺來不及授權我這麼做，因為約瑟夫緊跟在我後面上了樓，硬擠進房間裡，在桌子的另一頭站定，兩手握拳擺在杖頭上，提高了聲音，彷彿預料會有人反駁他——

「希斯克里夫派我來帶他兒子回去，沒帶到人我就不走。」

艾德加．林頓沉默了一分鐘，一陣悲痛至極的陰影籠罩了他的五官。從他自己的角度來看，他只覺得那孩子很可憐；可是，一想起伊莎貝拉的意願和恐懼、她對兒子的殷殷期盼，以及託孤的請求，他就心疼地不想送走外甥，苦苦思索著想避免這件事。但看來是束手無策：如果他表現出一丁點想要留住孩子的態度，對方就更強硬，所以除了放手也無計可施了。不過，他不打算吵醒孩子。

「你回去告訴希斯克里夫先生，」他平靜地說，「他兒子明天會過去咆哮山莊。孩子已經上床睡覺，而且他太累了，現在不宜再走那麼遠的路。你也可以告訴他，林頓的母親希望由我監護他，還有，目前他的身體非常虛弱。」

「不行！」約瑟夫拿著他那根道具用力往地板一敲，擺出一副權威的姿態，「不行！你說那話沒用啦。希斯克里夫才不把他母親放在眼裡，對你也一樣，但是，他一定要他的兒子；所以我必須把他帶走——你明白了吧！」

「今晚不行。」艾德加堅決地說，「你馬上給我下樓，回去跟你家主人報告我說的話。艾倫，帶他下去。走啊！」

說完他抬起約瑟夫的手臂，把氣鼓鼓的老頭架出了房間，關上房門。

約瑟夫大喊著蹣跚離去，「明天，他就自己來，你再來把**他**趕出去，看你敢不敢！」

20

為了避免約瑟夫威脅的事情成真，艾德川少爺命我一早帶那孩子回家，騎凱瑟琳的小馬去。艾德加少爺說：「既然我們現在沒辦法影響他的命運，無論是往好的，還是往壞的發展，妳都不要告訴凱西，他去了哪裡。從今以後，她不可以再跟他來往，別讓她知道他在附近比較好，以免她拚命想去山莊。只要對她說，他父親突然接他回去，所以他必須離開我們。」

早上五點，小林頓非常不情願地被叫醒，聽到他要準備繼續趕路，十分驚訝。不過我稍微緩解了一下衝擊，說他要去跟父親希斯克里夫先生住一段時間，因為父親太想見他了，所以等不及讓他從先前的旅途勞頓中恢復，就要找他回去。

「我父親！」他百思不解地叫道，「媽媽從來沒跟我說我有爸爸。他住在哪裡？我寧願跟舅舅在一起。」

「他住在離田莊有一段路的地方，」我回答，「那邊的山丘再過去就是。不是很遠，等你身體變強壯，就可以走路過來了。你就要回家見爸爸了，應該高興才對。你要敬愛他，就像你敬愛媽媽一樣，那他就會疼愛你了。」

「可是，為什麼我以前都沒聽過他的事呢？」小林頓問，「為什麼媽媽沒有跟他住在一起，像別人家那樣？」

「他在北方有事業，不能離開，」我回答，「而你母親因為身體的關係，必須住在南方。」

「那為什麼媽媽沒跟我提過他？」那孩子追問道，「她常常講到舅舅，我很早就喜歡舅舅了，我要怎麼去敬愛爸爸呢？我又不認識他。」

「哦，所有的孩子都敬愛他們的父母，」我說，「也許你母親擔心，如果她經常提起他，你就會想離開她，去跟他住了。我們快點走吧。這麼美麗的早晨，早一點起來騎馬，比多睡一個小時有意思多了。」

「**她**會跟我們一起去嗎？」他質問，「就是我昨天看到的那個女生？」

「這次不會。」我回答。

「那舅舅呢？」他接著問。

「不會，由我陪你去。」我說。

林頓倒回枕頭上，悶悶不樂地沉思。

「舅舅不陪我，我就不去！」過了好一會兒，他開口叫，「我又不知道妳要帶我去哪裡！」

我試圖勸誡他，說不願意跟父親見面的是壞孩子，可是不管我怎麼想幫他穿衣服，他都頑抗到底；我不得不請主人來幫忙哄他下床。可憐的孩子，最後終於被送出門了，我一再保證，騙他說離開的時間應該不會很久，說艾德加先生和凱西會去找他，又許下種種諾言，全部都是假話，旅途中每隔一陣子就編出來或重複講給他聽。過了一陣子，帶著石南香味的純淨空氣、明亮的陽光，以及咪妮小跑的和緩步伐，讓他不再垂頭喪氣，開始有興趣問起新家的情況、住了什麼人，口氣也變活潑了。

「咆哮山莊是不是跟畫眉田莊一樣漂亮？」他說著轉身往山谷看最後一眼；山谷正好湧起一陣薄霧，在藍天邊緣形成一朵蓬鬆的雲。

「山莊沒有那麼多樹圍著，」我回答，「也沒有田莊大，不過可以看見四周美麗的風景，空氣也對你比較好——比較清新和乾爽。也許你一開始會覺得房子老舊黑暗，但其實也是間不錯的住宅，它可是這一帶名列第二的屋子哦。而且，你可以在荒原上愉快地漫步，哈里頓·恩蕭——他是凱西小姐的表哥，所以應該算是你的表哥——會帶你去最漂亮的地方玩；天氣好的時候，你可以帶本書出去，把綠色的谷地當做你的書房。有時候也許可以碰到你舅舅，一起散步；他經常會去山丘上走走。」

「那我父親長什麼樣子呢？」他問，「他跟舅舅一樣年輕，一樣帥嗎？」

「一樣年輕，」我說，「不過他的頭髮跟眼睛是黑色的，看起來比較嚴肅，而且比你舅舅高大壯碩。他可能一開始看起來沒那麼溫柔和善，因為他的個性不是那樣；不過，你要記住，跟他誠懇、真心地相處，他自然就會比任何舅舅都疼你了，因為你是他的親骨肉呀。」

「黑頭髮，黑眼睛！」林頓沉吟道，「我想像不出來耶。那我長得跟他不像囉，是不是？」

「不太像，」我回答，但心裡想的是「一點都不像」。我惋惜地望著他白皙的膚色，清瘦的骨架以及神態慵懶的大眼睛——像他母親的眼睛，只不過，除非是燃起病態的怒火那一瞬間，否則那雙眼睛絲毫沒有她那活力四射的樣子。

「好奇怪，他竟然從沒來找我跟媽媽！」他喃喃說道，「他見過我嗎？如果有的話，我那時一定是個小嬰兒吧。我完全不記得他的任何事情！」

「哎呀，林頓表少爺，」我說，「三百哩很遠呢；而且十年的時間，對大人和你來說，感覺都是很不一樣的。很可能希斯克里夫先生年年都打算去找你們，只是一直不方便，拖到現在，已經太遲了。不要拿這件事情問東問西地煩他；他心情會受影響的，再說也沒有什麼好處。」

接下來的一路上，那孩子完全專心想他自己的事，一直到我們停在農舍花園的門口。我觀察他的表情，想看看他對這間屋子印象如何。他神情肅穆地打量著雕花的門面和低矮的窗櫺，以及稀疏的鵝莓樹叢和扭曲的樅樹，然後搖了搖頭，顯然毫不欣賞新居的外觀。不過他很懂事並沒有馬上開口抱怨；也許屋子裡面的裝潢可以彌補這個印象。我在他下馬之前過去打開柵門；那時六點半了，主人家剛吃完早餐，僕人正清理桌面和擦桌子。約瑟夫站在主人的椅子旁，講一匹馬跛了腳的事情，哈里頓則準備去田裡。

「唷，奈莉！」希斯克里夫先生一看到我，開口就說，「我還擔心得自己跑一趟去把我的財產帶回來呢。妳把小鬼帶來了，是吧？我們這就來看看這傢伙是塊什麼料子。」

希斯克里夫站起來，大步走向門口；哈里頓和約瑟夫瞪大眼睛，好奇地跟著他。可憐的小林頓用害怕的眼神瞄了瞄三個大人的臉。

「他啊——」約瑟夫板著面孔檢視他一番後說，「一定給你偷換啦，主人，這個是他女兒！」

希斯克里夫直直地瞪著兒子，把他嚇得慌張地發抖。

「老天！真是個美人兒！多麼水靈靈、嬌滴滴的東西！」希斯克里夫不屑地冷笑了一聲。「他們該不會是用蝸牛和酸奶[68]把小鬼養大的吧？哼，真該死！這比我預期的還要慘——而連魔鬼都知道，我可不是什麼樂觀的人！」

我叫那惶恐顫抖的孩子下馬進屋。父親說的話，他沒有完全聽懂，也不知道是不是講給自己聽的；事實上，他甚至還不確定，那個陰沉著臉嘲笑他的陌生人就是自己的父親。但他愈來愈害怕，緊緊黏著我；當希斯克里夫坐下，命令他「過去」時，他甚至把臉埋在我臂彎裡，抽抽噎噎地哭了起來。

「嘖、嘖！」希斯克里夫說著，伸出一隻手粗魯地把林頓拖到他的兩膝之間，扣著他的下巴，抬高他的頭。「別胡鬧了！我們不會傷害你，林頓——你是叫這名字吧？你真是你媽媽的兒子啊，從頭到腳都是！我在你身上的份在哪呢，愛哭的膽小鬼？」

他脫下男孩的帽子，撥開厚厚的淺黃色鬈髮，又捏捏那苗條的手臂和纖細的手指；這時林頓停止哭泣了，抬起大大的藍眼睛看著那個檢查他的人。

「你認得我嗎？」希斯克里夫問；他檢查完畢，確認孩子的四肢都同樣脆弱無力。

「不認得。」林頓說道，用茫然而恐懼的眼神望著他。

68. 古希臘醫學家希波克拉底認為，把蝸牛弄碎混合酸奶可以治療皮膚炎，希斯克里夫是在嘲笑兒子白皙細嫩的皮膚。

「我想你一定聽說過我？」

「沒有。」他又說。

「沒有！你母親真可恥，竟然從來沒有喚醒你對我的孝心！那麼，我這就告訴你，你是我的兒子；你母親是個壞心眼的賤女人，讓你不知道你有什麼樣的父親。好了，別畏畏縮縮的，拿出點膽子來！不過，如果你不膽小，那才奇怪。你乖乖的，我就會好好照顧你。奈莉，要是妳累了，可以坐坐；如果不累的話，就回去吧。我想妳會把妳聽到的和看到的都報告給田莊那個窩囊廢吧？妳若拖拖拉拉的，這件事可就辦不好了。」

「好吧。」我回答，「我希望你會善待那孩子，希斯克里夫先生，不然的話他活不了多久，而他是你世上唯一的親人，也是你這輩子唯一會有的親人——記住吧。」

「我會對他很好的，妳別擔心，」他大笑著說，「只是，別人都不准對他好；我很小氣，要獨佔他的歡心。所以，我對他好，就從這個開始吧：約瑟夫，拿早餐來給那孩子。哈里頓，你這該死的笨牛，快滾去幹活！」他們離開後，他又說：「沒錯，奈莉，我兒子將來很可能是你們那裡的主人，而在我確定自己能繼承他的財產之前，我可不希望他死掉。再說，他是**我的**，而且我要獲得勝利：我要親眼看到**我的**後代光明正大地變成他們的地主，看到我的兒子雇用他們的孩子，在自己父親的土地上耕作，以換取薪資度日！這是唯一能讓我容忍這隻小狗崽子的動機；他本人讓我看不起，而他勾起的回憶則讓我厭惡他！不過，有這個動機就夠了：他跟我在一起，就像跟你家主人同住一樣安全，我也會對他呵護倍至。我已經在樓上清出一間漂漂亮亮的房間要讓他住；我還從二十哩外請來了家庭教師，每週三次，看他想學什麼就教什麼。我還命令哈里頓要服從他；事實上，一切我都安排好了，要把他培養成自恃尊貴的紳士，讓他覺得自己比其他的人都優越。不過，我惋惜的是，他實在不配讓我如此費心。如果說我這一生有期望什麼好運的話，那就是希望這小鬼值得我自豪，但看來卻是個臉色蒼白、哀哀哭叫的可憐蟲，讓我失望極了！」

他說話的時候，約瑟夫端著一碗牛奶麥片回來了，擺在林頓面前。林頓攪動著那碗清淡無味的爛粥，一臉嫌惡的表情，表明他吃不下。我看得出來，老僕人跟主人差不多，也很看不起這孩子，只不過他不得不把這種想法藏在心裡，因為希斯克里夫明顯要底下的人尊敬少爺。

「吃不下？」他盯著林頓的臉重複道，但又怕被人聽到，把聲音壓低了說：「可是哈里頓少爺小時候也都只吃這個；照我看，他可以吃的，你也可以吃啊！」

「我**才不吃**！」林頓暴躁地說，「拿走！」

約瑟夫氣呼呼地把食物拿走，端過來給我們看。他把托盤湊到希斯克里夫的鼻子下，問「這食物有什麼問題？」

「應該有問題嗎？」希斯克里夫說。

「哼！」約瑟夫回答，「那個小鬼說他吃不下。但是我想這樣也正常啦！他母親以前也是這樣——嫌我們太髒了，連種穀子讓她有麵包吃，她都覺得不配！」

「別跟我提他母親，」他主人憤怒地說，「去弄點他吃得下的東西。奈莉，他都吃什麼？」

我建議讓林頓喝或煮沸過的牛奶；希斯克里夫便吩咐女管家去做。

「嗯，」我心想，「他父親自私的心態，也許會讓他的日子過得比較舒服。希斯克里夫知道他體弱多病，不可以虐待他。我告訴艾德加少爺，希斯克里夫的態度現在變成這樣，好讓他安心。」我已經沒有繼續逗留的藉口了，於是趁林頓忙著怯怯地推開一隻熱情前來示好的牧羊犬，悄悄溜走。可是他太警覺了，沒有被騙；我關上門時，聽見他大叫一聲，驚惶失措地反覆說著：「不要丟下我！我不要留在這裡！我不要留在這裡！」

接著有人拉起門栓，把門栓上；他們不准他過來。我騎上咪妮，催馬快步離開；我守護他的短暫任務就這麼結束了。

21

那天我們可被凱西折騰慘了。她雀躍萬分地起床，一心只急著想和她的表弟玩。一聽到他已經離開的消息，她隨即淚流滿面，難過地嚎啕大哭起來。艾德加先生只好親自去安撫她，向她保證林頓很快便會回來，儘管如此，他卻加了一句話：「如果我能把他要回來的話。」而那是毫無指望的事。這個承諾無法讓她平靜下來，但時光的流逝倒更具效力。雖然有時候她仍會問她父親，她什麼時候可以再見到林頓，但當她再見到他之前，他的容貌在她的記憶裡已經變得如此模糊，以至於她根本不認得他。

當我有事去吉默頓，偶爾與咆哮山莊的女管家相遇時，我總是會問起小少爺的情況，因為他幾乎和小凱西一樣，過著與世隔絕的生活，從沒有人見過他。我從她那邊得到的消息是，他的身子還是很羸弱，是個很難伺候的孩子。她說，希斯克里夫先生似乎愈來愈厭惡林頓，儘管他盡力掩飾這種感情；他聽到林頓的聲音明顯表現出反感與不耐，與他共處一室時，多坐幾分鐘就受不了。他們之間很少交談；林頓在一間他們稱為客廳的小房間裡讀書和消磨夜晚時光，不然就是在床上躺上一整天，因為他總是感冒咳嗽，這裡疼，那裡痛的。

「我從未見過這麼膽怯的小孩，」那女人又說，「也沒見過這麼緊張自己健康的人。要是晚上我稍微遲一點關上窗戶，他**就會**鬧個沒完沒了。喔！吸一口夜晚的空氣好像會要他的命似的！即使是在盛夏，他也必須生起爐火；連約瑟夫的煙斗也是毒藥。他的旁邊一定得準備糖果和甜點，也一定要有牛奶，一年到頭都要喝牛奶——也不管我們冬天都冷得縮成一團，他就自顧自坐在那裡，全身裹著毛皮大衣，端坐在壁爐邊的椅子上，爐火上總是擺著麵包、水或其他飲料供他隨時取用；如果哈里頓看他可憐，過來陪他玩——哈里頓雖然粗野不文雅，但本性不壞——最後總會不歡而散，一個大聲詛咒，一個嚎啕大哭。我想，他要不是老爺的兒子，老爺若看見哈里頓把他痛打一頓，搞不好還會很開心呢。我很確定，倘若老爺知道他是怎麼顧惜自己的身體，即使只知道一半，也會不屑地把他趕出門。不過，老爺絕對不會讓自己陷入這種誘惑的危險；他從不踏入客廳，而林頓只要在家裡哪個地方，當他的面這樣做，他就馬上叫林頓上樓。」

我從這番話猜想，就算林頓的本性並非如此，在完全缺乏同情的環境中，他也已經變得既自私又討人厭。而我對他的關心自然而然也跟著消退了；儘管我對他的命運感到悲傷，無法釋懷，也希望他當時沒有離開我們。艾德加先生鼓勵我多打聽點消息；我想，他很掛念林頓，甚至願意冒點風險去見他。艾德加先生有次吩咐我去問女管家，林頓是否去過村子裡？她說，他只騎馬去了兩次，由他父親陪同；兩次回來之後，他都裝出一副病懨懨的模樣，而且裝病都持續三或四天之久。如果我記得沒錯的話，那位女管家在林頓抵達山莊兩年後就辭職了，由另一位我不認識的女人接任，她現在仍然住在那裡。

時光流逝，田莊這裡仍如往昔般快樂舒適，直到凱西小姐滿十六歲。在她生日那天，我們從未表現出任何興高采烈的跡象，因為這天也是林頓少奶奶的忌日。她父親總是將自己關在書房裡度過這一天；他會在薄暮時分散步到遠處的吉默頓墓園，常逗留到三更半夜才回來。因此凱西小姐只好想法子自己找樂子。這一年的三月二十日是個風和日麗的春天，等她父親進書房休息後，小姐便下樓來，　身外出的打扮，說要和我到荒原邊緣走一走，林頓老爺已經答應了，只要我們別跑太遠，在一個小時內返家即可。

「快點，艾倫！」她叫著，「我知道我想上哪去；我要去紅松雞築窩的地方。我想看看牠們的窩築好了沒？」

「那一定很遠吧，」我回答，「紅松雞不會在荒原的邊緣築窩。」

「不，不會很遠，」她說，「我和爸爸去過，很近的。」

我沒有多想，戴上軟帽便和她出發。她在我前面蹦蹦跳跳，像一隻小獵犬般一下跑回我身邊，一下又跑開。剛開始時，我聆聽著或遠或近的雲雀鳴唱，相當開懷，盡情沐浴在甜美又溫暖的陽光之下。我看著凱西小姐，我的寶貝和喜樂，她金色的鬈髮在身後飛揚，她光彩奪目的雙頰如野玫瑰綻放般柔軟純潔，閃耀的眼睛發出無憂無慮的光輝。在那些時日裡，她是個快樂的孩子也是位天使，可惜的是她並不知足。

「好啦，」我說，「凱西小姐，妳的紅松雞在哪？我們應該早就看到牠們了。田莊林苑的柵欄現在已經離我們很遠了。」

「啊，再走一點路——只要再走一點路就到了，艾倫。」她一直這樣回答。「翻過那座小丘，越過那道河堤，等妳一到另外一邊，我就會把紅松雞叫出來。」

但要翻過和越過的小丘和河堤未免太遠了，最後我不禁覺得疲憊，告訴她，我們得到此為止，回頭返家。我對著她人叫，因為她遠遠地將我拋在後面；她要不是聽不到我的叫喊，要不就是故意不予理睬，仍在前面輕快地跳躍，我被迫一路跟著她。最後，她進入一道山谷；在我能看得見她之前，她已經跑到離咆哮山莊比離自己家更近兩英里的地方了。我看到幾個人抓住她，其中一人我確定是希斯克里夫先生本人。

凱西會被抓是因為她有盜獵行為，或者說，當場被抓到在翻紅松雞的窩。山莊是希斯克里夫的土地，他正在責罵這位盜獵者。

我吃力地趕到他們跟前時，聽見她正說著，「我什麼也沒有拿，也沒找到任何東西。」凱西張開空空的雙手，表示自己說的是實話。「我並不想拿走任何東西，但爸爸告訴過我，這裡有很多紅松雞，我只是想看看那些松雞蛋。」

希斯克里夫瞥了我一眼，臉上掛著不懷好意的微笑，顯然他已知道對方是誰，以及他隨之已起的歹念。他問她口中的「爸爸」是誰？

「畫眉田莊的林頓先生，」她回答，「我想你不認識我，不然你不會用那種態度和我說話。」

「這麼說來，妳以為妳爸爸很受人愛戴，很受人敬重嗎？」他譏諷地說。

「你又是誰？」凱西盯著說話的人，好奇地問。「我以前見過那個人。他是你的兒子嗎？」她指指另一個人——哈里頓。他又長了兩歲，身體更顯結實，看來力氣很大，但除此之外，似乎沒什麼長進，看起來還是跟以前一樣笨拙和粗野。

「凱西小姐，」我連忙打斷她，「我們已經出來不只一個小時，而是三個小時啦。我們真的該回家了。」

「不，他不是我的兒子，」希斯克里夫將我推開，回答說，「但我有個兒子，妳以前也見過他；儘管妳的保母急著要回去，但我想，妳和她不妨歇息一下，再回家比較好。妳要不要繞過這石楠覆蓋的陡坡，到我家坐坐？休息過後，妳能更早回到家；我家會熱忱歡迎妳的。」

我對凱西低語說，無論如何她不能接受這項邀請，絕對不能接受。

「為什麼？」她大聲問道，「我跑累啦，而且地上全是露水，我不能在這裡坐下來。我們去嘛，艾倫。何況，他說我見過他的兒子。我想他搞錯了；但我猜得到他住在哪裡；就是那個我從潘尼斯登岩回來時經過的農莊，對不對？」

「確實如此。來吧，奈莉，別作聲——讓她來我家看看，她會很開心的。哈里頓，陪這位小姐往前走吧。奈莉，妳跟我走。」

「不行，她不能去你家。」我大叫，想掙脫被他抓住的胳膊；但凱西小姐早已飛快地繞過陡坡，幾乎已經快跑到山莊前的石階了。那個被命令得陪她的小子也不想惺惺作態，假裝想繼續護送她；他閃避到路邊，然後便不見蹤跡。

「希斯克里夫先生，你不該這麼做，」我繼續說，「我知道你心術不正。她會看到林頓，一等我們回家，她就會一五一十地說出來，這下我要挨罵了。」

「我想讓她見見林頓，」他回答，「這幾天他氣色剛巧還好，他可不是每天都適合見客。我們只要說服她不要說出這回的密訪不就得了，這又有什麼害處呢？」

「當然有害處，她父親若發現我竟然允許她走進去你的房子，一定會恨死我。我確定你鼓勵她這麼做一定是存心不良。」

「我的動機可是正大光明。我可以把我的所有計畫通盤告訴妳，」他說，「我要讓這一對表姊弟陷入愛河，然後結婚。我對妳的老爺可是非常慷慨啊；他的年輕女兒無法指望繼承任何財產，要是她依我的心願去做，她一旦和林頓結婚就會成為共同繼承人，一輩子不愁吃穿。」

「如果林頓老爺死了的話，」我回答，「說不準他能活到何時呢，凱瑟琳會是繼承人69。」

「不，她不會是，」他說，「遺囑裡沒有這樣的保證條文，他的財產會歸我所有；但為了避免日後糾紛，我希望他倆能結婚，我也決心讓這事成真。」

「我也下定決心，絕對不會再帶她到你這裡。」我們走到大門口時，我反駁道。凱西小姐正在那裡等我們過去。

希斯克里夫比了個手勢，要我安靜下來，然後走上小徑，趕到我們前面去打開門。我家小姐瞥了他好幾眼，彷彿在如何看待他這件事上無法下定決心。但現在，他一迎上她的眼光時便微微一笑，說話時也輕聲細語，我居然愚蠢到相信憑著他對她母親的思念，就算他真想要傷害她，也會手下留情。

林頓站在壁爐前。他戴著便帽，看起來剛從田野裡散步回來，正吩咐約瑟夫替他拿一雙乾鞋子過來。他再幾個月就要滿十六歲了，以他的年紀來看，他算是長得相當高。他的容貌非常英俊，眼神和氣色都比我記憶中來得神采奕奕，儘管那只是從有益健康的清新空氣及溫和陽光暫時借來的光輝。

「現在，看看那是誰？」希斯克里夫轉向凱西問道，「妳認得出來嗎？」

「你的兒子？」她疑惑地來回打量兩人，然後說。

「是的，是的，」他回答，「但這是妳頭一次見到他嗎？好好想想！啊！妳的記性實在太差了。林頓，你不記得你的表姊了嗎？你不是老是煩著我們，說想要見她嗎？」

「什麼，林頓！」凱西叫道，意外聽見這名字，她既開心又興奮。「是那個小林頓嗎？他現在都比我高啦！你是林頓嗎？」

那個年輕人走上前來，說自己正是林頓。她熱切地吻了他，兩人驚喜地相互凝視，看著時光變化在他們外表上所造成的差異。凱瑟琳長高了，身材豐滿纖細，像鋼絲般彈性十足，全身散發著健康光彩，精力充沛。林頓的外貌和舉止則非常有氣無力，身體相當瘦弱，但他風度翩翩，氣質優雅，多少彌補了這些缺點，使他還算討人歡心。在交換了無數次表示親愛的招呼後，他的表姊走到希斯克里夫跟前，後者正在門口流連，一面注意著屋內，一面注意著屋外；也就是說，他假裝注意著屋外，其實是盯著屋內的一舉一動和發展。

「這麼說來，你是我的姑丈！」她叫著，走上前去和他打招呼。「雖然剛開始時你脾氣有點暴躁，但我想我還是喜歡你。你為什麼從來不帶林頓來田莊拜訪我們呢？這麼多年來，住得又這麼近，卻從來不來看我們，這太奇怪了；你為什麼要這樣呢？」

「在妳出生前，我可能去得太過頻繁了，」他回答，「夠啦——該死！妳要是有多餘的

69. 因為艾德加沒有男嗣，而伊莎貝拉生了林頓，因此畫眉田莊會由林頓繼承，而非凱瑟琳繼承。奈莉在此搞錯了。

吻，就全部給林頓吧，別浪費在我身上。」

「頑皮的艾倫！」凱瑟琳叫著，轉而飛撲向我，給我熱情的擁抱。「邪惡的艾倫！妳剛還試圖阻止我進門。但我以後每天早上都要散步到這裡來，可以嗎，姑丈？有時我會帶爸爸過來。你會高興見到我們嗎？」

「當然。」那位姑丈回答，幾乎壓抑不住他的獰笑，那來自於他對提議來訪的兩位客人的深惡痛絕。「但等等，」他邊說邊轉向那位年輕小姐，「既然講到這件事，我還是告訴妳好了。林頓先生對我有偏見；我們曾經大吵一頓，而且吵得非常凶。如果妳跟他提起要來這裡，他一定會禁止妳過來。因此，妳不能提這件事，除非妳今後不想再和妳的表弟見面。如果妳想見他，歡迎妳來，但千萬別說出去。」

「你們為什麼吵架？」凱瑟琳相當沮喪地問。

「他覺得我太窮，不配娶他妹妹，」希斯克里夫回答，「我和她結婚讓他非常難過。他覺得自尊受傷，永遠也不會原諒我們。」

「但那是不對的啊！」小姐說，「總有一天我會這樣告訴他。但林頓和我與你們的爭吵毫不相干。那我不來這裡；他去田莊好了。」

「田莊對我來說太遠了，」他的表弟喃喃低聲說，「走四英里的路會要我的命。不，妳來吧，凱瑟琳小姐，妳有時來這走走；不用每天早上都來，一個禮拜一或兩次就好。」

父親投給兒子極度輕蔑的一瞥。

「奈莉，恐怕我要白費心機了，」他對我嘟噥著，「凱瑟琳小姐——這傻子是這麼叫她的——遲早會發現他一文不值，然後將他忘得一乾二淨。唉，要是哈里頓的話就好了！——妳知道嗎？別看哈里頓一副粗野的模樣，我一天倒有二十次希望他是我兒子。如果他是別人的兒子，我會喜歡他的。但我想他是得不到**她的**愛的。除非林頓能自己振作起來，否則我要挑動哈里頓和那毫無價值的窩囊廢鬥一鬥，我看他是很難撐到十八歲了。唉，這該死的廢物！他只顧著擦自己的腳，看都不看她一眼——林頓！」

「是的，父親。」那男孩回答。

「你不帶你表姊到處看看嗎？連兔子或黃鼠狼窩都不去瞧瞧嗎？先別忙著換鞋，帶你表姊去花園逛逛，帶她去馬廄看你的馬。」

「我想妳情願在這裡坐著吧？」林頓問凱西，口氣裡透露出他根本不想動。

「我不知道。」她回答，渴望地朝門口看了一眼，顯然很想出去活動活動筋骨。

他坐著不動，縮起身子，挨近爐火。希斯克里夫站起來，走進廚房，又從那裡走進院子，大聲叫著哈里頓。哈里頓回了一聲，兩人隨即走了進來。從他發光的兩頰和濕答答的頭髮判斷，那年輕人顯然剛洗過澡。

「對了，我想問**你**，姑丈，」凱西小姐大叫，想起女管家的話，「他不是我的表哥，對吧？」

「他是的，」他回答，「他是妳母親的侄子。妳不喜歡他嗎？」

凱瑟琳的表情很怪。

「他不是個俊俏的小伙子嗎？」他接著說。

這個沒禮貌的小東西竟然踮起腳尖，在希斯克里夫的耳邊悄聲說了一句話。他聽後縱聲大笑；哈里頓的臉整個沉了下來。我想他對任何可能的嘲笑都很敏感，顯然隱約自知地位卑微，又無學識。但他的老爺或說監護人的話把他的怒氣都驅逐殆盡，前者大聲說——

「你可要得寵啦，哈里頓！她說你是個——她說你是什麼來著？嗯，反正是讚美之詞。來吧！你陪她到農莊四處逛逛。記得舉止要像個紳士！不要說髒話；年輕小姐沒看你的時候，可別死盯著她，而她看你時，要趕快別過臉去。還有，說話時慢慢說清楚每個字，不要把手插在口袋裡。去吧，盡你所能地好好招待她。」

他看著這兩人從窗前走過。恩蕭把臉整個別過去，完全不看他的女伴。他似乎像剛抵達這裡的陌生人或藝術家，興致勃勃地欣賞起眼前這片熟悉的景觀。凱瑟琳偷瞄了他一眼，流露出一絲欽羨之情，然後就把注意力轉到她自己感興趣的東西上面，以輕快的步伐快樂地往前走，一邊哼著曲調，以此填補沒人交談的尷尬沉默。

「我這下封住他的舌頭啦，」希斯克里夫觀察著說，「他將從頭到尾不敢說一個字！奈莉，妳還記得我在他這年紀——不，更年輕時的模樣嗎？我看起來可有那麼傻，或者就像約瑟夫說的一臉蠢相嗎？」

「更糟，」我回答，「因為你比他更陰鬱。」

「我看到他這樣，心裡可樂著呢，」他邊想邊大聲說，「他滿足了我的期望。如果他天生蠢笨，那我就連一半的樂趣也享受不到。但他不是傻瓜，所以我能完全了解他的感受，因為我自己也曾體驗過。比如，我現在就確切知道他在承受什麼樣的折磨。但這才只是個開端呢。他永遠也無法從那粗野無知的深淵中爬出來。我已經牢牢抓住他了，比他那無賴父親抓我抓得更緊，也將他貶得更低，因為他以他的野蠻為榮。我教導他嘲笑一切獸性以外的東西，認為那些都是愚蠢和軟弱的事物。妳覺得如果辛德利看到他兒子會以他為傲嗎？就像我以我的兒子為傲般。不過，兩者之間有著這個差別；一個是黃金當鋪地石用，另一個是擦亮的錫卻被充當銀器。**我的**兒子根本一文不值；但我還是有本事讓這般可憐的草包盡量發揮功效。**他的**兒子有一流的天賦，但卻被虛擲浪費，淪落到連草包都不如。我一點也不會內疚，他要吃的苦頭將比我所知道的還要多呢。最棒的是，哈里頓該死地喜歡我呢！在那點上，妳至少得承認我比辛德利厲害多了。如果那死去的惡棍能從他的墳墓裡爬起來，譴責我虐待他的兒子，我將有看到那位兒子將他一拳打回墳墓的樂趣，他的兒子將會氣炸，因為他竟敢責罵他在這世上唯一的朋友！」

希斯克里夫一想到這點子，便發出一陣魔鬼般的格格獰笑。我沒回話，因為我看得出來，他也不期待我回話。值此之際，我們那位年輕的同伴，因為坐得離我們太遠，無法聽到我們在說什麼，開始出現忐忑不安的徵兆，可能在後悔不該為了怕會有點累，而不陪凱瑟琳去周遭看看。他父親注意到他的不安眼神不斷遊移到窗外，手也猶豫不決地伸向便帽。

「起來吧，你這懶孩子！」他假裝熱忱地叫著。

「快去追他們！他們才剛轉過轉角，就在蜂箱架子旁。」

林頓振作起精神，離開壁爐。格子窗打開著，當他走出門時，我聽到凱西在問她那不善交際的同伴，門上刻了些什麼？哈里頓抬頭看了看，搔搔頭，活像個小丑。

「一些該死的鬼字，」他回答說，「我看不懂。」

「你看不懂？」凱瑟琳驚叫出聲；「我看得懂；那是英文。但我想知道那些字為什麼刻在那裡。」

林頓吃吃笑了起來，那是他第一次展露開心的表情。

「他不識字，」他對他表姊說，「妳能相信有這樣的大傻瓜存在嗎？」

「他是應該這樣子的嗎？」凱西小姐認真地說，「或是他頭腦簡單，不太正常？我已經問過他兩次了，每次他都一副傻相，我想他聽不懂我的話。我確定，我也幾乎聽不懂他的話呢！」

林頓又大笑起來，嘲弄地瞥著哈里頓；哈里頓看起來的確不懂發生什麼事。

「他沒問題，只是懶惰而已；對不對，恩蕭？」他說，「我表姊還以為你是個白癡呢。這下你可嚐到鄙視你所謂的『蛀書蟲』的苦果了吧？凱瑟琳，妳有沒有注意到他那可怕的約克郡口音？」

「哼，讀書有什麼該死的屁用？」哈里頓忿忿不平地嘟噥著，跟每天見面的同伴拌起嘴來，口齒可就伶俐多了。他本想繼續說下去，但那兩位年輕人竟然一起縱聲大笑，我那位輕浮的小姐開心地發現，她可以將他奇怪的言語當成笑話來看。

「嗯，你在那句話裡用『該死的』做什麼呢？」林頓嗤笑著說，「爸爸吩咐你不要說髒話，結果你一開口就髒話連篇。舉止盡量像個紳士吧，我命令你現在就做！」

「要不是看你像個娘們，不像個男子漢，我早把你打趴在地啦；你這瘦巴巴的可憐蟲！」

那位憤怒的鄉下小伙子一面罵回去，一面倒退，漲得緋紅的臉上羞憤交織！因為他意識到自己受了侮辱，但又尷尬地不知道該如何發洩。

希斯克里夫和我一樣，聽到這場對話。當他看見哈里頓舉步離開時，露出一抹微笑；但隨後以厭惡至極的眼神，望了那對仍站在門口叨絮不休的年輕人一眼。那男孩只要一提到哈里頓的不足和缺點，講述他各種怪異的行為和舉止，就精神都來了；而那女孩對他那些尖酸刻薄的傲慢話語竟也聽得興致勃勃，完全沒想到其中所蘊含的惡意。我開始討厭起林頓了，我的厭惡超過同情，並在某種程度上諒解他父親為何如此瞧不起他。

我們一直待到下午，在這之前，我怎麼樣也無法勸凱西小姐離開；幸好我家老爺沒有離開房間，所以他不知道我們遲遲未歸。當我們走路回家時，我本想對我的監護對象諄諄開導，讓她明瞭我們剛離開的人的本性，誰知她固執地認定我對他們有偏見。

「啊哈！」她叫道，「妳是站在爸爸這邊的，艾倫。我知道妳有偏見，否則妳也不會欺騙我這麼多年，還說林頓住在離這裡很遠的地方。我真的很生氣；只是現在我開心地無法發脾氣！但我不准妳再說**我**姑丈的壞話。妳要記得，他是我的姑丈；我還要為爸爸和他吵架的事，數落爸爸一頓。」

她就這麼喋喋不休地說著，直到我放棄要她承認看錯人的企圖。那天晚上她並沒有說出這次的拜訪，因為她沒見到林頓老爺。但隔天她就全盤托出，真是讓我懊惱，為之氣結。但我並未十分難過，我想，若是由他負起教導和勸誡的重任，會比我來得有效許多。可是林頓老爺卻怯懦地說不出令人滿意的理由，來說服她不能再和山莊那邊來往。而凱瑟琳一向嬌縱，若要她聽從違背她意願的吩咐，理由非得十分充足不可。

「爸爸！」問過早安之後，她大叫道，「猜猜我昨天去荒原散步時遇見誰了。啊，爸爸，你嚇到了！現在你知道自己做錯了，對不對？我看見——但聽著，你應該先聽聽我是怎麼識破你的謊言的，還有艾倫和你串通好，在我一直希望林頓回來，而總是失望時，你們還假裝非常同情我呢！」

她老老實實地說出昨天的出遊以及後續的發展，老爺不止一次地向我這邊投來責怪的眼神，但在她說話時卻一語不發。他將她拉到跟前，問她是否知道為何要對她隱瞞林頓就住在附近的事？她難道以為這只是禁止讓她去享受一個無害的樂趣嗎？

「那是因為你不喜歡希斯克里夫先生。」她回答。

「妳相信我在乎自己的感覺，勝過妳的感受嗎，凱西？」他說，「不，不是因為我不喜歡希斯克里夫先生，而是因為希斯克里夫先生不喜歡我。他是個窮凶惡極的男人，以傷害和毀滅他所痛恨的人為樂，如果他們給他一絲絲機會的話。我知道，妳若要和妳表弟保持聯繫，就不免得和他保持來往，而他會因為我而厭惡妳。因此，我是為了妳好，不是為了別的原因，才採取預防措施，不再讓妳見到林頓。我原本想等妳長大點再和妳解釋，我很抱歉，沒有早些和妳說。」

「但希斯克里夫先生很和藹可親啊，爸爸。」凱瑟琳說著，一點也不相信。「而且他不反對我們見面。他說我高興的話，隨時可以去他家，唯一的條件是我不能告訴你，因為你和他吵過架，也不會原諒他娶了伊莎貝拉姑姑。看樣子你是不會。**你**才是那個該被責怪的人；至少他願意讓林頓和我作朋友，但你卻不肯。」

我家老爺看出來她根本聽不進他對她姑丈那邪惡天性的告誡，於是他很快地大致描述他是如何對待伊莎貝拉，還有咆哮山莊是如何變成他財產的來龍去脈。他無法忍受多說這些事。儘管他很少提起，他仍能感覺到自從林頓太太死後，就佔據他心房的那股對長年宿敵的相同恐懼和深惡痛絕。「要不是因為他，她現在可能還活著！」他經常此苦澀地如想著。在他眼裡，希斯克里夫與殺人兇手無異。凱西小姐——對於人類的罪惡行徑可說是毫無所知，她至多也只是知道由於自己的火爆脾氣和欠缺考慮所引發的不聽話、蠻不講理和怒氣衝天這類小過失而已，而且她總是在當天就悔恨不已——她對在人心黑暗深處，可以構想和隱藏報復計謀多年，並在良心毫無不安的情況下，處心積慮地執行這些計畫，大為吃驚。她似乎對得知這層人性的嶄新認識，留下深刻印象，也大大震驚——直到現在，這類行徑是在她的學習和理解的範圍之外——因此艾德加先生認為沒有必要再多說。他只是補上這句話：「親愛的，妳以後就會知道，為什麼我不希望妳和那山莊裡面的人維持聯繫。現在，回去做妳平常做的事，或是去玩吧，別再想這些事。」

凱瑟琳親吻她的父親，像平常一樣，安靜地坐下來讀了幾個小時的書，然後她陪他到林苑散步，如往常般地過了一天。但到了晚上，當她回房休息時，我進去幫她換衣服，卻發現她在床邊跪著哭泣。

「啊，呸，傻孩子！」我叫道，「如果妳經歷過真正的哀傷，妳就會對為這種雞毛蒜皮的小事掉眼淚而感到羞愧。妳從沒體會過真正的悲傷，連影子都沒碰過，凱瑟琳小姐。假設來說好了，萬一老爺和我突然死了，只剩下妳孤單地活在這世間，妳會有什麼感受呢？只要把現在的情況和那樣的悲傷比較一下，妳就會因為擁有這些親友而安慰不已，而不會再多加奢求了。」

「我不是在為自己哭泣，艾倫，」她回答，「我是在為他哭泣。他期待明天會再見到我，他這下要大失所望了。他會癡癡等我，而我卻不會去啦。」

「胡扯！」我說，「妳以為他像妳一樣對妳魂牽夢縈嗎？他不是還有哈里頓作伴？一百個人裡面也找不出一個人，會為了失去一位只見過兩次面、共處兩個下午的親戚落淚。林頓會想清楚是怎麼回事，然後把妳拋到九霄雲外。」

「但我就不能寫個紙條告訴他，我為什麼不能再去那邊了？」她邊站起來邊問道。「我只是想將我答應借給他的書送過去？他的書沒有我的精緻，當我告訴他它們多有趣時，他很想讀讀它們。不行嗎，艾倫？」

「不行！絕對不行！」我斷然回答，「然後他就會寫信給妳，那就沒完沒了啦。不行，凱瑟琳小姐，妳必須完全和他斷絕往來。這是妳父親的希望，我得奉命執行。」

「但區區一張小紙條又不會造成——」她一臉懇求，又開口說。

「別說了！」我打斷她的話，「我們不要再提什麼小紙條啦。上床去吧。」

她頑皮地瞪我一眼，那眼神淘氣得讓我氣得不想給她晚安吻。我悶悶不樂地幫她蓋好棉被，關上房門，但走到半路我就後悔了，因此我躡手躡腳地走回來，結果一瞧，小姐正站在桌旁，一張空白的紙攤在她面前，手裡拿著一支鉛筆。她一看到我進房，便忙不迭地將它藏起來。

「就算妳寫了，也不會有人替妳送信的，凱瑟琳，」我說，「現在，我要把妳的蠟燭弄熄。」

我用蠟燭蓋罩住燭火時，手背被打了一下，還聽到氣憤難消的一聲「討厭鬼！」我再度離開，她氣急敗壞地猛力拴上門，我從未見過她脾氣這麼暴躁過。後來，那封信還是寫了，並由從村子裡過來的送牛奶小男孩幫她送往目的地。我是過了一段時日才得知此事。幾週過去了，凱西的脾氣漸漸平靜下來，但她變得相當喜歡自己窩在角落，當她看書時，倘若我突然靠近她，她會驚跳起來，然後整個人伏趴在書上，顯然想藏住書。我看到書頁裡夾著散裝紙頁的邊緣。她也開始舉止奇怪，一早就會下樓來，在廚房裡徘徊不去，彷彿在等什麼抵達一樣。她在書房的書櫃裡有個小抽屜，她會在那裡翻弄幾個小時，離開時還會特別小心將鑰匙拿走。

有一天，當她在翻弄這個抽屜時，我發現最近放在那裡的玩具和小裝飾品，全都變成一張張折好的紙。我的好奇心和懷疑心全都被激起，決心要偷看她那神祕的寶藏。因此，到了晚上，等她和老爺上樓回房休息後，我在自己的那串家用鑰匙中搜尋，很快地便找到可以打開那抽屜的備用鑰匙。一打開之後，我就把裡面的所有東西倒進圍裙裡，拿回自己的臥房慢慢檢查。儘管我早已起了疑心，但當我發現那是一大疊信件時，還是吃驚不已——幾乎每天一封——全是林頓·希斯克里夫寫給她的回信。剛開始的回信還拘謹而言簡意賅；慢慢卻發展成洋洋灑灑的長篇情書，內容幼稚可笑，不過就寫信者的年紀而言也是情有可原的，信內時不時穿插一些動人的文句，我想這些是從更有經驗的範例上抄襲而來。有些信對我而言是熱情奔放和索然無味的古怪綜合體；起頭時情感強烈，結尾的風格卻矯揉造作，贅字連篇，就像中學生寫給想像中的虛幻情人會用的文體。我不知道凱西是否滿意這些信；但對我來說，它們不過是毫無價值的垃圾罷了。讀過我認為適當數目的信件後，我就用手帕將它們包起來，放在一邊，重新鎖上空抽屜。

小姐依照習慣，很早便下樓到廚房裡來；我看到某個小男孩一到時，她就連忙跑到門口，趁擠奶女工往男孩的罐子裡倒牛奶時，她把某樣東西塞進他的上衣口袋，並且抽出一樣東西。我繞過花園，在路旁等候這位信差。他很勇敢地和我搏鬥，拚死保護他的委託物，我們將牛奶都打翻了，但我最後仍成功搶到信件，我威脅他說，如果他不趕快回家，後果將不堪設想。然後我便站在牆下，拜讀凱西小姐情感澎湃的大作。這封信比她表弟寫的要簡潔流暢，雖然文采豐富，卻傻氣十足。我搖搖頭，滿腹心事地回到屋內。

那一天下著雨，凱西小姐無法到花園裡散步解悶，因此，在早讀結束後，她就去抽屜那邊尋求慰藉。她父親坐在桌邊看書；我則故意找了點活來做，整理窗簾上幾條纏在一起的縫子，眼睛則緊盯著她的一舉一動。任何母鳥在飛回原本是滿巢啾啁鳴唱的小鳥巢，卻發現鳥巢已經空空如也時，在巨大悲痛下，所發出的悲鳴哀慟和啪答振翅聲，都比不上她那聲簡單的「啊」，她原本快活的臉突然轉變為大驚失色。林頓先生抬頭看她。

「怎麼了，寶貝？哪裡碰痛了嗎？」他說。

他的口氣和神情都讓她確定，**他**不是發現寶藏的人。

「沒什麼，爸爸！」她喘著氣說，「艾倫！艾倫！跟我去樓上——我不舒服！」

我聽從她的吩咐，陪她走出書房。

「啊，艾倫！是妳把信都拿走了吧。」當我們單獨在房裡時，她立刻跪下來說。「啊，還給我吧，我再也不會，再也不會這麼做了！別告訴爸爸。妳還沒有告訴爸爸吧，艾倫？說妳沒有啊。我知道我太淘氣了，我絕對不會再這麼做了！」

我以十分嚴肅的態度叫她站起來。

「這麼說來，」我叫道，「凱瑟琳小姐，妳真的有點不太像話。妳應該為這些信感到羞愧！原來妳在閒暇時讀的就是這堆垃圾，我看都精彩地可以出版了！妳想，如果我把信拿給老爺看，他會怎麼想呢？我還沒拿給他看，但妳別指望我會替妳保守這個荒唐的祕密。真丟人啊！一定是妳先開始寫這些可笑的信的；我敢確定，他想不出這種花招。」

「不是我！不是我！」凱西啜泣著，一副心都快碎了的模樣。「我根本沒想到會愛上他，直到——」

「**愛**！」我大叫，盡可能以極其嘲諷的語氣說出這個字。「**愛**！有誰聽過這種事！那對那個一年來買一次玉米的磨坊主人，我也可以說我愛他囉。好個愛啊，真是的！妳這輩子只見過林頓兩次，而加起來的時間還不到四小時！如此短暫，現在妳倒有這堆幼稚的垃圾。我要把它們拿到書房去，我們來看看妳父親對這種**愛**會說什麼。」

她跳起來搶她的寶貝信件，但我把它們高舉過頭；然後她瘋狂地請求我把它們燒掉——做什麼都可以，只要不拿給她父親看。我真是好氣又好笑，在我看來，這全是女孩子的虛榮心作祟。我最後還是免不了心軟，於是問道：「如果我同意燒了它們，妳能否真心保證今後不再和他信件來往，也不再收送書本——我知道妳送他書——或是髮夾、戒指和玩具？」

「我們沒有交換玩具。」凱瑟琳大叫，看來她的自尊心勝過羞恥心。

「反正什麼也不許送，聽到了沒，我的小姐？」我說，「除非妳答應，否則我現在就走。」

「我答應妳，艾倫！」她叫道，緊抓住我的衣服。「哦，把信丟進爐火裡，丟吧，丟吧！」

但，當我用火鉗清出一塊地方時，這樣的犧牲實在是讓她痛苦得忍受不住。她苦苦哀求我留下一兩封信。

「就一兩封吧，艾倫，看在林頓的份上！」

我解開手帕，開始將信從手帕的一角往火爐裡倒，火舌捲起來，直冒上煙囪。

「我要留一封，妳這狠心的人！」她尖叫，手迅速往火裡伸去，抓出一些燒到一半的碎紙，手指有點燒傷。

「很好——那我也要留幾封給妳爸爸看！」我回答說，將剩下的信抖回手帕裡，轉身再度朝門走去。

她一聽連忙將那些燒焦的碎紙扔回火裡，對我比個手勢，要我燒完那些信。信燒完後，我攪動灰燼，用滿滿一鏟煤蓋在上面；她一聲不吭，懷著強烈的悲傷回到自己的房間。我下樓告訴老爺，小姐突發的病已無大礙，不過我想還是讓她再躺一會兒比較妥當。她不肯吃午飯，但在晚餐時又重新露臉，臉色蒼白，眼圈紅腫，外表看來非常沉穩平靜。

第二天早上，我以一張字條回了信，我寫道：「懇請希斯克里夫少爺切勿再寫信給林頓小姐，她不會再收信了。」從此，那個小男孩來時，口袋都是空空如也。

22

夏天結束，初秋也接近尾聲；米迦勒節[70]已經過去，但那年的秋收較晚，我們還有幾塊田地沒有收割。林頓先生和他的女兒常在收割工人間走來走去；在搬運最後幾捆麥子的那天，他們逗留到薄暮時分，那晚正好寒冷潮濕，老爺得了重感冒，病菌頑強地滯留在他肺部，久久不癒，他因此整個冬天都關在室內，幾乎沒有出過門。

可憐的凱西，她被那段小小的風流韻事嚇到了，自它結束後，整個人就變得鬱鬱寡歡，垂頭喪氣。她父親堅持要她少讀點書，多到外面活動。她不再有他陪伴了，我想我有義務彌補這個空缺，因此我便盡可能陪她。然而，我不是個很稱職的替代者，因為我只能從忙碌的日常工作中，抽出兩三個小時來陪她，而我的陪伴顯然不如他的討她歡心。

十月或是十一月初的一個下午——那是個清新、霧氣迷濛的午後，濕氣掩蓋草地和小徑，枯萎的樹葉沙沙作響，寒冷的湛藍天空有一半都被雲朵遮住。深灰色的流雲迅速從西方竄出，預示滂沱大雨即將降臨。我勸小姐不要出門散步，因為肯定會下大雨。但她不肯聽我的勸，我只得無奈地披上斗篷，拿了傘，陪她到林苑深處散步。她情緒低落時總是最愛走這條路。艾德加先生的病情惡化，她的心情自然好不起來。他從未親口承認他的病情嚴重，但她和我從他日漸沉默、越形憔悴憂鬱的表情可以猜出幾分真相。她悶悶不樂地向前邁進，現在她不再盡情奔跑或蹦蹦跳跳了，在過去，這冷冽的寒風總是會誘使她大步奔跑。我不時從眼角看見她舉起手，從臉頰上抹掉什麼。我四下張望，想找東西讓她轉移注意力，不再滿腹愁緒。路的一邊有一道崎嶇不平的陡坡，那裡的榛樹和粗矮的橡樹根半露地面，看起來隨時會倒下。這裡的泥土對樹群來說太過鬆軟。強風把一些樹吹得彎腰，幾乎要趴在地面。凱瑟琳小姐在夏天時喜歡沿著這些樹幹攀爬，並坐在離地二十英尺高的樹枝上盪來盪去。雖然，我看見她敏捷輕盈、童心未泯時是滿心歡喜，但每次抓到她爬到那麼高時，我總覺得該罵她幾句，但正因如此，她也知道她沒有馬上爬下來的必要。從午餐後到晚餐前，她會躺在她那隨微風搖晃的搖籃裡，什麼事也不做，只是對著自己哼著我曾經唱給她聽的古老搖籃曲，或是看著和她一起棲息在樹枝上的成鳥餵養雛鳥，引逗牠們學飛；或是閉上眼睛，舒服地靠著，半在胡思亂想，半在作白日夢，快活地無法言喻。

「妳看，小姐！」我指著一株扭曲大樹樹根下的凹洞。「冬天還沒來呢。那裡有一朵小花，七月時，這種風鈴草會爬滿整片草地台階，形成一片紫色霧靄。妳要不要爬上去，把花摘下來拿去給妳爸爸看？」

凱西凝視著這朵孤單地在洞裡打顫的小花良久，最後終於回答：「不了，我不要碰它，因為它看起來太憂鬱了，不是嗎，艾倫？」

「是啊，」我回答，「和妳一樣看起來瘦弱消沉。妳的臉頰都沒有血色啦。我們牽著手一起跑跑吧。妳這樣無精打采，我敢說我一定追得上妳。」

70. 基督教紀念天使米迦勒的節日，日期是九月二十九日。

「不要！」她又說，繼續慢慢往前走，時而停下來盯著一小片青苔、一叢轉白的枯草，或是在一堆棕色落葉中竄出的亮橘色菌菇，陷入沉思；時而把手舉到別開來的臉上。

「凱瑟琳，妳為什麼哭了，寶貝？」我邊問邊走上前摟住她的肩膀。「別因爸爸感冒而傷心，感謝老天，那不是什麼重病。」

這時她不再壓抑，放聲大哭，啜泣得連氣都喘不過來。

「哦，會變成重病的，」她說。「如果爸爸和妳都離開我，留下我一個人孤伶伶的，我該怎麼辦啊？我忘不了妳說過的話，艾倫；那些話總在我耳邊迴響。等爸爸和妳死時，生活會有怎樣的變化，這世界會變得有多淒苦啊。」

「誰也說不準妳會不會比我們先死，」我回答，「凡事往樂觀處想。期望我們之中的任何一人都還會活上好多好多年。老爺還年輕，我身體也很健壯，還不到四十五歲。我母親就活到八十歲，到最後都還是位精力旺盛的老太婆呢。假設林頓先生能活到六十歲，小姐，那他往後要活的歲數可比妳現在的年紀還要大呢。提前為二十年後才會降臨的災難哀悼，那不是很傻嗎？」

「但伊莎貝拉姑姑就比爸爸還年輕啊。」她說著，怯生生地抬眼看我，希望找到更多慰藉。

「伊莎貝拉姑姑沒有妳和我來照顧她啊，」我回答。「她不像老爺這麼快樂，人生也不像他這般有意義。妳現在要做的就是好好照顧妳父親，讓他看見妳開心，那他也就會開心。盡量避免讓他憂慮。記得這點，凱西！如果妳任性不懂事，依然對一個巴望他早日進墳墓的人的兒子癡迷不已，若是讓他發現，妳仍在對早就該分手的戀情愁苦不堪的話，那我可不騙妳，妳可能會害他氣死。」

「在這世上，除了爸爸的病，我不會為其他任何事情苦惱，」我的同伴回答，「沒有任何事比得上我對爸爸的關心。而且我永遠不會——永遠不會——啊，只要我還有理智，就絕不會做出或說出任何會讓他煩惱的事。我愛他更勝於自己，艾倫；我從下面這件事就知道：我每天晚上都祈禱，希望我比他晚死，因為我寧可自己難過，也不願意讓他傷心欲絕。這證明我愛他勝於自己。」

「說的很好，」我回答，「但妳得以行動證明。等他康復後，記住，不要忘了妳在恐懼時所下的決心。」

我們談著，走近一扇開往大路的門邊。我家小姐走進陽光中，容光煥發，爬到圍牆頂端坐下，彎身去採摘野薔薇枝椏頂端長得茂盛的猩紅果實，這些野薔薇樹在大路的一邊投下陰影。低處枝頭的果實都已經不見了，而高處的果實，除了凱西現在所在位置外，只有鳥兒才啄得到。她伸手去摘果實時，帽子卻掉了，因為門上了鎖，她打算爬下去撿。我叮囑她小心別摔著，她敏捷地一翻身，就消失無蹤。但是要爬回來就沒那麼容易了。石頭光滑，水泥抹得很平整，而薔薇叢和黑刺莓的藤蔓都經不起攀爬。我像個傻瓜般，竟然忘了這件事，直到聽到她笑著大叫，我才想起。「艾倫！妳得趕快去拿鑰匙，不然我就得繞到守門人的房子那裡啦。我從這邊的牆爬不過去！」

「待在原地，」我回答，「我口袋裡有我那串鑰匙，也許開得了。要是開不了，我再去拿。」

我一把把試著所有的大鑰匙時，凱瑟琳就在門外前後跳著，玩得很開心。我試插最後一把後，發現沒有鑰匙能打得開門，因此我再次叮囑她待在那裡，正打算盡快衝回房子時，一個愈來愈近的聲音讓我停下腳步。那是馬兒小跑步的聲音；凱西也停止蹦跳。

「那是誰？」我低聲問。

「艾倫，我希望妳能快點把門打開。」我的同伴憂心忡忡地低聲回答。

「啊，林頓小姐！」一個深沉的聲音（那位騎馬者）叫道，「我很高興遇見妳。先別急著進去。我有個問題想問妳，並想聽聽妳的解釋。」

「我不能和你說話，希斯克里夫先生，」凱瑟琳回答，「爸爸說你是個壞人，你恨他，也恨我。艾倫也這麼說。」

「那話可一點也不中肯，」希斯克里夫（正是他）說。「我想我並不恨我兒子。我是想跟妳談談有關他的事。是啊，妳是該有理由臉紅。兩三個月前，妳不是還常寫信給林頓嗎？妳是在玩弄愛情嗎？你們兩個都該為此挨鞭子！尤其是妳，妳年紀比較大，結果妳反而比較無情。妳的信我全留著，要是妳敢對我傲慢無禮，我就會將它們送去給妳父親看。我猜妳不過是玩玩，玩膩了就丟開了，對不對？這下可好，妳就這樣把林頓丟進絕望深淵。他是真的陷入熱戀，如同我現在還活著一樣千真萬確，他為了妳都快死了。妳的善變把他的心都弄碎了。我可不是在打比方，事情確實是如此。儘管哈里頓這六個禮拜以來都在嘲笑他，我也採取了更嚴厲的手段，想讓他從一片癡情中清醒過來，但他卻一天比一天還糟糕。除非妳救救他，不然在夏天之前，他就要入土啦！」

「你怎麼能公然對這個可憐的孩子撒這種謊言？」我從門內大叫，「請你立刻騎馬離開！你怎能故意編造出這種卑鄙謊言？凱西小姐，我要用石頭將鎖敲壞。妳千萬別相信他那些惡毒的瞎話。妳自己應該也知道，一個人是不可能因為愛上陌生人而死的。」

「我還不知道有人在偷聽呢，」那位被識破伎倆的惡棍咕噥著，「可敬的狄恩太太，我喜歡妳，但我不喜歡妳的奸詐，」接著他又大聲說：「妳怎能公然撒謊，硬說我痛恨這個『可憐的孩子』？妳還編造出令她不安的故事，將她從我的門前石階上嚇跑？凱瑟琳．林頓，聽到這名字就讓我感到很溫暖，我的好姑娘，接下來的這個禮拜我都不會在家，妳可以自己去看看我說的是不是真的。去吧，這樣才是乖孩子！妳想想，換作妳父親是我，而林頓是妳，要是妳父親親自去拜託他，而他卻還是不肯移動一步，過來安慰妳，那妳又會如何看待這位薄情人呢？可別因為愚蠢而犯下相同的錯誤。我發誓，他就快死啦，除了妳以外，沒人能救他，我若說謊，詛咒我不得救贖！」

我把鎖敲開，跑了出去。

「我發誓，林頓真的快死了。」希斯克里夫重複道，狠狠地瞪著我。「憂傷和失望正在加快他的死亡。奈莉，妳若不讓她去，就自己去看看吧。我要到下禮拜的這個時候才會回來。我想妳家主人自己應該也不至於反對她去探訪她表弟吧。」

「進來。」我邊說邊抓住凱瑟琳的胳膊，半強迫地將她拉進門。她猶豫不決，用疑惑心煩的眼神看著說話人的臉，那張臉裝出一派嚴肅，掩蓋他內心的狡猾。

他騎馬朝前走近，彎下腰說：「凱瑟琳小姐，我跟妳承認，我對林頓沒多少耐心，哈里頓和約瑟夫更是比我還不如。我承認，他是處在一群粗漢之中。他渴望體貼和愛情。妳的一句仁慈話語，就是他的最佳良藥。別聽狄恩太太那些殘酷的警告。寬厚一點，設法去看看他。他日夜對妳魂牽夢縈，但我費盡唇舌也無法讓他相信妳並不恨他，因為妳音訊全無，又不去探訪他。」

我關上門，推了一塊石頭過來頂住門，因為鎖已經被敲壞。我撐開傘，把小姐拉到傘下，這時雨珠已經開始穿過嗚咽的樹枝往下滴落，警告我們不能再拖延。我們連忙往家裡跑，腳步匆匆，根本無法討論和希斯克里夫相遇的事。但我憑直覺就知道，凱瑟琳的心已被雙重陰霾所籠罩。她滿面愁容，簡直不像之前的她了。她顯然認為她聽到的每個字都是事實。

在我們進屋前，老爺已經回房休息了。凱西悄聲走進他房間，想看看他是否好些，可是他已經睡著了。她從老爺房間走出來，要我陪她在書房裡坐坐。我們一起吃晚餐，之後她就躺在地毯上，要我別說話，因為她很累。我拿了一本書，裝出讀書的模樣。她以為我在專心看書，開始默默哭泣。看來這是她現在最喜歡的消遣。我讓她哭泣發洩了一會兒，然後才開口勸她；我大肆嘲笑希斯克里夫所說的有關他兒子的那段話，彷彿我確定她也會贊同似的。唉！我根本沒辦法消除他的話所產生的效果，而這恰恰就是他的詭計。

「也許妳是對的，艾倫，」她回答，「可是在我查明真相前，我會惶惶不安。我必須告訴林頓，沒寫信並非我的錯，並說服他我沒有變心。」

對她如此愚蠢地輕信他人，我的憤怒和抗議又有何用？那晚我們不歡而散；但第二天，我又走上通往咆哮山莊的路，身旁是我那位騎在小馬上、固執任性的小姐。我無法忍受她沮喪憂傷。看著她蒼白沮喪的臉和憂愁的眼神，我只能讓步。我心裡抱著些微希望，但願林頓本人能以接待我們來證明他父親所編的故事全無事實根據。

23

風雨之夜後是個霧氣迷濛的早晨——又是下霜，又是細雨霏霏——暫時形成的溪流從高地上潺潺流下，橫越我們的小徑。我的雙腳全濕了；我煩惱不已，心情低落，這樣的心情最適合來做這件最不愉快的事。我們從廚房走進那棟農舍，想確定希斯克里夫先生是否真的不在家，因為我不大相信他說的話。

約瑟夫正坐在熊熊的爐火旁，彷彿正獨自處於某種極樂世界。他身旁的桌子上放了一杯一夸脫的麥酒，裡面浸泡著好幾大塊烤麥餅，他則嘴裡叼著黑色的短煙斗。凱瑟琳跑到爐火前取暖。我於是問主人在不在家？約瑟夫過了很久都沒回答我的問題，以至於我以為這老傢伙聾了，便又提高聲音，大聲地問了一次。

「不——在！」他咆哮著，或該說這叫聲是從他鼻子裡哼出來的。「不——在！你們打哪兒來，就滾回哪兒去！」

「約瑟夫！」在我說話的同時，一個暴躁彆扭的聲音從裡屋裡叫喊著。「我得喊你幾次啊？爐火裡只剩下一點灰燼啦。約瑟夫！馬上過來！」

他自顧自地拚命吐著煙，目不轉睛地瞪著爐柵，根本不想理會那個命令。女管家和哈里頓不見蹤影；可能一個有事出門，一個跑去幹活吧。我們聽出那是林頓的聲音，便走了進去。

「啊，我希望你死在閣樓裡，活活餓死！」那男孩聽見我們走進來，誤以為我們是那位怠慢他的僕人。

他一發覺搞錯了便立即住嘴；他表姊朝他飛奔過去。

「是妳嗎，林頓小姐？」他說著，從他半躺的大椅子扶手上抬起頭來。「不——不要吻我，我快喘不過氣來了。老天！爸爸說妳會來，」他繼續說著，從凱瑟琳的擁抱中稍微緩過氣來；她站在一旁，一臉後悔。「請妳關上門好嗎？妳們進來時沒關門。那些**可惡的**傢伙不肯幫我添煤。好冷！」

我撥撥餘燼，跑去提了一筐煤過來。病人卻抱怨起我弄了他一身煤灰；他一直咳個不停，看起來好像還在發燒生病，因此，我沒對他的壞脾氣多做計較。

「啊，林頓，」等他緊皺的眉頭舒展開來時，凱瑟琳低語，「你高興看到我嗎？我能為你做點什麼？」

「妳以前為什麼都不來呢？」他問道，「妳該來的，而不是寫信。寫那些長信都快把我累死了。我寧可和妳說話。但現在，我可連說話都受不了，做什麼都受不了。奇怪，季拉跑哪去了？妳能不能（他看著我）到廚房去看看？」

我剛才為他添煤，他也沒有道聲謝，所以我也不再想聽他的命令，忙進忙出。我回答說：「那裡只有約瑟夫。」

「我想喝水，」他轉頭，煩躁地叫著，「爸爸一走，季拉就老往吉默頓跑，真討厭！我只好下樓來這裡——我在樓上再怎麼叫，他們都假裝聽不見。」

「你父親有好好照顧你嗎，希斯克里夫少爺？」我問，看出凱瑟琳一直向他示好，卻不斷受挫。

「照顧？他至少有讓他們多照顧我一下，」他嚷嚷著，「那些討厭鬼！妳知道嗎，林頓小姐，哈里頓那個粗野的傢伙竟然嘲笑我！我恨他！真的，我恨他們所有人。他們全是些討人厭的傢伙。」

凱西開始去找水，她在櫥櫃裡找到一壺水，倒滿一大杯端過來。他要她從桌上的瓶子裡加一匙酒進去，他喝了幾口後，就變得比較平靜，然後才說她真好。

「你高興見到我嗎？」她又問了一遍剛才的問題，看見他臉上微微露出一抹微笑，開心極了。

「是的，我很高興。聽到像妳這樣的聲音，讓我感覺很新鮮！」他回答，「但我一直很苦惱，因為妳不肯過來。爸爸一直說那都是我的錯；他罵我是個可憐、懦弱、一文不值的蠢才。他說妳看不起我，還說如果他是我的話，這時早就取代妳父親，成為田莊的主人啦。但妳沒有看不起我吧，對不對，小姐——」

「我希望你叫我凱瑟琳，或是凱西，」我家小姐打斷他的話，「看不起你？哪會！除了爸爸和艾倫外，我愛你超過這世上任何人。但我不喜歡希斯克里夫先生，等他一回來，我就不敢過來了。他會離開很多天嗎？」

「沒有很多天，」林頓回答，「但狩獵季節已經開始了，他會常常去荒原那邊。他不在時，妳可以過來陪我一兩個小時。妳一定要答應我，妳會來。我想我不會跟妳發脾氣。妳不會惹我生氣，而且妳總是想要幫我，對不對？」

「對，」凱瑟琳邊說，邊輕撫著他那頭柔軟的長髮。「如果我能得到爸爸的允許，我會分出一半時間過來陪你。俊秀的林頓！我真希望你是我弟弟。」

「那妳就會像喜歡妳父親那樣喜歡我了嗎？」他說，看起來比剛才更愉快。「但爸爸說，如果妳是我妻子，妳就會愛我勝過妳父親和世上任何人，所以我情願妳是我妻子。」

「不，我絕不會愛任何人勝過於愛爸爸，」她嚴厲地回答，「人們有時候會恨他們的妻子，但卻不會恨他們的兄弟姊妹。如果你是我弟弟，那你就可以和我們住在一起，而爸爸會像喜歡我一樣喜歡你。」

林頓不認為人們會恨他們的妻子；但凱西確定他們會，而且還自作聰明，舉林頓的父親厭惡她姑姑為例。我原本想阻止她那不加思索的舌頭，但卻來不及。她把她所知的一切都和盤托出。希斯克里夫少爺非常惱火，直說她騙人，她說的都是謊話。

「是爸爸告訴我的，爸爸絕不會說謊。」她傲慢地反駁。

「我爸爸瞧不起妳爸爸！」林頓叫道，「他說妳爸爸是個卑鄙的傻瓜。」

「你爸爸是個壞蛋，」凱瑟琳回敬，「你竟然重複他說的話，你真是壞透了。他一定很壞，才會逼得伊莎貝拉姑姑就那樣離開他。」

「她並不是離開他，」那男孩說，「不許妳反駁我。」

「她是的。」我家小姐嚷著。

「好，那我也告訴妳一件事！」林頓說，「聽好，妳母親恨妳父親。」

「啊！」凱瑟琳大叫，氣得說不出話。

「她愛我父親。」他又說。

「你這愛撒謊的小騙子！我現在恨你了！」她氣得直喘氣，臉因憤怒而漲得通紅。

「她愛我父親！她愛我父親！」林頓大聲嚷嚷，躺回椅子，仰頭靠著，好整以暇地欣賞站在他身後那位爭辯對手的氣憤表情。

「住嘴，希斯克里夫少爺！」我說，「我猜這也是你父親編出來的故事吧。」

「才不是。妳給我住嘴！」他回答，「她愛我父親，她愛我父親。凱瑟琳！她愛我父親，她愛我父親！」

凱西氣急敗壞地用力推了他椅子一下，讓他突然撲倒在一隻扶手上。他立刻被一陣劇烈咳嗽弄得喘不過氣，他短暫的勝利隨即遭到終結。他咳得久到甚至連我都嚇壞了。至於他表姊，被自己闖出來的禍嚇得不知所措，什麼話也沒說，只是激動地放聲大哭。我扶著他，直到他停止咳嗽。然後他把我推開，默默垂下頭。凱瑟琳也停止哭泣，在對面的椅子上坐下，表情嚴肅地看著爐火。

「你現在覺得怎樣，希斯克里夫少爺？」我等了十分鐘後問道。

「我希望**她**也能嚐嚐我受的這種活罪，」他回答，「可惡又無情的東西！哈里頓從來沒有碰過我，從來沒有出手打我。我今天的情況原本比較好一點，結果——」他的聲音消失在嗚咽中。

「**我**沒有打你！」凱西咕噥說，咬緊嘴唇，免得自己再次激動起來。

他像承受極大痛苦般地不斷嘆息和呻吟，整整持續了十五分鐘，這顯然是要讓他表姊感到難受，因為他一聽到她的悶聲啜泣，就在他起起伏伏的呻吟裡，添加哀戚的痛苦嗚咽。

「我很抱歉我弄傷你，林頓，」她最後被折騰得受不了，終於說，「但那樣輕輕一推是傷不了我的，所以我沒想到你會。你傷得不重吧，對不對，林頓？別讓我回家時還想著我傷了你。回答我啊！跟我說話！」

「我不要和妳說話，」他嘟噥著，「妳把我傷成這樣，我一整夜都會躺著睡不著，被這咳嗽弄得喘不過氣來。要是妳也有這種病，妳就會知道那是什麼滋味啦。但在我受罪，沒人在我身邊的時候，妳卻會舒舒服服地睡著好覺。我倒想知道，如果是妳，妳要怎麼熬過那些可怕的長夜！」他自憐自艾起來，開始嚎啕大哭。

「既然你已經過慣了那種可怕長夜，」我說，「那就不能說是我家小姐害你不得安寧。她要是沒來，你也還是會這樣。反正她也不會再來打攪你啦。也許等我們離開你後，你就能安靜休息了。」

「我一定得走嗎？」凱瑟琳朝他彎下腰，悲哀地問道，「你希望我走嗎，林頓？」

「妳無法改變妳做過的事，」他怒氣沖沖地回答，縮起身子躲開她，「妳只會越弄越糟，把我氣到發燒。」

「好吧，那我一定得走了？」她重複道。

「起碼別再來煩我，」他說，「我受不了妳一直講話。」

她猶豫不決，我花了好一陣子勸她離開，但她就是不聽。而林頓既不抬頭看她，也不說話，最後她只好走向門口，我連忙跟在後面。一聲尖叫又把我們喚了回去。林頓從椅子上滑到壁爐前的石板地，躺著不停得扭動，完全像個嬌縱慣的孩子在鬧彆扭，還盡力裝出痛苦折騰的模樣。我一眼就從他的舉止看穿他的個性，立刻明白如果我們這時還試圖遷就他，那就太傻了。但我的同伴卻不做此想；她驚慌失措地跑回去，跪下來，又是狂叫，又是安慰，又是請求，直到他精疲力竭，終於安靜下來為止。他會停止可絕對不是因為看到她被折磨而良心不安。

「我來把他抱到高背椅上，」我說，「他可以在那盡情翻滾，我們可沒辦法留下來守護他。我希望妳滿意了，凱西小姐，妳不是那個能讓他病情好轉的人，而他的健康情況也不是因為對妳念念不忘才變成這樣。現在，好了，就讓他在那裡躺著吧！走吧。他一知道沒人會理會他的無理取鬧，他就會自己安靜下來。」

她在他頭底下放了個靠枕，又端給他一些水。但他拒絕喝水，在靠枕上翻來覆去，一副很不舒服的模樣，彷彿那是一塊石頭或木頭。她試著調整靠枕的角度，好讓它更舒服些。

「我沒辦法躺，」他說，「這不夠高！」

凱瑟琳又去拿了另一個靠枕過來，放在上面。

「這樣太高啦。」這個討人厭的東西咕噥著說。

「那我該怎麼放呢？」她沮喪地問。

她半跪在長背椅旁，於是林頓扭動著身子靠到她身上，將她的肩膀當靠枕。

「不，這不行，」我說，「你有靠枕就該心滿意足啦，希斯克里夫少爺。小姐已經在你身上浪費太多時間，我們連五分鐘都不能再待下去了。」

「不，不，我們可以的！」凱西回答，「現在他好點了，安靜些啦。他開始了解，如果我認為我來看他會使他病情更嚴重的話，那我今晚會比他更難過，以後也就不敢再來了。告訴我實話，林頓，如果我真的傷著了你，那我就不該再來啦。」

「妳一定要來，將我的病治好，」他回答，「妳要來，因為妳傷著了我。妳該知道妳把我害慘了！妳剛進門時，我並不像現在這麼嚴重，對不對？」

「那是你又哭又鬧把自己弄得更嚴重的，可不是我，」他的表姊說，「不管怎樣，我們現在是朋友了。你需要我，也真心希望以後能常看到我，對吧？」

「我已經跟妳說了，我要妳來，」他不耐煩地回答，「坐到高背椅上，讓我靠在妳的膝蓋上。媽媽總是這樣，整個下午都維持這樣。靜靜坐著，不要說話。但如果妳會唱歌，就唱首歌，或是背一首好聽有趣的長篇歌謠——妳答應過要教我的，不然就講個故事吧。不過，我比較喜歡聽歌謠，開始吧。」

凱瑟琳背誦了一首她所能記得的最長歌謠，這讓他們都非常開心。林頓聽完了後又要聽另一首，另一首聽完後，又要一首，根本不顧我的激烈反對。他們就這樣一直作伴到時鐘敲響十二點，我們聽見哈里頓走進院子，回來吃午餐。

「明天，凱瑟琳，明天妳還會來嗎？」在她不情不願地起身時，小希斯克里夫拉著她的衣服問道。

「不行，」我回答，「後天也不行。」儘管我如此說，但她顯然給了他一個不同的答案，因為當她彎腰在他耳邊低語時，他的眉頭整個舒展開來。

「妳明天不能來，記住，小姐！」當我們走出房子後，我便說道，「妳該不會在想著要再來吧，對不？」

她微笑著。

「啊，我可得好好留神，」我接著說，「我得叫人把鎖修好，這樣妳就沒有路可以溜出去。」

「我可以翻牆啊，」她大笑著說，「田莊不是個監獄，艾倫，妳也不是我的獄卒。何況，我已經快滿十七歲，是個女人啦。我確定，如果有我照顧，林頓的病很快就會好轉。妳知道，我比他大，比較懂事，也沒他那麼幼稚，不是嗎？稍微哄他一下，他就會乖乖聽我的話。他不發脾氣時，是個俊俏的小寶貝呢。如果他是我的，我會將他寵上天。等我們彼此熟悉後，我們就永遠不會再吵架了，不是嗎？妳不喜歡他嗎，艾倫？」

「喜歡他？」我大叫，「他是個勉強活到十幾歲、脾氣最惡劣的小病鬼。好在，如希斯克里夫先生所料，他活不過二十歲。我真的懷疑他能否挨到春天。無論他什麼時候死了，對他家而言都不算是個損失。幸虧我們走運，當年他父親把他帶走了，妳對他越好，他就變得越惹人厭、越自私。我很高興，妳沒讓他有做妳丈夫的機會，凱瑟琳小姐。」

我同伴聽到這番話時，神情變得嚴肅。這樣隨便就提起他的死，很傷她的心。

「他比我年輕，」她沉思半晌後回答，「所以他應該活得最久。他會的——他一定會活得和我一樣久。我很肯定，他現在跟剛到北方時一樣強壯。他只不過是有點感冒，跟爸爸一樣。妳說爸爸會好起來，那他沒有理由不會好啊？」

「好啦，好啦，」我大聲說，「反正我們不用自找麻煩。聽好，小姐——記住，我可是說到做到的人——如果妳打算再去咆哮山莊，不管有沒有我陪伴，我都會告訴林頓先生。除非他允許，否則妳不能和妳表弟恢復那種親密關係。」

「已經恢復啦。」凱西氣呼呼地低語。

「那就不能再繼續。」我說。

「我們走著瞧。」這是她的回答，然後她讓馬縱身飛奔離去，丟下我在後頭苦苦追趕。

我們都在午餐之前趕回家；老爺以為我們是在林苑裡散步，所以也沒問我們上哪裡去了。我一進屋，就趕緊換掉濕透的鞋襪；但因為在山莊裡坐太久，害我生病了。我從第二天早上就臥病在床，連續三個禮拜無法起身料理家務。以前從未發生過這種慘事。謝天謝地的是，以後我沒再有這樣的遭遇。

我家小姐像天使般地照顧我，在我孤獨時，為我排遣寂寞；臥病在床使我情緒異常低落。這對忙碌慣了的人來說，真是乏味透頂，可是和別人相較，我已經沒什麼好抱怨的了。凱瑟琳一離開林頓先生的房間，就出現在我床邊。她將一整天的時間全分給我們兩個，自己完全沒有消遣，吃飯、看書、玩耍全都不再重要。她是位最討人喜歡的看護。在她這麼愛她父親的同時，她還能給我那麼多溫情，她一定有一顆溫暖的心。

我說過，她將她的日子全分給我們，但老爺休息得早，而我通常在六點後就不需要照顧，因此晚上全是她自己的時間。可憐的孩子！我從沒想過吃過晚飯後，她還會去做了什麼。雖然當她探頭進門來，和我道晚安時，我經常發現她的雙頰緋紅，纖細的手指也略微泛紅。我一直以為那是書房炙熱的爐火烤出來的，萬萬沒料到那是頂著寒風、騎馬奔馳過荒原的結果。

24

三個禮拜快結束時，我終於能走出臥室，在屋子裡走動走動。在我生病後，第一次能夠在晚上坐起的時候，我請凱瑟琳唸書給我聽，因為我的眼睛還很差。我們在書房，老爺已經上床去睡了，她答應了，但我看得出來她並不是很樂意。我原本以為是我愛看的書不合她的口味，因此我便請她隨便挑本她喜歡的書。她挑了本她喜歡的書，慢慢讀了約莫一個小時，接著便不停問我問題。

「艾倫，妳不累嗎？妳現在是不是躺下來比較好？妳坐這麼久，會又生病的，艾倫。」

「不會，不會，親愛的，我不累。」我不斷重複這樣的回答。

她眼見勸不動我時，便展現另一種表示她厭倦的方式，她開始打呵欠，伸懶腰，然後說——

「艾倫，我累了。」

「那就別唸了。我們來聊天吧。」我回答。

這樣更糟。她焦慮不安，連聲嘆氣，不斷看錶，直到八點鐘，她才終於回房。她一臉困倦，悶悶不樂，猛揉眼睛，完全是一副非常想睡覺的模樣。第二天晚上她似乎更不耐煩。到了第三天晚上，為了避免陪我，她聲稱頭痛，便離開我。我覺得她的行徑古怪；我獨自待了好長一段時間後，便決心去問她好些沒，想叫她下來躺在沙發上休息，而不是待在漆黑的樓上。我在樓上找不到凱瑟琳，樓下也不見蹤跡。僕人們確定他們都沒有看到她。我又到艾德加先生的門口聽了一會兒，裡面一片寂靜。我回到她的房間，將蠟燭吹熄，單獨坐在窗邊。

那晚月亮皎潔明亮，一層薄雪鋪在地上，我想她可能是想呼吸新鮮空氣，到花園裡散步去了。果不其然，我看到一個人影，沿著花園籬笆躡手躡腳地往前走；但那不是我家小姐。等他走進亮處時，我才認出那是我們的一位馬夫。他在原地站了很久，從林苑裡望著那條大路，後來好像看到什麼，腳步快速地往外走。不消一會，他就牽著小姐的小馬再度出現。她就在那，才剛下馬，走在小馬身旁。馬夫牽著馬，偷偷穿越草地，朝馬廄走去。凱西從客廳的落地窗走進來，悄然無聲地溜上樓，溜進我正在等她的地方。她悄悄關上門，脫下沾上雪的鞋子，解開帽子，一點也未察覺我正在盯著她。她正要脫下斗篷時，我刷地突然站起來，出現在她面前。她嚇了好一大跳，呆在原地，發出一聲模糊的驚叫，愣住無法動彈。

「我親愛的凱瑟琳小姐，」我開口說道，她最近的溫柔看護讓我很感動，因此我也不忍心太過苛責她。「這時候妳騎馬到哪兒去了？妳為什麼要撒謊騙我呢？妳上哪去了？說呀！」

「到林苑那頭去了，」她結結巴巴地說，「我沒撒謊。」

「沒去別的地方嗎？」我問。

「沒有。」她小聲回答。

「啊，凱瑟琳！」我難過地叫著，「妳知道妳做錯事了，否則妳也不會被迫跟我說謊。這讓我很難過。我情願生三個月的病，也不願意聽到妳刻意撒謊啊。」

她往前一跳，摟住我的脖子，放聲大哭。

「啊，艾倫，我好怕妳生氣，」她說，「答應我妳不會生氣，我就告訴妳所有事實。我也不想對妳有所隱瞞。」

我們在窗座上坐了下來。我向她保證，不管她的祕密是什麼，我都不會責罵她。我當然早就猜到是怎麼回事。於是她開始說——

「我去咆哮山莊了，艾倫。自從妳病倒後，我每天都去，只在妳能走出房門前有三次沒去，後來又有兩次沒去。我送了一些書和圖畫給麥可，吩咐他每晚將咪妮準備好，我回來後再把牠牽回馬廄。記住，妳可千萬不要責罵他。我通常在六點半到達山莊，待到八點半左右，然後騎馬奔馳回家。我去那兒不是讓自己開心，相反地，我常常感到心煩。雖然有時我會感到快樂，大概一個禮拜有那麼一次吧。剛開始時我想，要說服妳讓我遵守我對林頓的承諾，一定會很花功夫，因為那天我們離開時，我答應隔天再去看他。但妳第二天卻病倒了，躺在二樓，我也就省了這個麻煩。那天下午，麥可重新幫花園的門裝上鎖，我拿到一把鑰匙，我告訴他，我表弟非常希望我去看他，因為他生病了，沒辦法來田莊，而且爸爸也不會准我過去。然後我就和他商量小馬的事。他喜歡讀書，不久後他就會辭職去結婚。因此他提議說，如果我肯將書房裡的書借他，他就會照我的吩咐去做。我說我倒寧願把自己的書送給他，他一聽覺得更滿意。

「我第二次去時，林頓看起來精神奕奕。季拉（他們的女管家）替我們準備了一間乾淨房間，生了爐火，告訴我們，約瑟夫出門去參加祈禱會，哈里頓．恩蕭也帶著他的狗出去了——我後來聽說是跑到我們的林子裡偷獵雉雞——所以我們可以盡情玩耍。她還幫我端來一些熱酒和薑餅，對我們非常和善。林頓坐在扶手椅裡，我則坐在壁爐旁的小搖椅裡，我們大笑，交談得非常愉快，話題多得說不完。我們還計畫夏天要去哪哩，要做什麼。這我就不一一細說了，因為妳會說那些都是些蠢話。

「只是有一次，我們差點大吵起來。他說，消磨七月熾熱天的最愜意方式，就是從早到晚躺在荒原中央的石南叢裡，聽著蜜蜂在四周的花叢裡夢幻般地嗡嗡低鳴，雲雀在頭頂上的枝頭鳴唱，天空一片湛藍，萬里無雲，燦爛的太陽普照大地。那就是他心目中最幸福的完美天堂。而我的天堂是，坐在一株瑟瑟作響的綠樹上擺盪，西風吹拂，明亮的白雲在頭頂快速掠過；不只是雲雀，畫眉、黑鳥、朱頂雀和杜鵑全都在四方盡情歡唱啾啁，遙望遠處的荒原裂開變成一條條涼爽的溪谷，近處則是隨著微風如波浪般起伏的草兒，還有樹林和潺潺流水，大地甦醒，整個世界沉浸在無比的歡樂中。他要一切處於平靜的狂喜中，而我要一切在光輝燦爛中雀躍跳舞。我說他的天堂缺乏生氣，他說我的天堂讓人暈頭轉向。我說我在他的天堂裡一定會昏昏欲睡；他說在我的天堂裡他則無法喘氣，說著說著，他又開始變得脾氣暴躁。最後，我們一致同意，等天氣適合時，兩種都試試看；然後我們親吻，和好如初。

「靜靜坐了一個小時後，我打量起那間地板光滑、沒鋪地毯的大房間，想說如果我們把桌子搬開，在這裡玩遊戲一定很好玩。我要林頓叫季拉進來幫忙，我們可以玩捉人遊戲，由她來捉我們。妳知道，妳就常這樣和我玩，艾倫。但他不肯，說那沒什麼好玩的，但答應和我玩球。我們在一個櫥櫃裡找到兩顆球，那裡還有一大堆舊玩具：陀螺、鐵環、板球和羽毛球。一顆球上面寫著『C』，另一顆球上面寫著『H』。我想要那顆寫了『C』的球，因為那代表凱瑟琳，而『H』可能代表他的姓，希斯克里夫。但寫著H那顆球裡面的糠都漏出來了，林頓不喜歡那顆球。我一直贏他，他又不開心起來，便拚命咳嗽，躺回自己的椅子上。但那晚，他很快又恢復和善。他被兩三首好聽的歌曲給迷住了——它們是**妳的**歌，艾倫。當我不得不離開時，他哀求我第二天晚上再去，而我也答應了。咪妮和我飛奔回家，像空氣般輕盈。整個晚上，我都夢到咆哮山莊和我那甜美、親愛的表弟。

「隔天早上我心情悲傷，一方面是因為妳病得不輕，另一方面是我希望父親知道，並能得到他的允許。但晚餐後，月光遍灑，當我騎馬往前進時，心裡的陰霾一掃而光。我忖度，我將會有另一個快樂的夜晚，而讓我更開心的是，我親愛的林頓也會如此。我騎馬飛奔進他們的花園，正要繞到屋後時，卻碰到恩蕭那個傢伙。他抓住韁繩，要我從前門進去。他拍拍咪妮的脖子，讚美牠是隻漂亮的馬兒，他好像想跟我攀談。我只對他說不要碰我的馬，不然牠可能會踢他。他用那粗野的腔調回答：『就算踢了，也沒多痛。』然後他便微笑著審視牠的腿。我真想讓牠踢他，但他已經走開去開門了，當他抬起門栓時，他抬頭看了看上面的刻文，帶著一種既得意又窘困的蠢相說：『凱瑟琳小姐！現在我看得懂這些字啦。』

「『太棒了，』我叫道，『說來聽聽吧——你**真的**變聰明啦！』

「他拼著，拖長每個音節，唸著名字——『哈里頓．恩蕭。』

「『還有數字呢？』我嚷著，發現他完全頓住時鼓勵著他。

「『我還認不得數字。』他回答。

「『喔，你這個笨蛋！』我說，他的愚蠢惹得我開懷大笑。

「那傻子呆呆地瞪著我，嘴旁有一抹傻笑，眉頭緊鎖，不確定該不該和我一起笑，不曉得這笑是善意的表現，或其實是輕蔑。我解開他的疑惑，因為我突然一臉嚴肅，命他走開，我說我來是要見林頓，不是見他。我透著月光，看見他的臉漲得通紅，手從門栓上落下來，畏畏縮縮地離開，一副虛榮心大受打擊的模樣。我想，他以為能唸出自己的名字，就和林頓一樣學問豐富了呢。但我並不這麼想，讓他非常尷尬。」

「別說啦，親愛的凱瑟琳小姐！」我打斷她的話，「我不會責罵妳，但我不喜歡妳在那兒的舉止。如果妳還記得哈里頓仍舊是妳的表哥，和希斯克里夫少爺一樣，妳就會明白這樣的行為有多不得體。他渴望和林頓一樣有學識，至少這是值得稱讚的志氣。他想學識字，可能不只是想炫耀而已。我敢確定，妳以前一定讓他覺得自己很無知，因此而羞愧不已，現在他想補救，好討妳歡心。妳去嘲笑他這種不完美的嘗試，可是非常沒教養的行徑。如果妳成長和他在相同的環境，妳就會比較不粗野嗎？他本來是和妳一樣聰明伶俐的孩子。他現在遭到鄙視，我很難過，這都是因為那卑鄙的希斯克里夫存心待他不公的結果。」

「好了，艾倫，妳不會為這事而大哭吧，妳會嗎？」她對我的認真大為吃驚，大叫地說。「但等等妳就會知道他死背住那幾個ABC，是不是為了討我歡心，還有對那個粗漢以禮相待，是不是值得了。我進屋裡時，林頓正躺在高背椅上，半起身來歡迎我。

「『我今晚不舒服，凱瑟琳，親愛的，』他說，「看來只能讓妳說話，我默默聽了。過來，坐在我身邊。我就知道妳會信守承諾，不過在妳走之前，我還會要妳再答應一次。』

「這時我知道，因為他生病了，我今晚絕對不能逗他；我輕聲細語，也不發問，小心翼翼，免得惹他生氣。我為他帶了一些我最好的書過來，他要我選一本，唸裡面的幾段給他聽。就在我正要讀時，恩蕭猛然撞開門，顯然他是愈想愈光火。他直接走到我們面前，抓住林頓的手臂，將他甩下高背椅。

「『滾回你房間去！』他說話的聲音激動得幾乎含糊不清，他氣得臉看起來好像漲大了，很憤怒的樣子。『如果她是來看你的，就把她也帶走。你不能老讓我待在外面。你們兩個都滾！』

「他對著我們咒罵，根本不讓林頓有時間回答，幾乎把他丟進廚房。我跟在後面，看到他握緊拳頭，好像也想把我打倒似的。我當時很害怕，弄掉了一本書，他將書踢到我身後，然後砰地一聲把我們關在門外。我聽到火爐旁傳來一聲惡意的咯咯獰笑，轉身時，看見那討人厭的約瑟夫站著揉搓他那瘦骨嶙峋的雙手，全身顫抖。

「『我就知道他會好好修理你們！他是好小子！他有骨氣！他知道——啊，他和我同樣知道，誰才是這裡的主人——哈，哈，哈！他把你趕出來是對的！哈，哈，哈！』

「『我們該到哪兒去？』我問我表弟，不去理睬那討人厭的老傢伙的嘲諷。

「林頓臉色慘白，全身打著哆嗦。他那時一點都不俊俏了，艾倫。喔，不！他看起來可怕極了。他削瘦的臉頰和大眼睛流露出一種無力的瘋狂憤怒。他抓住門把，猛力搖晃，但它從裡面被鎖起來了。

「『如果你不讓我進去，我會殺了你！——如果你不讓我進去，我會殺了你！』他簡直是在尖叫，而不是在說話。『惡魔！惡魔！——我會殺了你！——我會殺了你！』

「約瑟夫又發出那陣咯咯獰笑。

「『瞧，就像他爸爸！』他叫道，『他爸爸就會這樣！我們都會遺傳到兩邊的特點。別理他，哈里頓，小子——別怕——他動不了你！』

「我趕緊握住林頓的雙手，想把他拉開，但他尖叫聲非常嚇人，我不敢繼續拉他。最後，他的尖叫聲被一陣劇烈的咳嗽嗆住，他嘴裡噴出鮮血，猛然撲倒在地。我嚇壞了，趕緊跑進院子，拚命大聲叫著季拉。她馬上就聽到了，她正在穀倉後面的棚子裡擠牛奶，急忙放下手邊的工作，趕過來問我發生了什麼事。我喘著氣，說不出話來，拉著她進屋內，四處不見林頓的蹤影。原來恩蕭已經從房內出來，看到自己闖下大禍，正把那可憐的人抱上樓。季拉和我跟著他上樓，但到了樓梯口時他卻要我止步，說我不該進去，我應該回家。我大叫說都是他害死林頓，我**非**進去不可。約瑟夫鎖上門，叫我『不要做蠢事』，又說是否我『生來就和他一樣瘋狂』。我站在那痛哭，直到女管家再度出現。她確定地說，他很快就會好起來，但我這樣又叫又鬧會讓他受不了。她拉著我，幾乎是抱著我進了正屋。

「艾倫，我急得幾乎要把頭上的頭髮扯下來了！我啜泣，大聲哭嚎，眼睛都快哭瞎了。而那位妳非常同情的惡棍就站在我對面，不時要我『安靜下來』，說什麼也不承認那是他的錯。最後，我說我要告訴爸爸，把他關進監獄裡吊死，他這下才嚇到了。他開始嚎啕大哭，急忙走出去好掩藏他那怯懦的不安。但我還是沒能擺脫他。最後他們硬逼我回家，我離開房子才幾百碼遠時，他突然從路邊的陰影裡衝出來，攔住咪妮，抓住我。

「『凱瑟琳小姐，我很難過，』他開口說，『但這實在太糟糕了——』

「我用馬鞭抽了他一鞭，想說他可能也想謀害我。他連忙放開我，狂叫出一句可怕的咒罵，我趕緊騎馬飛奔回家，嚇得魂不附體。

「那晚我沒和妳道晚安，第二天我也沒去咆哮山莊。儘管我非常想去，但又感到莫名的激動，有時我很怕會聽到林頓的死訊，有時想到會遇見哈里頓就全身顫抖。第三天我鼓起勇氣；至少，我是無法再忍受這樣提心吊膽了，所以我又再次偷偷出門。我在五點時開始走路過去，心想我也許可以偷偷溜進屋內，悄悄上樓到林頓的房間，不被人發現。但我才一走近，狗兒們就狂吠起來。季拉開門讓我進去，說『那孩子已經好多了』，然後帶我到一間鋪著地毯的整齊小房間。我在那裡看到林頓躺在小沙發上，正讀著我的一本書時，真是開心地無法形容。但他在整整一個小時內，既不和我說話，也不正眼瞧我。艾倫，他的脾氣就是這麼彆扭。讓我狼狽不堪的是，他真開口說話時，竟然一派胡說八道，說都是我惹起那場紛爭，不能怪哈里頓！我氣得說不出話來，要是開口準沒好話。我站起身，就這樣走出房間。他沒有料到我會這樣反應，於是在我身後輕輕地叫了一聲『凱瑟琳！』但我不肯轉身，隔天，我第二次待在家裡沒去見他，我幾乎下定決心，以後再也不去看他。但就這麼睡覺、起床，沒有他的半點音訊，我實在非常難受，因此在我的決心完全形成前，它就消失得無影無蹤啦。以前，去看他好像不對，現在，不去看他好像才是錯誤。麥可跑來問我要不要為咪妮上馬鞍，我回答說『要。』當咪妮載著我翻越山丘時，我認為自己是在盡一份義務。而我得經過前面的窗戶才能走進院子，不可能偷偷溜進去。

「『少爺在正屋裡。』季拉看見我往小客廳走過去時說。我進了房內，看見恩蕭也在那，但他馬上離開。林頓半醒半睡地坐在那張大扶手椅內。我走到壁爐前，開始用一種嚴肅的腔調說話，我這是要他明白我說的是真心話——

「『既然你不喜歡我，林頓，認為我來是存心傷害你，還認定我每次都這樣，那這就是我們最後一次見面了。讓我們彼此道別吧。告訴希斯克里夫先生你不想見我，並請他不要在這件事上編造更多謊言了。』

「『坐下來，把妳的帽子拿下，凱瑟琳，』他回答，『妳比我快樂多了，脾氣理應比我好。爸爸老數落我的缺點，總是蔑視我，所以我自然而然也就懷疑起自己來了。我常懷疑我是否真如他所說的那般一文不值，然後我就會覺得很生氣，很苦惱，我恨每個人！我沒出息、脾氣壞，身子又虛弱。如果妳要選擇和我說再見，那就這麼做吧，如此一來，妳從此就擺脫我這個惱人的人。可是，凱瑟琳，請妳公平地站在我的立場為我想想：如果我能像妳一樣甜美、和氣、善良，我會願意做這種人，我更真心願意做一位和妳一樣幸福健康的人。妳還要相信，是妳的仁慈使我愛妳比妳愛我更深，這是說，如果我配接受妳的愛的話。儘管過去或現在，我都沒法不在妳面前暴露我的本性，但我為此感到內疚、悔恨，而我會這樣一直懊悔至死為止！』

「我覺得他說的是真心話，我覺得我該原諒他，就算下一刻鐘我們又爭執起來，我必須再原諒他。我們言歸於好，但我們兩人都哭了。在那次我待在那裡的整段時間裡，我們都在哭，但不完全是因為悲傷，林頓的個性被扭曲成這樣，我**真的**很難過。他永遠不會讓他的朋友好過，他也永遠不會讓他自己好過！自從那晚後，我便直接去他的小客廳見他，因為他的父親隔天就回來了。

「我想，大概有那麼二次吧，我們曾像第一晚那樣快活樂觀。但其他時間都是沉悶惱人，時而是因為他的自私和使性子，時而是因為他的病痛。但我已經學會包容他的自怨自艾，就像我也包容他的病痛那般無怨無悔。希斯克里夫先生總是刻意迴避我，我幾乎都沒見到他。上星期天，我比平常早到山莊，我聽見他正殘忍地辱罵可憐的林頓前晚的表現。除非他偷聽，否則我真不知道他是怎麼知道的。林頓的行為的確惹人生氣，但那是我的事，跟任何人都無關。我走進去，打斷希斯克里夫先生的斥罵，並跟他說我的想法。他縱聲大笑著離開，還說他很高興我對這事的看法是如此。從此以後，我就告訴林頓說，訴苦時說話要小聲點。艾倫，現在我把所有的事都告訴妳啦。我不能不去咆哮山莊，否則只會害兩個人受苦。只要妳不告訴爸爸，我的拜訪就不會打攪到任何人的安寧。妳不會說出去吧，妳會嗎？要是妳告訴爸爸的話，妳就太狠心了。」

「關於這點，我明天才能決定，凱瑟琳小姐，」我回答，「我得好好考慮一下，妳先去休息吧，我得仔細斟酌。」

結果我在老爺面前，將這整件事全說出來。從她房裡走出來後，我就直接走進他的房間，把事情的來龍去脈全都交代清楚，只省略掉她與她表弟的對話，和任何有關哈里頓的段落。

林頓老爺聽了既震驚又難過，儘管他沒在我面前完全表現出來。第二天早上，凱瑟琳得知我辜負她的信任，同時也知道她的祕密探訪就此結束了。她又哭又嚷地反抗這項命令，請求她父親同情林頓，但全都徒勞無功。她得到的唯一安慰是，他保證他會寫信給林頓，准許林頓隨時來田莊拜訪，但信上同時明白說，他不應該再期待凱瑟琳會去咆哮山莊看他。要是他知道他外甥的脾氣和健康狀況，他可能會連這點小安慰都覺得不宜給呢。

25

「這些都是去年冬天發生的事了，先生，」狄恩太太說，「離現在也還不到一年。去年冬天，我怎麼會想到，在十二個月以後，我會將這些事講給一位陌生人解悶！但，誰會知道你還會做多久的客人？你還年輕，絕不會滿足於這樣的獨居生活；而我總認為沒有人看到凱瑟琳．林頓會不愛上她。你微笑啦。但為何我每談到她時，你就如此興致勃勃，聽得津津有味呢？你為何又要我將她的畫像掛在你房間壁爐上方呢？為什麼——」

「別說了，我的好友！」我叫道。「我確實滿有可能會愛上她，但她會愛我嗎？我很懷疑，因此我不願意陷入誘惑，貿然動心，擾亂心靈的寧靜。再說，我的家不在這裡，我來自那個庸庸碌碌的世界，總得回到它的懷抱。繼續說吧。凱瑟琳可有服從她父親的命令？」

「她乖乖聽命，」女管家接著說，「對她而言，她對父親的愛仍然是最重要的，而且他說話時並沒有發脾氣，反而是滿懷著深切的柔情，他的口氣就像他所珍愛的人即將陷入險境和敵人魔掌中一般。如果她能牢牢記住他說的話，那就是他所能給她的唯一幫助。幾天後，他對我說：『我希望我外甥會寫信或來拜訪，艾倫。跟我說實話，妳覺得他人怎樣？他是否有變得好一點，或他長大後，有無改善的希望？』

「『他太弱不禁風了，老爺，』我回答，『極可能無法長大成人。但我可以確定一點，他不像他父親。倘若凱瑟琳小姐不幸嫁給他，她應該管得住他，除非她會愚蠢透頂到縱容他。無論如何，老爺，你還有很多時間去認識他，看看他適不適合她。他還要四年多才會成年呢。』

艾德加嘆口氣，走到窗前，往外眺望著吉默頓教堂。那是個霧靄朦朧的下午，但二月的太陽隱約閃爍，我們可以依稀分辨墓園裡的兩株樅樹和零散分布的墓碑。

「我常常祈禱，」他半自言自語地說，「祈禱要來的事就趕快來，可是我現在開始畏縮，感到恐懼了。我曾經想，與其回憶當年我走下山谷當新郎的過往，還不如想想，再過不久，再幾個月，或要不了幾個禮拜以後，我就會被抬著，放進那荒涼的土坑裡時的甜美愉悅！艾倫，我和小凱西的生活一直很愉快，她是這些冬夜和夏日中，支撐我活下去的一個希望。可是當我漫步在那些墓碑之間，在那棟古老教堂之下沉思，在漫漫的六月長夜，躺在她母親油綠的墳塚上時，我會希望——渴望長眠在它之下的日子趕緊來臨。我能為凱西做什麼呢？我要怎麼離開她才是對她最好？我一點也不在乎林頓是希斯克里夫的兒子。如果他能在她失去我之後，成為安慰她的力量，我不在乎他會從我身邊奪走她。我不在乎希斯克里夫最後得逞，達到他的目的，因為奪走我最後的幸福而洋洋得意！但，要是林頓毫無出息——只不過是他父親手中的一個工具的話——我就不能把她留給他！雖說扼殺她的熱情很殘忍，但我寧可讓她在我活著時悲傷難過，等我死後孑然一身。親愛的！我情願在我死前，就將她交給上帝，埋入黃土。」

「就像現在這樣，把她交給上帝吧。老爺，」我回答，「如果出於天意，我們失去你——希望上帝不會讓這樣的事發生——我終生都會做她的朋友，給她告誡。凱瑟琳小姐是個好女孩，我並不擔心她會走上歧路。何況，好人總是會有好報的。」

春天來臨。雖然我家老爺又能和他女兒在院子裡散步，但他體力並未真正恢復。而在凱瑟琳那缺乏經驗的角度看來，能外出散步就是種康復的徵兆。而且他的雙頰經常泛紅，眼睛閃耀生輝，使她更加相信他快康復了。在她十七歲生日的那天，他沒有去墓園。外面在下雨，我問說：「你今天晚上應該不會出去了吧，老爺？」

他回答：「不，我今年會晚點出去。」他又寫信給林頓，表達他迫切想見到他的願望。如果那位病人可以見客，我毫不懷疑他父親會允許他前來。結果他遵照囑咐回了一封信，暗示說希斯克里夫先生反對他來田莊拜訪，但他舅舅的親切關愛使他很開心，他希望有機會能在散步時見到他，這樣他才能當面請求舅舅，不要讓他和他表姊長期不相往來。

信的這部分措辭簡單，可能是出自他之筆。希斯克里夫知道，為了得到凱瑟琳的陪伴，他是能寫出如此動人的請求。

「我並不奢求她來這裡，」他說，「但就因為我父親不准我去田莊，你禁止她來我家，我就得永遠也見不到她嗎？偶爾請騎馬和她來山莊這一帶吧，讓我們在有你在場時說說話！我們沒有做任何該把我們這樣分開的錯事。你自己也承認，你並沒有生我的氣，也沒理由不喜歡我。親愛的舅舅！請你明天就捎給我一封仁慈的回信，除了在畫眉田莊外，我願意在任何你指定的地方和你們見面。我相信，只要你和我談過一次話，你就會確定我個性不像我父親。他也總是說，我不像他兒子，更像是你外甥。儘管我有不少缺點，配不上凱瑟琳，可是她已經能包容我的這些缺點，而看在她的份上，請你也包容我吧。你問起我的健康狀況——我現在好多了。可是，要是我總是被斷絕所有希望，注定過著孤寂的人生，處在那些一直不喜歡我、也永遠不會喜歡我的人之間，我又怎能快活健康呢？」

艾德加雖然同情那孩子，卻不能同意他的請求，因為他無法陪凱瑟琳赴約。他回信說，到了夏天，他們也許可以見面。同時，他希望林頓能常常來信，他也會在信中盡力給予意見和安慰，因為他很明白林頓在家中的艱困處境。林頓遵照吩咐，但要不是他父親在旁監視，他大概會在所有的信裡寫滿抱怨和悲嘆，把一切都搞砸。但他父親盯得很緊，老爺送去的信當然每字每句都由他親自看過。因此，即使他持續在意的話題是個人特有的痛苦和悲傷，他也隻字未提，只是叨叨不停地訴說硬把他和他朋友與愛人分開，有多麼殘忍。他還委婉暗示老爺應該允許他們早點見面，否則他會認為老爺只是在用空洞的承諾來搪塞他罷了。

凱西是他在家裡的有力同謀，在他們裡應外合下，終於說服我家老爺，同意在我的監護下，他們可以每週在離田莊最近的荒原上，一起騎馬或散步一次。他會首肯，也是因為到了六月時，他發現自己的身體仍不見起色。儘管老爺每年都會從他的收入中，撥出一部分作為我家小姐的財產，但他自然也希望她能保有她的祖傳老屋——或者至少每隔一段時間能回來短期居住。他認為，唯一能實現他願望的方式，就是讓她和他的繼承人結婚。但他絲毫不知，這位繼承人身體衰弱的速度幾乎和他一樣快。我想，誰都沒料到這點。醫生沒有去過山莊看診，也沒有人在見過希斯克里夫少爺後，來向我們報告他的情況。我開始懷疑自己以往的猜測是錯的，既然他提到要到荒原騎馬散步，看起來又真心想這麼做，那他一定真的康復了。我簡直無法想像，為了硬要他裝出這種表面的熱切，一位父親竟會如此殘暴狠毒地對待自己將死的兒子，因為他一心只想實現自己那貪婪無情的計畫，在深恐計畫會因兒子的死亡而宣告失敗下，便變本加厲地逼迫林頓來求見我家老爺和小姐。但我是後來才知道希斯克里夫是怎麼對待他兒子的。

26

直到盛夏已過，艾德加才不情不願地答應他們的懇求，於是凱瑟琳和我首度騎馬出發，去會見她的表弟。那天天氣悶熱，不見陽光，可是天空雲朵斑駁，霧靄迷濛，不像會下雨。我們約在十字路口的那塊路標石那裡會面。但，等我們到了那裡，一位小牧童卻前來和我們說：「林頓少爺就在山莊那邊，要是你們肯再往前走點路，他將會相當感激。」

「這麼說，林頓少爺忘了他舅舅的第一條禁令了，」我回答，「他叮囑我們不可走出田莊地界，但現在我們馬上就要越界了。」

「這樣吧，我們一到他那兒，就馬上掉轉馬頭，」我的同伴說，「然後就一起往家這邊走。」

可是當我們抵達他那邊時，我們已經離他家不到四分之一英里，我們還發現他沒有騎馬，因此我們被迫下馬，放馬兒去吃草。他躺在石楠叢中，等著我們到來，直到我們走到離他只有幾碼遠時，他才起身。我看到他走路有氣無力，臉色非常蒼白，不禁叫道：「唉呀，希斯克里夫少爺，你今早根本不適合出來散步，你臉色真差！」

凱瑟琳既難過又吃驚地打量著他，原本要發出的歡呼，到了嘴邊卻成了驚叫。久別重逢的喜悅遂變成了焦慮的追問，他的病情是否比以前更嚴重了呢？

「不——我好多了——我好多了！」他喘著氣，全身顫抖，握著她的手，彷彿他很需要小姐的扶持。他大大的藍眼睛怯生生地在她臉上盤旋，眼窩凹陷，原本就已無精打采的模樣變得更加憔悴，帶著一股狂野。

「但你看起來更糟糕了，」他表姊堅持說，「比我上次看到你時更糟。你變瘦了，而且——」

「我只是很累，」他迅速打斷她，「天氣太熱，不適合散步，我們就在這裡休息吧。我早上通常不太舒服——爸爸說我長得太快。」

凱西儘管不樂意，還是坐了下來，他挨著她，斜靠在她身上。

「這裡有點像你的天堂，」她說，盡力想裝出開心的模樣，「你還記得，我們同意要以自己最喜歡的地點和方式，一起消磨兩天嗎？這幾乎就是你想像中的天堂了，這些雲輕柔飽滿，比陽光還舒適。下禮拜，如果你身體比較好，我們就騎馬到田莊的林苑，去體驗一下我的天堂。」

林頓看起來不大記得她說的事。顯然要進行任何對話，對他而言都很吃力。他對她講的話題完全不感興趣，也沒餘力講點有趣的事哄她開心，這些都相當明顯，所以她無法掩飾自己的失望。林頓整個人和他的態度都有種無以名狀的變化。以前他脾氣暴躁，但很容易就可以哄得他由怒轉喜，現在卻變得無精打采又冷漠異常。他還少了小孩為了得到安慰而故意胡鬧的嬌縱，多了罹患重病的人那股自我專注的抑鬱寡歡，拒絕別人的安慰，動不動就把別人善意的說笑當成侮辱。凱瑟琳和我一樣察覺到，他認為我們的陪伴是種懲罰，而非快樂。因此她毫不猶豫地提議就此各自回家。出乎我們意料的是，這提議將林頓從無精打采的狀態中一下子喚醒，剎時變得激動不已。他恐懼地瞥了山莊一眼，哀求她至少再待半個小時。

「可是我覺得，」凱西說，「你待在家裡會比坐在這裡舒服。而且，看來我今天也無法讓你開心起來，我的故事、歌兒和閒聊全都沒用。這六個月來，你變得比我更有智慧了，現在你對我消磨時光的方式好像沒有多大興趣，如果我真能替你解悶的話，我是很樂意留下來的。」

「留下來休息一下吧，」他回答，「凱瑟琳，別認為或說我身體**很**不好。是這悶熱的天氣讓我整個人無精打采。在妳們來之前，我到處去散步，對我來說，有點吃力。告訴舅舅，我還算健康，好嗎？」

「我會告訴他**你**是這麼說的，林頓。我不能確定你是。」我家小姐回答著，納悶他為何對顯然不是事實的事那般執拗的肯定。

「下星期四請再來這裡，」他繼續說道，避開她疑惑的眼神，「代我謝謝舅舅准許妳來——我衷心感謝他，凱瑟琳。還有——萬一妳碰到我父親，要是他問起我的事，別讓他認為我笨嘴拙舌，一副蠢相，妳也千萬別像現在這樣傷心沮喪——他會生氣的。」

「我才不怕他生氣呢。」凱西叫了起來，以為她會成為希斯克里夫先生生氣的對象。

「但我怕，」她的表弟打著哆嗦說，「**別**惹得他生我的氣，凱瑟琳，他很嚴厲。」

「他對你很凶嗎，希斯克里夫少爺？」我問道，「他已經厭倦再縱容你了，從暗自厭惡轉成公開憎恨了嗎？」

林頓盯著我，但沒吭半聲。凱西在他身邊又坐了十分鐘，在這段期間，他的頭昏昏沉沉地垂在胸前，不時發出由於疲倦或痛苦而抑制不住的呻吟聲。凱西開始找覆盆子取樂，把她摘採到的分給我一點。她沒有分給他，因為她看得出來，再吵他，只會使他更疲憊煩躁。

「已經過了半小時了吧，艾倫？」她最後在我耳邊低語，「我不懂我們為何還得待在這裡。他睡著了，爸爸也在等我們回家。」

「唉，可是我們不能在他睡覺時丟下他啊，」我回答，「還是耐心點，等他醒來吧。妳本來不是迫不及待地要出發，怎麼見到可憐的林頓後，這股期待這麼快就消失！」

「**他**為什麼想見我呢？」凱瑟琳回答，「他以前愛耍脾氣，我還比較喜歡，總比他現在這麼古怪來得好。這次見面，他就像被迫來完成一項任務似的——因為他怕被他父親責罵。但我來這兒，可不是要討希斯克里夫先生的歡心，不管他有什麼理由強迫林頓來受這份罪。儘管我很高興他好些了，但他變得這麼難以取悅，對我也變得冷漠，我很難過。」

「那妳認為**他的**身體好些了嗎？」我說。

「是的，」她回答，「妳知道，因為他以前總是誇大他的病痛。他的身體雖然不像他要我告訴爸爸的那麼好，但似乎是有好一些了。」

「我的看法和妳不同，凱西小姐，」我說，「我認為他變得更糟了。」

這時林頓從昏睡中驚醒過來，問我們有沒有人叫他的名字。

「沒有，」凱瑟琳說，「除非你是在作夢。我不懂，你怎麼一大早也能在戶外打瞌睡。」

「我以為我聽到我父親的叫聲。」他喘著氣，抬頭看向我們身後的高聳陡坡。「妳確定沒有人叫我嗎？」

「很確定，」他表姊回答，「這裡只有艾倫和我在爭論你的健康狀況。林頓，你真的比我們在冬天分開時強壯嗎？如果真的是，我確定有件事沒有變得更強烈——那就是你對我的感情。說啊，是不是這樣？」

林頓回答時淚水不斷湧出眼眶。「是的，是的，我比較強壯了！」他仍舊幻想著有人叫他，眼神到處張望著，搜尋那在叫他的人。

凱西起身。「今天就到此為止吧，」她說，「我不想瞞你，我對我們今天的會面感到傷心失望，不過我只會對你說實話，我不會告訴別人。這可不是因為我怕希斯克里夫先生。」

「噓，」林頓低聲說，「看在上帝份上，別出聲！他來了。」他抓住凱瑟琳的手臂，試圖留下她。可是，聽到他這麼說，她連忙掙脫開來，對咪妮吹聲口哨，咪妮便像條狗般地應聲奔跑過來。

「我下星期四會再過來，」她邊叫邊跳上馬鞍，「再見。快點，艾倫！」

我們就這樣離開他，但他幾乎沒有意識到我們已經離開，因為他全神貫注在等待他父親的出現。

在我們抵達家前，凱瑟琳的不悅就已軟化，轉變成摻雜著憐憫內疚的複雜感情。她對於林頓的實際身體狀況和處境，隱約感到模糊的疑惑和不安。我也有同感，但我勸她先不要對老爺說太多，因為第二次見面會幫助我們做出更好的判斷。林頓老爺要我們報告這次見面的經過。凱西小姐充分轉達了他外甥的感謝，其他的事則輕輕帶過。對於老爺的詢問，我也是輕描淡寫，因為我不知道哪些事情該隱瞞，哪些事情又該講出來。

27

七天的時間轉瞬即逝，艾德加．林頓的病情一天比一天急轉直下。先前幾個月來肆虐他的病勢，如今更是隨著每小時的流逝在急遽惡化。我們還想瞞著凱瑟琳，但她那麼機靈，看得相當明白。她原本暗自憂慮的那種可怕的可能性，逐漸變成無可避免的事實。禮拜四又來臨時，她沒有勇氣提出騎馬去見表弟的要求，於是我代她提出，並且得到陪她一起出門走走的許可。因為書房——在她父親還能坐起來的短暫時間內，他每天會到那裡去待一會兒——和他的臥室已經成為她的整個世界。她要不就俯身在他枕邊，要不就坐在他身旁，絲毫不想做別的事。她的臉也因連續不斷的看護和悲傷，變得慘白。因此老爺很希望她到外邊透透氣，認為換換環境和伙伴會讓她開心，這樣一來，他死後，她也不至於落得孤苦伶仃；他從這份希望中得到安慰。

幾次交談下來，我發覺老爺一味地認為，既然他外甥的外貌像他，那個性一定也像他。因為從林頓的來信幾乎或根本看不出他個性上的缺點。而我，出於可以諒解的弱點，不忍去糾正他的錯覺。我捫心自問，在他生命的最後這段時間，拿這種他既沒能力也無機會挽回的實情，來使他煩憂，又會有什麼好處呢。

我們一直拖延到下午才出門。那是一個金光燦爛的八月午後，從山丘上吹來的每陣微風都充滿了旺盛的生命力，無論是誰，哪怕奄奄一息，吸了它之後也能恢復活力。凱瑟琳的臉龐就像眼前的風景——光影快速交替掠過。但陰影留駐的時間較長，陽光則稍縱即逝。她那可憐的小小心靈，甚至因為偶爾忘記悲傷而深感內疚。

我們看到林頓仍在上次他選的相同地點等待。我家小姐下了馬，她對我說，她只打算待一下下，叫我牽著她的小馬，騎在馬背上等待便好。但我不同意。我可不想冒讓監護對象離開我視線的風險，哪怕只有一分鐘。因此，我們一起爬上那石楠叢生的陡坡。這次，希斯克里夫少爺接待我們時，顯得比較熱切，但這份熱切不像是出自興奮或高興，反而像是來自於恐懼。

「妳們來晚了！」他吃力地短短說了一句，「妳父親是不是病得很嚴重？我以為妳不會來了。」

「你**為什麼**不有話直說呢？」凱瑟琳叫道，嚥下問候的話語，「你為何不直截了當地說你不需要我呢？林頓，真奇怪，你這是第二次硬要我來這裡。顯然你只是要讓我倆受罪，不為別的！」

林頓全身顫抖，半是乞求，半是羞愧地瞥著她。但他的表姊已經沒有耐心來忍受他這種謎樣般的行徑。

「我父親**是**病得很重，」她說，「那你為什麼還把我從他床邊叫過來呢？你既然希望我爽約不來，為什麼不派人送個信叫我不用來呢？說吧！我要一個解釋。我現在可是一點玩耍瞎鬧的心情都沒有，更不想迎合你的裝腔作勢！」

「我的裝腔作勢！」他喃喃低語，「什麼裝腔作勢？看在老天份上，凱瑟琳，不要這麼生氣！妳可以盡情地瞧不起我。我是個一文不值、懦弱的窩囊廢。妳怎麼輕蔑我都不會算過份。但我不值得妳發脾氣。要恨就恨我父親。隨妳輕視我吧。」

「胡說八道！」凱瑟琳激動地大叫，「愚蠢的笨蛋！妳瞧！他渾身發抖，好像我真的會碰他似的！你用不著哀求別人輕視你，林頓，任誰看到你這模樣，自然都會瞧不起你。走開！我要回家了。把你從壁爐旁拖出來實在荒謬，還假裝——我們還有什麼可假裝的？放開我的衣服！如果我因為你這樣哭喪著臉，看起來那麼害怕而憐憫你，你也應該有拒絕的骨氣。艾倫，告訴他，他這種行徑有多窩囊。起來，別讓自己淪落為一隻低賤的爬蟲——**別這樣！**」

林頓淚流滿面的表情痛苦萬分，他那軟弱無力的身子撲倒在地，好像因極度恐懼而嚇得抽搐不已。

「喔！」他啜泣著，「我受不了啦！凱瑟琳，凱瑟琳，我也背叛了妳，我不敢告訴妳！妳要是離開我，我會沒命的！**親愛的**凱瑟琳，我這條命就掌握在妳手中。妳說過妳愛我，如果妳真愛我的話，妳就不會因此而受到傷害。妳不會走吧？仁慈甜美的好凱瑟琳！也許妳**會**答應——他要我死也得和妳在一起啊！」

我家小姐眼見他如此痛苦，便彎下身將他扶起。往昔的過度寵愛勝過她現在感受到的惱怒，她感動萬分又驚恐不已。

「答應什麼？」她問，「答應留下來嗎？告訴我，你這些奇怪的話意味什麼，我就留下來。你的話自相矛盾，我都被你弄糊塗了！冷靜下來，馬上坦白告訴我，你心裡的所有煩惱。你不會傷害我，林頓，你不會吧？如果你能阻止的話，你不會讓任何人傷害我吧？我知道，對你自己而言，你是個懦夫，但你不會膽小到去背叛自己最要好的朋友。」

「但我的父親威脅我，」那男孩緊絞著自己細瘦的手指，喘著氣說，「我好怕他——我好怕他！我**不敢**說！」

「啊，好吧！」凱瑟琳說，同情中有份鄙夷，「那你就保守你的祕密吧。**我**可不是膽小鬼。救救你自己吧，我才不怕！」

她的寬宏大量讓林頓眼淚直流。他激動地嚎啕大哭，猛親著她扶著他的手，但仍鼓不起勇氣說出一切。我正在思索著那謎團究竟是什麼，決定絕不能因一時心軟，而讓凱瑟琳因他或其他人而受到傷害。這時，我聽見石楠叢中傳來沙沙聲，我抬頭看見希斯克里夫先生正從山莊走下來，就快到我們的所在地了。儘管他離我那兩個同伴很近，已經可以聽到林頓的哭聲，但他卻瞧都不瞧他們一眼，反而用一種幾近真誠的腔調向我打招呼。他從未對別人用過這種腔調，這讓我不得不懷疑，他口氣中到底含有多少真摯的感情。他說——

「在離我家這麼近的地方看到妳，真是叫人開心啊，奈莉。妳在田莊那邊過得還好嗎？說來讓我們聽聽。現在謠言滿天飛呢，」他壓低聲音又說，「聽說艾德加．林頓病得很重，也許是大家誇大病情吧？」

「沒有誇大。我家老爺真的快不行了，」我回答，「這事千真萬確。這對我們大家來說是個傷心事，但對他而言倒是種幸福！」

「妳想他還能拖多久？」他問。

「我不知道。」我說。

「因為，」他接著說，盯著那兩位年輕人，他們在他的注視下好像都嚇壞了——林頓看起來動都不敢動，連頭都不敢抬起來，凱瑟琳看他嚇成這樣，也不敢動——「因為那邊那個孩子好像決心要壞我的事；他的舅舅若能比他早死，我會感激不盡呢！嘿！那小鬼還一直在玩那套把戲嗎？我已經教訓過他，別每次都啜泣個不停。他跟林頓小姐在一起時還算活潑吧？」

「活潑？才不——他好像痛苦得很，」我回答，「瞧他那副模樣，我必須說，與其陪著心上人在山丘裡漫步，他應該在醫生的看顧下，躺在床上休息才是。」

「再過一、兩天，他就會啦，」希斯克里夫咕噥著說。「但是先要——起來，林頓！起來！」他吼著。「不要趴在地上搖尾乞憐，現在就給我起來！」

林頓又在一陣無助的恐懼發作中，撲倒在地，我想，這是因為他父親瞪他一眼的緣故。沒有其他事會讓他出現這麼丟臉的舉止。他努力嘗試幾次，想聽命站起來，但他僅存的那點體力也突然耗盡，他呻吟著再度摔回地面。希斯克里夫先生走上前，一把將他拉起來，讓他靠在一個長滿青草的土埂上。

「現在，」他努力壓抑兇狠的口氣，「我可要生氣了，要是你無法打起你那一點點可憐兮兮的精神的話——你這**該死的**！馬上給我起來！」

「我這就起來，父親，」他喘著氣，「請別催我，不然我就要暈倒啦。我已經照你的吩咐做了，我保證。凱瑟琳會告訴你，我——我——一直都很開心。啊！待在我身邊，凱瑟琳，把妳的手給我。」

「扶住我的手，」他父親說，「站起來。好了——她會讓你靠著她的手臂。這就對了，好好看看她。林頓小姐，妳一定以為我是惡魔的化身吧，讓他害怕成這樣。好心點，陪他走回家，好嗎？我一碰他，他就會發抖。」

「林頓，親愛的！」凱瑟琳低語，「我不能去咆哮山莊。爸爸禁止我去。他不會傷害你的。你為什麼這麼害怕？」

「我永遠不能再進那棟房子，」他回答，「如果妳不陪我進去，我就永遠不能再進那棟房子！」

「住嘴！」他父親狂喊，「凱瑟琳因為孝順，有所顧慮，我們應該尊重。奈莉，妳扶他進去吧，我會聽從妳的建議找醫生來，不再延誤。」

「你可以自己扶他進去，」我回答，「我可得跟我家小姐在一起，照顧你兒子不是我的責任。」

「妳這人很頑固，」希斯克里夫說，「這我早知道。妳這是逼我先擰疼這孩子，把他逼得大聲尖叫，然後妳才會大發慈悲吧。那好吧，來，我的英雄。你願意讓我護送你回家嗎？」

他再次走上前，一副要去抓住那個脆弱東西的模樣。但是林頓一直往後縮，緊抓住他表姊不放，死命要求凱瑟琳陪他回家，那個可憐樣讓人根本無法拒絕。無論我怎麼反對，我也無法阻止她。說實在話，她怎麼忍心拒絕他呢？到底是什麼讓他充滿恐懼，我們無從知道，但他就在那兒，在這種恐懼的支配下無能為力，好像只要再加上一點威嚇，就立刻會將他嚇成白癡。我們抵達門檻時，凱瑟琳走進屋內，我則站在門邊，等她把病人扶到椅子上坐下，想說她馬上就會出來。這時，希斯克里夫先生把我往前一推，叫道：「我家沒有瘟疫，奈莉。今天我有招待客人的興致。坐下吧，我來把門關上。」

他關上門，還上了鎖。我大吃一驚。

「妳們先喝點茶再回家吧，」他又說，「家裡只有我一個人。哈里頓到里斯河河邊趕牲畜去了，季拉和約瑟夫也放假出門。雖說我習慣獨處，但若能找到幾位有趣的人相伴也不錯。林頓小姐，在他旁邊坐下吧。我要把一樣東西送給妳，雖然這禮物不大值得接受，但我沒有其他東西可以送了。我說的就是林頓。她怎麼瞪成這樣！真奇怪，碰到任何怕我的東西，都會激起我的野蠻天性！如果我是生在法律鬆散、品味低俗的地方，我一定會把這兩個拿來慢慢活體解剖，作為晚上的娛樂。」

他倒抽一口氣，槌著桌子，對著自己咒罵：「地獄為證！我恨他們！」

「我不怕你！」凱瑟琳大叫，受不了他說的後半段話。她走到他前面，黑色的眼睛裡閃爍著憤怒與決心。「給我那把鑰匙，給我！」她說。「就算是餓死，我也不會在這裡吃口東西，喝口水。」

希斯克里夫把放在桌上的鑰匙緊握在手中。他抬起頭，對她的大膽吃了一驚。或者應該說，她的聲音和眼神可能讓他想起把這些遺傳給她的人。她伸手去抓鑰匙，差點就把它從他鬆開的手指中奪過來，但她的動作讓他回過神，他立刻再度握緊鑰匙。

「聽好，凱瑟琳．林頓，」他說，「站開，要不然我就打得妳趴倒在地，這可會讓狄恩太太發狂。」

她不理會他的警告，又再度抓住他緊握著鑰匙的拳頭。「我們**非**走不可！」她再次叫道，使出最大的力氣，想讓那鋼鐵般的手指鬆開，當她發現指甲沒發揮效果時，她便用牙齒使勁地咬。希斯克里夫瞥我一眼，他的眼神嚇得我沒有馬上上前干預。凱瑟琳太專注在他的手上，而沒有去看他的表情。他突然張開他的手，拋開他倆爭奪的東西，但在她來得及搶到它之前，他就用這隻空出來的手一把抓住她，將她拉到他膝蓋上，用另一隻手朝她腦袋兩側一陣可怕的猛打，要是她沒被抓住，每下都能打得她趴下，實現他先前的威脅。

看到這窮兇惡極的暴力，我憤怒至極地向著他衝了過去。「你這惡棍！」我高聲大叫，「你這惡棍！」他朝我胸口一推，我不禁住口。因為我很胖，頓時就喘不過氣來。這一推，加上憤怒，我頭暈腦漲得踉蹌倒退，覺得自己快要窒息，或血管就要爆裂。這個場景不到兩分鐘就結束了。凱瑟琳被放開，雙手摀著太陽穴，看起來好像不確定自己的耳朵是否還在。她像根蘆葦般瑟瑟發抖，可憐的孩子，靠在桌子旁，嚇得不知所措。

「妳瞧，我知道怎麼懲罰孩子。」那惡棍兇狠地說，彎下腰去撿掉在地上的鑰匙。「現在，照我說的，去林頓那邊哭個痛快吧！我明天就是妳的父親了——再過幾天，我會成為妳僅有的父親——往後妳還有得受呢。不過，妳承受得了，妳不是個膽小鬼。但，要是再讓我從妳眼睛裡看到那種該死的脾氣，我就會讓妳每天都嚐一次！」

凱西沒有跑向林頓，反而是衝到我跟前跪下，把她那滾燙的雙頰埋在我大腿裡，放聲大哭。她的表弟則嚇得縮在高背椅的角落，安靜得像隻老鼠，我敢說，他一定是在暗自慶幸，受這場罪的人好在不是他。希斯克里夫先生看我們都嚇壞了，便站起身，動作靈敏地親自開始沏茶。茶杯和茶盤早就擺好。他斟滿茶，遞給我一杯。

「把妳的怨恨都沖掉吧，」他說，「幫幫忙，給妳我的頑皮寶貝都倒上一杯。雖然茶是我準備的，裡面可沒有下毒。我現在要出去找妳們的馬。」

他一離開，我們的第 個念頭就是去找可以逃離的地方。我們試了廚房門，但它從外面被鎖起來。我們看看窗戶——它們太窄，連凱西這樣的小個頭也鑽不出去。

「林頓少爺，」我在看到我們被正式囚禁時叫道，「你知道你那狠毒的父親下一步的計畫，你應該告訴我們，不然我就會打你一頓耳光，就像他打妳表姊一樣。」

「是的，林頓，你一定要告訴我們，」凱瑟琳說，「我是為了你才來的。如果你不肯說，那就太忘恩負義了。」

「先給我一些茶，我渴了，然後我會告訴妳們，」他回答，「狄恩太太，走開。我不喜歡妳站在我前面。好了，凱瑟琳，妳的眼淚掉進我杯子裡了。我不要喝那杯。給我另外一杯。」凱瑟琳將另一杯推向他，擦掉臉上的眼淚。這小可憐蟲那若無其事的態度，真是讓我反感至極，因為他現在已經不用再為自己感到恐懼。自從我們一走進咆哮山莊，他在荒原上的那種極度痛苦的表情瞬間就消失殆盡。所以我猜想，他在事前一定遭受到嚴厲的威脅，如果他不能把我們誘拐進山莊，他一定會受到可怕的懲罰。既然大功告成，他也就不用再害怕了。

「爸爸要我們結婚，」他在啜飲幾口茶後，接著說，「他知道妳爸爸不會讓我們現在就結婚。他怕如果我們再等下去，我會死掉。所以我們明天早上就得結婚，而妳得在這裡待一整晚。如果妳照他的話去做，妳後天早上就可以帶我回妳家。」

「帶你回她家，你這卑鄙的可憐蟲！」我大聲嚷嚷，「**你**結婚？啊，他瘋了！或者他把我們每個人都當成傻瓜。你以為這位漂亮年輕的小姐，這位健康活潑的姑娘，會把自己和一隻像你一樣，快死的小猴子綁在一起嗎？撇開林頓小姐不說，你居然妄想會有任何人想要你做丈夫？你用卑劣的哭哭啼啼手段，把我們騙到這裡來，真該挨一頓鞭子。還有——現在，別裝出這副傻相！我真想狠很地搖你幾下，就憑你這卑鄙的伎倆和白癡般的自負。」

我真的輕輕搖了他一下，結果他竟然咳嗽起來，他又故計重施，又是呻吟，又是啜泣。凱瑟琳便斥責我。

「在這裡待一整晚？不行，」她邊說邊慢慢環顧四周，「艾倫，就算要燒掉這道門，我也非出去不可。」

她正要把她的威脅直接付諸行動，但林頓為了他親愛的自己著想，又慌慌張張地爬了起來。他柔弱的雙臂緊緊抱住她，哭泣著說——「妳不要我了嗎，不救我了？妳不讓我去田莊嗎？喔，親愛的凱瑟琳！妳千萬不能走。妳**必須**聽我父親的話——妳**必須**！」

「我得聽我自己父親的話，」她回答，「我不能讓他擔心受怕。一整晚！他會怎麼想呢？他一定已經開始擔憂了。我要砸開一條路，或燒出一條路來，逃離這房子。安靜！你又沒有危險，但如果你阻礙我——林頓，我愛爸爸勝於愛你！」他對希斯克里夫先生的憤怒有著致命的恐懼，這讓他恢復了那懦夫的辯才。凱瑟琳幾近發狂，但她仍然堅持一定要回家。這回輪到她來求他了，請他不要那麼自私，只想到自身的痛苦。正當他們在爭論不休時，我們的獄卒又走進屋內。

「妳們的馬都跑掉了，」他說，「而且——林頓！你又在哭啦？她對你做了什麼？好了，好了——別哭了，上床去睡吧。再過一、兩個月，我的孩子，你就能用一隻有力的手，回報她現在的暴行。你渴望的是純潔的愛，不是嗎？別無他求。她會要你的！好了，去睡吧！季拉今晚不會回來，你得自己換衣服。噓！別出聲！只要你進你房間，我就不會靠近你，你不用害怕。這回你剛巧做得不錯。其餘的事交給我就好了。」

他說完這些話後，就打開門讓兒子走出去。後者出去時，活像一隻畏畏縮縮的小狗，深怕把門的人會心存惡意，故意夾他一下。門又重新鎖上。希斯克里夫走到壁爐前，我和小姐就站在那。凱瑟琳抬頭看他，本能地舉起手護住臉頰。他一靠近，臉頰那種疼痛的感覺就回來了。任誰看到這種稚氣的舉動，應該都會心軟才是，但他卻對著她皺眉頭咕噥著說——「哼！妳不怕我？妳倒是裝得很勇敢；妳現在看起來該死的很害怕！」

「我現在**是**怕了，」她回答，「因為，如果我留在這裡，爸爸會陷入愁雲慘霧。我怎能忍受讓他難過——當他——當他——希斯克里夫先生，讓**我**回家吧！我答應會嫁給林頓，爸爸也要我嫁給他，而且我愛他。你為何要強迫我做我原本就心甘情願會做的事呢？」

「他敢強迫妳！」我大叫。「感謝上帝，這世上還有法律！儘管我們住在一個偏僻的地方。即使他是我的兒子，我也會舉發他。這事徹頭徹尾是項重罪！」

「住口！」那惡棍說，「見鬼，妳嚷嚷個什麼！閉上妳的嘴。林頓小姐，我一想到妳父親會很難過，就開心地不得了，開心到睡不著覺哩。既然妳告訴我會發生這樣的事，那妳就更得在我家待上二十四小時不可。至於妳答應要嫁給林頓，我會讓妳說到做到。因為妳要是不完成妳的承諾，妳就別想離開這裡。」

「那就讓艾倫回家，讓爸爸知道我很安全！」凱瑟琳痛哭流涕，苦苦哀求，「要不然現在就讓我們結婚。可憐的爸爸！艾倫，他會以為我們迷路了。我們該怎麼辦？」

「他才不會呢！他會以為妳伺候他伺候得不耐煩了，跑出去玩耍，」希斯克里夫回答，「妳不能否認妳是違背他的禁令，自願進我家的。而且在妳這種年紀，貪玩是天經地義，要妳照顧病人，妳一定會感到厭煩，況且，那個病人**只不過**是妳父親而已。凱瑟琳，打從妳一出世開始，他最快樂的日子也就結束了。我敢說，他詛咒妳來到這世上（至少，我就詛咒）。如果在**他**離開這世界時也詛咒妳，那樣最好。我要跟他一起詛咒妳。我不愛妳！我怎能愛妳呢？妳就盡情去哭個痛快吧。就我看來，從今以後，哭泣就會是妳的主要消遣，除非林頓能彌補妳的其他損失。妳那位思慮周詳的父親似乎認為他可以。他那些充滿勸告和安慰的信讓我大笑不已。在他最後一封信裡，還要我的寶貝好好珍惜他的寶貝，而且將來在娶了她之後，一定要善待她。什麼珍惜、善待——那都是父愛。但林頓只會把所有的關心和體貼用在他自己身上。林頓現在可以當個稱職的小暴君了。要是你把貓的牙齒拔掉，爪子剪掉，不管有多少隻貓，他都能把牠們折磨得死去活來。我對妳保證，等妳再回到家裡時，妳一定會有很多有關他**仁慈**的好故事，可以說給他舅舅聽。」

「你說得一點都沒錯！」我說，「把你兒子的性格描寫得非常貼切。看起來他和你很像；光憑這點，我希望凱西小姐在接受他之前會再三考慮。」

「我現在才不在乎描述他那些和藹可親的性格呢，」他回答，「因為她要不就接受他，要不就當個囚犯，由妳陪伴，直到妳的主人死去為止。我能把妳們兩個囚禁在這，完全不洩漏一點風聲。妳如果不相信，就勸她反悔，這樣妳就有機會自己判斷了！」

「我不會反悔，」凱瑟琳說。「如果嫁給他之後，我就能回畫眉田莊，那我願意現在就嫁給他。希斯克里夫先生，你是個殘酷的人，但你不是惡魔。你不會**只**因心中滿懷仇恨，就把我的幸福毀掉到無法挽回的地步吧。倘若爸爸以為我是故意離開他，如果他在我回家前過世，那我怎麼活得下去呢？我不哭了，但我要在你跟前跪下來，我要用我這兩隻眼睛一直看著你的臉，不起來，直到你也回看我為止！不，別轉開臉！**看著我吧**！你不會看到任何會惹你生氣的東西。我不恨你。你打我，我也不生氣。你這輩子從來沒有愛過**任何人**嗎，姑丈？**從來沒有**？啊！你一定得看我一眼。我這麼可憐，你無法不為我感到難過的，你無法不憐憫我。」

「拿開妳那蜥蜴般的小手。走開，否則我會踢妳！」希斯克里夫狂叫，粗暴地推開她。「我寧願被蛇擁抱。妳該死的怎麼會想到對我搖尾乞憐呢？我**厭惡**妳！」

他聳聳肩，當真渾身顫抖，彷彿有厭惡至極的東西爬上他的皮膚，然後他將椅子往後一推。這時我站起身，張開嘴，打算對他破口大罵，但第一句話才講到一半就被他的威脅嚇阻。他說，如果我再說一個字，就要把我單獨關到另一個房間去。天色逐漸暗沉——我們聽到花園門口有人說話。希斯克里夫立刻快步走出去，**他**的頭腦依舊清醒，**我們**的早已無法好好思考。他在外面談了兩、三分鐘，然後又單獨回到屋內。

「我還以為是妳的表哥哈里頓，」我對凱瑟琳說，「我真希望他能回來！說不定他會站在我們這邊？」

「是田莊派來找妳們的三個僕人，」希斯克里夫聽到我的話後說，「妳應該打開窗戶大聲求救的；但我敢發誓，那個黃毛丫頭一定暗自高興妳沒有。我確定，她一定巴不得留下來。」

聽到失去大好良機，我們兩個非常難過，禁不住放聲痛哭起來。他任憑我們哭到九點，然後他命我們上樓，穿過廚房，到季拉的房間去。我低聲勸我的同伴照他的話去做。也許我們可以從那邊的窗戶，或進入某間閣樓，從它的天窗逃出去。但那房間裡的窗戶和樓下的一樣窄小，我們也搆不到閣樓的梯子門，因此就像之前一樣被鎖在房內。我們都無心躺下來休息，凱瑟琳坐在窗子旁，焦急地等待著早晨來臨。我不時要求她試著小眠一下，但她唯一的回答是深深的嘆息。我坐在一張搖椅上搖來搖去，嚴厲譴責自己的多次失職。當時我認為，我家老爺和小姐的所有不幸都是因我的疏忽而起。現在我知道，事實並非如此。但在那個悲慘的夜晚，我卻是這麼想的；我甚至認為希斯克里夫犯下的罪過還比我來得輕。

他在早上七點時過來，問我林頓小姐起床沒有。她立刻衝向門口回答，「起床了。」

「那就出來。」他邊說邊打開門，把她拉了出去。我正站起身要跟著出去，他卻再度把門鎖上。我要求他放我出去。

「有耐心點，」他回答，「我等會就叫人送早餐來給妳。」

我用力猛槌門板，憤怒地把門栓搖得嘎嘎作響。凱瑟琳問為什麼還要關著我。他回答說，我還得再忍耐一個鐘頭，然後他們便離去。我等了兩、三個鐘頭後，終於聽到腳步聲，但那不是希斯克里夫的腳步聲。

「我送吃的來給你。」一個聲音說，「把門打開！」

我立刻開門，一看來的是哈里頓，他端來的食物足足夠我吃上一天。

「拿去。」他又說，將托盤塞進我手中。

「待一會兒吧。」我開口說。

「不行。」他大聲叫後就走開了，不管我怎麼哀求，就是不理會我。

我就這樣被關在那間房間裡，關了一整天，又關一整夜，一天一天，一夜一夜地過去。我總共被關了四天五夜，除了每早見到哈里頓一次外，誰也沒見到。而他真是個盡責的獄卒，板著臉，什麼話也不說，對任何想激起他正義感或同情心的企圖，全部置若罔聞。

28

到了第五天早上，或者該說是下午，一個不同的腳步聲走近房間——這腳步聲較為輕盈、短促。這次來的人進入房間。原來是季拉。她披著猩紅色的圍巾，頭上戴著頂黑絲無邊軟帽，手臂上拎著一個柳條籃子。

「啊呀！狄恩太太！」她驚呼，「啊呀！吉默頓那裡正沸沸揚揚地傳著妳們的事呢。我還以為妳和妳家小姐已經陷入黑馬沼澤裡面去了，直到我家老爺告訴我說，已經找到妳們了，還讓妳們暫時住在這裡！怎麼！妳們一定是爬上一座沙洲了，對吧？妳們在洞裡待了多久？是老爺救妳們的嗎，狄恩太太？但妳沒怎麼瘦啊——應該沒受什麼罪吧，對不？」

「妳家老爺是個十足的壞蛋！」我回答，「但他會因此得到報應。他不必編造出那個故事；一切都會真相大白的。」

「妳這話是什麼意思？」季拉問，「這不是他編的故事，村裡的人都這麼說——大家都說妳們在沼澤裡迷路了。我一進家門，就對恩蕭說：『唉呀，哈里頓先生，我一走後就發生怪事啦。那位活潑年輕的小姐真可憐，還有能幹又生氣勃勃的奈莉．狄恩。』他瞪大眼睛，我以為他沒聽說這消息，便告訴他村裡的謠傳。老爺聽著，自顧自地在旁微笑，然後說：『即使她們之前陷入過沼澤，現在也早就爬出來了，季拉。奈莉．狄恩這會兒就在妳房間裡呢。妳上樓去，叫她趕快走吧。鑰匙在這兒。沼澤水灌進她的腦袋瓜裡啦，她本來瘋瘋癲癲地急著想往家裡跑，可是我把她留住，直到她恢復理智。要是她能走的話，妳就叫她馬上回田莊，並要她替我帶個口信，就說她家小姐隨後就到，一定能趕得上參加那位鄉紳的葬禮。』」

「艾德加先生還沒逝世吧？」我喘著氣，「喔！季拉！季拉！」

「還沒，還沒。妳先坐下來，我的好太太，」她回答，「看來妳還在生病。他還沒死，肯尼斯醫生認為他還可以撐上一天。我在路上碰到醫生時問的。」

我沒坐下來，而是抓起出門穿的衣帽，匆匆忙忙往樓下跑，一路上沒有人阻擋我。一進正屋，我就環顧四周，想找個人探聽凱瑟琳的下落。屋子裡陽光遍灑，大門敞開，卻不見任何人影。我猶豫著是該馬上離開，還是該回頭去找我家小姐，這時一個輕微的咳嗽聲將我的注意力轉向壁爐。林頓自個兒躺在高背椅上，正在吸著一支棒棒糖，用冷漠的眼神觀察著我的一舉一動。「凱瑟琳小姐在哪？」我厲聲問道。我想，這當下只有他一個人在這，我可以嚇得他吐露點訊息。但他卻像個毫不知情的人似地繼續吸著糖。

「她走了嗎？」我問。

「沒有，」他回答，「她在樓上。她走不了，我們不會放她走的。」

「你們不會放她走，小白癡！」我叫道，「馬上跟我說怎麼去她房間，不然我就會讓你尖叫。」

「如果妳敢進她房間，爸爸才會讓妳尖叫呢，」他回答，「他說我不能對凱瑟琳心軟；她是我的妻子，而她竟想離開我，真是太可恥了。他說她恨我，希望我死掉，這樣她就可以拿到我的錢。她休想拿到我的錢，也別想回家！她永遠回不了家啦！她可以盡情去哭。想搞到生病，也隨她！」

他又開始繼續吸著糖果，還閉上眼睛，彷彿快要睡著。

「希斯克里夫少爺，」我又說，「難道你忘了去年冬天凱瑟琳對你的一片柔情了嗎？那時你口口聲聲說你愛她，她還帶書來送你，唱歌給你聽，冒著風雪來探望你不知多少次？有天晚上她沒能來，傷心地哭了，因為你會很失望。那時你覺得她比你好上一百倍，現在你卻相信你父親編造的謊言，儘管你明知你父親恨透你倆。你竟然和你父親一起聯手對付她。這就是你的感激，是嗎？」

林頓的嘴角垮下來，他把棒棒糖從嘴裡拿出來。

「她來咆哮山莊是因為她恨你嗎？」我繼續說，「你自己好好想想！至於你的錢，她甚至不知道你會有錢。你說她生病了，你卻把她單獨丟在樓上，一棟陌生的房子裡！你應該最清楚這種被人冷落的感覺！你痛苦時你總是自憐自哀，她也憐憫你的苦痛，但現在她在受苦，你卻毫不為所動！我都掉淚了，希斯克里夫少爺，你瞧——我是個有一把年紀的女人，而且還只是個僕人——而你呢？在對她裝出一片癡情，好像快要崇拜她到五體投地的地步後，現在卻把每滴眼淚都留給自己，舒舒服服地躺在這裡。啊！你真是個沒心肝、自私的孩子！」

「我沒辦法和她共處一室，」他生氣地反駁說，「她哭得實在讓我受不了，不然我也不會自己一個人待著。即使我說我要叫我父親過來，她還是哭得沒完沒了。有一次我真的把他叫過來，父親威脅說，她要是不安靜下來，就要勒斃她。但等他一離開房間，她就又馬上開始哭，整晚呻吟哭鬧，儘管我氣得大叫說我睡不著。」

「希斯克里夫先生出門了嗎？」我問道，看來這沒良心的東西根本沒有同情他表姊正在承受巨大精神折磨的能力。

「他在院子裡，」他回答，「正在和肯尼斯醫生談話，醫生說舅舅終於真的要死了。我很高興，因為他一死，我就是畫眉田莊的主人了。凱瑟琳說起田莊時的口氣，老是像那是她的房子。田莊可不是她的！是我的。爸爸說她所有的一切都是我的。她所有的好書也是我的。她求我說，只要我把我們房間的鑰匙給她，放她走，她就會把她所有的好書、漂亮的鳥兒和小馬咪妮給我。但我跟她說，她沒有東西可以給我，它們全部都是我的。然後她又哭了起來，從脖子上拿下一張小畫像，她說可以給我那個。那是一個小金盒，裡面鑲著兩張小畫像，一邊是她母親的，一邊是舅舅的，都是他們年輕時的畫像。那是昨天的事——我說這些也是我的，想從她手上搶過來。可是那可惡的傢伙不肯給我，她把我推開，害我好痛。我大聲尖叫——那把她嚇壞了——她聽見爸爸來了，就拉斷鍊子，將盒子折成兩半，給我她母親的畫像。她還試圖把另一張藏起來。但爸爸問是怎麼回事，我就把事情從頭到尾都說出來。他拿走她給我的那張，命令她把她那張給我，她拒絕了，因此他——他就把她打倒在地，從項鍊上扯下盒子，用腳將它踩爛。」

「你看見她挨打，覺得開心嗎？」我問，慫恿他繼續說下去。

「我只敢眨眨眼睛，」他回答，「看見我父親打狗或馬兒時，我只敢眨眨眼睛，他都打得好狠。剛開始時我是很開心——她把我推開，活該受到懲罰。但當爸爸離開後，她叫我走到窗前，給我看她嘴裡被牙齒劃破，滿口鮮血的模樣。然後她撿起畫像碎片，走了開，對著牆壁坐下。她從那以後就沒再和我說話。我有時以為她是痛得無法說話，但我不願意這麼想。她實在很煩人，哭個不停。而且她看起來那麼蒼白，那麼瘋狂，我都要怕她了。」

「要是你想拿，你拿得到鑰匙嗎？」我說。

「可以，只要我在樓上，」他回答，「但現在我沒辦法走上去。」

「鑰匙在哪個房間？」我問。

「喔，」他叫道，「我才不會告訴**妳**鑰匙在哪裡呢。那是我們的祕密。沒別的人知道，即使連哈里頓和季拉都不知道。好啦！妳把我弄得累壞了——走開，走開！」他將臉轉過去靠在胳膊上，再次閉上眼睛。

我想，我最好還是不要和希斯克里夫先生照到面，趁現在趕快離開，然後從田莊帶人來救我家小姐。我抵達田莊時，其他僕人看見我都驚喜萬分。當他們聽到小姐平安無事時，有兩、三個人立刻想奔上樓，在艾德加老爺的門口外大叫著這個好消息。但我認為還是該由我親自向他稟報。才不過幾天，他的轉變竟然這麼大！他滿臉悲傷，一副聽天由命的神情，躺著等待死神的降臨。他看起來很年輕，儘管他的實際年齡已經有三十九歲，但看起來至少年輕十歲。他掛念著凱瑟琳，嘴裡低聲喃喃地叫著她的名字。我碰碰他的手，開口說話。

「凱瑟琳就要過來了，親愛的老爺！」我低語，「她還活著，人好好的。我想小姐今晚就會回家啦。」

這消息引發的第一陣反應讓我驚恐不已。他半撐起身子，急切地環顧房內四處，然後便倒回床上，暈厥過去。一等他甦醒，我就說出我們被迫進入咆哮山莊，並被囚禁在那裡的來龍去脈。我說希斯克里夫強迫我進屋，其實那並非完全是事實。我盡可能少說林頓的壞話，也沒鉅細靡遺地描述他父親所有的野蠻行徑——我是想，只要我能幫得上忙，我不想再在他那杯已經滿溢的苦酒裡再增添苦澀了。

他認為，他宿敵的目的之一，就是奪取他的財產和這座田莊，好留給他的兒子，或無寧說，留給他自己。但我家老爺百思不解，希斯克里夫為何不等到他死後才出手，這是因為老爺不知道，他的外甥和他一樣，都將不久於人世。無論如何，他認為應該盡快修改遺囑：他決定把原本要留給凱瑟琳自由支配的財產託付給委託人，以供她生前使用，至於她以後若有任何子女，在她死後，還可以把財產留給他們。如此一來，就算林頓死了，這財產也不會落到希斯克里夫先生的手裡。

收到老爺的命令後，我派了一個人去請律師，另外又派了四個人，拿著確實有用的武器，去向她的獄卒要人，接回我家小姐。兩組人馬都拖到很晚才回來。那個被派去找律師的僕人先回來。他說他趕到律師格林先生家時，他剛好不在，他等了兩個小時才等到他回家。格林先生告訴他，村裡還有一點小事要辦，但他在天亮以前一定會趕到畫眉田莊。那四個人也兩手空空地回來。他們帶回口信說，凱瑟琳生病了，病得無法離開房間，而希斯克里夫不准他們見她。我痛罵那些愚蠢的傢伙說，他們怎麼能聽信這個謊言。我決定不把這件事告訴老爺；打算天一亮就帶領全部人馬上山莊要人，如果他們不乖乖交出小姐，我們就要大鬧特鬧一頓。我一次又一次地發誓，**一定**要讓她的父親見到她，倘若那個惡魔膽敢從中阻撓，就要讓他死在自家大門前！

幸好，我省去了麻煩和這趟旅程。我在三點鐘下樓取一壺水，正提著它走過門廳時，前門突然傳來一陣急促的敲門聲，害我嚇了好大一跳。「啊！是格林，」我說，恢復鎮定，「一定是格林。」我繼續往前走，準備叫人來開門，但對方又敲起門來，聲音不大，仍舊很急切。我將水壺放在欄杆上，連忙開門讓他進來。秋穫時的滿月遍灑，將屋外照得明亮無比。那人不是律師。我家可愛的小姐跳上前來，摟住我的脖子，啜泣說：「艾倫，艾倫！爸爸還活著嗎？」

「是的，」我大叫，「是的，我的天使，他還活著。感謝上帝，妳又平安地回到我們身邊！」

儘管她已經喘不過氣來了，她還是想一路跑上樓，跑到林頓老爺的房間。但我強迫她先坐到椅子上喝點水，洗洗她那張慘白的臉，然後用我的圍裙將她的雙頰擦出些紅潤氣色。接著我說，我得先行去稟報她的到來，並央求她說，她和年輕的希斯克里夫在一起會很快樂。她瞪著眼睛呆楞半晌，但馬上明白我為何要她說謊，她向我保證她不會訴苦。

我不忍目睹他們父女重逢的場面。我在臥室門外站了一刻鐘，幾乎不敢走近床前。然而，一切都很平靜。凱瑟琳的悲慟，就像她父親的喜樂一樣，不露形色。她深藏內心的激動，鎮定平靜地扶著他，而他則抬起眼睛凝視著她的臉，眼睛似乎因狂喜而睜大。

他臨終時幸福無比，洛克伍德先生。他是這樣過世的。他親了親她的臉頰，喃喃低語：「我要去她那兒了。而妳，我的寶貝，將來妳也會去我們那兒的！☆10」之後就一動也不動，再也沒說話，但一直用出神的凝視望著她，眼裡閃耀著燦爛光輝，直到不知不覺間，他的脈搏停止跳動，靈魂離開世間。誰也沒注意到他死亡的確切時間。他死得非常安詳，沒有半點掙扎。

☆10
I am going to her; and you, darling child, shall come to us!

凱瑟琳也許是已哭乾眼淚，或是悲痛欲絕而哭不出來，她就坐在那裡，一滴眼淚也沒流，直到太陽升起。她呆坐到中午，靜靜對著靈床冥想，但我堅持要她離開床前，休息一下。好在我成功將她勸開，因為午餐時，律師過來了，他已經去過咆哮山莊，得到該如何做的指示。律師早把自己出賣給希斯克里夫先生；那就是我家老爺請他，他卻遲遲不來的原因。幸好，在他的女兒返家後，我家老爺就完全沒再想到那些繁瑣俗事。

格林先生自行作主，安排一切人事。除了我以外，他辭掉所有的僕人。他本來還想濫用他的委託權，堅持不讓艾德加．林頓葬在他妻子身邊，而要把他葬在禮拜堂裡，和他的家族一起。但遺囑清清楚楚寫著不能這樣做，我也大聲抗議，反對任何違背遺囑的作法。喪事匆匆辦完。凱瑟琳，如今已是林頓．希斯克里夫太太，被准許暫留在畫眉田莊，直到她父親的遺體下葬為止。

她告訴我，她的痛苦終於喚醒林頓的良知，於是他冒險放她走。她聽到我派去的僕人在門口爭論，也聽出希斯克里夫回話中的意思。她被逼得鋌而走險。在我離開後不久，林頓就被移到樓上的小客廳裡，他當時被她嚇壞了，連忙趁他父親再次上樓前，拿到鑰匙。他倒很狡猾，打開鎖後，又把門重新鎖上，但沒把門完全關緊。等他該上床睡覺時，他請求和哈里頓一起睡，結果這個要求破例獲准。凱瑟琳在天亮前溜出房間。她不敢從大門溜出去，怕狗會狂吠起來，驚動大家。她一間間走進那些空房間，察看窗戶。幸運的是，她剛巧走進她母親的房間，輕易地鑽出那間房的窗戶，再順著窗旁的樅樹往下爬，抵達地面。她的共犯儘管耍了些怯懦的詭計，還是免不了為這個逃跑事件吃盡苦頭。

29

葬禮後的那天晚上，我家小姐和我坐在書房裡，時而悲傷地——其中一位悲痛欲絕——思念著我們的至親，時而胡亂猜測著那陰鬱黯淡的未來。

我們一致認為，對凱瑟琳而言，最好的安排就是准許她繼續住在田莊，至少在林頓生前是如此，也讓他過來和她同住，而我則繼續擔任管家。這樣的安排似乎好到令人不敢奢望，然而，我還是如此竊望著。一想到這樣的前景，我可以保住我的家、我的工作，最重要的是我摯愛的小姐，我就開始雀躍不已。就在這時，一位僕人——一位被遣散但還未離開的僕人——急急忙忙衝進來說，希斯克里夫那個魔鬼正穿過院子走過來，他是不是該當他的面把門鎖上？

即使我們瘋狂到想把門鎖上也來不及了。他絲毫不顧禮節，既沒先敲門，也沒通報他的姓名。他現在可是主人了，仗著主人的權勢，自顧自地走了進來，一聲不吭。僕人的通報聲將他帶到書房。他走進來後，比個手勢要僕人出去，然後便關上門。

十八年前，作為客人的他被帶進來的就是這間房間。同樣的月光照亮窗戶，窗外也仍舊是相同的秋景。我們尚未點燃蠟燭，但書房內仍舊相當明亮，牆壁上的畫像也可以看得一清二楚：林頓太太美麗的頭像，還有她丈夫優雅的畫像。希斯克里夫走到壁爐前。時光未在他身上留下多少歲月痕跡。他還是同樣的人；他那黝黑的臉也許變得比較蒼白嚴峻，體重可能增加了一、二十磅，此外並無其他改變。凱瑟琳一看見他，立刻起身想衝出去。

「站住！」他邊說，邊抓住她的胳膊。「別想再逃跑了！妳能逃到哪去？我是來帶妳回家的。我希望妳能做個孝順的媳婦，不再慫恿我的兒子違逆我的話。當我發現他幫助妳逃跑時，真是左右為難，不知道該怎麼懲罰他。他簡直像個蜘蛛網，一捏就會要他的命，不過，等妳看見他那副表情，就會知道他已受到該有的懲罰！有天晚上，就是前天，我把他帶下樓，放在椅子上，之後根本沒碰他。然後我叫哈里頓出去，房間裡就剩我們倆。過了兩小時後，我叫約瑟夫再把他抱到樓上去。自此之後，我一出現，他就像看到鬼似地膽戰心驚。我想，就算我不在他身邊時，他也常看到我。哈里頓說他夜裡經常尖叫著驚醒，叫著要妳去保護他，免得被我揍。不管妳喜不喜歡妳那個寶貝丈夫，妳都得回去。現在他得由妳照顧，我把所有照顧他的責任都轉交給妳。」

「為什麼不讓凱瑟琳仍舊住在這裡？」我懇求著，「也讓林頓少爺過來與她同住？既然你痛恨他們，你也不會想念他們。他們只會給你那鐵石心腸每天徒增煩憂罷了。」

「我要給田莊找個房客，」他回答，「而且我當然要我的孩子待在我身邊。何況，這丫頭既然要靠我養，就得給我幹活。我可不打算在林頓死後，讓她養尊處優、悠悠哉哉地過日子。現在，趕快去準備好，別逼得我得強迫妳。」

「我會走的，」凱瑟琳說，「林頓是我在這世上唯一愛的人了。儘管你竭盡所能想要讓我們彼此仇視，但你不會成功的。當我在他身邊時，我不會讓你傷害他，我也不怕你威嚇我！」

「妳倒是大膽，敢這樣說大話，」希斯克里夫先生回答，「但我沒喜歡妳到想去傷害他的程度。妳會受盡他的折磨，該多久就多久。我不會讓妳恨他——這該全部歸功於他那副甜美的性格。妳逃跑後棄他不顧，他因這結果而吃盡苦頭，他可是苦澀得很，恨透妳啦。別指望他會感激妳這種高貴的獻身精神。我聽見他對季拉描繪得活靈活現，他說，要是他像我一樣強壯，他就會怎麼做怎麼做。他早就有這樣的想法，而身體的虛弱會促使他想辦法來尋找替代體力的報復方法。」

「我知道他本性不好，」凱瑟琳說，「他畢竟是你的兒子。但我高興我的本性較好，可以原諒這點。我知道他愛我，為了這個理由，我也愛他。希斯克里夫先生，**你**可是**沒人**愛你。不管你把我們弄得多悲慘，只要一想到你的殘忍是源自於你更大的痛苦，我們就算復仇了。你**很**悲慘，不是嗎？你像魔鬼般孤獨，也像魔鬼般滿心嫉妒，對吧？**沒人**愛你——你死後，**沒人**會為你哭泣！我可不願意是你！」

凱瑟琳說著這話時，帶著一種悲傷的得意神情。她似乎已經下定決心要進入她未來家庭的精神世界，並從她敵人的哀傷中攫取快樂。

「如果妳再站在那裡一分鐘，妳馬上就要為自己的那番話後悔，」她的公公說道，「滾，臭女孩，去收拾妳的東西！」

她帶著輕蔑的表情離開。她一不在，我就哀求讓我到山莊代替季拉，而讓季拉來到這裡，但他說什麼也不答應。他命我閉嘴，然後才第一次有機會環顧這房間和看看畫像。他仔細看了林頓太太的畫像後，說：「我要把那幅畫像帶回家，不是因為我需要它，而是——」

他突然轉向爐火，臉上帶著一種——我沒有更恰當的字眼來形容，只好說是微笑——然後說道：「我要告訴妳我昨天做了什麼！我找到幫林頓挖墳的教堂司事，要他把她棺蓋上的土撥開，然後我打開它。當我再次看見她的臉時——她的容貌依舊！——我一度想乾脆也埋進那裡好了。教堂司事用盡全力才把我推開，他說如果接觸到空氣，遺體就會開始起變化。因此，我把棺木的一側敲鬆，然後又蓋上土，不是靠林頓的那邊，去他的！我真想用鉛把他封死。我已經買通教堂司事，等我埋在那裡時，要把敲鬆的那側拿開，把我棺木的一側也抽掉。我要事先特意做成那樣，這樣等林頓來到我們這邊時，他就搞不清處哪個是哪個了！」

「你真是喪盡天良，希斯克里夫先生！」我叫著，「膽敢打擾死者，你不覺得羞愧嗎？」

「我沒打擾任何人，奈莉，」他回答，「我只是讓自己得到一些寧靜。現在我已經平靜多了，等我葬到那裡時，妳就更有可能讓我安安靜靜躺在地下。打擾她？不！十八年來，日日夜夜，打擾著我的是她——無止無歇，殘忍無情——直到昨天晚上。昨晚過後，我終於得到安寧。我夢見自己依靠著那位長眠者，睡了最後一覺，我的心臟停止跳動，冰凍的臉頰緊緊依偎著她的臉。」

「如果她已化為塵土，或化為烏有，那你會夢見什麼呢？」我說。

「夢見和她一起化掉，而且還會更快樂！」他回答，「妳以為我會害怕這種改變？在我掀開棺蓋時，我原本期待看到這樣的改變。但我很高興的是，她的這種改變要等到我也入土後才會開始。何況，除非我腦海裡清楚烙印上她那冷若冰霜的容貌，否則那種詭譎的感覺很難消除。那感覺來得很奇怪。妳知道，她死後我陷入瘋狂。我日以繼夜地不斷祈求她的靈魂回到我身邊！我深信世上有鬼魂存在，我相信鬼魂能夠，也確實存在於我們之間。她下葬的那天下了一場大雪。當晚我漫步到墓園。冬天般的寒風吹得刺骨——四周一片悽楚寥寂。我不怕她那個蠢丈夫這麼晚還會漫步到峽谷裡來；也不擔心有任何人專程跑到那裡去。我獨自一人，我知道，我們之間的唯一障礙就是這兩碼深的鬆土。我對自己說：『我要再次將她擁入懷中！如果她已變冰冷，我就當成是北風把我吹得全身冰寒。如果她一動也不動，那是因為她陷入沉睡。』我從工具房裡拿了一把鏟子，開始使盡吃奶的力氣挖掘——鏟子後來刮到棺材，我就換用手去挖。釘子四周的棺木開始嘎嘎作響；我知道自己就快達到目的。剎那間，我似乎聽到有人從上方傳來一聲嘆息，近得就像在墳墓邊，而且還俯下身子。『如果我能撬開這棺蓋，』我喃喃低語，『我希望他們能用鏟子把我們倆都埋住！』

「因此，我更用力地去掀棺蓋。接著又傳來一聲嘆息，近在耳邊。我幾乎感覺到那嘆息的溫暖，代替了夾帶雹雪的狂風。我知道附近沒有其他的血肉之軀；但，那就像在黑暗中，你能感覺到確實有人走過來，卻無法分辨一樣。我十分確切地感覺到凱西就在那裡。不是在我腳下，而是在地面上。我心中突然湧出一陣輕鬆愉快，流竄過我全身四肢。我放棄我那悲慟的工作，立即得到慰藉，無以名狀的慰藉。她和我同在，守護著我重新將墳墓填平，引導我回家。妳要笑就儘管笑吧，但我確信自己在那裡看見了她。我確信她和我在一起，我無法克制自己，不斷跟她說話。

「一抵達山莊，我就迫不及待地衝到門口，門卻被鎖上了。我記得，那該死的恩蕭和我妻子不讓我進門。我記得我停下來，把他踢得岔不過氣來，然後急忙跑上樓，跑進我的和她的房間。我焦急地環顧四周——我感覺得到她在我身邊——我**幾乎**就要看見她了，但我就是**不能**！當時我焦急地就要冒出血來，痛苦地萬般渴望，瘋狂地祈求只要能看她一眼就好！但我一眼也沒見到。她仍舊像她生前那樣，如魔鬼般忽現忽滅地捉弄我！從那以後，我就時而被這種無法忍受的折磨捉弄！有如身陷地獄般地煎熬著！我的神經總是繃得很緊，若不是我的神經像羊腸線那樣硬韌，早就會鬆弛成像林頓那般羸弱了。

「當我和哈里頓坐在屋裡時，老覺得似乎只要我一走出去，就能遇見她；當我在荒原散步時，又覺得一回去就能看見她。我從家裡出門時，總是匆匆忙忙地趕回家；我確定，她**一定**就在山莊的某處！當我睡在她的房間裡時——我又非出來不可。我沒有辦法靜躺在那裡；一旦我閉上眼睛，她不是站在窗戶外，就是正推開窗板，要不就是正要進入房間，或甚至正將她那可愛的頭枕在她小時候睡的枕頭上。每當這樣時，我非得張開眼睛來看。如此一來，我一晚就得睜眼閉眼上百次——但總是大失所望！真是折磨不已！我常大聲呻吟，約瑟夫那個老混蛋還以為我是良心不安。現在，既然我看到她了，我就平靜下來了——或該說是稍微平靜了。這真是一種奇怪的殺人方法啊；不是一吋吋地，而是像髮絲般一絲絲地宰割。十八年來，就是用這幽靈般的希望捉弄著我！」

希斯克里夫先生停下來，抹抹他的額頭。他的頭髮黏在額頭上，因汗水而濕透。他的雙眼猛盯著爐火的紅色餘燼，眉毛沒有緊皺，而是抬高，揚向兩邊的太陽穴，這消減了他臉上的陰沉，但卻流露出一種心煩意亂的神色，以及因某件他專注的事而心情緊張的痛苦表情。他只是半在對我說話，而我保持沉默。我不喜歡聽他講話！過了一會兒，他再次對著那張畫像冥想，將它取下來，斜靠在沙發上，以便從更好的角度好好端詳。當他正專心看畫時，凱瑟琳進來了，說她已經準備好，只等她的小馬上鞍。

「明天把畫送過來。」希斯克里夫對我說，然後轉向她，又說：「妳用不著妳的小馬。今晚天氣不錯，何況妳在咆哮山莊也用不到小馬。妳想上哪，就都用走的。跟我走吧。」

「再見，艾倫！」我親愛的小姐低聲說。

然後她吻我，雙唇冰冷。「要來看我，艾倫。別忘了。」

「妳最好別那麼做，狄恩太太！」她的新父親說，「我想和妳說話時，我會來這。我可不要妳來我家東探聽西探聽的！」

他比個手勢要她走在前面。她回頭看了我一眼，讓我心如刀割。她乖乖聽從他的話。我從窗戶目送他們走過花園。希斯克里夫拉住凱瑟琳的手臂，緊緊夾著，儘管一開始時她顯然加以反抗。但他邁著大步，匆忙將她趕上小徑，路樹立即吞噬了他們的背影。

30

自她走後，我曾經去過一趟山莊，但沒見著她。我叫著說要找她，約瑟夫卻用手擋住門，不讓我進去。他說林頓太太很「沮喪」，而老爺不在家。季拉跟我講了一點他們過日子的情況，不然，我連誰死了誰活著都不知道。她認為凱瑟琳很高傲，我從她的話裡聽得出來，她不喜歡凱瑟琳。我家小姐剛過去時曾要求她幫點忙，但希斯克里夫先生交代她管好自己的事就好，讓他的媳婦自己料理自己。季拉很樂意地聽從，她原本就是心胸狹窄的自私女人。凱瑟琳受到這樣的怠慢，就耍起孩子脾氣，回報以輕蔑，就這樣把通報內幕給我的人列為敵人，彷彿認定她有多對不起她似的。大約在六個禮拜前，也就是你來前不久，我和季拉在荒原上巧遇，我們聊了很久。下面就是她告訴我的事。

「林頓太太抵達山莊後，」她說，「第一件事就是往樓上跑，甚至都沒和我及約瑟夫道聲晚安。她把自己關在林頓房裡，一直待到早上。然後，當老爺和恩蕭在吃早餐時，她走進正屋，渾身發抖地問可不可以請醫生過來？她的表弟病得很嚴重。

「『我們知道！』希斯克里夫回答，『但他的命一文不值，我不打算在他身上花半毛錢。』

「『但我不知道該怎麼做，』她說，『如果沒人幫我，他會死！』

「『給我滾出房間，』老爺叫說，『我不想再聽到有關他的任何事！這裡沒有人關心他會怎麼樣。妳要是關心他的話，就去照顧他。如果妳不在乎，就將他鎖在房內，離開他。』

「於是她便開始來煩我，我說我已經被那煩人的東西折騰夠了。我們每個人都有自己的事要做，而她的工作就是伺候林頓。希斯克里夫先生吩咐過我，要把這活兒交給她。

「他們是怎麼相處的，我也不知道。我想他應該很常發脾氣，日日夜夜呻吟個沒完沒了。從她慘白的臉和沉重的眼皮看得出來，她睡得很少。她有時會惶惶不安地跑進廚房來，看起來彷彿想懇求幫忙，但我可不想違抗老爺的命令。我從來不敢違逆他，狄恩太太。儘管我認為不請肯尼斯醫生過來是不對的，但那不關我的事，由不得我插嘴或抱怨，而我一向就不願多管閒事。有那麼一、兩次，我們都上床睡覺後，我剛巧打開房門，看見她坐在樓梯頂端哭泣，我連忙關上房門，生怕自己心軟去幫她。那時我真的很可憐她，但妳知道，我可不想弄丟我的飯碗。

「終於，有天夜裡，她壯起膽子走進我臥室，說出來的話把我的魂都嚇飛了，『告訴希斯克里夫先生，他的兒子快死了——我確定這次他真的要死了。立刻起來，去告訴他。』

「說完話後，她又消失不見。我又躺了十五分鐘，聽著屋內的動靜，全身打哆嗦。一點聲音也沒有——整個房子寂靜無聲。

「我告訴自己，她弄錯了。他應該熬過去了，我不用去打擾他們。我又開始打起瞌睡。後來我被一陣尖銳刺耳的叫鈴聲吵醒——這是屋裡唯一的鈴，特地裝給林頓專用。老爺叫我去看看發生了什麼事，並要我告訴他們，他可不想再聽到鈴聲。

「我轉達了凱瑟琳的話。他自言自語地低聲咒罵，幾分鐘後，就拿著一根點燃的蠟燭走出來，往他們的房間走去。我跟在後面。希斯克里夫太太坐在床邊，雙手交握放在膝蓋上。

她的公公走上前去，用燭光照亮林頓的臉，看著他，摸摸他，然後轉向她。

「『現在，凱瑟琳，』他說，『妳有什麼感覺？』

「她默不吭聲。

「『妳有什麼感覺，凱瑟琳？』他再問。

「『他安息了，我也自由了，』她回答，『我應該覺得很平靜——但，』她繼續說，口氣裡有股掩飾不了的悲苦，『你丟下我，讓我獨自和死亡搏鬥這麼久，現在我所能感受和看到的也只有死亡！我覺得自己好像也死了！』

「她看起來真的也像死了！我給她一點酒。哈里頓和約瑟夫被鈴聲和腳步聲吵醒，在門外聽到我們的談話聲，這時也走進來。我認為，約瑟夫很高興這孩子終究不敵死神。哈里頓似乎有點難過，儘管他瞪著凱瑟琳的時間，比想念林頓的多些。但老爺命令他再去睡覺，說我們不需要他的幫忙。之後，他叮囑約瑟夫將屍體搬進他的臥室，叫我回我房間，留下希斯克里夫太太自己一人。

「到了早上，他叫我去告訴她，她一定得下來吃早餐。可是她已經脫了衣服，看起來正準備要去睡覺。她說她不舒服。我覺得這也難怪。我告訴希斯克里夫先生，他回答說：『好吧，在葬禮前都隨她吧。妳要經常上樓去瞧瞧，給她需要的東西。一等她似乎好些時，馬上告訴我。』

據季拉說，凱西在樓上待了兩個禮拜。她每天去探望她兩次，本想對她友善一點，但季拉的善意被傲慢地斷然回拒。

希斯克里夫只上去過一次，讓她看林頓的遺囑。林頓把他名下的所有財產，包括屬於她的動產，全部遺贈給他的父親。這可憐的東西在他舅舅去世，也就是她不在的那個禮拜，受到威脅或哄騙，寫下了那份遺囑。至於田產，由於他尚未成年，原本就無權過問。無論如何，根據他妻子的權利，還有他自己的權利，希斯克里夫先生也把它們全部歸為己有。我想一切過程應該都合法；不管怎樣，凱瑟琳現在已經無錢無勢，拿他莫可奈何。

「除了那一次之外，」季拉說，「沒有人走近她的門，當然，只有我例外。也沒有人問起她的狀況。她第一次下樓進入正屋，是在某個禮拜天下午。那天我把午餐送上樓給她，她哭叫著說，她再也無法忍受這麼冰冷的房間了。我告訴她，老爺要去畫眉田莊，恩蕭和我則不會妨礙她下樓。因此，當她一聽到希斯克里夫的馬快跑離去時，她立刻來到樓下。她穿著一身黑色喪服，黃色鬈髮梳在耳後，簡單樸素地像個貴格教徒[71]。但她沒辦法把頭髮梳順。

「約瑟夫和我禮拜天都會上教堂。」你知道，現在那座教堂裡已經沒有牧師了，狄恩太太解釋說。他們把吉默頓的美以美會或浸禮會會堂，（我搞不清楚是哪個），稱做教堂。「約瑟夫已經出門了，」她繼續說，「但我想我最好還是留在家裡。有個年長者看著年輕人比較妥當。哈里頓儘管內向，可也不是什麼品行端正的傢伙。我告訴他，他表妹可能會下樓來和我們一起坐。她很遵守安息日[72]的戒律，所以她待在這裡時，他最好別碰他的槍，或做屋裡的那些雜活。他一聽到這消息，臉漲得通紅，低頭看看自己的手和衣服。沒多久後，他就把鯨油和彈藥全收起來。我看他有意陪陪她，而且從他的模樣看來，我猜他是想讓自己看起來體面點。我禁不住笑了起來。老爺在時我是不敢笑的。我說，要是他願意的話，我可以幫他忙，還取笑了他那驚慌失措的模樣。他的臉頓時沉了下來，開始咒罵。

「唉呀，狄恩太太，」季拉看出我對她的態度頗有意見，便繼續說，「妳也許認為妳家小姐很高貴，哈里頓先生高攀不上，也許妳是對的。不過，我承認，我是很想挫挫她的傲氣。在現在這個情況，她所有的學問和高貴的品味又有何用？她和妳我一樣窮呢。我敢確定，甚至比妳我更窮。妳正在存錢，而我也止在這條路上走著。」

哈里頓同意讓季拉幫他忙，她奉承了他一頓，因此他心情也變得好些。所以，根據那位管家的說法，等凱瑟琳進來時，他幾乎忘了她以前對他的侮辱，只想努力討她歡心。

「太太走進來，」她說，「冷傲地像根冰柱，高傲地像個公主。我急忙起身，把我坐的扶手椅讓給她坐。不，她對我的殷勤不屑一顧。恩蕭也站了起來，請她來坐高背椅，好坐在爐火旁。他確定她一定餓壞了。

「『我已經挨餓一個多月了，』她回答，盡量輕蔑地拖長「餓」那個字。

「她自己搬來一張椅子，坐在離我們都有段距離的地方。她直坐到身體暖和起來後，才開始四處張望，發現櫃子上有幾本書。她立刻站起身來，伸出手想去拿書，但它們放得太高，她拿不到。她的表哥看她嘗試了一會兒之後，終於鼓起勇氣去幫她。她兜起衣服，他拿到第一本書後，就往她兜裡放。

71. Quaker，1650年開始被稱為貴格教會，信仰人人在神前皆是平等，反對偽善，唯有基督才能拯救社會的教會。

72. Sabbath，安息日是主的日子，每週這天都要休息和誠心祈禱。

「這對那孩子來說，是個很大的進步。她連謝都沒謝他，但他仍舊因她接受了他的幫助而開心不已。當她翻讀這些書時，他竟壯起膽子站在她身後，甚至俯下身，指指書中讓他感興趣的一些老插畫。儘管她總是用力翻開書頁，撞開他的手指，他也沒因她的傲慢而畏怯。他心滿意足地往後退一點，呆呆地望著她，而不是看書。她繼續自顧自地看書，或翻找她想看的東西。他的注意力逐漸集中到端詳她那頭濃密細緻的鬈髮上。他看不見她的臉，她也看不見他。他也許也沒意識到他自己在做什麼，只是像個小孩被蠟燭吸引住那般，最後他從看著看著變成撫摸。他竟伸出手去摸摸鬈髮，輕柔地彷彿那是隻小鳥一般。但他這個動作，就像在她的脖子上插一把刀似地，她猛然轉過頭。

「『馬上給我滾開！你竟敢碰我？你為何還站在那裡？』她以厭惡的口氣大叫。『我受不了你！要是你再靠近我，我就立刻上樓。』

「哈里頓先生往後退，那模樣說有多傻就有多傻。他非常安靜地坐回高背椅上，她則在下半個小時內，繼續翻看她那些書。最後恩蕭走過來，悄悄對我說。

「『妳能請她唸書給我們聽嗎，季拉？我都坐得膩了。我真想——我很想聽她唸書！別說是我要她唸的，就說是妳請她唸的吧。』

「『哈里頓先生想請妳唸書給我們聽，夫人，』我立刻說，『他會很高興——也會很感激。』

「她皺緊眉頭，抬起頭回答說——哈里頓先生，還有你們這群人，請搞清楚這點，我拒絕你們這種虛情假意的行為！我瞧不起你們，跟你們當中的任何人都無話可說！當初我願意為了一個仁慈的字眼而捨棄生命，甚至只求看看你們當中任何一個人的臉時，你們全都見死不救。但我可不想向你們訴苦！我是因為太冷，才不得已下樓來，可不是來為你們解悶或作伴的。』

「『我做錯了什麼事？』恩蕭開始說，『怎麼責怪起我來了？』

「『喔！你是個例外，』希斯克里夫太太說，「我從來不希罕你關不關心。』

「『可是我不止提議過一次，也請求過，』哈里頓被她的無禮弄得有點光火，說道，『我請求希斯克里夫先生讓我代替妳守夜——』

「『閉嘴！我寧可到屋外去，或隨便上哪兒，也不願意聽見你那討人厭的聲音！』夫人說。

「哈里頓喃喃說，在他看來，她最好還是下地獄去吧！他邊說邊從牆壁上取下他的槍，不再壓抑自己，又做起他禮拜天照常會做的活兒來。他現在說話也開始粗俗了。她馬上看出她還是回自己房間獨處較好。可是已經開始降霜了，即使她再驕傲，也不得不委屈和我們待在一起，而且愈來愈不想走了。無論如何，我也特別注意，不再讓我的好意受到她的嘲諷。自從那時開始，我就跟她一樣拘謹冷漠。我們當中沒有一個人愛她或喜歡她，她也不配；因為不管誰對她說一句話，她都會置若罔聞，不把任何人放在眼裡。她還頂撞老爺，等於是惹得他來打她；而她越挨打，就變得越惡毒。」

聽到季拉的這段話，剛開始時，我決定辭掉工作，租間小屋，把凱瑟琳接來和我同住。但，要是希斯克里夫會同意我這麼做的話，他早就讓哈里頓自立門戶了。目前我還看不到什麼解決方法，除非她再嫁，但這樣的計畫是超越我的能力範圍。

狄恩太太的故事就如此結束。儘管醫生對我的病況不樂觀，我還是很快便恢復體力。現在雖說還只是一月的第二個禮拜，我卻打算要在這一、兩天內，就騎馬到咆哮山莊，去通知我的房東，我要到倫敦住上半年。而要是他願意的話，他可以在十月過後另外尋找房客入住。我可是怎麼也不想再在這裡度過另一個冬天了。

31

昨天天空明亮，沒有半點風，但有霜凍。我照原訂計畫去了咆哮山莊。我的女管家懇求我為她捎封短信給她家小姐，我沒有拒絕，因為這位令人尊敬的女士並不覺得她的要求有何不妥。山莊的前門敞開著，但那戒備森嚴的柵門仍像我上次來時一樣，拴得死緊。我敲敲門，將恩蕭從花圃中叫了出來。他解開門鍊，我便走了進去。以鄉下人的標準來說，這傢伙算是相當英俊。我這次特地仔細端詳了他，但他顯然是盡其所能地糟蹋自己的優點。

我問他，希斯克里夫先生是否在家？他回答不在，但到午餐時間就會回來。那時是十一點，我表示我想進屋去等希斯克里夫先生。他一聽，馬上丟下手邊的工具，陪我進去，但他並不是在代替主人招呼客人，而只是在盡看家狗的責任而已。

我們一起進屋。凱瑟琳在那裡幫忙家務，挑撿午餐要吃的蔬菜。她跟我第一次看到她時相較，顯得更加鬱鬱寡歡、無精打采。她幾乎沒有抬眼看我，就跟以前一樣，完全不尊重一般禮節，只顧著埋首幹活。我對她點頭致意，道聲早安，而她竟然沒有絲毫要答禮的表示。

「她似乎並不那麼討人喜歡，」我想，「不像狄恩太太想要我相信的那樣。她確實是個美人，但不是位天使。」

恩蕭粗魯地要她把手邊的菜拿到廚房去。「要拿你自己拿。」她說，她一撿完菜，就把它們往前一推，走到窗前的一張凳子上坐下來，開始拿起她兜裡的蕪菁，雕刻起鳥獸的形狀。我走近她身邊，假裝想眺望花園。我自以為敏捷地將狄恩太太的短箋丟在她膝蓋上，哈里頓並未注意到。但她卻大聲問著：「這是什麼？」並且把信扔開。

「妳的老朋友，也就是田莊的女管家，寫給妳的信。」我回答，心裡相當氣憤，我好意替她帶信，她卻大聲張揚，我也很怕被誤會成那是我寫給她的私函。她聽了我的話後非常高興，但哈里頓捷足先登。他從地上撿起那封信，塞進背心口袋，並說得先給希斯克里夫先生過目才行。凱瑟琳於是默默轉過臉去，偷偷拿出手帕，擦拭眼睛。她的表哥在心裡掙扎了一番後，心軟下來，抽出短箋，盡可能姿態冷漠地將它丟在她座位旁的地板上。凱瑟琳撿起信，急切地讀了起來，接著問了我一些她老家家裡人的情況，時而條理清晰，時而莫名所以。她凝視著窗外的山丘，喃喃自語地說：「我多想騎著咪妮到那兒去啊！我好想爬上那兒！啊！我厭倦了——我被關在這裡，哈里頓！」然後，她將她那漂亮的頭往後靠在窗台上，半是打呵欠，半是嘆息，遁入一種茫茫然的悲傷中，既不在乎，也沒意識到我們是否正注意著她。

「希斯克里夫太太，」我靜悄悄坐了一會兒之後說，「妳還不知道我已經聽說過妳的故事了吧？我覺得自己已經是妳的朋友，但妳不肯過來和我說話，這感覺真是奇怪。我的女管家總是不厭其煩地談起妳，並對妳讚譽有加。如果我沒能帶有關妳的一點情況或訊息回去，只說妳收了她的信卻支字未答，她會有多麼失望啊！」

她聽了這番話顯得很驚異，便問道——

「艾倫喜歡你嗎？」

「是的，非常喜歡。」我猶豫地回答。

「你一定要告訴她，」她接著說，「我本來想回她信，可是我沒有可以寫信的文具，連一本可以撕下一張紙的書都沒有。」

「沒有書！」我嚷嚷道，「恕我冒昧地問一聲，沒有書，妳在這裡怎麼過日子呢？儘管田莊裡有間大書房，我都還經常覺得悶得發慌呢，要是將我的書拿走，我一定沒辦法過日子。」

「我有書可看時，總是在看書，」凱瑟琳說，「但希斯克里夫先生從來不看書，所以他就想到把我的書都毀了。我有好幾個禮拜沒看到書了。只有一次，我翻了翻約瑟夫收藏的宗教書籍，結果惹得他暴跳如雷。還有一次，哈里頓，我發現你房間裡有一批祕密藏書——有些是拉丁文和希臘文，還有些故事書和詩集，全是我的老朋友。那些書全都是我帶過來的——你卻把它們一本本收藏起來，就像喜鵲收集銀湯匙[73]，不過只是喜歡偷東西而已！它們對你毫無用處，不然，你就是壞心眼，故意把書藏起來。因為你既然無法享受這些書，也不讓別人享受。或許**你**是嫉妒心作祟，替希斯克里夫先生出餿主意，要故意搶走我的珍藏？但，這些書大部分都已經寫在我腦海裡，烙印在我心裡，你們是搶不走的！」

恩蕭聽到他表妹說出他偷偷收藏文學書籍的事，頓時滿臉漲得通紅，憤怒地開始結巴，否認她的指控。

「哈里頓先生只是誠心想增長他自己的知識，」我說，嘗試幫他解圍，「他不是**嫉妒**，而

73. 歐洲民間傳說中說喜鵲喜歡偷銀湯匙。

是想學習妳，達到妳的水準。再過幾年，他就會變成一位聰明的學者了。」

「但在這同時，他希望我淪為傻瓜，」凱瑟琳回答，「是啊，我聽到他自己在練習拼音和朗誦，但卻錯誤百出！我真希望聽聽，你像昨天一樣，再唸一遍〈追獵謠〉那首繞口令。真是可笑透頂。我聽到了。我聽到你翻字典查生字，然後因為無法理解那些解釋而咒罵連連！」

那小伙子顯然尷尬不已，先是因為無知而遭受嘲笑，然後又因為想擺脫這個無知而被人奚落。我也很同情他，這讓我想起狄恩太太曾經提過，他第一次嘗試要擺脫自小生長的愚昧環境時所做的努力，於是我說：「但，希斯克里夫太太，我們每個人都得有個開頭啊。一開始時，每個人都是在門檻上踉踉蹌蹌，如果我們的老師只是嘲諷我們，而不伸手幫忙，我們可非得再一路跌跌撞撞下去不可。」

「喔！」她回答，「我並不想阻止他求學上進，但他沒權利將我的東西據為己有啊，而且他那些愚蠢的錯誤和荒謬的發音，讓我覺得很好笑！那些書，不管是散文或詩集，對我來說都非常神聖，我痛恨它們被他那張嘴巴貶損和褻瀆！而且，他又偏偏挑選我最愛讀的那幾篇來讀，好像故意惡作劇。」

哈里頓沉默下來，胸膛起伏一陣，看得出他努力壓抑嚴重受辱和憤怒的感情，這可不是一件容易的事。我站起身，心想自己既然是位紳士，就該解除他的尷尬，於是我走到門口，站在那兒眺望外面的風景。哈里頓有樣學樣，也跟我離開房間，但不一會兒後，手上捧著五、六本書再度出現。他將這些書全丟到凱瑟琳的大腿上，嚷著說：「拿去吧！我再也不要聽到、讀到，或想到這些書啦！」

「我現在也不想要它們了，」她回答，「我看到這些書就會聯想到你，我討厭這些書。」

她打開一本顯然經常被翻閱的書，學著初學者那拖長、猶豫的腔調讀了一段，然後放聲大笑，把書丟開。「聽著。」她挑釁地接著說，用相同的語調開始唸一段古歌謠。

但他的自尊心再也無法忍受更多折磨。我聽見啪的一聲──我並非完全反對這種方式──他用一巴掌制止了她那傲慢的舌頭。這小壞蛋無所不用其極，想傷害她表哥那粗糙卻敏感的感情。用暴力制止，是他唯一知道向傷害他的人報復的方式。之後，他把這些書撿起來，扔進爐火內。我從他臉上看得出來，在盛怒之下獻上這個祭品，他其實有多痛苦。我想，當這些書被火吞噬的同時，他一定也想起它們曾帶給他的快樂，和從中得到的成就感以及不斷增強的歡愉。我也猜想到是什麼鞭策著他偷偷讀這些書。直到凱瑟琳與他在人生道路上交會之前，他一直滿足於日常勞動和卑賤的粗糙享受。他因她的嘲諷而感到羞愧，希望得到她的讚賞，這些就是他努力上進的最初動力。可是他的種種努力，既沒使他擺脫譏笑，也沒讓他贏得讚賞，反而製造了恰恰相反的效果。

「對，這就是像你這樣的畜生，所能從書本中學習到的東西！」凱瑟琳大叫，吸吮著受傷的嘴唇，以憤怒的眼神望著這場大火。

「現在妳**最好**小心管管妳的舌頭。」他惡狠狠地說。

他激動地再也說不下去，衝到門口，我連忙閃避讓他經過。但在他通過門前的石階前，希斯克里夫先生剛好走上隆起的小徑，兩人不期而遇，後者一把抓住他的肩膀問道：「出了什麼事，孩子？」

「沒事，沒事。」他邊說邊掙脫開來，獨自暗暗去咀嚼他的悲苦和憤怒。

希斯克里夫凝視著他的背影，嘆了口氣。

「我要是壞了我自己的遠大計劃，那才叫奇怪呢。」他喃喃自語，不知道我就站在他背後。「但當我在他臉上找尋他父親的影子時，隨著時日消逝，我看到的反而更是**她**！他怎麼見鬼地這麼像她？我簡直受不了看到他。」

他低頭望著地面，滿腹心事地走進屋內。他的臉上流露出焦慮不安的表情。我以前從未在他臉上看過這種神情。他看起來更消瘦了。他的媳婦從窗裡一看到他，就一溜煙地逃到廚房去，因此屋裡現在只剩下我一個人。

「我很高興看到你又能出門了，洛克伍德先生，」他回應我的問候時說，「但這有部分是出自於我自私的動機。我想，我無法立即補償你在這片荒野中所承受的損失。我曾不只一次納悶，是什麼把你帶到這裡來。」

「恐怕是種無聊的心血來潮吧，先生，」我回答著，「但就是這種無聊的念頭又要把我帶走了。我下禮拜就要出發去倫敦。我必須先通知你一聲，在我租賃畫眉田莊十二個月租期屆滿之後，我就不再續約。我不會再在那兒住下去了。」

「哦，這樣。你已經厭煩了這種與世隔絕的生活了，是吧？」他說，「但如果你來是為你不會再住那兒而要求停付租金的話，那你是白跑一趟。不管對象是誰，我在索求我應得的東西時，從來不講情面。」

「我是來要求停付房租的，」我相當火大地叫道，「你希望的話，我現在就和你結清房租。」我從口袋裡掏出支票簿。

「不急，不急，」他冷冷地回答，「要是你不回來的話，你也會留下足夠的錢來交房租，我並不急著向你索討。坐下來和我們一起吃頓午餐吧。一個從此不會再來拜訪的客人應該得到熱烈的款待。凱瑟琳！把飯菜端過來。妳跑哪去了？」

凱瑟琳又出現了，端著一盤刀叉。

「妳可以和約瑟夫一起吃午餐，」希斯克里夫在旁悄聲說，「在他走前，待在廚房裡。」她馬上聽從他的命令，也許她原本就沒有違逆的意思。整天生活在這些鄉巴佬和厭世者之間，她就算碰到了上流人士，可能也不懂得欣賞吧。

坐在我一邊的是希斯克里夫先生，陰鬱而沉默寡言，哈里頓坐在另一邊，從頭到尾不發一語，我吃了一頓索然無味的午餐，故而早早告辭。我本想從後門走，想看凱瑟琳最後一眼，順便氣氣那個老傢伙約瑟夫。但哈里頓奉命把我的馬牽來，我的房東還親自護送我到門口，因此我沒能如願。

「那家人的生活可真是沉悶啊！」我騎馬上路時心裡忖度著，「倘若林頓．希斯克里夫太太真如她那位好心的保母所期盼的，和我墜入愛河，攜手搬到熱鬧的喧囂城市去住，那對她來說，應該是實現一件比童話故事更浪漫的事情吧！」

32

一八〇二年——一位住在北方的朋友邀請我去他們那裡的荒原打獵。在我去他住地的旅程中，意外來到了離吉默頓不到十五英里的地方。路邊的客棧馬夫正提著一桶水來餵我的馬，這時，一輛馬車剛好經過，上面裝滿了剛收割的翠綠燕麥，馬夫隨口說道：「你是從吉默頓來的吧！啊！他們那裡總是比別的地方晚三個禮拜收割。」

「吉默頓？」我重複道，我對自己曾住在那裡的記憶早已變得模糊如夢。「啊！我知道那裡！那裡離這裡有多遠？」

「翻過這些山丘，大概十四英里吧，但路可不好走。」他回答。

我突然有股想重新拜訪畫眉田莊的衝動。這時離中午還有一段時間，我想，我可以到自己租的房子過夜，反正和住客棧的感覺也差不多。何況，我還可以順便挪出一天的時間，和房東將事情處理完畢，如此一來，就可省去再往那裡跑一趟的麻煩。休息了一會兒之後，我叫僕人去問清楚到村莊的路怎麼走。我們苦苦走了三個小時才走完那條路，把我們的牲口都累癱了。

我將僕人留在吉默頓，獨自走下山谷繼續前進。灰色的教堂看起來更為灰暗，寥寂的墓園顯得更加淒楚。我看見一隻荒原羊正在啃食墳墓上的短草。那天風和日麗，對旅行來說，太暖和了。但悶熱並未妨礙我享受這片美景的樂趣。假如我是在臨近八月時看到這片美景，我包準受不了誘惑，會在這靜謐的地方消磨一個月。那些山丘圍繞的幽谷，以及石南叢上矗立的峭壁山崖，在冬天時，沒什麼比它們更荒涼，而在夏天，也沒什麼比得上它們的美麗。

我在日落前抵達畫眉田莊，敲門等人應門。但我從廚房煙囪裊裊升起的細細青煙判斷，家裡的人應該都到後屋去了，所以沒聽到我的敲門聲。我騎進院子。門廊下坐著一位九或十歲的女孩，正在編織。一位老婦人依偎在台階上，悠哉地抽著菸斗，吞雲吐霧。

「迪恩太太在裡面嗎？」我問那位婦人。

「迪恩太太？不在！」她回答，「她不住在這裡。她住到山莊去了。」

「那麼，妳是這裡的女管家嗎？」我又問。

「是啊，我管這個家。」她回答。

「我是洛克伍德先生，這房子的主人。不知道有沒有房間可以給我住？我想在這住一晚。」

「老爺！」她驚叫著，「唉呀，誰料到您會來啊？您應該先捎個話過來的。這裡沒一塊地方乾淨，一個地方也沒有！」

她丟下菸斗，匆匆跑進屋內，小女孩跟在她後面，我也進了屋內。我立刻發現她說的是事實，而且，我這不受歡迎的意外來訪弄得她驚慌失措。我要她鎮定下來。我會出去走走，在這段時間內，她必須在客廳為我清出一個角落好讓我用晚餐，並整理好一間可以睡覺的臥室。不用掃地撢灰，只要生起溫暖的爐火，準備乾淨的床單即可。儘管她似乎想努力做好，但卻慌張地把掃壁爐的掃帚誤當成火鉗插進火爐裡去，還用錯了好幾樣工具。我默默離開，相信在我回來前，她一定會盡力整理出一個可以休息的地方。咆哮山莊是我打算漫步遠遊的目的地。我才離開院子，想了想，又折了回來。

「山莊裡的人都還好嗎？」我問那位老婦。

「是的，據我所知，都很好。」她回答，端著一盤熱煤渣急急忙忙地走了。

我原本想問她迪恩太太為何離開畫眉田莊，但在她這麼慌亂的時刻，怎麼好意思去打擾她呢？於是我轉身離開。我一路悠哉地徐步前行，身後是落日西沉的餘暉，眼前則是緩緩升起的明月，散發著柔和的光芒——一個慢慢變暗，一個逐漸明亮——就這樣我走出林苑，攀爬上岔往希斯克里夫住所的石頭小徑。在我能看見山莊前，白日的殘餘就只剩西邊天際的一抹琥珀色光輝，但藉著皎潔的月光，我依舊可以看清路徑上的每顆石頭和每片草葉。我不用翻過柵門，也不用敲門——因為門一推就開了。我心想，這真是一大進步。我的嗅覺又讓我注意到另一件事：從那片常見的果樹林中，飄來了紫蘿蘭和桂竹香的香氣。

門和窗戶都敞開著，但，就像礦區常見的一般，燒得旺盛的爐火把煙囪照得明亮，一望過去就給人一種舒適感，讓人能夠忍受過度的熱氣。但咆哮山莊的正屋很大，屋裡的人總有多餘的空間來躲避這過量的熱氣，因此他們都待在離窗戶不遠的地方。我在進屋前，就看到他們，並聽到他們的談話，於是我便仔細看著和聽著。我想這是出於好奇心和嫉妒使然。而在我待在那的期間裡，這五味雜陳的感覺越來越強烈。

「相—**反**！」一個銀鈴般甜美的聲音說，「這已經是第三次了，你這個蠢蛋！我不想再教你了。把字記住，不然我就要扯你的頭髮！」

「好吧，相反，」另一個人以深沉柔和的腔調回答，「現在，親親我，獎勵我這麼努力向學。」

「不行，先正確地唸一次這個，不准犯任何錯誤。」

那說話的男人開始唸了起來。他是位年輕人，穿著體面，坐在一張桌子旁，面前攤放著一本書。他那英俊的臉龐因快樂而容光煥發，他的眼睛總是不安分地從書頁遊移到擱在他肩膀上的那隻白晰小手。但那隻小手的主人只要一發現他這種不專心的跡象，就會輕拍他臉頰一下，以作為警告。小手的主人站在他身後，當她俯身監督他學習時，她輕柔、散發光澤的鬈髮時而與他的棕髮纏繞。而她的臉——幸好他看不見她的臉，不然他絕對無法這般專心，但我卻看得見，我只能悔恨地咬咬嘴唇，痛惜自己失去大好良機，現在只能對這位迷人的美女乾瞪眼。

課上完了，學生還是有字唸錯，但他卻仍舊要求獎勵，他至少得到五個吻，當然他也慷慨熱烈地回報。然後他們走到門口，從他們的談話中，我聽出他們正要去荒原散步。我暗想，如果我這個不幸的人這時出現在哈里頓．恩蕭的面前，就算他嘴裡不說，心裡也會暗暗詛咒我下最底一層地獄。我頓時覺得自己既窩囊又不受歡迎，於是便偷偷摸摸地繞過屋子，想溜進廚房躲避開來。那邊也是門戶大開，通行無礙。坐在門口的正是我的老朋友奈莉．迪恩，她正一邊編織，一邊唱著歌。她的歌聲不時被屋裡傳來的譏諷和嘲弄的粗話打斷，這說話聲可真是難聽之至。

「老天在上，我寧願一整天聽人咒罵，也不要聽妳在那胡亂唱歌！」廚房裡的人說，回應奈莉的喃喃低語。「真是丟人現眼喔，弄得我都沒辦法打開聖經，妳竟把這些榮耀都歸給撒旦和這世上的一切罪孽！啊，妳真是沒救了，她也一樣。那可憐的孩子落到妳們倆手裡，真是完蛋啦。可憐的孩子！」他呻吟著又說，「我敢說，他是受到蠱惑啦。喔，主啊，審判她們吧，因為我們這個世界現在既沒王法，也沒公道啊！」

「才不呢！不然我想，我們早就該坐在燃燒的柴堆上了，」唱歌的人反唇相譏。「閉嘴，老頭，像個虔誠的基督徒去讀你的聖經吧，別來管我。這首歌是〈安妮仙子的婚禮〉，很好聽的歌，跳起舞來剛好。」

迪恩太太正要繼續哼唱時，我走到她面前。她立刻認出我來，跳起來大喊：「唉呀，老天保佑，洛克伍德先生！你怎麼會想到回來這裡呢？畫眉田莊的家當都收起來了。你應該先通知我們的！」

「那邊我已經叮囑好了，只是暫住一下，」我回答，「我明天又要離開了。妳怎麼搬到這兒來了呢，迪恩太太？快告訴我。」

「你去倫敦不久後，季拉就辭職了，希斯克里夫先生要我搬來這裡住，等到你回來。啊，快請進吧！你今晚是從吉默頓一路走過來的嗎？」

「從田莊，」我回答，「我想趁他們在那替我清理出住處時，來和妳家主人把帳款結清，因為我想我以後應該不會再有機會來這裡了。」

「什麼帳款，先生？」奈莉說，領著我進屋。「他現在出去了，恐怕不會很快就回來。」

「關於房租。」我回答。

「喔，那你得跟希斯克里夫太太談，」她說，「要不就跟我。她還沒完全學會處理她的個人財務呢，都是我代她料理，找不到別人了。」

我一定是一臉大吃一驚的模樣。

「啊！我看你還不知道希斯克里夫先生的死訊吧。」她接著說。

「希斯克里夫死了！」我吃驚地大叫，「這是多久以前的事？」

「三個月前。先坐下來吧，把帽子給我，我會告訴你所有的事。等等，你應該還沒吃飯吧？」

「我不需要任何東西。我已經吩咐家裡準備晚餐了。妳也坐下來吧。我作夢也沒料到他會死！跟我說說事情的來龍去脈。妳說他們暫且不會回來——是指那對年輕人嗎？」

「沒錯——他們每晚都晃到深夜，我還得嵩他們。但他們根本不在乎。至少喝杯我們這兒的陳年麥酒吧，這酒對你有好處，你看起來很疲憊。」

我還沒來得及婉拒，她就趕忙去拿酒了。我聽見約瑟夫在叨唸：「年紀這麼大的女人還有心情勾引男人，真是丟人現眼的醜事！還到老爺的地窖去取酒！我坐在這裡看，都覺得丟臉呢。」

她沒有停下腳步來回嘴，很快便又進來，手上端著滿滿一銀杯的酒，那酒的好滋味讓我讚不絕口。之後，她就跟我講了希斯克里夫後來的故事。照她的說法，他的結局還真有點「詭異」呢。

她說，你離開後還不到兩個禮拜，我就被召來咆哮山莊。一想到凱瑟琳，我就滿心歡喜地過來啦。第一次看到她時，我既悲傷又震驚。我們分開後，她的改變真大。希斯克里夫並沒有解釋他為何改變心意要我前來。他只告訴我，他需要我，也厭煩見到凱瑟琳。我得把那間小客廳打理成我的起居室，讓她和我待在一起。他每天不得不見她個一、兩面，但連這樣他都嫌多。她似乎對這樣的安排感到開心。我陸陸續續偷搬來一大堆書，以及一些她以前在田莊喜歡玩的小玩意。我還以為我們往後也可以這樣舒服地過下去。但這樣的美夢很快便幻滅了。凱瑟琳剛開始時還心滿意足，但過不了多久，她就變得煩躁不安。一來是，她被禁止走出花園，春天的腳步臨近，被囚禁在這麼狹窄的地方，讓她快快不樂，非常感傷。再來就是，我得管理家務，常常得留她一人獨處，她為此抱怨寂寞難耐。她寧願跑到廚房和約瑟夫大吵一頓，也不肯獨自一人整天安靜地坐著。我不太在意他們之間的小衝突。但當老爺想在正屋裡獨處時，哈里頓就不得不躲到廚房來了！一開始時，只要哈里頓一來，她就跑開，要不她就是一聲不響地幫我做家務，根本不跟他說話——他呢，也總是沉著臉，盡可能不發一語——但不久後，她的態度轉變，不肯讓他耳根清淨。她對他大肆批評，譏諷他愚蠢笨拙；還議論他說，她覺得很奇怪，他怎麼能忍受他這樣的日子——他怎能整晚坐在壁爐前，死瞪著爐火，還猛打瞌睡。

「他活像一隻狗，不是嗎，艾倫？」她有次說，「或者像一匹拉車的馬？他只會幹活、吃飯、睡覺，永遠就是這樣！他的心靈一定非常空虛貧乏！你作過夢嗎，哈里頓？如果你有作夢的話，都作些什麼夢？但你不能和我說話！」

接著她看著他，但他既不開口，也不再看她。

「他現在可能在作夢呢，」她繼續說，「他扭動起肩膀來簡直就像朱諾。妳問問他吧，艾倫。」

「妳要是再不規矩點，哈里頓先生就要請老爺叫妳上樓了！」我說。他不但扭動著肩膀，還握緊拳頭，好像就要將它派上用場。

「我知道為什麼我在廚房時，哈里頓從來不說話的原因了，」還有一次她大聲說，「他怕我會嘲笑他。艾倫，妳覺得呢？有一次他開始教自己讀書，結果因為我嘲笑了他，他就把書燒了，再也不學了。他不是個傻瓜嗎？」

「妳不是也太淘氣了嗎？」我說，「回答我。」

「也許是吧，」她接著說，「但我沒有想到他會這麼傻。哈里頓，如果我現在給你一本書，你還會要嗎？我來試試看！」

說完她把她正在讀的一本書放進他手裡，但他將它扔開，嘴裡還咕噥著，要是她再來煩他，他就要扭斷她的脖子。

「好吧，那我把書放在這裡，」她說，「放在桌子的抽屜裡。我要去睡覺了。」

她悄聲吩咐我看他會不會去碰那本書，然後就離開了。但哈里頓根本就不肯挨近它。我隔天這樣告訴她時，她大失所望。我看得出來，她為他持續不斷的怏怏不樂和怠惰懶散感到難過。她的良心備受譴責，她不該把他嚇得不求上進，這件事她做得太過火。但她設法用她的機靈來彌補這個傷害。當我在燙衣服，或從事其他不便在小客廳裡做的日常工作時，她就會帶一些有趣的書，大聲唸給我聽。遇到哈里頓在場時，她常常唸到精彩處打住，讓書攤在那裡，人便走開。她這樣重複做了好幾次，可是他固執地像頭騾子，就是不肯上鉤，而且碰到雨天時，他總是和約瑟夫一起抽菸，兩人像機器人般分坐在壁爐兩側。幸虧那位年紀大的耳背，聽不清凱瑟琳的胡言亂語（他是這麼說的），年紀輕的則想方設法充耳不聞。晚上天氣好時，後者就跑出去打獵，凱瑟琳只得連連打呵欠和嘆息，纏著我要我和她說話。等我一開口，她卻又自顧自地跑進院子或花園裡去。她的最後一招就是放聲大哭，說她活膩了，她的人生毫無意義。

希斯克里夫先生則變得越來越孤僻，他幾乎已經不許恩蕭進他的房間。因為三月初的一件意外，這小伙子有幾天不得不待在廚房裡。他獨自在山丘上時，槍枝走火，碎片劃傷他的手臂，他在返抵家門前流了不少血。結果他被迫待在火爐邊靜養，直到康復為止。有他在，剛好正中凱瑟琳的下懷。無論如何，這讓她更厭惡她樓上的那個房間，她老是逼著我在樓下找事情做，這樣她就能和我作伴。

在復活節過後的那個禮拜一，約瑟夫趕了幾頭牲口去吉默頓市集。下午，我在廚房忙著整理亞麻被單。恩蕭坐在壁爐角落，像平常一樣擺著一張臭臉。我的小女主人則在玻璃窗上畫著圖案，以此作為無聊時光中的消遣。有時她會變換解悶的方式，不是低聲哼哼歌，就是小聲叫個幾句，或者是朝著她那個一勁抽著菸、呆望著爐柵的表哥，投去惱怒和不耐煩的眼神。我對她說，她擋住我的光線，害我都沒辦法做事後，她就挪到壁爐邊去。我也沒太注意她在做什麼，但過沒多久後，我聽到她開始說話：「我發現，哈里頓，如果你不對我脾氣這麼暴躁、粗野的話，我現在很想——我會很高興——你作我的表哥。」

哈里頓一聲不吭。

「哈里頓，哈利頓，哈里頓！你聽到沒有？」她繼續說。

「去妳的！」他粗暴地咆哮，一點也不肯妥協。

「讓我拿掉那根菸斗。」她說，小心翼翼地伸手從他嘴裡把它拔出來。

在他來得及奪回菸斗前，它就已經被折成兩半，丟進爐火。他對著她大聲咒罵，抓起另一根菸斗。

「住手，」她喊著，「你非得先聽我說話不可。那些煙霧直往我臉上飄，我沒辦法好好說話。」

「妳見鬼去吧！」他怒氣沖沖地大吼，「別來煩我！」

「不行，」她堅持說，「我偏不。我不知道要怎麼做，才能讓你和我說話，而你又下定決心不肯理解我的意思。我說你蠢，並沒有惡意，絕對沒有瞧不起你的意思。好嘛，跟我說說話嘛，哈里頓，你是我表哥啊，你應該認我這個表妹才對。」

「我對妳和妳的臭架子，還有捉弄人的鬼把戲，都沒什麼好說的！」他回敬。「我寧可肉體和靈魂都下地獄，也不願再瞧妳一眼。滾開，現在就滾！」

凱瑟琳皺緊眉頭，退回窗邊的座位，咬起嘴唇，試著哼唱一首怪調子，以掩飾愈來愈想哭的衝動。

「你應該和你的表妹重修舊好，哈里頓先生，」我插嘴說，「既然她都已經為她的無禮後悔不已了。有她作伴，會帶給你莫大好處的，你可以脫胎換骨。」

「作伴？」他嚷嚷起來，「她討厭我，認為我還不配替她擦皮鞋呢！不，就算讓我當上國王，我都不願為了討她歡心而受到嘲笑。」

「不是我恨你，是你恨我！」凱西啜泣著，再也無法掩飾內心的苦惱，「你跟希斯克里夫先生一樣恨我，而且比他更恨我。」

「妳這個該死的撒謊者，」恩蕭開始說，「那麼，我幹嘛站在妳這邊，惹他生上百次氣呢？而且那還是在妳嘲笑我，看不起我的時候——妳就繼續煩我吧。我這就要到那邊去，說妳鬧得我無法待在廚房！」

「我不知道你在護著我啊，」她回答，擦乾眼淚，「那時我心情悲苦，對誰都有氣。但現在我很感激你，只求你原諒我。除了這樣，我還能做什麼呢？」

她回到壁爐邊，率直地伸出手。他臉色陰沉，怒氣衝天，彷若雷電交加的烏雲，執拗地握緊雙拳，低頭死盯著地板。凱瑟琳直覺意識到這種頑固的舉止，完全是出自倔強，而不是因為厭惡。她猶豫不決一會兒後，便俯下身，輕輕在他臉頰上吻了一下。這個小淘氣以為我沒看見，快速將身子縮回，重新坐回窗前，裝出一副非常端莊的模樣。我不以為然地對她搖搖頭，只見她漲紅著臉，低語道：「唉！我能怎麼辦呢，艾倫？他不肯握手，也不肯看我。我總必須用某種方式跟他表示，我喜歡他——我想和他作朋友啊。」

我不清楚是不是這一吻打動了哈里頓。有那麼個幾分鐘，他刻意別開臉，不讓人家看見，等到他終於抬起頭來時，他又心慌意亂地不知該把眼睛往那裡看才好。

凱瑟琳則忙著用一張白紙整齊地包好一本漂亮的書，再用一條緞帶捆好，上面寫著「哈里頓．恩蕭先生」。她要我當她的特使，將這份禮物交給指定的收受人。

「告訴他，要是他接受這份禮物的話，我就教他怎麼讀書，」她說，「還有，如果他拒絕，我就上樓去，從此不再逗他。」

我把書送過去，重複了我該帶的口信，我家小姐焦急地注視著。哈里頓不肯鬆開手指，於是我便把書放在他膝蓋上。他沒把書撥開。我回頭做我的工作。凱瑟琳將頭和手臂都靠在桌子上，直到她聽見撕開包裝紙的輕微窸窣聲響，然後她便偷偷走過去，靜靜坐在她表哥身邊。他全身顫抖，滿臉通紅。他所有的粗魯無禮和粗暴陰沉都棄他而去。剛開始時，對她詢問的眼神和低聲的懇求，他無法鼓起任何勇氣來回答一個字。

「說你原諒我了，哈里頓，說吧。你只要肯說出那兩個字，我就會很開心。」

他喃喃低語了什麼，聽來模糊不清。

「那你願意作我的朋友了？」凱瑟琳疑惑地又問道。

「不！妳往後的每一天都會因我而感到羞愧，」他回答，「而且，妳越了解我，就會越覺得羞愧。我無法忍受這樣。」

「那麼，你不肯作我的朋友囉？」她說，微笑得如同蜂蜜般甜美，身子更挨近他。

後來他們又談了什麼，我就聽不清楚啦。但，等我再抬起頭時，我看到兩張容光煥發的臉，俯在那本被接受的書上。我毫不懷疑，和約已經簽署，原本的兩個敵人從此成為盟友。

他們共同閱讀的書裡滿是珍貴的插圖；那些插圖，以及他們挨近彼此坐著，都讓他們沉醉不已，捨不得挪動，直到約瑟夫回到家。他，這個可憐的老頭，看到凱瑟琳和哈里頓・恩蕭坐在同一張長凳上，她還把手搭在他肩膀上時，大吃一驚，完全嚇呆了。他所寵愛的哈里頓竟能容忍她這般靠近，更是令他困惑不解。這幅景象對他打擊很大，以至於他那晚對這個話題什麼也說不出來。他嚴肅地把他那本大聖經攤在桌上，從口袋裡掏出那天交易所得的骯髒鈔票，撫平後擺在聖經上，深深嘆了幾口氣，這才洩漏了他對此的感受。最後他把哈里頓從椅子上叫過來。

「把這些拿去給老爺，孩子，」他說，「你就待在那裡吧。我也要回我自己的房間去了。我們不大適合待在這裡，我們必須離開，出去找另外一個地方。」

「來吧，凱瑟琳，」我說，「我們也得『出去』了。我已經燙好衣服，妳準備好要走了嗎？」

「但還不到八點呢！」她回答著，不情不願地起身。

「哈里頓，我就把這本書留在爐架上，明天我會帶更多本過來。」

「不管妳留下什麼書，我都要把它拿到正屋去，」約瑟夫說，「要是妳還能找得到的話，那才叫奇怪呢。妳愛怎麼樣，就怎麼樣吧！」

凱西威脅他說，他要是敢這麼做，就得拿他自己的藏書來賠。然後她微笑著走過哈里頓身邊，哼著歌上樓了。我敢說，打從她進這個家以來，她的心情從來沒有這般輕鬆過，也許就只有最初來拜訪林頓的那幾次例外。

他們兩人的親密關係就這麼開始，而且發展迅速，儘管中間也曾碰到短暫的波折。恩蕭不是單憑願望就能變得彬彬有禮，而我家小姐既不是哲學家，也不是耐心的楷模。但他們的心靈有個共通點——一個是愛著和渴望尊重對方，另一個也是愛著和渴望尊重對方——雙方都想在最後達成這個目標。

你瞧，洛克伍德先生，想贏得希斯克里夫太太的心非常容易。但現在，我卻很高興當初你沒有嘗試這麼做。我最大的願望就是看到這兩人結為連理。等到他們結婚的那天，我就再也不會羨慕任何人了。到那時，在英國，不會有比我更快樂的女人了！

33

那個禮拜一過後的第二天，恩蕭仍然無法去做他的日常活兒，因此只好留在正屋裡。我很快就發現，要把我負責照顧的小姐像以前一樣留在我身邊，是不可能的事。她在我之前下樓，跑進花園，她已經看到她表哥在那裡做著一些輕鬆的粗活。等我去叫他們過來吃早餐時，我看見她已經說服她表哥在紅醋栗和醋栗叢間開闢出一大片地，兩人正一起忙著栽種從田莊移來的植物。

在短短半小時內，他們就已經作了這麼大的破壞，簡直把我嚇壞了。這些醋栗樹可是約瑟夫眼中的珍寶，而她卻偏偏選中在這裡開闢她的花圃。

「這下好了！這事一旦被他發現，」我喊道，「他一定會馬上告訴老爺。你們有什麼理由這樣自作主張來亂弄花園呢？這下我們要狠狠挨一頓罵了。等著瞧吧，會沒事才怪！哈里頓先生，我覺得很奇怪，你怎麼會這麼糊塗，竟然聽從她的話，瞎搞出這名堂來！」

「我忘記這是約瑟夫的寶貝了，」恩蕭回答，被我嚇得不知如何是好；「但我會告訴他是我弄的。」

我們總是和希斯克里夫先生一起用餐。我一向代理女主人的工作，倒茶切肉之類，因此餐桌上缺我不可。凱瑟琳通常坐在我旁邊，但今天她卻偷偷挨近哈里頓。我立刻就看出來，她在和他敵對時謹言慎行，但在和他成為朋友後，卻大膽起來。

「現在，妳得記住，別和妳表哥說太多話，也別人注意他，」這是我們進屋時，我低聲囑咐的話。「否則一定會惹火希斯克里夫先生，他會對你們大發雷霆。」

「我不會的。」她回答。

但才一剎那間，她就轉身挨近他，還在他的粥碗裡插了幾朵櫻草花。

他坐在那，不敢和她說話，幾乎也不敢看她一眼。但她繼續逗他，直到他有兩次被弄到差點笑了出來。我皺緊眉頭，只見她偷偷瞥瞥老爺：從他的臉上看得出來，老爺正在想別的事，壓根兒沒注意到他的同伴。她突然嚴肅起來，鎮重其事地仔細端詳著他。之後她又轉身，繼續開始胡鬧，最後惹得哈里頓發出一聲悶笑。希斯克里夫先生大吃一驚，他的眼睛迅速掃視我們的臉，凱瑟琳以她慣常的緊張但膽大違抗的表情回迎，而這恰恰是他最深惡痛絕的。

「幸虧我打不到妳，」他大叫，「妳是吃了什麼熊心豹子膽，竟敢一直用那麼兇惡的眼神回瞪我？垂下妳的眼睛！別再提醒我妳還在這裡。我以為我已經治得妳不敢笑了。」

「是我，」哈里頓喃喃說。

「你說什麼？」老爺問。

哈里頓低頭看著他的盤子，沒有再重複他的供詞。希斯克里夫先生望著他好一會兒，接著又靜靜吃起早餐，再次陷入他那被打斷的冥想。我們就快用完餐了，那兩位年輕人也謹慎地稍微挪開一點，因此我想這頓飯總算是能平安無事地結束。但好景不長，約瑟夫出現在門口，從他顫抖的雙唇和憤怒的眼神顯示，他已經發現他珍貴的樹叢遭到巨大破壞。在他前去檢查之前，他一定已經看見凱西和她表哥在那地方流連。只見他的下巴像母牛反芻似地咀嚼著，使他說的話很難讓人聽懂，他開始說道：

「給我工錢，我要走人了！我**原本**打算在這個我幹了六十年活的地方終老。我想，我已經把我所有的書和雜物都搬到閣樓上去了，把廚房讓給她們，好求個清靜。叫我把爐邊讓出來，真是搥心肝啊，但我想我應該**還可以**忍受！可是，這樣還不夠，她連我的花園也要搶走，老爺，這我沒辦法忍受啊！要是你嚥得下這口氣，你就受吧——我可沒辦法習慣。一個老頭可沒辦法一下子就習慣這麼多新花樣。我寧願拿把槌頭到路上去掙飯吃！」

「行了，行了，你這個白癡！」希斯克里夫打斷他的話，「長話短說！你在抱怨什麼？我可不想管你和奈莉拌嘴，她就是把你丟進煤坑，我也不在乎。」

「不是奈莉！」約瑟夫回答，「我才不會為了奈莉走人——雖然她也不是什麼好東西。感謝上帝！**她**還勾不走任何男人的靈魂！她還沒漂亮到讓一個男人看了猛眨眼。是那邊那個該死、不害臊的小皇后，用她那大膽的眼睛和狐媚的手段，把我們的孩子迷得暈頭轉向——迷得喔——不說了！說到就會傷透我的心！他已經全把我為他做的一切，我的照顧，忘到九霄雲外啦。他竟然跑到花園裡，把整整一排長得最好的紅醋栗樹拔個精光！」說到這裡，他傷心地放聲大哭起來。想到自己的苦澀傷害，恩蕭的忘恩負義和險惡處境，他就再也提不起什麼男子氣概了。

「這老傻瓜喝醉了嗎？」希斯克里夫先生問道，「哈里頓，他是在抱怨你嗎？」

「我拔掉了兩、三棵樹，」那年輕人回答，「但我會把樹種回去的。」

「你為什麼要把樹拔掉呢？」老爺說。

凱瑟琳自作聰明地插嘴。

「我們想在那裡種一些花，」她大聲說，「要怪就怪我一個人吧。是我叫他拔的。」

「哪個鬼允許**妳**去動那邊的樹？」她的公公非常震驚地責難，「誰又命令**你**聽她的話？」

他轉身面對哈里頓，又說。

哈里頓無言以對，他的表妹則回答道：「你已經搶走了我所有的地，就給我幾碼地種種花，你還捨不得啊！」

「妳的地？傲慢的小賤婦！妳從來沒有任何地。」希斯克里夫說。

「還搶了我的錢。」她繼續說，迎向他憤怒的眼光，同時咬著早餐剩下的一塊麵包皮。

「閉嘴！」他大叫，「吃完了就滾蛋！」

「還有哈里頓的土地和他的錢，」這有勇無謀的小東西緊咬不放，「哈里頓和我現在是朋友了。我會告訴他所有關於你的事！」

老爺似乎傻住了，楞了一會兒，臉色刷地變白，他倏然起身，一勁兒地死瞪著凱瑟琳，眼裡充滿極度的仇恨。

「如果你敢打我，哈里頓就會打你，」她說，「所以你最好還是坐下來。」

「如果哈里頓不把妳趕出這個房間，我就會把他打進地獄，」希斯克里夫狂吼。「該死的妖婆！妳竟敢鼓動他來反抗我？把她趕出去！你聽見沒？將她丟到廚房去！如果妳再讓她走進我的視線範圍內，我會殺了她，艾倫．迪恩！」

哈里頓悄聲勸她快走。

「把她拖走！」他狂暴地嚷著，「妳還想留在這裡大放厥詞嗎？」他說著，走上前去，準備自己動手。

「你這無惡不作的人，他再也不會聽你的話啦，」凱瑟琳說，「他很快就會像我一樣痛恨你。」

「噓！噓！」那年輕人責備地低語，「我不要妳這樣跟他說話。算了吧。」

「但你不會讓他打我吧？」她大叫。

「別說啦。」他焦急地低聲說。

但為時已晚，希斯克里夫已經抓住她。

「現在，**你**給我走開！」他對恩蕭說，「該死的妖婆！這次她可把我惹得受不了了。我會叫她永遠後悔！」

他揪住她的頭髮。哈里頓試圖鬆開她的頭髮，懇求他饒過她這一次。但希斯克里夫的黑眼睛兇光畢露，彷彿準備把凱瑟琳撕成碎片。我正鼓起勇氣要冒險救人，他卻突然鬆開手指，抓住她頭的手移到她胳膊上，熱切地凝視著她的臉。然後他用手摀住眼睛，呆站半晌，顯然是要讓自己鎮定下來，隨後又轉身朝向凱瑟琳，故作鎮定地說：「妳必須學會不要讓我火冒三丈，不然我總有一天會殺了妳！跟迪恩太太出去吧，跟她在一起。妳要說什麼傲慢的話都說給她聽。至於哈里頓．恩蕭，如果再讓我看見他聽從妳的話，我就會把他趕出去，看他在哪可以找到飯吃！妳的愛會使他變成流浪漢和乞丐。奈莉，帶她走。你們全都給我滾出去！全部滾蛋！」

我領著小姐離開，她很高興能平安脫身，所以絲毫沒有反抗我。另一個也跟著出來，希斯克里夫先生便獨自一人待在房內，直到吃午飯。我勸凱瑟琳在樓上用餐，但希斯克里夫一看到她的座位空著時，就要我去叫她下來。他對我們不理不睬，吃得很少，之後就直接出門，並說他要到晚上才會回來。

那兩個新朋友趁他不在時佔據了正屋。當他表妹提議要揭露她公公對他父親的所有惡行時，我聽見哈里頓嚴厲地制止她。他說，他不允許任何人毀謗希斯克里夫一個字。就算他是惡魔，也無所謂，他還是會站在他那邊。他寧可她像過去那樣對他百般侮辱，也不願聽她說希斯克里夫的壞話。凱瑟琳對此大發雷霆，但他找到管住她舌頭的方式，他問她說，**他**若說她父親的壞話，她會有什麼感覺？她這才了解到，恩蕭把老爺的名譽看得和自己一樣重要，他們之間的聯結強烈到無法用理智打破——那是一條由習慣鑄成的鎖鍊，若硬要拆開，也太過殘忍了。從此以後，她也表現得十分善良，避免在他面前抱怨或表達對希斯克里夫的嫌惡。她同時還對我承認，對她試圖挑撥他和哈里頓之間的感情一事，她感到非常懊悔。我的確相信，在那之後，她就從沒在哈里頓跟前，說過反抗她的欺壓者的任何字眼。

在這場小小的爭執過後，他們重修舊好，盡可能忙碌地扮演包括學生和老師在內的幾個角色。我每每忙完活後，就進去和他們一起坐。我望著他們時，心情非常平靜舒坦，往往連時間是怎麼流逝的都沒注意到。你知道，他們兩個多少都像是我的孩子。我長期以來以其中一個為傲，而現在我確定，另一個也會帶給我相同的滿意。他那誠實、溫厚又聰慧的天性，很快就讓他擺脫從小那無知和墮落的陰霾。凱瑟琳真摯的稱讚，成為他勤奮向學的動力。他的心智豁然開朗後，容貌也變得容光煥發，增添一股清新、高貴的氣質。我幾乎很難相信，這就是凱瑟琳當年到懸崖探險，後來我在咆哮山莊找到她時，所看到的同一個人。正當我欣慰地看著他們埋首用功的時候，薄暮降臨，老爺也返家了。他從前門進來，突然出現在我們眼前，在我們還來不及抬頭看他前，他就已經把我們三人都看進眼底。嗯，我想，再也沒有比這更愉悅、更無邪的景象了，若還要斥責他們，那真是件羞恥的事。通紅的爐火襯照在他們漂亮的頭上，襯托出兩張生氣勃勃、帶著幾分熱切稚氣的臉龐。雖說哈里頓已經二十三歲，而她是十八歲，但兩個人都尚有許多新鮮事物還要去體驗和學習，因此兩人都無法散發出那種成熟穩重的嚴肅情感。

他們一起抬起眼睛，看著希斯克里夫先生。也許你從來沒注意到，他們的眼睛非常相像，都是凱瑟琳．恩蕭的眼睛。現在的凱瑟琳別的地方都長得不太像她母親，除了寬闊的額頭和略微往上翹的鼻子，這使她看起來頗為高傲，不管她天性是否如此。至於哈里頓，相像之處反而較多，平常看上去就很明顯，**這時**更覺突出，因為他的感覺敏銳，心智已因異常活躍而甦醒。我想，正是因為這份相似使得希斯克里夫先生心軟下來。他走到壁爐前，心情顯然相當激動，但這份激動在他看著那位年輕人時，很快便趨於平靜。或者，我該說，改變它的性質，因為它還是存在著。他從他手中拿起那本書，瞥一瞥打開著的那頁，然後一語不發地歸還，只比比手勢，要凱瑟琳離開。她的同伴在她走後沒待多久，當我也正要離開時，他叫我仍舊坐著別動。

「這是很糟糕的結局，不是嗎？」他對剛才他目睹的景象沉思了半晌後，說：「我費盡心思，結果卻落得個這麼荒唐的下場？我拿了橇桿和鋤頭想要剷除這兩戶人家，並把我自己訓練得像神話巨人赫拉克勒斯那般幹練勤奮，但，等一切都準備就緒，我可以為所欲為時，我卻發現自己連掀掉一片屋瓦的意志都消失殆盡！我往昔的仇敵並沒有打敗我，現在正是我向他們的繼承人報仇的完美時機，我可以放手去做，而且沒有人能阻擋我。但那又有何用？我不想打人，連舉起手都嫌麻煩！這聽起來，好像我奮鬥了大半輩子，只是為了展現我寬宏大量的好修養一般。事情絕對不是如此。而是我已經失去享受眼見他們毀滅的樂趣，我內心空虛到不想再去做無謂的破壞。

「奈莉，有一種奇怪的變化正在接近，現在我就籠罩在它的陰影之中。我對日常生活的興趣都沒了，幾乎不記得還要吃喝這兩碼子事。對我來說，剛才離開這房間的那兩個人，是唯一還能保持清晰實體的東西，而那印象讓我感到痛苦，異常折磨。關於**她**，我不想說什麼，也不想去多想，但我渴切地希望她能消失。她的存在只引發我發狂的感受。**他**則引發我不同的感情，如果我能做到看起來不像發瘋的模樣，我寧願永遠都不再見到他！倘若我試著把他喚醒或體現的千種往日聯想和概念都描繪出來，妳或許會覺得我就快發瘋了。」他勉強擠了個笑容，又說下去，「但妳不會說出我告訴妳的這些話。我將這些想法一直埋藏在心底，到了最後，仍然得找一個人訴說。

「五分鐘以前，哈里頓彷彿就是我年輕歲月的化身，而不是具體的一個人，讓我心裡湧起千頭萬緒，以至於我不可能理性地和他說話。首先，他和凱瑟琳的驚人相似將他和她可怕地連結在一起。妳或許認為，這一點最能抓住我的想像力，但其實它是最微不足道的。因為對我來說，有什麼東西不是和她連結在一起的呢？有什麼不會讓我聯想起她來呢？我低頭看一下這地板，她的面容就浮現在石板上！每一朵雲，每一株樹——充滿在夜空中的所有氣息，我在白天所瞥見的每樣事物——我被她的形象團團包圍！男人和女人最普通的臉——就連我自己的容顏——都像她，在嘲笑著我。整個世界充滿了可怕的回憶，提醒我她的確曾經存在過，而我已經失去了她！啊，哈里頓的容貌是我那永恆愛情的鬼魅，也是我曾瘋狂努力想保有的權力的幻影。我的墮落，我的驕傲，我的快樂，和我的痛苦——

「我這樣重複和妳說這些想法，實在也是瘋了。但這能讓妳知道，為何我雖然不願總是獨處，但又無法讓他時時陪伴，因為那只會加深我一直在忍受的折磨啊。這也多少讓我不想去管他和他表妹如何相處，我沒有力氣再去注意他們了。」

「但你所說的**變化**是什麼意思啊，希斯克里夫先生？」我說。儘管根據我的判斷，他看起來不像會陷入精神失常的險境，也沒有瀕死的跡象，我還是警覺起來。他仍舊相當強壯健康。至於他的理性，他從小就喜歡朝黑暗面想，腦袋瓜裡都裝些稀奇古怪的幻想。他或許對他死去的摯愛有種偏執，但在其他方面，他的頭腦和我一樣清楚。

「在變化還未到來之前，我也不知道它是什麼，」他說；「我現在只是隱約地意識到它的存在而已。」

「你不是生病了吧，是嗎？」我問。

「不，奈莉，我不是生病，」他回答。

「那你不怕死亡嗎？」我追問。

「怕死？不！」他回答，「我對死亡既不害怕，也沒預感，我也沒有想死的念頭。我為什麼要有呢？我身體強壯，生活規律，又不從事危險的工作，我應該，可能會一直活在這世上，直到我的頭髮全部花白為止。但我卻無法繼續以這種方式活下去！我得不斷提醒自己要呼吸——幾乎得提醒我的心臟要跳動！那就像把一根硬彈簧扳直。哪怕是最微小的動作，要不是由這個思緒促成，也是被迫做出來的。對於任何活著或死了的東西，要不是和那個無所不在的思緒有所連結，我都得被迫去注意它的存在。我只有一個願望，而我整個身心都渴望達到它。我渴望了這麼久，如此堅定地毫不動搖，我因此確信我能立即達到——因為它已經耗盡了我的一生。我已經在期待它的實現中被吞噬。雖然我的表白並不能讓我如釋重負，但這多少能說明，我為何會展現某些無法解釋的情緒，以及它背後的原因。喔，上帝！這是場漫長的搏鬥。我希望它能盡快結束！」

希斯克里夫開始在房間裡來回踱步，自言自語地嘟噥些可怕的話。直到最後我不得不相信——就像他說約瑟夫也這麼相信一樣——良心的譴責已經讓他的心靈成為一座人間煉獄。我真不知道最後的結局將會如何演變。儘管他以前很少洩露出這類心境，甚至連這般神色也不多見，但我毫不懷疑，這就是他平常一貫的心情。他自己也承認，但從他日常的舉止判斷，沒有人猜得出來竟是如此。洛克伍德先生，在你見到他時，你也沒猜出來吧。就在我描述的這段時間內，他的舉止也和往常一樣毫無二致，只是更喜歡沉浸在持續的孤獨中，也許在人群中變得更加沉默寡言了。

34

那天晚上之後有好幾天，希斯克里夫先生都刻意避開和我們一起吃飯，但他又不願明說是他不想見到哈里頓和凱西。他厭惡自己完全向感情投降，因此寧願選擇自己避開。而且，儘管二十四小時才用餐一次，對他來說似乎已經綽綽有餘了。

一晚，全家人都上床睡覺後，我聽見他悄悄下樓，走出前門。我沒有聽到他回來，到了早上，我發現他尚未返家。當時正值四月，氣候暖和宜人，雨水和陽光把草地滋養得相當翠綠，南牆邊那兩棵矮蘋果樹開滿繁花。早餐後，凱瑟琳堅持要我帶張椅子，拿著針線活，坐在屋子盡頭的樅樹下。她還誘哄著已經從意外中完全康復的哈里頓，幫她翻土，開闢她的小花圃。自從約瑟夫大聲抱怨後，這個小花圃便被移到那個角落。我正舒適地享受周遭春天的芳香，和頭上那片美麗柔和的湛藍天空，這時，原本跑到柵門附近去摘連根櫻花草來圍花圃的小姐，才採摘了一半便跑回來，通知我們希斯克里夫先生正要進門。「他還和我說話呢。」她表情困惑地又說。

「他說了什麼？」哈里頓問道。

「他命我趕快走開，」她回答，「但他的神情看起來和平常不大一樣，因此我還停下腳步瞪了他一會兒。」

「怎麼個不一樣法？」他問。

「嗯，幾乎可以說是容光煥發又快活。不，**幾乎**沒別的表情——**非常**興奮，狂喜而興高采烈！」她回答。

「應該是夜間散步讓他很開心吧。」我說道，假裝一副不甚在意的模樣。實際上，我和她一樣吃驚，也焦急地想去確定她所說的是否屬實。可不是每天都能看到老爺神色愉快。我找了個藉口走進屋內。希斯克里夫站在敞開的門口，臉色慘白，顫抖不已，不過，他的眼睛確實散發一種奇異的狂喜光輝，改變他的整張臉。

「你要吃點早餐嗎？」我說，「你整晚在外面走，一定餓了！」我想知道他去了哪裡，但我不想直截了當地問。

「不，我不餓。」他回答，帶著輕蔑的口氣，還轉開頭，彷彿已經察覺到我想探查他為何如此開心。

我困惑不已。我不知道現在是不是提出告誡的恰當時機。

「我覺得整晚不睡覺，」我說，「在戶外遊蕩是很不明智的作法。無論如何，現在這個季節那麼潮濕。我敢說你一定會感冒發燒的。你現在的樣子就有點不太對勁！」

「沒事，我受得了，」他回答，「而且還樂意至極，只要妳別來打擾我就行。進屋去，別惹我生氣。」

我聽從他的話。當我經過他身邊時，我注意到他呼吸急促得像隻貓。

「準沒錯！」我忖度，「他絕對會生場大病。我想不透他昨晚到底做了什麼。」

那天中午，他坐下來和我們一起用餐，從我手裡接過一個裝得滿滿的盤子，好像他之前吃得那麼少，現在要好好補償一下。

「我沒著涼，也沒發燒，奈莉，」他說，指的是我早上說的話，「妳給我這麼多吃的，我得大吃一頓，表示領情才是。」

他拿起刀叉，正打算吃起來，似乎突然又變得毫無胃口。他將刀叉放在桌上，熱切地望向窗外，然後就站起身，走了出去。我們吃完飯時，仍看見他在花園裡走來走去。哈里頓說他要去問問他為何不用餐。他認為我們一定是哪裡惹惱了他。

「怎麼樣，他要來嗎？」當她表哥回返時，凱瑟琳叫道。

「不，」他回答，「不過他也沒生氣。而且他似乎難得這麼高興。反而是我跟他說了兩遍話，惹得他不耐煩。然後他叫我來妳這邊。他納悶，我怎麼還會想找別人作伴。」

我把他的盤子放在爐架上溫著。一、兩個小時後，他又進屋，這時屋子裡已經沒人，但他看起來並沒平靜多少。他黑色的眉毛下依舊是那副不自然的——的確非常不自然的——喜悅表情。臉龐還是毫無血色，不時露出牙齒，勉強算是一種微笑。他全身顫抖，並不是像別人那樣因寒冷或虛弱而發抖，而是像一根拉緊的弦在顫動——一種強烈的震顫，而不是在打哆嗦。

我想，我得問問究竟是怎麼回事，不然還會有誰問呢？於是我大叫說：「你有聽到什麼好消息嗎，希斯克里夫先生？你看起來非常興奮。」

「我哪裡會有什麼好消息？」他說，「我這麼興奮是因為餓，但我又似乎吃不下。」

「你的午餐在這裡，」我回答，「你為什麼不吃點東西呢？」

「我現在不想吃，」他急忙喃喃說道，「我要等到晚餐時再吃。還有，奈莉，我再跟妳說最後一次，求妳警告哈里頓和其他人都別來煩我。我不想被任何人打擾。我想一個人待在這裡。」

「你不想見他們，可有什麼新的理由嗎？」我追問，「告訴我，你為什麼舉止這麼奇怪，希斯克里夫先生？你昨晚上哪去了？我並不是因為無聊好奇才問你，但是——」

「妳就是因為無聊好奇才問的，」他大笑著打斷我的話，「但我還是會回答妳的問題。昨晚我徘徊在地獄的門檻上。今天，我眼看著就要看見我的天堂啦。我親眼看到了，離我不到三呎遠呢！妳現在最好還是走開吧！如果妳能管住自己，不去東打聽西打聽，就不會看到或聽到什麼讓妳害怕的事。」

我清掃壁爐，擦過桌子後，就離開了，心裡覺得更為困惑。

那天下午他沒再離開正屋，也沒有人打擾他獨處。到八點時，儘管他沒有召喚我，我覺得還是該送蠟燭和晚餐進去給他。只見他正依靠在一個窗戶敞開的窗台上，但沒有往外眺望，他的臉面對著屋內的黝暗。爐火已經悶燒成灰燼，屋裡充滿陰天夜晚那種潮濕、溫和的空氣。屋內非常寥寂，不但能聽到吉默頓那邊小溪的潺潺水聲，就連漣漪波動，溪水流過卵石，繞過露出水面的大石塊發出的汩汩聲也清晰可聞。我一看到那黯淡無光的爐火，忍不住發出一聲不滿的低叫，接著開始一扇扇地關閉窗戶，直到走到他的窗旁。

「我應該把這扇窗戶關起來嗎？」我問，只是想喚醒他，因為他文風不動。

我說話時，燭光在他臉上閃爍。啊，洛克伍德先生，我實在無法表達，當我突然看到他時，我嚇了多大一跳啊！那雙深陷的黑眼睛！那抹微笑和死人般慘白的臉！在我看來，那不是希斯克里夫先生，而是個妖怪。我嚇得魂不附體，蠟燭也倒在牆壁上，自行熄滅，屋裡瞬間陷入黑暗。

「好的，關上吧，」他用我熟悉的聲音回答，「唉，瞧妳笨手笨腳的！妳為什麼要橫著拿蠟燭呢？趕快再去拿一支過來。」

我簡直嚇壞了，急忙跑出去，跟約瑟夫說：「老爺要你拿支蠟燭進去，順便幫他生個爐火。」因為我那時根本不敢再進去。

約瑟夫嘎嘎地鏟了一鐵鏟燃燒著的煤就進屋了。但他馬上拿著鏟子出來，另一手還端著晚餐托盤。他解釋說，希斯克里夫先生要回房睡覺了，今晚他什麼也不想吃，明早再說。我們聽到他直接上樓，但他沒有去他平常睡的臥室，而是轉進那間有圍板床的房間。我之前說過，那個房間的窗戶寬到可以讓人爬進爬出。因而我突然想到，他晚上大概還打算出去夜遊，卻又不想讓我們起疑。

「他是一個食屍鬼，還是一個吸血鬼呢？」我忖度。我曾在書裡讀到這種可怕的化身惡魔。接著我又想到，他童年時我是如何悉心照顧他，我看著他長大成人，幾乎跟了他一輩子，現在竟然被這種恐懼纏身，多麼荒謬可笑。「可是這個小黑鬼到底是從哪兒來的？被一個好心人收留，反倒自我毀滅？」我昏昏欲睡，卻還在腦袋瓜裡迷信得喃喃叨唸著。然後我開始在半夢半醒之間，想像他的父母可能是怎麼樣的人，弄得我疲憊不已。之後又把我醒著時做的沉思再想一次，重新追溯了他那命運多舛的一生。最後，描繪出他的死亡和葬禮。關於這一點，我只記得，為了決定要在他墓碑上刻什麼字，我萬分苦惱，為此我還去請教教堂司事，因為他既沒有姓，也不知道他確切年紀，我們只好簡單刻上「希斯克里夫」這幾個字。我這個夢後來應驗了，我們就是這麼辦的。如果你去墓園，你只會在墓碑上看到這幾個字和他去世的日期。

破曉後我清醒過來。我起身，走進花園，想看看他窗下有沒有足跡。結果沒有。「他一直待在家裡，」我想，「那他今天應該就會好起來了。」我照舊為全家人準備早餐，但叫哈里頓和凱瑟琳先吃，不用等老爺下來，因為他會睡到很晚。他們想在戶外的樹林下用餐，我就幫他們放了一張小桌子。

等我再進屋內時，發現希斯克里夫先生已經下樓了。他和約瑟夫在討論田裡的農事。他對所討論的事項給了清楚詳盡的指示，但他說話的速度很快，而且一直把頭轉到一邊，神情還是那麼興奮，甚至比昨天還要誇張。約瑟夫離開房間後，他坐到他平常坐的位子上，我在他面前放上一杯咖啡。他將咖啡挪近，接著把手臂擱在桌子上，凝視著對面的牆壁。我猜想，他是在看某個特定區域；他以焦躁不安的閃亮眼神上上下下地打量，流露出激切的興趣，以至於他有半分鐘都沒呼吸。

「夠啦，」我叫起來，將麵包推到他手邊，「趁熱吃，趁熱喝吧。都快放了一個小時了。」

他沒有理睬我，自顧自地微笑著。我寧可看他咬牙切齒，也不想看到他這樣笑。

「希斯克里夫先生！老爺！」我喊道，「看在上帝的份上，別這樣瞪著眼，好像見到鬼似的。」

「妳才看在上帝的份上，不要這樣大呼小叫的，」他回答，「轉過頭去，告訴我，屋內只有我們兩個人嗎？」

「當然，」這是我的回答，「當然只有我們倆。」

但我還是不禁聽了他的話，好像自己也不是十分確定。他的手一掃，在早餐間清理出一片空間，以便更自在地俯身向前凝視。

我現在也看出來了，他不是在看那面牆，因為當我只盯著他時，發現他好像在凝望兩碼內的某樣東西。不管那是什麼，它顯然都給了他極大的歡愉和痛苦；至少他臉上那種悲傷又狂喜的表情，讓人有這樣的感覺。那個想像之物也並非固定不動：他的雙眼緊緊追隨，不知疲累，連在和我說話時，都沒有移開眼神。我提醒他，他已經很久沒有進食了，但這是白費力氣。即使他聽從我的勸告，手動了動想去拿，就算想伸手去拿一片麵包，他的手指也會在碰到麵包前縮回來，拳頭握緊，就這樣放在桌子上，旋即將想拿麵包的事忘得一乾二淨。

我靜靜坐著，像個耐心十足的楷模，試圖將他那出神的注意力，從全神貫注中吸引出來。沒想到他後來煩躁起來，站起身，質問我為何不讓他單獨用餐？他還說下一次我不用等，可以把東西放下來就走。說完這些話後，他就離開正屋，沿著花園小徑慢慢往前漫步，接著消失在柵門外。

時光在焦慮不安中流逝；另一個夜晚降臨。我很晚才回房睡覺，但我躺下後，仍舊輾轉難眠。他在午夜後返家，可是並沒有馬上上床去睡覺，反而是把自己關在樓下的房間裡。我聽著，在床上翻來覆去，最後終於穿上衣服下樓。躺在床上，腦袋裡被百種煩憂不安的雜念侵擾，實在無法鎮定下來。

我辨識出希斯克里夫先生的腳步聲，焦躁不安地在地板上踱來踱去，不時還發出類似呻吟的長嘆，打破四下的寂靜。他有時也會喃喃唸著幾個字，我只能依稀辨識出凱瑟琳的名字，外加幾聲親暱或痛苦的低喊，那口氣就像他正在跟人說話似的，聲音低沉熱切，發自他靈魂深處。我沒有勇氣直接走進房內，但又很想將他從幻想中喚醒，因此我便去撥弄廚房裡的爐火，使勁攪動，還開始鏟煤渣。這立刻將他喚醒，比我預料得還快。他旋即打開門說道：「奈莉，來這裡——已經早上了嗎？拿蠟燭進來。」

「已經四點了，」我回答，「你想拿支蠟燭上樓的話，可以就這邊的爐火點上。」

「不，我不想上樓，」他說，「進來，幫我生爐火，再看這房間需要做點什麼。」

「我必須先把煤搧紅，才能拿走幾塊。」我一邊回答，一邊搬椅子和風箱過來。

在這同時，他還是來回踱步，彷彿快要精神錯亂。他連連發出沉重的嘆息，似乎連正常呼吸的餘地都沒了。

「等天一亮，我就要派人請格林過來，」他說；「趁我還能思考這些事情，冷靜處理問題時，我要詢問他一些法律事務。我還沒有寫遺囑，還沒決定要如何處理我的財產。我真希望我能把這些財產全從地面上毀掉。」

「我可不想這樣說話，希斯克里夫先生，」我插嘴說，「先別忙著立遺囑吧，還是抽點時間好好懺悔一下，畢竟你做了那麼多罪大惡極的事！我從未料到你會神智錯亂，無論如何，你現在精神錯亂得讓人無法置信。但這全要怪你自己。照你最近這三天的生活作息，就算巨人泰坦也會被弄垮。吃點東西，休息一下吧。你只要照照鏡子，就知道你有多需要進食和睡眠了。你的兩頰凹陷，眼睛滿是血絲，彷彿是個快要餓死、就要因缺乏睡眠而變瞎的人。」

「我吃不下，睡不著，並非我的錯，」他回答。「我向妳保證，我絕非故意如此。只要我能的話，我就會吃，就會睡。可是，妳怎麼能叫一個在水中掙扎的人，在離岸邊只有一臂之遙的地方安然休息呢？我必須先抵達岸邊，然後才能休息啊。好吧，先別管格林先生。至於懺悔我的罪過，我從來沒做過什麼不公不義的事，因此也無從懺悔。我太幸福了，但又還不夠幸福。我靈魂的喜悅在殘害著我的肉體，但就算這樣，靈魂還是得不到滿足。」

「幸福，老爺？」我嚷嚷著，「這真是種奇怪的幸福啊！如果你能好好聽我說話，保證不生氣的話，我倒是可以給你一些讓你更幸福的忠告。」

「什麼忠告？」他問，「說吧。」

「你知道，希斯克里夫先生，」我說，「從十三歲開始，你就過著自私、不符合基督教教規的生活。這麼長一段時間以來，你可能手裡都沒拿過《聖經》吧。你一定早就忘了《聖經》的教誨，現在也沒有時間再去讀它。我們是不是該請個人過來——不管是哪個教派的牧師都可以——來講解一下《聖經》的內容，向你指出，你已經背離訓誡有多遠。要是你不在死前幡然悔悟，你就無法進天堂啦。」

「我不會生氣，反而很感激妳，奈莉，」他說，「因為妳讓我想到我想要的下葬方式。要在晚上把我抬到墓園裡去。如果妳和哈里頓兩人願意，可以陪我，但要特別記得，請吩咐教堂司事遵照我要怎麼安置那兩個棺材的指示辦理！不需要請牧師來，也不必為我唸什麼禱文——我告訴妳吧，我已經快要抵達我的天堂了。別人的天堂對我而言毫無價值，我也不希罕進去。」

「假如你固執地堅持絕食，就這樣死掉，他們卻因此拒絕將你埋在教堂的墓園，那怎麼辦呢？」我說著，對他竟然敢這樣藐視上帝，大為震驚。「那你要怎麼辦？」

「他們不會那樣做的，」他回答說，「如果他們真的那樣做了，妳一定要把我偷偷搬進去。妳要是坐視不管，妳就會知道，人雖然死了，但陰魂還是會回來找生者的！」

一聽到家裡的其他人已經開始在走動，他立刻退避到他房間，我也鬆了一口氣。但到了下午，約瑟夫和哈里頓正在幹活時，他又走進廚房，一臉狂野的神情，命我到正屋裡坐著。他需要有個人陪伴。我拒絕了，並且坦白和他說，他奇怪的言談舉止把我嚇壞了，我沒那個膽量，也沒那個意願去獨自陪他。

「我想妳一定把我當成魔鬼吧，」他說著，慘然獰笑，「某種非常可怕的東西，不該待在一個體面的人家裡。」說完他轉身面對凱瑟琳，這時她剛好在廚房，一看見他走近，就連忙躲到我身後。他半冷嘲熱諷地又說：「**妳**肯過來陪我嗎，小寶貝？我不會傷害妳的。不！對妳而言，我已經變得比魔鬼還壞。好吧，還有**一個人**不怕和我作伴！老天！她真殘忍。啊，該死！血肉之軀怎麼承受得了這種事——連我都受不了。」

從那之後，他再也沒提出要別人陪的要求。薄暮時分，他便回他自己的臥室。整個晚上，直到第二天早上快中午時，我們都聽到他不斷呻吟，自言自語。哈里頓憂心忡忡，想進房探視，但我叫他去請肯尼斯醫生，醫生應該進去看看他的情況。醫生來時，我請他讓我們進門。我試圖打開門，但門鎖上了。希斯克里夫叫我們滾蛋。他說他好多了，只想一個人獨處，因此醫生又離開了。

當天晚上下了一場滂沱大雨，嘩啦啦地往下猛灌，直到天亮。我在清晨繞著屋子散步時，看到老爺的窗戶大開，隨風擺動，雨直接打進去。我忖度，他應該不在床上，不然這場大雨會把他淋得濕透。他不是已經起床，就是已經出門了。但我也不想自己胡亂猜測，還是壯起膽子，進去看看吧。

我拿來另一把鑰匙，成功地把門打開，房間裡沒人，我就跑過去推那張大床的圍板。我馬上將圍板推到一邊，往裡面一瞧，希斯克里夫先生就在那裡——直挺挺地仰躺著。他的眼神是那麼銳利、兇狠地瞪著我，我大吃一驚，然後他似乎微笑起來。我無法想像他已經死了，可是他的臉和脖子都被雨水打濕，床單也在滴水，他卻動也不動。那扇窗戶前後拍打著，他放在窗台上的那隻手都被磨破了。劃破的皮膚沒有滲血出來。我用手指一摸，便不再懷疑。他真的死了，而且身體已經僵硬！

我將窗戶扣上，把那垂在他額頭前長長的頭髮梳理好。我試著闔上他的眼睛，因為如果可能的話，我希望在任何人看到他前，熄滅掉他那可怕、像活人似的狂喜眼神。但我怎麼樣也無法闔上他的眼睛，它們似乎在嘲笑著我的企圖。他那張開的嘴唇和銳利的白色牙齒也在嘲諷我！我不禁又恐懼起來，大喊著把約瑟夫叫過來。約瑟夫拖著腳步，慢吞吞走上樓，大聲嚷嚷一陣後，說什麼也不肯管他的事。

「魔鬼抓走他的靈魂啦，」他大叫，「乾脆把他的屍體也一起帶走，我才不管呢！啊！他是個多麼邪惡的人啊，就連死了也這樣咧著嘴笑著！」這個老惡棍也嘲諷地咧著嘴。我還以為他會繞著床，雀躍地蹦蹦跳跳繞一圈，可是他卻突然平靜下來，雙膝下跪，高舉雙手，感謝老天有眼，讓合法的主人和古老的家族又恢復了原本的權利。

這件可怕的事讓我驚愕不已。我無可避免地回憶起往昔時光，不禁悲從中來。但可憐的哈里頓，儘管受到的委屈最大，卻是唯一真正感到難過的人。他整夜守在屍體旁，真誠地哀慟哭泣。他緊握死者的手，吻著那張大家都不敢注視的嘲諷、兇殘臉龐。他那寬宏大量的心自然湧出無盡的悲痛，他以深沉的哀慟哀悼著死者，儘管那顆心也像鋼鐵一樣堅毅。

肯尼斯醫生傷透腦筋，不知該宣布老爺的死因為何。我隱瞞他四天沒有進食的事實，唯恐會惹出什麼麻煩。但我相信，他並非故意絕食。這是他那場怪病的結果，而非起因。

我們照他生前意願埋葬了他，惹得整個社區議論紛紛。恩蕭和我，還有教堂司事和另外六個男人一起抬棺木，這便是全部的送葬行列。那六個人把棺木放進墓穴後就離開，我們留下來看著它被蓋上土。哈里頓淚流滿面，親自挖起綠草地，覆蓋在棕色的墳丘上。如今，這墳墓已跟附近的墳墓一樣平整翠綠——我真心希望躺在這墳墓裡的人也能平靜安眠。但是如果你問起鄉裡的人，他們會手按《聖經》信誓旦旦地說，他還在**到處遊蕩**。許多人說曾在教堂、荒原，或甚至這棟屋子裡碰見過他。你一定會說這是無稽之談，我也這麼認為。但廚房火爐旁的那個老頭卻一口咬定，打從他死後，只要一碰到雨夜，就能從他房間的窗戶往外望見他倆。大約在一個月前，我也碰上一件怪事。有天晚上我正要去田莊——那是個闃闇的夜晚，雷聲在遠處低鳴——剛走到山莊的轉彎處時，我碰到一個小男孩，他趕著一頭綿羊和兩隻羔羊，嚎啕大哭著。我以為是羊群野性難馴，不聽他使喚。

「怎麼回事，小傢伙？」我問道。

「希斯克里夫和一個女人在那邊，在山岩下面，」他放聲大哭，「我不敢從他們那邊經過。」

我什麼也沒看見，但不管是羊群或小孩都不肯再往前走，因此我叫小孩從下面那條路繞過去。他也許是在穿越過荒原時，想起他從父母和同伴那裡重複聽來的鄉野傳奇，就自己幻想出這些幽靈。儘管如此，現在我也不喜歡在天黑時出門，或一個人留在這陰森森的宅子裡。我真的辦不到。當他們離開這裡，搬到田莊去時，我一定會欣喜若狂。

「這麼說，他們打算搬到田莊去囉？」我說。

「是的，」迪恩太太回答，「一等他們結婚就搬過去。大喜之日就定在新年那天。」

「那麼誰會住在這裡？」

「還用說，約瑟夫會照料這棟房子，也許還會找個年輕小伙子來和他作伴。他們會住在廚房裡，宅子其餘地方會封起來。」

「這樣那些鬼魂愛住哪裡，就會去住那裡了。」我說。

「不，洛克伍德先生，」奈莉搖著頭說，「我相信死者已經安息了，我們不該用輕薄的口氣談論他們。」

這時，花園的門被推開，出去散步的人已返家。

「**他們**什麼也不怕，」我從窗戶望著他們走近時咕噥著，「只要他們在一起，就可以勇敢對抗撒旦和他的魔鬼軍團。」

他們踏上門前石階，停下來朝月亮望了最後一眼——或者，更精確地說，是藉著月光彼此對望——我再次感到那股無法壓抑的衝動，想躲開他們。我迅速將一個小紀念品塞進迪恩太太的手裡，也不顧她對我的莽撞提出抗議，就在他們開門進屋時溜過廚房。要不是我在約瑟夫腳下丟了一枚金幣，它發出極為清脆的叮噹聲響，他這才確定我是個值得尊敬的紳士，不然他真會以為奈莉做出了什麼不檢點的事呢。

我繞道經過教堂才回家，因此多走了點路。當我走到教堂牆腳下時，我發現，不過隔了七個月的時間，這建築已經更加頹廢。許多窗戶都缺了玻璃，形成一個個漆黑的洞口。屋頂右邊也有好幾塊屋瓦翹了起來，等秋季暴風一來，我看就會逐漸掉落。

我尋尋覓覓，很快便在緊靠荒原的斜坡上找到那三座墓碑。中間那塊是灰色的，半埋在石楠叢中。愛德加．林頓的墓碑才剛長出草皮，墓碑腳爬滿苔蘚，和四周景觀渾然合而為一。希斯克里夫的那塊則還光禿禿。

我在那平靜的天空下，流連徘徊在三個墓碑之間。我望著飛蛾在石南叢和風信子間振翅飛舞，聽著微風柔和地吹拂過草地，心裡納悶著，有誰能想像，在如此安靜的土地下，竟然會有長眠者無法安息。

國家圖書館出版品預行編目資料

咆哮山莊 / 艾蜜莉 . 勃朗特 (Emily Bronte) 著 ; 丹鼎、廖素珊譯
. -- 初版 . -- 臺北市 : 商周出版 : 家庭傳媒城邦分公司發行 ,
2014.01
面 ;　公分 . -- (商周經典名著 ; 43)

譯自 : Wuthering heights
ISBN 978-986-272-457-6 (平裝)

873.57　　102018273

商周經典名著 43

咆哮山莊Wuthering heights（改版）

作　　者 / 艾蜜莉・勃朗特 (Emily Brontë)
譯　　者 / 丹鼎、廖素珊
企劃選書 / 彭之琬
協力編輯 / 尤斯蓓
責任編輯 / 彭子宸

版　　權 / 黃淑敏、吳亭儀、林珮瑜
行銷業務 / 周佑潔、黃崇華、張媖茜
總　編　輯 / 黃靖卉
總　經　理 / 彭之琬
事業群總經理 / 黃淑貞
發　行　人 / 何飛鵬
法律顧問 / 元禾法律事務所 王子文律師
出　　版 / 商周出版
台北市104民生東路二段141號9樓
電話：(02) 25007008　傳眞：(02)25007759
E-mail：bwp.service@cite.com.tw
Blog：http://bwp25007008.pixnet.net/blog
發　　行 / 英屬蓋曼群島商家庭傳媒股份有限公司 城邦分公司
台北市中山區民生東路二段141號2樓
書虫客服服務專線：02-25007718；25007719
服務時間：週一至週五上午 09:30-12:00；下午 13:30-17:00
24 小時傳眞專線：02-25001990；25001991
劃撥帳號：19863813；戶名：書虫股份有限公司
讀者服務信箱：service@readingclub.com.tw
城邦讀書花園：www.cite.com.tw
香港發行所 / 城邦（香港）出版集團有限公司
香港灣仔駱克道193號東超商業中心1樓；E-mail：hkcite@biznetvigator.com
電話：(852) 25086231　傳眞：(852) 25789337
馬新發行所 / 城邦（馬新）出版集團 Cite (M) Sdn. Bhd.
41, Jalan Radin Anum, Bandar Baru Sri Petaling, 57000 Kuala Lumpur, Malaysia.
Tel: (603) 90578822　Fax: (603) 90576622　Email: cite@cite.com.my

裝幀設計 / 廖韡
排　　版 / 極翔企業有限公司
印　　刷 / 韋懋實業有限公司
經　銷　商 / 聯合發行股份有限公司
新北市231新店區寶橋路235巷6弄6號2樓
電話：(02)29178022　傳眞：(02)29110053

■2014年1月14日初版一刷
■2022年3月 9 日二版3.5刷
定價340元

Printed in Taiwan

城邦讀書花園
www.cite.com.tw

 ISBN 978-986-272-457-6

商周出版

廣　告　回　函
北區郵政管理登記證
北臺字第000791號
郵資已付，免貼郵票

104　台北市民生東路二段141號2樓

英屬蓋曼群島商家庭傳媒股份有限公司城邦分公司　收

請沿虛線對摺，謝謝！

商周出版

書號：BU6043X	書名：咆哮山莊	編碼：

請於此處用膠水黏貼

商周出版

讀者回函卡

感謝您購買我們出版的書籍！請費心填寫此回函卡，我們將不定期寄上城邦集團最新的出版訊息。

不定期好禮相贈！
立即加入：商周出版
Facebook 粉絲團

姓名：＿＿＿＿＿＿＿＿＿＿＿＿＿＿＿＿ 性別：□男 □女

生日：西元＿＿＿＿＿＿年＿＿＿＿＿＿月＿＿＿＿＿＿日

地址：＿＿＿＿＿＿＿＿＿＿＿＿＿＿＿＿＿＿＿＿＿＿

聯絡電話：＿＿＿＿＿＿＿＿＿＿ 傳真：＿＿＿＿＿＿＿＿＿＿

E-mail：

學歷：□ 1. 小學 □ 2. 國中 □ 3. 高中 □ 4. 大學 □ 5. 研究所以上

職業：□ 1. 學生 □ 2. 軍公教 □ 3. 服務 □ 4. 金融 □ 5. 製造 □ 6. 資訊
□ 7. 傳播 □ 8. 自由業 □ 9. 農漁牧 □ 10. 家管 □ 11. 退休
□ 12. 其他＿＿＿＿＿＿＿＿＿＿＿＿＿＿＿＿

您從何種方式得知本書消息？

□ 1. 書店 □ 2. 網路 □ 3. 報紙 □ 4. 雜誌 □ 5. 廣播 □ 6. 電視
□ 7. 親友推薦 □ 8. 其他＿＿＿＿＿＿＿＿＿＿

您通常以何種方式購書？

□ 1. 書店 □ 2. 網路 □ 3. 傳真訂購 □ 4. 郵局劃撥 □ 5. 其他＿＿＿

您喜歡閱讀那些類別的書籍？

□ 1. 財經商業 □ 2. 自然科學 □ 3. 歷史 □ 4. 法律 □ 5. 文學
□ 6. 休閒旅遊 □ 7. 小說 □ 8. 人物傳記 □ 9. 生活、勵志 □ 10. 其他

對我們的建議：＿＿＿＿＿＿＿＿＿＿＿＿＿＿＿＿＿＿＿＿

請於此處用膠水黏貼